교수,
후궁으로
깨어나다

교우, 후궁으로 깨어나다 六

코양희 장편소설

블라썸

차례

32장

여기서 나가야 한다

지금 분위기는 아주 좋지 않다.

천빈과 월요 황제, 사자친왕은 비연궁 방 원형 탁자에 삼각형 구조로 앉아 있고, 황제는 천빈과 사자친왕을 아주 못마땅한 얼굴로 번갈아 보고 있다.

사자친왕은 골치 아프다는 듯 깃털 부채를 살랑살랑 부쳐대고 있었는데, 한 번 부채질을 할 때마다 한숨을 한 번씩 내쉬어댔다.

승언은 자기가 다 마른침이 꿀꺽꿀꺽 넘어갔다. 대체 천빈과 사자친왕이 무슨 말을 주고받은 건진 모르겠지만, 황제가 두 사람을 보았을 때 상황이 아주 묘하긴 했다.

사자친왕은 자꾸 쩔쩔매면서 '본심이 아니었다' 말하고 있고, 천빈은 자기는 입이 무겁다 말하고 있고.

승언은 후우, 아주 작게 한숨을 내쉬다가, 천빈이 이 와중에 혼자 과자를 먹어대는 걸 보고 좀 더 크게 한숨을 내쉬었다.

"그만 먹어라, 천빈."

결국 천빈이 과자 접시를 빼앗기자, 승언은 저도 모르게 외쳤다. 잘하셨습니다, 폐하.

하지만 천빈에 한해서는 상당히 마음이 약해지는지, 황제는 우물거리다가 접시에서 과자를 하나 꺼내 천빈에게 도로 내밀었다.

"자."

승언은 기가 막혔으나, 천빈은 그거라도 아쉬운지 받아서 먹었다. 여기서 아무렇지 않은 건 천빈 뿐인 듯했다.

승언은 천빈이야 그렇다 쳐도, 머리 좋은 사자친왕은 대체 뭔 일에 연루된 건가 싶어 원망스레 사자친왕을 바라보았다. 천빈은 원래 저런다지만, 사자친왕은 행동을 좀 조심해야 하지 않나?

공교롭게도 승언은 천빈에겐 기대치가 없다 보니 화도 나지 않았다.

사자친왕도 나름 사정이 있긴 한지, 한참 갑갑해하다 입을 열었다.

"정말로 오해입니다, 폐하. 별 얘기 안 하고 있었습니다."

"맞아요 폐하."

황제는 심드렁하게 대답했다.

"그러니 그 오해가 무슨 오해인지 알려달란 건데. 별 얘기 아니라면 알려줘도 되지 않나?"

"……."

"……."

"별거 아니라면서 왜 둘 다 입을 꾹 다무는지 모르겠군."

황제의 표정이 일그러졌다. 승언도 황제와 같게 생각했다. 정말 오해가 있다면 그냥 여기서 밝혀버리지. 아무리 하기 힘든 말이어도, 황제에게 '혹시 연모의 고백을 주고받았어?'라고 의심받는 지금보단 낫지 않은가.

승언은 사자친왕이 천빈에게 정말로 연모의 마음을 고백하고 있던 건 아니라고 확신했다. 하지만 사자친왕이 부채질만 할 뿐 말을 아끼는 데는 답답하고 화가 났다.

얼마나 그렇게 시간이 흘러갔을까.

황제가 이실직고하기 전엔 절대로 이 자리를 파하지 않을 듯하자, 마침

내 사자친왕이 한숨을 뱉으며 어렵게 입을 열었다.

"제가 천빈 마마께 농담을 했는데, 천빈 마마께서 농담을 앞만 듣고 뒤는 안 듣고 가서서 해명하고 있던 겁니다, 폐하. 앞만 들으면 이상한 농담이어서요."

"무슨 농담이었기에 본심 이야기가 나오지?"

"무슨 농담이었으니 본심 이야기가 나온 겁니다, 폐하."

"설마 농담처럼 했단 말이 천빈에 대한 고백은 아니겠지."

"절대 아닙니다."

"그러면 말해라, 사자. 무슨 이야기를 하고 있던 건지."

승언은 초조하게 사자친왕을 보았다.

천빈은 여전히 혼자 태연하게, 황제 앞에 놓인 그릇에서 과자를 가져다 먹고 있었다.

폐하. 과자 못 먹게 말리셨잖아요. 계속 말리세요. 계속 빼가고 있잖아요. 승언이 속으로 생각했으나, 황제는 사자친왕을 보느라 정신이 없었다.

그런 무거운 분위기를 못 견디겠다 싶을 즈음.

사자친왕이 한숨을 뱉으며 말했다.

"황후가 되고 싶다고 했습니다."

승언은 한숨을 내쉬다 뒤로 비틀했고, 황제는 사자친왕에게서 거리를 벌렸다.

사자친왕은 소중한 부채를 내려놓고 절규했다.

"그러니까, 그게 농담이었는데 마마께서 자꾸 안 믿으신단 말입니다!"

그 억울한 표정에, 뒤늦게 황제는 웃음을 터트렸다.

"사자. 짐이 천빈 성격을 모르는 것도 아니고. 그런 이야기를 한다고 짐이 믿을 리 없잖아? 뭘 그렇게 진지하게 정색해?"

승언도 뒤늦게 아차 싶어서 고개를 끄덕였다. 그 역시 천빈의 망상에

11

몇 번이나 희생된 적이 있었기에 대충 어떤 상황인지 이해가 갔다.

사자친왕은 한숨을 내쉬면서 물었다.

"그럼 이제 가도 됩니까?"

월요 황제는 웃으면서 그라라 했고, 천빈은 '나는 아무 말도 하지 않았다. 나는 입이 무겁다'고 자랑스러워했다.

월요는 천빈과 몇 마디 말을 나누고서 밖으로 나갔다. 하지만 내내 웃고 있던 월요의 표정은, 비연궁 밖으로 나오자 서늘하게 굳었다.

"폐하? 아직도 오해가 안 풀리셨습니까?"

그 모습에 승언이 걱정스레 묻자, 황제가 아까보다 더욱 무거워진 목소리로 중얼거렸다.

"평소의 사자라면 먼저 내게 말하며 오히려 천빈을 놀려댔을 거다."

"예?"

"……."

"!"

승언은 황제의 말을 바로 이해했다. '도둑이 제 발 저린다'는 거다. 사자친왕이 평소와 상태가 다르다는 것.

"황후 이야기가 황제 이야기로 번져나가는 걸 두려워하다 보니, 과하게 천빈의 입을 다물게 하려던 거겠지."

승언은 자기 형제도 아닌데 충격에 빠졌다. 월요 황제의 이복형제 중 가장 사이가 좋은 게 사자친왕이었다. 그런데 사자친왕이 어떻게 다른 생각을 할 수가!

"……."

"폐하⋯⋯."

"나쁜 마음을 먹은 건 아닐 거다. 아직은."

"너무 믿으시는 거 아닙니까."

"나쁜 마음을 먹었다면, 오히려 오늘 같은 실수를 안 할 사람이다."

월요 황제는 사자친왕이 능구렁이처럼 다니지만 형제 중 가장 머리가 좋단 걸 알았다.

"마음이 어지러우니 실수를 한 거겠지."

하지만 흔들렸단 것만으로도 월요 황제에겐 꽤 충격이 큰 듯, 그는 이후 돌아갈 때까지 입을 열지 않았다.

홀로 걸어가는 뒷모습이 외로워 보여서, 승언은 저도 모르게 비연궁을 자꾸만 돌아보게 되었다.

"폐하를 위로해 달라고?"

태후 마마가 보내준 석류를 까먹고 있는데, 뜬금없이 승언이 찾아와 이렇게 부탁했다.

"왜?"

의아해서 묻자, 승언은 주저하다 털어놓았다.

"폐하께서 편하게 마음을 여는 분은 천빈 마마뿐이시니까요."

"그래?"

"예."

"하지만⋯⋯ 난 지금 좀 바쁜데."

"예? 뭐 하신다고요?"

"석류 맛있어."

"!"

"그대도 줄까?"

새 석류를 하나 내미는데, 승언의 표정이 일그러진다. 석류 싫어하나.

"지금 이깟 석류가 폐하보다 더 중요하단 겁니까?"

"폐하도 국무보다 나를 더 사랑하지만 국무를 더 가까이 하시잖아."

"!"

"나도 폐하를 더 사랑하지만 석류를 더 가까이할 뿐이야."

승언은 울 것 같은 얼굴로 외쳤다.

"왜 이럴 때만 말을 잘 하시냐고요!"

승언이 엄청난 속도로 석류를 까서 놓아주는 바람에, 결국 석류를 빨리 먹고 비연궁 밖으로 나가야 했다.

"느긋하게 먹고 싶었는데."

"나중에 드세요. 늘 드시고 계시잖아요. 폐하와 전하가 싸우는 도중에도 내내 드시고 계셨고요."

"우리 아가가 먹고 싶어서 그래."

"아기님이 억울하다고 항변하고 계실 겁니다."

무어라 더 말하려는데, 승언이 갑자기 묘한 표정을 짓더니 한숨을 내쉬며 중얼거렸다.

"하긴. 마마께서 이리 나오니 전하의 속내를 빨리 발견할 수 있었던 거겠지만요."

"사자친왕 전하 말이야? 본인이 폐하를 좋아한 게 아니라고 질색하는데. 그만 믿어주지그래?"

"……."

떠드는 사이에 어느새 떡돌이가 머무는 심궁 어실 앞에 도착했다.

오원요는 옥수수 담은 접시를 들고 들어가려다 우리를 보더니, 승언이에게 놀라 물었다.

"옥수수 찐 거 알고 마마를 모셔왔나?"

"그런 거야 승언아?"

반색해서 묻자, 승언은 두 손으로 이마를 짚고 쪼그려 앉았다.

"저 먹을거리 내가 진짜!"

"?"

오원요는 승언을 이상하게 내려다보면서도 내게 옥수수 접시를 건네며 부탁했다.

"마마께서 들고 들어가셔서 폐하와 드시지요. 제가 가는 것보다 훨씬 좋아하실 겁니다."

"본궁도 같이 먹어도 되나?"

"하하. 폐하께 여쭈어보시지요. 하지만 당연히 괜찮다고 하실 겁니다."

"응. 고맙소 오 공공."

나는 신이 나서 옥수수 접시를 들고 방 안으로 들어갔다.

떡돌이는 의자에 똑바로 안 앉고 옆으로 앉아 멍하게 천장을 보고 있다가, 내가 들어오자 웃으면서 한 손을 뻗었다.

"밖에서 네 목소리가 들리기에 네가 올 줄 알았다."

"자세 멋있네."

"생각할 게 있어서."

"그 자세로 있으면 생각이 더 잘 돼?"

"시도해 본 거지."

떡돌이가 의자를 잡고 몸을 일으킨다.

나는 접시를 그의 앞에 내려놓았다.

먹어도 되냐고 묻기도 전에 떡돌이는 바로 말했다.

"짐은 입맛이 없으니 계란이랑 나누어 먹거라."

"이런. 정말이네."

"뭐가 말이냐?"

"승언이가 폐하를 위로해 달라고 찾아왔거든. 왜 저러나 했는데. 정말로 기운이 없어 보여서."

"승언이가?"

고개를 끄덕이고서 곁에 의자를 끌어다 앉자, 떡돌이가 제대로 앉더니 픽 웃었다.

"승언이 이 자식. 겉으론 내색하지 않더니. 속으로는 내 걱정을 많이 하는군. 부끄럼쟁인가."

"?"

"라고 생각하는 웃음이네."

떡돌이 미소를 해석해주었더니. 그가 입을 벌리고 다물지를 못하다 끙 소리를 내며 항의했다.

"남의 표정을 그렇게 이상하게 해석하지 않아줬으면 좋겠다."

"내 해석이 이상했어?"

떡돌이는 빙그레 웃더니, 옥수수 알을 빼내 내 손에 쥐어 주면서 툴툴거렸다.

"승언이 자식. 겉으론 걱정하는 척하더니. 속으론 짐에게 화가 났나."

내 말을 뒤집어 따라 하는 모양새가 귀여워서 웃자, 그는 옥수수 알을 하나하나 내 입에 모이처럼 넣어주면서 따라 웃었다.

"우리 반숙이는 이럴 때 보면 새 같다."

"평소엔 뭐 같은데?"

16

"곰."

곰?

"왜?"

"귀엽게 생겼는데 사실은 아주 강해서?"

좋은 건가? 칭찬인가? 떡돌이가 '곰'이라고 말할 때 풋 웃는 걸 보니 다른 의미도 있어 보이는데.

어쨌든 나도 곰이 좋기에, 고개를 끄덕여 수긍했다.

"곰 좋지."

내가 이렇게 시원스레 나오자, 떡돌이는 잠시 당황하는 듯했으나 곧 크게 웃으면서 남은 옥수수를 알알이 뜯어주었다.

그렇게 둘이서 옥수수알을 나누어 먹고 있을 때였다.

"폐하."

내게 옥수수를 들려 보낸 오원요가 문밖에서 그를 불렀다.

"무슨 일이냐, 오원요."

떡돌이가 옥수수를 먹다 말고서 묻자, 곧 오원요가 방 안으로 들어오더니 꾸벅 허리를 숙였다 펴고서 말했다.

"폐하. 말씀하신……."

오원요는 뒷말을 흐렸다. 하지만 떡돌이는 바로 알아들었는지 고개를 끄덕이고서 나가보라 신호했다.

멀뚱히 그 모습을 쳐다보자, 떡돌이가 안타깝다는 투로 말했다.

"옥수수는 비연궁에 가서 먹거라. 괜찮지?"

"그러지 뭐."

고개를 끄덕이고서 접시를 받고서 밖으로 나가는데, 문 앞에 예전에 떡돌이처럼 면사로 얼굴을 가리고 삿갓을 쓴 사람이 보였다.

어딘가 익숙한 기척이라 힐긋 쳐다보자, 삿갓을 쓴 사람이 내 쪽으로 꾸벅 인사를 올렸다.

내 얼굴을 아는 것처럼.

'누구지?'

천소여가 멀어지자, 오원요를 따라 들어온 삿갓 쓴 사내는 월요의 앞에서 허리를 깊게 숙여 인사를 올렸다.

"오랜만에 인사 올립니다, 폐하."

월요가 일어나라 지시하자, 사내는 몸을 일으키고서 삿갓과 면사를 벗었다. 드러난 얼굴은 월요와 많이 닮아 있었다. 그는 황후 일로 불려온 연금이었다.

월요는 연금에게 앉으라 손짓하며 오원요에게 지시했다.

"황후를 데려오라."

황후 이야기에 연금이 몸을 움찔 떨었다. 태도를 보니, 아직 아무것도 모르는 눈치였다.

황후가 여기에 올 때까지 시간이 좀 있으니 미리 사태를 알려주자 싶어서, 월요는 무겁게 입을 열었다.

"황후가 네 아이를 회임했다."

연금은 멀뚱히 앉아 있다가 사색이 되어 무릎을 꿇었다.

"폐, 폐하."

역시. 예상대로 전혀 모르는 눈치였다.

월요는 연금에게 다시 앉으라 손짓했다. 연금이 그래도 일어나지 못하자, 월요는 인상을 찌푸리고서 재차 손을 휘저었다.

연금은 그제야 억지로 일어났으나 다시 의자에 앉진 못했다.

"그렇게 떨 필요 없다. 처음엔 화가 났지만 지금은 가라앉았으니."

"소신이 죽을죄를 지었습니다……."

"너도 짐도 황후도 네가 불임인 줄 알았던 게 문제지."

"그것뿐만이 아니란 걸 아시지 않습니까. 소신은……."

"그 얘기는 되었다. 꺼내봤자 화만 다시 날 뿐이니. 그보다, 황후를 데려오라 한 건 배 속 아기의 문제 때문이다."

"……예."

연금이 고개를 푹 숙였다. 여전히 황후 회임의 충격에서 빠져나오지 못한 눈치여서, 월요는 미리 이야기하길 잘했다고 생각했다.

"처음엔 황후를 병사로 위장해 네게 보내려 했다."

연금이 그 말에 눈을 커다랗게 뜨고 월요를 보았다. 이 역시 전혀 예상하지 못한 듯.

"하지만 황후의 친부인 온원이 황후의 회임을 알게 되면서 일이 까다로워졌어. 그는 황후의 아이가 짐의 아이가 아니란 걸 알면서도 적자로 만들고 싶어 한다."

"폐하! 소신은 절대로 그런 걸 원하지 않습니다!"

"안다. 황후도 원하지 않아."

그렇지만 온원이 그런 마음을 먹은 이상 누구도 믿을 수 없게 되어버렸다. 월요는 이후 황후와 나눈 대화, 황후가 연금을 불러달라고 청한 경위 등을 모두 말한 뒤 착잡하게 말을 맺었다.

"네가 아이의 아빠이기도 하니, 황후가 너와 얘기해보고 싶은 눈치였다. 잘 대화해 보거라."

마침 황후가 도착해서 연금은 무어라 더 말하지 못했다.

월요는 어실 안으로 들어와 연금을 보고 충격에 젖은 황후에게, 어실 구석에 딸린 작은 방으로 들어가 이야기를 나누라 권했다.

두 사람이 안으로 들어가자, 황제는 아무 일도 없었던 것처럼 붓을 쥐었다. 얼마나 지났을까. 그가 상소문을 세 개가량 보았을 즈음. 뜻밖에도 울음소리가 나더니, 황후가 밖으로 홀로 걸어 나왔다.

"황후?"

황후가 왜 혼자 울면서 나오나? 황제가 의아해 묻자, 황후는 벽 앞으로 걸어가더니 눈을 질끈 감고서 말했다.

"송구하옵니다, 폐하. 지금 나가면 다들 이상하게 볼 터라…… 눈물이 그칠 때까지만 이러고 있겠습니다."

"그러시오."

월요는 대답하고서 책상 앞에서 일어나 작은 방으로 걸어갔다.

연금은 입구 부근에 머리를 푹 숙이고 있었다.

"괜찮으냐."

그 모습을 보고 월요가 묻는데, 문밖에서 "폐하. 신첩은 이만 물러갑니다." 하는 황후의 목소리가 들렸다.

연금은 손을 움찔했다.

월요는 밖을 향해 "그래." 하고 크게 대답했다.

마침내 황후가 완전히 나가는 소리가 나자, 월요는 연금을 내려다보며 물었다.

"대체 무슨 소리를 했는데 황후가 울면서 나간 게냐."

연금은 고개를 숙이고서 바로 대답하지 못했다.

그러나 월요가 계속 쳐다보자, 결국 순순하게 털어놓았다.

"꼭 나가야겠다고 확신이 서는 게 아니라, 나갈지 말지 망설일 정도라면 나갔을 때 후회하실 거라 하였습니다. 고귀하게 자란 황후 마마께서 숨어 사는 생활을 감당하진 못하실 거라고요."

"그 말만으로 울 황후가 아닌데."

"황후 마마의 명성을 더럽히는 것도 너무 위험한 방법이니, 차라리 고민되신다면 아기님을 지우는 게 낫다 하였습니다."

"!"

"그러면 승상 나리의 계책도 아예 무너뜨릴 수 있고, 마마의 명성도 유지할 수 있고, 마마께서 모험을 하지 않아도 되니까요."

월요는 연금을 내려다보다 물었다.

"황후를 아내로 맞이하긴 싫은 거냐."

"그럴 리가요. 너무 좋습니다. 상상만으로도 머리가 어지러울 정도로 연모합니다. 황후 마마 같은 분이 제 곁에 올 거란 생각만으로도 간이 움츠러드는 거 같습니다. 이곳을 떠난 후 단 한 번도 마마를 그리워하지 않은 적이 없습니다, 폐하."

"그런데 왜 그런 말을 한 거지?"

연금의 눈에서 눈물이 뚝뚝 떨어졌다.

"마마는 저 드높은 곳에, 저는 저 낮은 곳에 있는 사람입니다, 폐하."

"!"

"마마께선 아직 망설이고 계십니다. 이런 상황에서 제가 마마를 부추겨 곁으로 모셔왔는데, 뒤늦게 후회하시면요? 그땐 이미 마마는 원래 자리로 돌아갈 수 없으실 겁니다. 나가는 건 언제든 가능하지만 돌아오는 건 평생 불가능하지 않습니까."

— *"소신의 생각엔…… 마마께서 아기를 지우는 게 가장 나을 듯합니다."*

연금은 황후에게 모험을 하지 말라며, 아기를 지우고 황후로 태후로 안

락하게 살라 조언했다.

황제는 이대로 황후를 내보내도 언제든 온원이 그 아이로 간계를 꾸밀까 걱정하는데. 아예 아이가 없다면 황제의 온원에 대한 그런 염려도 사라지지 않겠냐고.

"마마. 왜 그러세요?"

연금과 황후가 나눈 대화를 모르는 영영은 걱정스럽게 옆에서 황후를 불렀다.

황후는 차마 연금이 한 말을 그대로 들려줄 수가 없어서, 고개를 젓고 가마 손잡이에 머리만 기댔다.

그녀는 단 한 번도 연금이 그렇게 나오리란 예상을 하지 못했기에 마음이 상했다. 연금은 그녀를 위해서 하는 말이라지만, 황후의 눈에는 그가 그저 귀찮은 일에 얽히고 싶어하지 않는 거로 보였다.

황후를 곁에 두면, 언제든 황제의 마음이 바뀌어 그들 부부를 해치려 할지도 모르니까. 이걸 피하고 싶어서.

'나는…… 대체 나는……!'

그때. 황후의 시선에 누군가 들어왔다. 그녀보다 먼저 '진짜' 황손을 회임한 천빈이었다. 그녀와 달리 아무 고민도 아픔도 없어 보이는 모습으로, 즐겁게 웃으며 자기 궁인들과 어딘가로 걸어가고 있었다.

그 행복한 미소를 보는 순간.

황후는 마음 한구석에 까맣게 불길이 오르는 것 같았다.

"……."

"왜 그러십니까, 마마?"

내가 차를 마시려다가 인상을 찡그리고서 찻잔을 멀리하자, 부성이 의아해 물었다.

"이상한 냄새가 나."

나는 찻물을 그대로 흙에 부어버렸다.

"독, 독이 든 건가요?"

부성은 사색이 되어 물었다.

"그건 나도 모르겠어. 하지만 조심해서 나쁠 건 없으니까."

나야 독을 먹어도 어찌어찌 견딜 수 있지만 계란이는 힘들 테니까.

부성과 원웅은 창백한 얼굴로 서로를 쳐다보았다. 겁이 나는 듯했다.

귀자도 인상을 찡그리고서 상황을 보다가 어두운 얼굴로 말했다.

"내무부에서 찻잎을 가져온 사람은 누군지, 담당자는 누군지 알아보겠습니다."

나는 고개를 끄덕이고서 내 방으로 돌아가 긴 의자에 편안히 앉았다.

전에 연금이 다녀간 지도 어느새 보름 정도 지났다. 그리고 보름 정도 지났을 뿐인데, 그새 배는 더 무거워졌다.

뭐랄까. 배 무게만으로 치면 아주 무겁진 않은데, 이게 몸에 달려 있는 데다 워낙 약하단 걸 알다 보니 느낌상 더 무겁게 여겨진다고 해야 할까.

차라리 배에 공을 묶고 다니면 그냥 편히 움직이기라도 할 텐데. 내가 조금만 세게 움직여도 계란이가 배 속에서 어지러울 거란 생각을 하면 성질대로 행동하기 힘들었다.

내 부모님은 고생해서 날 낳아 놓고 대체 왜 버린 건지 모르겠다.

"나 같으면 억울해서라도 옆구리에 끼고 다닐 텐데."

"네? 뭐가요 마마?"

"아기 말이야."

"예? 아기님을 옆구리에 끼고 다니신다고요? 안 돼요 마마!"

“왜?”

“목이 부러지니까요!”

“사람 목은 그렇게 쉽게 안 부러져, 부성아.”

“으악 마마! 절대 절대 옆구리에 아기님을 끼고 다니지 마세요. 아셨죠? 아기님 목은 연약해요!”

“그래?”

“예!”

“……”

이거 참. 어렵네. 내가 아기를 본 적이 있어야지. 아니, 본 적은 있지만 들어본 적은 없으니까.

내가 떨떠름하게 배를 내려다보고 있으려니, 원웅이 차 대신 시원한 과일즙 음료를 가져다주며 말했다.

“염려 마세요, 마마. 유모를 고용할 거잖아요. 유모가 이것저것 다 알려 줄 거예요.”

“꼭 유모가 있어야 해?”

“그럼요. 마마도 저희도 아기를 길러본 적이 없잖아요. 꼭 필요해요.”

“그런가.”

배를 손으로 문지르자, 부성도 얼른 밝은 목소리로 말했다.

“그보다 곧 책봉식인데. 떨리지 않으세요 마마?”

“응. 떨리지 않아. 나는 아주 담대하거든.”

“대단하세요 마마. 전 제가 다 떨려요.”

“저도요. 마마는 타고나길 아주 마음이 넓으신 게 분명해요.”

“암!”

나는 흐뭇하게 웃고서 다시 배를 손으로 문질렀다.

그렇지 않아도 요즘 우리 비연궁은 책봉식 준비로 아주 바쁘다. 떡돌이가 아이를 낳기 전에, 배가 더 무거워지기 전에 얼른 책봉식을 치르자고 재촉하기 시작해서 그렇다.

'왜 그렇게 재촉하냐'고 떡돌이에게 물어봤더니, 그는 이렇게 대답했다.

"그래야 아이를 낳고 나서 한 번 더 품계를 올릴 게 아니냐."

날 황후로 만들 마음은 없다더니. 그래도 귀비까지 만들 생각은 있나 보다. 이번에 천비가 되고 나면 다음에 남은 건 귀비 아닌가.

어쨌든 품계야 높아져서 나쁠 건 없기에, 나도 그러자고 했고, 덕택에 비연궁 궁인들은 몹시 바쁘다.

나는 여전히 할 게 없지만. 요즘은 배가 무거워서 수련도 운기조식 위주에 간단히 몸 푸는 정도만 하니까.

그런데 하품을 하고 있자니, 원웅이 조심스럽게 말을 걸었다.

"그런데 마마."

"응?"

"요즘 황후 마마께서 좀 이상하지 않으세요?"

"황후 마마가? 왜?"

"내무부에서 들었는데요."

"응."

"황후 마마께서 타가시는 물품이 마마랑 거의 흡사하대요."

"응?"

"마마께선 복중 아기씨께 해로운 걸 멀리하고 도움 될 만한 걸 많이 드시잖아요. 회임하셨으니까요. 그런데 회임하지 않은 황후 마마는 왜 굳이 마마와 비슷하게 드실까요?"

"……."

이거 참. 진실을 알지만 말을 할 수가 없으니 갑갑하구먼. 왜긴 왜겠어. 황후도 나랑 똑같이 회임 중이니 그렇지.

하지만…… 대체 일이 어떻게 되어가고 있는 걸까? 온원이 황후 아이를 황제 아이로 만들려 하는 바람에, 떡돌이가 곤혹스러워하고 있었잖아. 그러고 나서 왜 소식이 없을까?

황제는 보름을 기다려주겠다고 했다. 그리고 이제 보름이 지났다. 황제가 대답을 들으러 올 것이다.

황후는 긴 의자에 앉아 의미 없이 수를 놓다가, 창밖을 힐긋 보고는 수틀을 내려놓으며 지시했다.

"치우거라. 오늘은 폐하께서 오실 거다."

영영은 수틀을 치우며 황후의 눈치를 살폈다. 하지만 오랫동안 곁에서 지낸 영영조차 지금 황후의 속내를 알 길이 없었다.

연금이 다녀간 후. 황후는 처음에는 슬퍼하다가, 나중에는 화를 내다가, 그다음에는 아예 기진맥진해서 지냈다.

영영이 위로를 해도 소용이 없었다. 그러다가도 후궁들이 문안을 올 때면, 황후는 이전의 차가운 모습으로 돌아가 태연히 문안을 받았다. 하지만 후궁들이 돌아가고 홀로 남으면 다시 괴로워하며 웅크리는 것이다.

영영은 황후가 마음에 큰 고통을 받고 있단 걸 알았지만, 도움이 될 수 없어 안타까웠다.

평소와 달리 황후가 자신의 생각을 알려주지 않았기에, 그녀가 영영과 연금의 조언을 받아들이기로 한 건지, 아니면 황제의 거래를 받아들이기로 한 건지도 알 수 없었다.

그때. 열린 문 너머로 황제가 앉은 가마가 다가오는 게 보였다.

영영은 수틀을 옆에 선 하급 궁녀에게 건넸다.

"제자리에 가져다 두어라."

"네, 소저."

문앞에 시립하고 있자 곧 황제가 탄 가마가 안으로 들어왔고, 앞에 선 오원요가 외쳤다.

"황제 폐하 납시오!"

영영은 혓바닥이 간지러워져 침을 꿀꺽 삼켰다. 황후가 홀로 고민한 게 무엇이든, 오늘 그 결론이 나올 것이다.

황후는 긴 의자에서 몸을 일으키고서 주먹을 연거푸 쥐었다 펴길 반복했다. 긴장으로 배와 손바닥이 간지러웠다.

자신의 제안을 황제가 받아들일지, 제대로 잘할 수 있을지 알 수 없어 불안했다. 하지만 자신과 아이의 미래가 달린 일이니 용기를 가지고 헤쳐 위야 했다.

얼마나 그러고 있었을까. 반쯤 넋이 나간 채 서 있자니, 마침내 문이 열리고 황제가 안으로 들어왔다.

면사를 쓰지 않고 들어오는 황제는 겉에서부터 표정이 굳어 있어서, 황후는 조금 더 초조해졌다. 그래도 표정을 철저하게 관리한 채 그녀는 황제에게 상석을 양보하고 앉았다.

황제는 황후가 맞은편에 앉기를 기다렸다가 먼저 입을 열었다.

"마음은. 정했소?"

"정하였습니다."

"어떻게 할 거요?"

"여러모로 생각해보았지만 제가 할 수 있는 방법은 한정적이더군요."

"……."

"연금은 저와 아이를 원하지 않으니, 그에겐 가지 않겠습니다."

"……."

"제 아이도 폐하의 아이로 인정해 주시지요."

월요는 '황후가 아이를 유산시키기로 한 건가?' 생각하다가, 뜻밖의 말에 미간을 찡그렸다. 황후의 반응을 여러모로 예상해 보긴 했으나, 이건 전혀 예상하지 못한 말이었다.

"연금의 아이를, 내 아이로 인정해 달라?"

월요는 황후를 빤히 쳐다보다가 헛웃음을 뱉었다.

"그건 좌칙승상이 요구한 바와 똑같지 않나?"

"다릅니다. 아버지는 이 아이를 폐하 몰래 적자로 만들고자 하시는 거고, 신첩은 폐하의 허락 아래에 데리고 있으려는 거니까요."

월요는 미간을 찌푸렸다.

"짐은 뭐가 다른지 모르겠는데."

"아이가 적출로서의 권한을 누리지 않아도 됩니다. 그저 데리고 있게만 해 주세요."

월요는 관자놀이를 꾹꾹 누르며 눈을 감았다. 황후의 대답을 예상해보고 그에 따라 할 말을 골라보았지만 이건…… 이건 정말 의외였다.

월요가 예상한 것 중 가장 최악의 행보는, 온원이 황후가 아이를 유산시키게 하고는 그걸 천빈의 탓으로 돌릴지도 모른단 거였다.

"황후는…… 그런 요구를 짐이 들어줄 거라 기대했나?"

월요는 진심으로 궁금해 물었다.

"아니요."

황후는 고요하게 대답했다.

"하지만 들어주셔야 할 겁니다."

"어째서?"

"그래야 신첩도 천빈의 약점과 연금에 대한 일을 평생 비밀로 지키고 살아갈 테니까요."

"!"

월요는 천빈의 약점이란 말에 놀랐으나 이를 드러내지 않았다.

그의 무표정한 시선을 받으며 황후는 천천히 말을 이어갔다.

"장공주 전하께서 죽었다 깨어난 뒤 심장이 느려지듯, 천빈도 죽었다 깨어난 뒤 심장이 느려졌습니다. 장공주 전하께선 결국 미치셨지요. 사람들은 천빈도 장공주 전하처럼 변할지도 모른다 여길 겁니다."

"!"

"원래 천소여는 무공을 익히지 않았다고 알려져 있는데. 직접 보니 무공 솜씨가 아주 출중하더군요. 폐하께선 천년비란 무림인에 대해 조사를 지시하셨지요. 두 사람 사이에 무슨 관계가 있을까요. 두 사람. 혹시 동일인은 아닐까요?"

"……."

"천년비란 무림인. 악명이 자자하던데요. 폐하의 후궁이 그런 악귀란 게 알려지면, 안 그래도 좋지 않은 천빈의 평판은 얼마나 떨어질까요?"

월요의 고개가 기울어졌다.

황후는 예전에 그가 한 것과 비슷한 추측을 하는 듯했다. 천소여가 입궁 전에 천년비란 가명으로 무림에서 활동했다고.

하지만 거기에 더해서, 황후는 천년비가 미칠 가능성까지 하나 더 제안하고 있었다.

"무공을 전혀 모르던 장공주 전하도 미치고 나니 그렇게 위험해지셨는데. 무공을 익힌 데다 원래도 악명 높던 천빈은 미치게 되면 얼마나 위험할까요, 폐하. 그렇게 위험한 사람을 대신들이 높은 자리에 오르도록 두고 볼까요?"

황후는 고개를 젓고서 나지막하게 덧붙였다.

"아니요. 매일같이 상소문이 빗발치겠지요. 천빈을 곁에 데리고 있는 것만으로도 폐하는 암군이란 소리를 들을 겁니다."

월요가 가볍게 웃었다.

"황후가 짐을 협박하려 들 줄은 몰랐는데."

"온 귀인의 아이는 이미 받아주려 하지 않으셨습니까. 제 아이라고 안 될 이유는 없습니다."

"온 귀인은 귀인이었고 황후는 황후요. 이유를 정말 모르시오? 아니면 모른 척하는 거요?"

"폐하께선 원치 않는 여인과 동침하는 게 싫다면서, 다른 사내를 후궁들에게 대신 보내셨습니다. 폐하께서는 그 사내를 폐하로 위장해 보내셨습니다. 동침은 연금에게 시키시면서, 그로 인해 태어난 아이는 책임지지 않으시겠다고요? 그런 행동을 하실 때는, 그 사내가 낳은 아이까지 책임질 각오를 하신 게 아닌가요?"

"그래서 온 귀인까진 책임을 지려 했소. 하지만 황후에겐 짐이 연금을 보내지 않았는데?"

"폐하께서 보내신 건 아니지만, 연금이 아직 폐하의 대역일 때 벌어진 일입니다. 그러니 이 아이도 폐하의 아이로 대해주셔야 합니다."

월요는 관자놀이에서 손을 떼고서 황후를 쳐다보았다.

"그래서. 연금이 짐이 아니란 걸 알면서도 자의로 동침한 황후의 아이까지 짐이 품어야 한다? 황손이 아니란 걸 알면서도 적출로 대해야 한다?"

황후는 보름 동안 굳게 다짐한 듯 시선을 피하지 않고 그를 똑바로 바라보며 말을 이었다.

"적출로서의 권한까지 주실 필요는 없습니다. 다른 이유를 들어 적출로서의 권한을 박탈해 가셔도 괜찮습니다. 거기까진 신첩도 감히 바라지 않습니다."

"온원은……."

"신첩이 무슨 수를 써서라도 이 이상 바라지 않게 막겠습니다."

"……."

"여기까지가 신첩이 양보하는 선입니다. 폐하께서도 한 발은 뒤로 양보해 주세요. 그렇지 않으면…… 신첩도 죽기 살기로 천빈을 끌고 가는 수밖에 없습니다."

"왜 자꾸 천빈을 건드리는지 모르겠는데."

"천빈이 폐하의 약점이니까요. 제가 폐하 때문에 천빈을 해치게 된다면, 이는 모두 폐하의 탓입니다."

황후가 절대로 물러서지 않을 표정으로 월요를 쳐다보았다.

일이 참 복잡하게도 얽히는구나. 월요는 한숨을 내쉬었다.

온원이 나서지만 않았더라면, 황후는 좋아하는 연금과 살게 되어 좋고, 자신도 여기서 일을 끝내서 좋았을 것을…….

하지만 이미 서로의 마음속에 불신이 싹텄으니, 다시 원래대로 돌아가긴 힘들었다.

월요는 표정 없이 건조한 눈으로 황후를 마주 바라보며 물었다.

"그럼 황후. 수오부 군왕이 죽은 건, 누구의 탓 같소?"

황후는 미간을 찌푸렸다.

이 와중에 갑자기 수오부 군왕 이야기는 왜 꺼내는 거지?

"그것도 짐의 탓 같소?"

월요가 재차 물었다.

질문인지 혼잣말인지 알기 어려운 목소리였다.

황후는 눈을 두어 번 깜빡이다가 무언가를 깨달은 듯 눈을 커다랗게 떴다. 황후의 눈동자가 떨렸다.

황후가 월요가 말하고자 하는 걸 알아들은 것이다.

"설마……."

"황후."

월요는 천천히 몸을 일으켜, 황후의 곁으로 다가가 귀에 대고 나지막하게 속삭였다.

"짐이 황후와 거래하려는 건 온씨 가문이 무서워서가 아니오. 우리가 연인은 아니었으나, 그래도 황후가 짐의 부인이기 때문이오."

"!"

말을 마친 월요는 다시 허리를 펴 황후를 내려다보았다.

황후의 눈꺼풀이 경련하고 있었다.

"황후로 남을 거면 아이를 포기하시오. 아이를 살릴 거면 그 자리를 포기하시오."

황후는 입술을 깨물고서 그를 원망스럽게 바라보았다.

"꼭 이렇게까지 하셔야 합니까."

"승상을 황후가 막아줄 수 있다고 했소? 황후는 이미 승상을 막지 못했소. 그 탓에 원래 계획이 이렇게 어그러졌지. 한데 짐이, 어떻게 황후의 그 장담을 믿으란 말이오?"

"폐하께선 신첩과 동침하지 않으셨습니다. 그것만으로도 폐하는 이미 폐하의 의무를 다하지 못한 겁니다. 폐하는 신첩에게 아무 말도 하실 수 없습니다."

"그 의무를 다하지 않았기에, 황후를 무사히 내보내고 싶단 거요."

"!"

"짐이 황후를 연민하게 두시오. 적대하게 만들지 마시오."

말을 마친 월요가 돌아서자 등 뒤에서 울음소리가 흘러나왔다.

월요는 나가려다 잠시 멈춰서서 한숨을 내쉬었다. 하지만 그는 돌아보지 않고 그대로 나가버렸다.

영영은 초조하게 복도에 서 있다가, 황제가 나가자 꾸벅 인사하고 서둘러 침실 안으로 들어갔다.

"마마? 마마!"

방 안에 들어선 영영이 발견한 건 바닥에 쓰러진 황후였다.

"마마!"

그 애통한 고함소리는 가마에 올라탄 월요의 귀에까지 들려왔다.

오원요는 가마를 돌려야 하나 싶어 월요의 눈치를 보았다.

월요는 눈을 감고 한쪽 손으로 관자놀이를 짚고 있었다. 그러기를 잠시. 월요가 가던 길을 가자는 듯 손을 저었다.

오원요는 괜히 황후궁을 힐긋 돌아보며 지시했다.

"출발하자. 얼른!"

"오원요."

가마에서 내내 조용히 이동하던 월요는, 어실로 돌아오자마자 사람들을 물리고 오원요를 불렀다.

오원요는 얼른 그의 앞으로 가 섰다.

"예, 폐하."

"연금이 어디 있지?"

"수도에서 멀지 않은 곳에서 대기하고 있습니다, 폐하."

"연금을 다시 불러와서 황후를 설득하게 해라."

"예?"

"황후는 연금을 오해하고 있으니, 제대로 속내를 말하고 함께 나가자 설득하게 하라. 그편이 가장 빠르겠다."

"예."

오원요가 얼른 나가자, 월요는 의자에 몸을 기대어 앉고서 두 눈을 감았다. 보름 내내 쌓인 피로로 머리가 어지러웠다.

"태후 마마는 문안을 빨리 끝내주시니까 일찍 오시겠네요?"

오늘은 태후 마마에게 문안 가는 날이다. 원웅은 내게 화사한 색상의 옷을 입혀주며 물었다. 나는 궁녀들이 시키는 대로 팔을 뻗었다가 접기를 반복하면서 대답했다.

"아마 아닐걸."

"네? 왜요?"

"태후 마마랑 문안 끝나고 같이 뭐 먹기로 해서. 맛있는 거 먹을 거야."

원웅은 내 말에 뿌듯하게 웃었다.

"하긴. 태후 마마는 우리 마마를 아주 예뻐하시니까요."

"맞아."

나는 흐뭇하게 웃고서 얼른 의자에서 일어나 부성이 미리 따뜻하게 데워둔 신발을 신었다. 아직 겨울은 아니지만, 부성은 발을 따뜻하게 해야 한다면서 내가 외출할 때마다 이러고 있었다.

"다녀오세요."

"갔다 올게!"

나갈 때 다녀오라 말해주는 사람도 있고, 어디 다녀오면 어서 오라 말해주는 사람도 있고, 내 얼굴을 거의 매일 보면서도 보고 싶다고 말해주는 사람도 있다.

천소여는 천년비와는 다르게 늘 사랑을 받고 있어. 그래서일까. 문안을 가는 것조차 전혀 귀찮지 않다.

나는 태후궁으로 가는 내내 가마 위에서 춤을 추지 않기 위해 힘껏 의자 손잡이를 쥐어야 했다. 아니면 상체와 목이 막 움직일지도 모르니까.

그렇게 태후궁에 도착해 보니, 반 정도는 먼저 도착해 있었고, 반 정도는 아직 도착하지 않은 상태였다.

"천빈, 왔어요?"

"오늘은 일찍 왔네요?"

나는 요즘 들어 친하게 지내는 후궁들과 인사를 나누고, 개시시와도 어색하게 고개를 까딱해 인사를 나눈 뒤 문안이 시작되기를 기다렸다.

잠시 기다리자 황후도 도착했고, 태후 마마까지 도착했고, 내가 기다리던 태후궁의 특제 간식들도 도착했다.

"천빈은 먹을 거만 보면 눈이 예뻐지네요."

"못 먹고 커서 그래요."

"연비, 들었어요?"

그런데 음식을 먹으면서 얼마나 문안을 빙자한 수다를 나누었을 즈음일까. 태후 마마가 가을 제철 과일 이야기를 하다가, 황후를 보더니 걱정스럽게 물었다.

"황후. 괜찮으냐?"

나도 힐긋 황후 쪽을 보았다. 황후는 평소에도 대화에 잘 끼지 않아서 바로 눈치채지 못했는데. 지금 보니 정말로 상태가 좋지 않아 보였다.

얼굴은 창백하고 이마에는 식은땀까지 고여 있다. 입술을 파란 데다 자세히 보니 몸도 미세하게 경련하는 듯했다.

괜찮은가? 떡을 입에 문 채 멍하게 보고 있으려니, 황후가 억지로 힘들게 웃으며 태후에게 대답했다.

"괜찮습니다, 마마."

하지만 황후는 그 말이 끝나자마자 몸이 기우뚱하다 앞으로 쓰러졌다.

"마마!"

"황후 마마!"

후궁들은 놀라 일어났고 나도 눈치껏 같이 일어났다.

"황후!"

태후 마마 역시 황급히 황후 곁으로 다가가, 얼굴을 바닥에 대고 엎어진 황후를 돌려 뉘며 외쳤다.

"어의를 불러오라!"

그 말에 황후의 상궁이 다급히 나서 말렸다.

"괜찮습니다, 태후 마마. 황후 마마께선 잠시 어지러우신 것뿐입니다."

아마 황후가 회임했기 때문이겠지.

하지만 이를 모르는 태후 마마가 보기엔, 윗전이 쓰러졌는데 상궁이 괜찮다면서 의사 불러오는 걸 막는 모양새였다.

태후 마마는 황당하단 듯 상궁을 보았으나 곧 화가 나 호통쳤다.

"황후가 혼절했는데 괜찮다니!"

상궁은 다급히 무릎을 꿇었다.

"죽을죄를 지었습니다."

상궁으로서도 어쩔 수 없이 말렸겠지만, 옆에서 보기엔 정말 이상했다.

태후 마마는 다시 태감에게 외쳤다.

"어의를 데려오라!"

태감이 나가자, 영영이 초조하게 자기 옷을 쥐어뜯는 게 보인다. 황후의 상궁은 여전히 무릎을 꿇은 채 이러지도 저러지도 못하고 있었다.

괜찮나? 지켜보는 나도 덩달아 걱정되네. 이대로라면 황후가 회임한 게 들통날 텐데. 이게 누구에게 나쁜 일이지?

어느 쪽에게 나쁜지도 모르겠지만, 여기서 내가 어의 부르는 걸 막는 것도 좀 그렇다. 황후의 상궁이 만류해도 이상했는데. 내가 만류하면 더 이상해 보이잖아.

"황후를 침상에 눕히거라."

태후 마마가 재차 명령하자 태후 마마의 상궁이 나섰고, 영영도 얼른 앞으로 나아가 황후를 드는 걸 도왔다.

잠시 뒤. 황후는 태후 마마의 침상에 눕게 되었고, 후궁들은 이러지도 저러지도 못한 채 방에 모여 서서 서로 눈치를 보았다.

그러고 있자니 곧 어의가 들어왔다.

"빨리 살펴라."

어의는 쓰러진 황후를 보고 놀라더니, 태후 마마가 재촉하자 얼른 침상 가까이 다가가 의료 상자를 내려놓고 황후의 손목에 하얀 천을 대었다.

"천빈. 괜찮겠어요?"

그 광경을 지켜보는 사이, 촉비는 아주 작은 목소리로 내게 물었다.

"천빈은 회임 중이라 오래 서 있기 힘들 텐데. 내가 태후 마마에게 말해줄까요?"

"괜찮아요. 지금 혼자 돌아가면 상황이 더 신경 쓰일 거 같아요."

나는 촉비에게 말하지 말라 고개를 젓고서, 어의가 이마를 찌푸리다가 눈을 커다랗게 뜨는 광경을 초조하게 바라보았다.

'아이고. 어쩌나. 회임한 걸 알고 놀랐나 보네.'

얼마나 그러고 있었을까. 어의가 황후의 손맥에서 손을 떼더니, 황망한 표정으로 태후 마마를 바라보았다.

심상치 않은 기색에 태후 마마는 다급히 물었다.

"황후가 왜 이러느냐. 중한 병이라도 걸린 거냐?"

어의는 쩔쩔매다가 무거운 목소리로 고했다.

"태후 마마. 황후 마마께서는…… 유산하실 것 같습니다."

그 말이 끝나자마자 후궁들 사이에서 탄식이 터져 나왔다.

태후 마마는 멍한 표정으로 어의를 바라보다가 물었다.

"무슨 소리냐? 황후가 유산할 것 같다니? 황후가 언제 회임을 했다고?"

어의는 다급히 무릎을 꿇었다.

"송구하옵니다."

곧 태후 마마의 표정은 천천히 일그러졌다.

"넌 황후가 회임을 했는지 아닌지도 몰랐던 게냐!"

"송구하옵니다."

어의가 재차 납작 엎드리며 외쳤으나, 태후 마마의 화난 표정은 가라앉지 않았다.

"이게 무슨 일이래요?"

촉비가 작게 중얼거렸다. 역시 많이 놀란 목소리였다.

"흥."

유일하게 놀라지 않은 사람이 있다면 안비 정도.

아. 연비도 안 놀랐구나. 하지만 연비는 늘 저 표정이니까. 속으론 놀랐겠지. 그런데…… 갑자기 유산이라니? 정신적으로 힘들어서 그런가? 아니면 연금 때문인가? 연금은 황제가 불임이라 여길 정도였으니 그쪽이 건강하진 않을 거 아냐.

모르겠다. 이를 어쩐다. 이러면 어떻게 되는 거야?

황제의 명령으로 다시 궁전에 돌아온 연금은 황후궁 태감들 사이에 섞인 채 황후가 돌아오기를 기다리고 있었다.

황후에게 자신은 절대로 황후를 거부한 게 아니라고, 황후가 확고하게 마음을 정하지 않은 채 나갔다가 후회할까 드린 말씀이라고 알리고 그녀를 설득하기 위해서였다.

그런데 황후가 생각보다 오래 돌아오지 않았다. 몇 시진이 지나도록.

대체 무슨 일인가, 싶어 의아해하고 있자니 이번에는 밖이 몹시 소란스러웠다. 걱정된 연금이 창밖을 보니, 황후가 가마에 쓰러지듯 앉아 도착하고 있었다.

저게 뭔가? 연금은 놀라 눈을 휘둥그렇게 떴다.

태감들이 가마를 조심스럽게 내려놓자, 곁에 있던 궁녀들이 황후를 조심스럽게 부축하는 게 보였다. 황후가 상태가 좋지 않은 게 확실했다.

연금은 너무 놀라 심장이 빠르게 뛰었지만, 황제가 심부름 보낸 태감 흉내를 내고 있다 보니 혼자 툭 튀게 뛰쳐나갈 수가 없었다.

연금은 궁녀들이 황후를 침상에 눕히는 모습을 멀리서 바라보았다. 황후는 정신이 있긴 했으나 넋이 없어 보였고, 궁녀들은 흐느끼고 있었다.

그러다 황후가 침상에 앉아 어깨를 떨기 시작하자, 궁녀들도 눈물을 뚝뚝 흘리면서 소매로 눈가를 닦아댔다.

연금은 대체 무슨 일인가 싶어 멍하게 있다가, 영영이 지나갈 때 그녀에게 다가가 자신이 누구인지 알렸다.

"폐하의 허락을 받아 잠시 입궁하였습니다. 황후 마마와 대화를 나누고 싶은데, 상황이 많이 어렵습니까?"

영영은 낯선 태감이 자신을 붙잡자 신경질적으로 돌아보다가, 연금의 수려한 외모를 보자 그가 누구인지 알아차렸다.

곧 영영의 표정은 빠르게 증오와 적의로 물들었다.

애초에 이자가 황후 마마에게 감히 접근하지만 않았더라면……!

하지만 황명으로 입궁한 이를 그녀가 내칠 수는 없었다.

"따라오시지요."

영영은 차갑게 말하고서 방 안으로 들어가, 핑계를 대고 사람들을 내보낸 후 연금만 들어가게 해주었다.

황후는 침상에 앉아 허망하게 넋을 놓고 있다가, 사람들이 다 나가고 단 한 사람만 남자 멍하게 고개를 들었다.

"황후 마마."

연금을 알아본 황후의 표정이 일그러지더니, 곧 그녀가 벌떡 일어나 그의 뺨을 내리쳤다.

"!"

연금의 고개가 옆으로 돌아갔다가, 천천히 한쪽 뺨이 손바닥 모양으로 붉게 물들었다. 황후는 다시 그의 다른 쪽 뺨을 때렸다. 그래도 분이 풀리지 않아, 황후는 눈물을 흘리며 그를 노려보다 말했다.

"죽었다. 우리 아이가. 죽었다."

연금은 영문도 모른 채 맞았다가 뒤늦게 눈동자가 흔들렸다.

황후의 상태를 보고 무언가 일이 있었단 건 짐작했지만, 설마 아이를 유산했을 줄은 몰랐다.

"마마."

연금은 떨리는 목소리로 황후를 재차 불렀다.

황후는 주먹을 쥐고 눈물을 계속 쏟으며 그를 노려보았다.

소리 없이 눈물만 흘리는 그녀는 몹시도 애통해 보였다.

연금은 그녀의 앞에 무릎을 꿇었다.

"모두 제 탓입니다."

황후는 아무 말 없이 그를 노려보기만 했으나, 그 시선에는 수많은 감정이 뒤섞여 있었다.

연금은 그녀를 보았다가 다시 고개를 숙였다. 어쩌다 일이 이렇게 되었는지 알 수가 없었다.

황제가 그를 불러 황후를 설득하라 했을 때. 황명이라는 포장 아래, 마지못한 척 황후와 함께할 수 있음에 저도 모르게 심장이 뛰었기 때문일까. 황후를 위해서란 변명 아래 그녀를 밀어내고 후회하던 걸 황명으로 멈출 수 있음에 기뻐하고 말았기 때문일까.

감히 이 사랑으로 황후를 모실 수 있음에 행복해하고 말았기 때문일까. 이 모든 게 자신의 탓 같아 심장이 미어지듯 아팠다.

"제 탓입니다. 제 탓입니다, 마마."

황후는 치맛자락을 움켜쥐며 낮은 목소리로 물었다.

"어떤 게 네 탓이냐."

"……."

"말해라."

"용기 내지 말아야 할 때 용기를 냈고, 용기 내야 할 때 용기 내지 못한 탓입니다. 제 탓입니다. 그러니 부디…… 부디 절 원망하십시오. 자책하지 마십시오."

황후는 어처구니가 없다는 듯 웃었다.

"말은 잘하는구나. 내가 널 필요로 할 땐 날 밀어냈으면서. 그 입은 필요 없을 때만 잘 지껄여지나 보다."

"마마."

"넌 본궁을 연모한 게 아니야. 네가 본궁을 연모했다면, 본궁을 그렇게 버려두지 않았을 테니."

"아닙니다, 마마. 절대로 아닙니다."

"하. 이 와중에 넌. 네 사랑이 고결하고 순수했다고 주장이라도 하고 싶으냐?"

"그런 게 아닙니다, 마마."

"네 마음을 믿을 수 없다."

황후의 목소리는 계속해서 떨리고 있어서, 그녀가 아무리 독한 말을 내뱉어도 슬프게 들렸다.

연금은 마음이 미어졌다.

"제 생각이 짧았습니다. 황후 마마께선 이곳에서 지내는 게 장기적으론 더 행복하실 거라고. 소신의 곁에 계셔도 머지않아 이곳을 그리워하실 거라고. 멋대로 짐작하고 멋대로 굴었습니다. 소신의 짧은 생각이 마마께 상처가 되었습니다."

연금의 눈가 역시 맞은 뺨보다 점점 더 붉어지기 시작했다.

황후는 그 모습을 증오스럽다는 듯 내려다보다 피식 웃고서 지시했다.

"그래, 좋다. 네 말대로 본궁이 여기에 남아야 행복하다고 하자. 장기적으로는."

"……."

"하지만 본궁 생각에, 본궁은 네가 곁에 있어야 행복해진다. 단기적으로는."

"마마……."

"이제 그 머리를 잘 굴려 보아라. 본궁이 가장 행복해지려면, 그럼 널 무엇을 해야 할까?"

연금은 천천히 고개를 들어 황후를 올려다보았다.

황후는 잔인한 척 웃고 있었지만, 코끝이며 눈가가 죄다 빨간 데다 계속해 눈물이 흘러나와 어느 때보다도 약해 보였다.

연금은 천천히 일어나 그녀에게 절을 올린 뒤, 다시 몸을 일으켰다.

"내일…… 다시 오겠습니다, 마마. 답을 가지고서."

황후는 대답 대신 침상 안으로 들어가 돌아누웠다.

황후가 태후궁에 문안 가 있던 중 유산했단 이야기를 들은 월요는 이 일을 아는 측근들과 긴급히 대화를 나누고 있었다.

하지만 월요는 그러면서도 계속해서 문을 힐긋거렸다. 이 일이 터지기 전. 황후궁에 보낸 연금이 돌아오길 기다리는 것이다.

잠시 뒤, 해가 질 무렵. 마침내 연금이 돌아왔다.

"꼴이 말이 아니구나."

월요는 방 안에 들어온 연금의 양 볼이 벌겋게 퉁퉁 부어 있는 걸 보고서 혀를 찼다.

황후의 유산 소식을 듣고서 연금과 황후의 대화가 곱지는 않으리란 예상을 했지만, 완전히 양 볼이 저렇게 되어 돌아올 줄이야.

"황후가 많이 화가 났느냐."

"많이 슬퍼하십니다."

월요는 한숨을 내쉬고서, 오원요에게 연금에게 의자를 가져다주라 손짓했다. 월요가 연금을 불러온 건 그가 황후를 설득해 함께 밖으로 나가 살게 하기 위해서였다.

그러나 문제가 되던 아기는 유산되고 말았다. 그것도 태후궁에서 수많은 사람들 앞에서. 황후가 의술을 아는 궁녀를 데려온 게 쓸모없는 일이 되어버린 것이다.

"황후는. 어쩌고 싶어 하더냐."

연금이 말없이 우두커니 서 있기만 하자 월요가 다시 물었다.

"폐하."

그런데 갑자기 연금이 의자에 앉는 대신 그의 앞에 무릎을 꿇었다.

월요는 찻잔을 입으로 가져가다 말고서 동작을 멈추고 연금의 뒤통수를 내려다보았다.

연금은 그 상태로 덜덜 떨며 말했다.

"폐하. 소신을…… 황후 마마의 태감으로 만들어 주십시오. 평생의 소원입니다."

뜻밖의 청에 승언의 턱이 툭 떨어졌다.

오원요도 놀라서 연금을 쳐다보았다.

월요는 연금의 뒤통수를 빤히 내려다보다 물었다.

"거세하겠단 거냐."

"……예."

"황후가 그리하라더냐."

"아닙니다."

"그렇게 보이는데."

"아닙니다. 소신의 생각이고, 소신의 결심입니다."

"갑자기 왜 그런 결심이 섰는데."

연금은 천천히 고개를 들어 월요를 올려다보았다.

월요는 자신을 닮은 얼굴이 눈물로 얼룩진 걸 보고 눈살을 찡그렸다.

"홀로 남으신 황후 마마께서 자책하실까 무섭습니다."

"……."

"소신이 곁에 있으면 소신을 원망하실 것입니다."

월요는 한숨을 내쉬었다.

"황후를 위해서 네 삶을 포기하겠다고?"

"어차피 다른 여인과 가정을 이룰 마음이 없었으니 괜찮습니다."

"그러다 황후가 네 꼴도 보기 싫다 하면."

"마마께서 자책하지 않게 되셨을 때, 절 보는 게 더 괴롭다 하실 때. 그때 떠나겠습니다."

월요는 들고 있던 찻잔을 탕 소리가 나게 내려놓으며 물었다.

"그보다 네 마음이 먼저 변하면? 이미 뗀 걸 다시 붙일 순 없을 텐데."

"폐하께서는 천빈 마마나 폐하의 마음이 변하실 거라 생각하십니까?"

"짐은, 변할 수도 있다고 생각한다."

"하지만 폐하께서도 마마를 멀리하지 않으시잖습니까."

"천빈의 마음이 변하더라도 짐은 여전히 황제일 거다. 짐의 마음이 변하더라도 천빈은 여전히 황귀비겠지. 짐은 너처럼 극단적으로 사랑하지 않는다."

"……폐하께서는 모든 걸 가지고 계시니 그렇습니다. 하지만 소신은 황후 마마보다 훨씬 못한 처지입니다. 저 아득히 높은 곳에 계신 분께 마음을 바치기 위해선 그런 걸 계산할 수 없습니다. 계산하기 시작하면, 시작해선 안 된단 결론밖에 나지 않으니까요."

월요는 재차 한숨을 내쉬고서 일어나라 손짓했다.

연금이 후들후들 떨며 일어나자, 오원요가 곁에서 그를 붙잡아주었다.

연금은 간절한 눈으로 월요를 바라보았다.

진지해 보였으나, 월요는 그가 원하는 대답을 해줄 수는 없었다.

"안 된다."

"폐하……!"

"넌 짐을 위해 평생 그림자로 살아왔다. 짐은 더이상 널 불행하게 만들고 싶지 않다."

"저는 평생 폐하의 그림자로 살아왔습니다. 폐하께서 원하신다면 지금도 폐하의 그림자로 돌아갈 수 있습니다. 하지만 폐하께서 소신을 원하지 않으신다면…… 황후 마마의 그림자로 살고 싶습니다."

일이 꼬여도 이렇게 꼬일 수가 있나.

월요는 눈을 감고 한숨을 내쉬었다.

연금의 청처럼, 그가 거세해 황후의 곁에 남는다면 두 번 다시 이런 일은 벌어지지 않을 것이다. 황후와 연금을 그의 손바닥 아래에 두니 관리하기도 더 편하긴 하다.

하지만 그가 연금에게 한 말은 진심이었다. 그는 평생 자신의 그림자로 얼굴을 감추고 살아온 연금에게 자유를 찾아주고 싶었다. 그렇지만 그게 옳을까?

"폐하. 소신은 황후 마마를 밀어내는 게 황후 마마를 위한 일이라 여겼습니다. 하지만 황후 마마께 상처만 주고 말았습니다."

속내를 읽은 듯 연금이 어두운 목소리로 중얼거렸다. 자신을 위해 청을 거절하지 말란 뜻이었다.

월요는 다시 한숨을 내쉬고 손을 저었다.

"충동적인 제안은 받아들이지 않겠다. 닷새를 주마. 그동안 생각하고 생각하고, 또 생각해라. 그래도 마음이 변하지 않았다면 다시 찾아와라."

연금을 보낸 후. 월요는 이번에는 황후궁을 찾아갔다.

황후는 침상에 힘없이 앉은 채 넋이 나가 있었다.

월요는 궁인들을 모두 내보내고서 그 곁으로 다가갔다.

"괜찮으시오?"

월요가 다가가 묻자, 황후는 희미하게 웃고서 배에 손을 얹었다.

"괜찮지 않습니다."

"쾌차할 약재를 보내라 하겠소."

"폐하께서 보내지 않으셔도…… 많이 있습니다."

황후의 눈가도 연금만큼 벌겋게 부어 있어서, 그녀가 내내 울었음을 알 수 있게 했다.

월요는 그 모습을 물끄러미 바라보다가 입을 열었다.

"연금이 다녀갔소."

"네. 제게도 다녀갔습니다."

"황후가 연금에게 거세하고 오라 시켰소?"

"시킨 건 아닙니다. 하지만……."

황후는 자신의 배를 감싸더니 아까보다 짙게 웃으며 말했다.

"그러면 좋겠네요. 그렇게 해주시지요, 폐하."

월요는 황후가 이 일을 완전히 연금의 탓으로 여기는 걸 알아차렸다.

여러 가지 복잡한 상황이 많았을 텐데 그중에 딱 하나, 연금을 골라 원망하는 것이다.

월요는 어쩌면 자신이 짐작한 것보다 연금과 황후가 서로를 더 많이 좋아했을지도 모르겠다고 생각했다. 하지만…….

"꼭 그렇게 해야겠소? 아이가 떠난 건 슬픈 일이지만 연금의 탓이라 할 수는 없소."

"왜 그렇게 생각하십니까?"

온 귀인도 놀라 유산했고, 황후도 정신적으로 힘들어하다 유산했다.

어쩌면 연금이 자연히 치유되어 불임은 나았지만, 건강한 아이를 만들 정도로는 회복되지 않은 건지도 몰랐다.

월요가 그 말을 꺼내려던 차, 황후가 다시 눈물을 흘리고서 말했다.

"신첩과 연금의 탓입니다. 연금이 권한 대로 아이를 없애는 약을 먹었으니까요."

"!"

"우리 아이를 우리가 떠나게 만들었습니다. 평생 마지막이 될지도 모를 아이를요."

예상치 못한 말에 월요는 무어라 말해야 할지 몰라 잠시 가만히 있었다. 그는 황후가 우는 걸 계속 바라보다 어렵게 입을 열었다.

"짐도…… 황후에게 황후 자리에 머물고 싶으면 아이를 지우라 했소."

"아이를 데리고 나갈 기회도 주셨지요. 폐하는 선택을 하라 했지 하나를 권하지 않았습니다. 신첩은 폐하 말을 듣고 약을 먹은 게 아닙니다."

"연금은……."

"무어라 말씀하셔도, 신첩은 연금을 자유롭게 두지 않을 겁니다."

황후는 굳게 결심한 눈으로 월요를 노려보았다.

"그는 죽더라도 신첩의 곁에서 죽어야 합니다. 제 죄책감을 평생 함께 지고 가게 할 겁니다."

"차라리 지금이라도 연금과 나가 살 생각은 없소?"

"없습니다. 그리고 연금은 평생 보아야 합니다. 자기가 말한 신첩의 삶이, 행복할지 어떨지."

33장

흑심도 사심도 야심도 없다

황후가 유산한 소식을 들은 뒤로, 원웅과 부성은 겁이 나는지 수시로 내 배를 주시하고 있다.

나는 이미 유산되기 쉬운 초기를 지나서 괜찮은데, 원웅과 부성은 내가 몸을 움직이기만 해도 두려운 듯 두 손을 뻗어 허공을 허우적거렸다.

결국, 둘의 불안함이 가실 동안은 좀 빨리 자기로 하고서, 나는 평소보다 이른 시간에 침상에 누웠다.

그런데 떡돌이도 비슷한 마음인가. 평소보다 좀 더 이른 시간에 오더니, 착잡한 눈으로 내 배를 내려다보는 게 아닌가.

"안 없어져. 그만들 좀 해."

그 모습에 단호하고 믿음직스럽게 말해주자, 월요는 씁쓸하게 웃으며 고개를 저었다.

"그런 게 아니다."

"그럼?"

월요는 원웅과 부성을 내보내고서 내게 물었다.

"반숙아."

"응."

"우리 계란이가 없어지면……."

"꽥!"

그럴 불길한 이야기를! 놀라서 떡돌이의 주둥이를 찰싹 치자, 그는 인상을 찡그리더니 내 손을 깍지껴 잡고서 말을 이었다.

"절대 안 될 일이지만, 만약 짐이 계란이에 관해 안 좋은 얘기를 했는데, 정말로 계란이가 정말로 없어져 버리면…… 너도 짐을 원망할 거냐?"

"뭐?"

이게 무슨 소리야?

떡돌이는 한숨을 내쉬고는 황후와 연금에 대한 이야기를 들려주었다. 그러더니 다시 물었다.

"그러면 너도 짐을 원망하면서 평생 곁에서 살라 할 거냐?"

"뭘 그렇게 어렵게 돌아가? 나는 그냥 목을 똑……."

이번에는 떡돌이가 내 입을 찰싹 쳐서 뒷말을 할 수 없었다. 나는 떡돌이의 손을 누르며 항의했다.

"왜 질문을 해놓고 말을 막아?"

하지만 손은 계속 잡고 있자. 좋으니까.

떡돌이는 한숨을 내쉬며 부탁했다.

"대답 좀 온건하게 해다오."

"알았어. 나는 그냥 목을 뚝……."

뚝 소리가 떡돌이 입에서 들린다. 뭐 씹었나. 설마 이 씹었나.

"똑 부러뜨리는 건 과격한 거고 뚝 부러뜨리는 건 온건한 거냐."

자꾸 목 부러뜨린다고 해서 화났나 봐. 안 되지.

"어휴 농담을 못 하겠네. 내가 왜 네 목을 부러뜨려? 이렇게 예쁜데."

나는 얼른 떡돌이의 예쁜 목을 살살 쓸어주면서 호호 부는 시늉을 해주었다. 떡돌이는 그래도 코웃음을 쳤다.

"그 예쁜 목을 두 번이나 부러뜨리겠다고 말한 분이 누구냐."

그러고는 내 배에 손을 얹더니, 계란이에게 이 일을 고자질한다.

"계란아. 네 엄마가 벌써부터 이렇게 말을 마구 바꿔댄다. 사기꾼이다 사기꾼."

그 모습을 보고 있자니 전혀 반대인 감정 두 가지가 들었다. 하나는 그의 허벅지를 찰싹 두드리고서 꾸짖고 싶은 마음이고, 다른 하나는……

"떡돌씨. 떡돌아. 나라면 너랑 나갔을 거야."

달래주고 싶은 마음.

내가 이렇게 나올 줄 몰랐던지, 떡돌이가 흠칫해서 나를 바라보았다.

나는 그의 손을 꼭 쥐고서 의지가 될 만큼 멋지게 말해주었다.

"나는 너랑 갔을 거야. 네가 널 믿지 못해도 내가 널 믿고 데려갔을 거야. 나는 강하거든. 아주 많이."

"!"

떡돌이는 내 말에 입을 벌리고 나를 멍하게 바라보았다.

내가 갑자기 멋지게 보이기라도 하나? 맞다. 나는 멋진 악적이다. 떡돌이는 연약한 샌님이지. 무공은 익혔지만.

"그러니까 무서워하지 마. 너는 연금이가 아니야."

어쨌든 마지막까지 그를 위로해주자, 떡돌이는 잠시 나를 말 없이 바라보다가 두 팔을 벌려 꼭 끌어안으며 속삭였다.

"짐은 가끔 무섭다."

"뭐가."

"이렇게 내 편을 들어주는 네가, 어느 순간 마음이 식으면…… 그러면 짐의 편은 누가 있을까."

"뭐래. 태후 마마."

"……"

"내가 또 분위기 깬 거야?"

떡돌이는 나를 타박하는 대신, 웃으면서 내 뺨에 자기 뺨을 비볐다.

"우리 반숙이. 짐의 반숙이."

떡돌이는 머리가 좋아. 머리가 좋아서 생각도 많아. 그래서 나는 떡돌이가 뭘 생각하고 사는 건지, 가끔 오히려 이해가 안 가.

그렇지만…… 그래도 얘가 좋아.

하지만 이러는 걸 보니, 떡돌이가 날 너무 좋아하는 것 같아서 걱정은 좀 된다. 난 개원이가 날 죽여도 꿋꿋하게 살았는데. 떡돌이는 반대 상황이 되면 꿋꿋하지 못할 거 같아서.

"내가 더 오래 살아야겠다."

"응?"

"넌 몸도 마음도 떡 같아서."

"?"

"휴우. 연약해 연약해."

떡돌이 입꼬리가 올라간다.

연약하다는데 뭐가 좋다고. 어휴 근데 이뻐. 이쁘니까 뽀뽀나 해주자.

연금은 우두커니 서서 작은 연못을 바라보며 생각했다. 폐하의 말처럼 내가 너무 충동적으로 굴었던 걸까.

사실 그는 뭐가 옳은지 잘 알 수 없었다. 어쩔 수 없었다. 연금은 인생에서 스스로 뭘 결정해 본 적이 드물었다. 그는 그저 시키는 대로 따르기만 하면 됐다. 그러다 온전히 자신은 물론 황후의 일까지 결정해야 할 상황이 되자, 어떻게 해결해야 할지 막막했다.

그렇게 멍하게 생각에 잠겨 있을 때였다.

위쪽에서 "이런 얼굴이구나." 하는 목소리가 들려왔다.

놀라서 쳐다보니, 담벼락에 천빈이 앉아 있었다.

"천빈 마마?"

놀란 연금이 눈을 커다랗게 뜨고 부르자, 천빈은 아무렇지 않게 웃으면서 손을 내저었다.

"어, 신경 쓰지 마. 그냥 좀 구경하러 왔어."

신경을 안 쓸 수가 있나! 연금은 황당해서 입을 뻐끔거리다 물었다.

"여기 오셔도 됩니까?"

"오지 말란 말은 없어서."

그걸 말로 해야 아는 건가! 연금은 더 당황해서 할 말을 잃어버렸다.

반면 천빈은 아무렇지 않게 말을 이었다.

"아. 너랑 황후 마마 일로 떡, 폐하가 걱정하고 있다. 알아?"

"……."

"둘이서 지지고 볶아대니까 폐하가 덩달아 심란한가 봐."

천빈이 거침없는 표현에 연금의 낯빛이 어두워졌다.

"폐하를 위해 소인을 꾸짖으러 오셨습니까. 참으로 고귀한 사랑이군요."

연금은 그 해맑은 모습에 자신도 모르게 빈정거리다가, 뒤늦게 아차 싶어 천빈을 보았다. 이건 천빈을 탓할 게 아닌데.

"하하. 쑥스럽게."

하지만 천빈은 그가 빈정거린 걸 전혀 알아듣지 못한 상태였다.

상대가 못 알아들으면 돌려 말하는 건 아무 소용이 없구나. 연금은 뒤늦은 깨달음에 탄식하며 한숨을 내쉬었다. 그래도 이런 상황에서는 못 알아들어서 다행이겠지.

그러다 연금은 천빈의 따가운 시선을 느끼고서 힘없이 물었다.

"왜 그리 보십니까?"

"닮긴 닮았구나 싶어서. 폐하랑."

"그러니 뽑힌 거겠지요."

"응. 근데 애매하게 폐하가 더 잘생긴 거 같아."

연금의 이마에 다시 파랗게 힘줄이 올라왔다. 한없이 내려갔던 기분이 천빈과 대화를 나누자 급격히 상승하고 있었다.

시비를 걸러 온 건가? 연금은 화를 누르며 천빈을 노려보았다.

하지만 천빈은 신경을 쓰지 않는 건지 눈치가 없는 건지, 밝게 물었다.

"내가 뭐 보여줄까?"

그 말에, 연금은 천빈이 본인의 말과 달리 그냥 온 게 아니란 걸 깨달았다. 무언가 의도가 있어서 온 거였다. 지지부진한 상황에 조언이라도 하고 싶은 걸까?

연금은 순순히 대답했다.

"소신에게 깨달음을 주시고자 하십니까. 그렇다면 경청하겠습니다."

"그럼 봐봐."

천빈은 대답을 듣자, 빼지 않고 목을 왜가리처럼 앞뒤로 꾸벅거렸다.

"이거 봐."

연금은 충고나 조언, 혹은 경고가 나오리라 여기고 집중해서 천빈을 보다가 다리에 힘이 풀려 휘청였다. 저게 뭐지?

그는 멍하게 천빈의 목짓을 바라보다가 결국 묻고 말았다.

"무슨 뜻이신지…… 소신의 머리론 이해하기 어렵습니다."

그러자 천빈이 '이걸 모르겠어?' 하는 얼굴로 알려주었다.

"아, 이거. 왜가리 흉내."

"예?"

"아니, 너는 폐하랑 오래 지냈잖아. 이거 보면 폐하가 좋아하실까?"

연금은 얼빠진 채 천빈을 멍하게 보다가, 설마 설마 싶어서 재차 물어

보았다.

"혹시…… 왜 오셨습니까?"

"아. 구경하러."

진심이었나! 진짜로 그냥 구경하러 온 거였다고!

천빈이 무언가 경고나 충고, 조언, 혹은 협박을 하러 왔다 짐작한 연금은 충격을 받아 휘청였다.

뒤늦게 그는 분노가 솟았다. 사람이 심란해 죽겠는데. 진짜로 구경하러 온 거였다고!

그는 화가 나서 잠시 숙였던 고개를 들고 입을 열었다.

하지만 담벼락에 앉아 있던 천빈은 이미 사라져 있었다.

그리고 멀리서 들려오는 '마마! 뛰지 마세요!' 하는 태감의 목소리…….

연금은 담벼락을 뜨악하며 올려다보다가 이마를 짚고 나무에 기대섰다. 아니, 세상에 뭐 저런 사람이. 저 사람은 눈치란 게 없는 건가?

궁전에서 살면 높은 자리에 있든 낮은 자리에 있든 상대의 눈치를 읽고 판단하고 행동해야 하는 게 기본인데.

세상에 어떻게…….

"!"

그러다 연금은 뒤늦게 깨달았다.

'어쩌면 저런 사람이라 폐하께서 마음을 주셨는지도.'

그가 방금 생각한 것처럼, 이 궁전 안의 사람들은 신분이 높든 낮든 모두 다 나름대로 머리를 굴리는 사람이 아닌가.

그게 나쁜 건 절대 아니었다. 그렇기에 이 궁전이 굴러가는 거니까. 이 궁전 사람들이 모두 다 천빈 같다면 그 나라는 얼마 못 가 망할 것이다.

하지만 모두가 같은 보폭으로 걸어가는 궁전 안에서, 혼자 저렇게 뛰다가 기다가 하기는 정말 힘들었다.

'흑심도 사심도 야심도 없는 사람.'

연금은 멍하게 연못을 내려다보다가 주먹을 쥐었다.

천빈이 의도하고 간 건 절대로 아니겠지만, 그 태연한 태도에 불현듯 자신과 황후에게 필요한 게 무엇인지 알 것 같았다.

'천빈 정도로 생각을 비울 순 없겠지만…… 나나 황후 마마, 둘 다 너무 머리만 굴렸다.'

황후나 그는 닮았기에 서로에게 끌렸지만, 닮았기에 둘 다 제자리에 머물려고만 했다. 딱 한 번 선을 넘었던 때를 제외하고는.

그 후에는 도로 멈춰 버렸으니, 일이 진행될 수가 없었다. 처음부터 선을 넘지 말던가, 섬을 넘었으면 계속 앞으로 가야 했는데.

황후는 지금 충격과 증오심으로 서로를 망치는 길을 가려 하고 있었다. 이대로 그가 태감이 되어 황후 곁에 남아봐야, 두 사람은 서로를 보며 고통스러워할 뿐이었다.

그가 황후를 위해 궁전에 남길 권한 건 마음에서 우러나온 선택이었으나, 황후가 원한 선택은 아니었다.

하지만 황후는 이를 거절하고 속내를 말하는 방법을 몰랐고, 그 역시 온전한 속내를 드러내지 못했다.

그는 먼 미래에 황후가 후회할 걸 염려해 황후를 밀어낼 게 아니라, 다 함께 행복해질 거란 각오로 그녀와 아이를 데리고 가야 했다.

왜 처음부터 불행만 각오하고 있었을까.

그 앞에 놓인 게 뭔지도 몰랐으면서.

'모시고 나가자. 나가서 반드시 행복하게 해드리자.'

연금은 굳게 다짐하고서, 그를 지키는 그림자에게 다가가 부탁했다.

"황후 마마를 뵙고 싶습니다."

"좌칙승상은 남으라."

회의가 끝나고 대신들이 나가려 할 즈음. 황제가 한 사람을 지목했다.

아마 황후의 유산 문제겠지. 대신들은 속으로 생각하며 자기들끼리 어전을 빠져나갔다.

온원은 무거운 얼굴로 황제 쪽을 보고 섰다. 그는 황제가 이 일을 묻으려 할지, 아니면 유산한 아이가 자기 아이가 아님을 밝히려 할지 짐작할 수 없어 걱정이었다.

황제가 시끄러워지는 게 싫다며 이 일을 묻을까? 아니면 '황후가 유산한 아이는 짐의 아이가 아니다'라며, 황후와 그 시기에 동침한 적이 없다고 밝히려 들까?

황제가 아이를 지우면 황후 자리에 있게 해주겠다고 한 건 어디까지나 조용히 아이를 지울 경우이지, 이렇게 떠들썩하게 지울 일이 아니니까.

'그렇다면 황제는 공식 시침 기록이 없는 걸 내세우겠지.'

그러면 이쪽은 낮기긴 하지만, 어쨌든 아이를 가질 수 있을 만한 시기에 황제가 황후 방에 오래 몇 번 머물렀단 걸 내세우자.

황제도 이 일로 체면이 상하긴 싫으니, 일을 더 들쑤시는 대신 묻고 가려 할 것이다. 그 이후의 일은 철저히 대비해야겠지만.

온원은 할 말을 고르며, 허리를 숙이고 긴장감을 감추었다.

"황후의 궁녀가 홍우약을 구입했더군."

그런데 황제가 내뱉은 말은 전혀 예상하지 못한 이야기였다.

온원은 순간 당황해 황제를 쳐다보았다.

"예?"

홍우약은 임신 초기에 아이를 지우는 약이었다.

눈이 마주치자, 황제가 화를 누르는 표정으로 중얼거렸다.

"황후가 짐의 적자를 지워버리다니. 참으로 안타까워. 이렇게 불충한 일이 있을까."

온원은 멍하게 황제를 보다가 입을 벌렸다.

설마……! 처음부터 그 아이가 자신의 친자인지 아닌지를 따지려는 게 아니었나!

온원은 얼굴이 파래졌다.

'설마 황제가 이렇게 나올 줄은!'

황제는 아이가 친자인지 아닌지를 따질 생각도 없었다. 황손을 스스로 없앤 게 황후란 걸 알리며, 이를 온씨 가문 탓으로 돌리려는 거였다.

"황후가 주기적으로 어의에게 진맥 받는 걸 거부하기에 이상하다 생각은 했지. 그런데 설마 아이를 지우려 했을 줄이야. 황후가 최근에 승상을 만났던데. 혹시…… 승상이 사주한 일인가?"

아무 말도 하지 못하고 선 온원을 향해 황제가 빙그레 웃으며 물었다.

"설마 정말인가?"

온원은 멍하게 있다가 황급히 무릎을 꿇었다.

"폐하, 폐하, 폐하! 그 아이는……!"

그는 아무 말도 할 수가 없었다.

그 아이가 황손이라고 주장하면, 황후는 황손을 스스로 없애버린 것이다. 그 아이가 황손이 아니라 주장하면, 황후는 다른 사내와 사통한 게 되어버린다. 사방이 절벽이었다.

황후가 준비했던 아기 옷들을 멍하게 바라보고 있는데, 영영이 좀 화난 얼굴로 들어왔다.

"무슨 일이냐."

황후는 쳐다보지도 않고 물었다. 영영은 작게 고했다.

"마마. 그자가 왔습니다."

"그자?"

황후는 '그자'가 연금임을 알아듣자마자 표정이 어두워졌다.

"어찌할까요?"

영영은 쫓아냈으면 하는 투로 물었다.

하지만 황후는 잠시 생각하다가, 아기 옷을 꽉 움켜쥐며 지시했다.

"들어오라 해라. 각오는 들어야지."

"예."

영영이 나가자, 잠시 뒤 태감 복장을 한 연금이 들어왔다.

황후는 그 옷차림을 힐긋 보고서 건조하게 미소지었다.

"잘 어울리는구나. 다행이다. 평생 입어야 할 텐데."

그 말이 다 끝나기도 전에, 연금이 몇 걸음 다가와 청했다.

"함께 나가길 원합니다."

그 단호한 목소리에, 황후는 일부러 띠었던 무서운 미소를 지우고 거울을 보았다.

거울 속에는 창백한 그녀의 모습과 그 옆에 선 이의 손이 보였다.

황후는 거울 너머로 연금을 서늘하게 노려보았다.

함께 나가자고? 이제 와서?

"본궁이 우스워 보이느냐."

연금은 굳게 대답했다.

"같은 잘못을 두 번 반복하지 않겠습니다."

"본궁이 우스워 보이느냐."

"마마를 행복하게 해드릴 겁니다."

"본궁이. ……우스워 보이느냐 물었다."

황후의 목소리가 점점 낮아졌다.

혹시 같은 마음이 아니었던 걸까?

연금은 황후의 서늘한 태도에 다짐하고 온 마음이 잠시 흔들렸으나, 얼른 마음을 다잡았다.

계산하지도 분석하지도 말자. 그가 느낀 황후의 마음을 그대로 받아들이자. 그는 다시 한번 솔직하게 대답했다.

"황후 마마는 우습지 않습니다. 마마는 제게 늘 어렵습니다. 그래서 답을 잘못 선택하였습니다."

연금을 노려보던 황후의 눈동자가 그 말에 처음으로 흔들렸다.

"하여…… 이젠 제대로 선택하고 싶습니다. 제가 마마와 아기님을 지키게 해주십시오."

하지만 흔들리던 시선은 아기 이야기에 다시 매서워졌다.

그녀는 쥐고 있던 아기 옷을, 아직 완성되지도 않은 그 옷을 집어 던지며 눈가가 벌게져 외쳤다.

"어떻게! 이미 죽은 아이를 어떻게 지킨다고!"

"……."

황후는 말을 잇지 못하는 연금을 보다가 결국 눈물을 떨구었다.

지켜?

"너도 나도 우리 아이를 지키지 못했다. 다 큰 우리 둘이서 그 작은 아이를 지키지 못했다. 그런 우리가 어떻게 다음 아기는 지키겠느냐."

"그러니 다음 아기는 반드시 지키겠단 겁니다."

"가라."

황후는 돌아앉으며 이마를 짚었다.

"설령 더이상 아이가 없다 해도."

"……."

"저는 황후 마마를 지킬 겁니다. 저와 함께 나가주시길 청합니다."

그러나 이전이라면 바로 갔을 연금은, 오늘은 무슨 각오를 하고 온 건지 딱 버티고서 비키지 않았다.

황후는 그의 대답에, 서글프게 웃고서 자기 가슴을 두드렸다.

"이미 상처가 났다. 이미 살이 패어 버렸어."

"그 상처에 새살이 나게 할 겁니다."

"새살이 나도 흉터로 남을 거다. 우리는 그걸 계속 보아야 하고. 그걸 견디자고?"

"흉터로 남아도 고통스럽지 않을 겁니다."

연금의 결연한 표정에 황후는 자꾸만 눈물이 떨어졌다.

그녀는 입술을 깨물고 그를 바라보았다. 그가 이런 모습을 아기를 지우기 전에 보여주었더라면 얼마나 좋을까.

황후가 아까보다는 진정된 듯하자, 연금은 천천히 다가와 품 안에서 손수건을 꺼냈다. 그 손수건은 전에 황후가 준 손수건이었다. 잘 간직하고 보관한 덕에 좋은 향이 나고 있었다.

그가 이걸 계속 간직했을 줄은 몰랐던 황후는 놀라서 그와 손수건을 번갈아 보았다.

연금은 손수건으로 황후의 눈가를 조심스럽게 닦아주며 다짐했다.

"이젠 절대로 마마를 떠나지 않겠습니다. 마마를 외롭게 하지 않겠습니다. 황후궁에서 마마를 시중드는 수많은 사람들 이상으로 제가 마마를 행복하게 해드릴 겁니다."

"나는…… 자신이 없다. 널 행복하게 해줄 자신이."

"마마가 제게 행복입니다. 제 손을 잡아주시는 거. 이미 마마께서 치르는 큰일입니다. 이후는 제가 할 겁니다."

"내가 네게 부담이 될지도 몰라."

"행복은 원래 부담스럽기도 합니다."

황후는 울면서 연금을 바라보다 천천히 그의 배에 얼굴을 기대었다.

연금은 이전보다 살이 너무 많이 빠져 부러질 듯 약해진 황후의 어깨를 가까스로 끌어안았다.

그때. 좋은 분위기를 뚫고 온원의 목소리가 밖에서 들려왔다.

"황후 마마께 내가 왔다 일러라!"

온원이 황제의 말 한마디로 인해 절벽에 몰린 채 황후를 찾아온 것이었다. 그는 황후에게, 황제에게 싹싹 빌라고 말하러 온 거였다.

연금이 흠칫하자, 황후는 괜찮다고 그의 등을 쓸면서 외쳤다.

"몸이 좋지 않으니 돌아가시라 해라."

그러고서 황후는 연금의 배에 계속 이마를 대고 있으려 했으나, 밖에서 쿠당탕탕 하는 소리와 '안 됩니다!', '대인!' 하는 비명이 연달아 터지자 연금을 놓아주었다.

연금은 세 걸음 뒤로 물러나 섰다.

잠시 뒤, 온원이 멋대로 씩씩거리며 들어왔다.

"나가십시오!"

호위가 온원을 끌어내리려 했으나, 황후의 부친이자 좌칙승상이다 보니 완전히 힘을 주어 끌어내기는 쉽지 않은 듯했다.

호위가 그래도 온원을 끌어내보려 하자, 황후는 되었다 손짓하고서 온원을 쏘아보았다.

호위가 마지못해 밖으로 나가자, 황후는 차갑게 그를 쳐다보며 물었다.

"무슨 일로 오셨습니까?"

"황후 마마. 방금 폐하께서 뭐라고 하셨는지……."

그러다가 온원은 갑자기 연금을 쳐다보더니, 대번에 그가 황후의 연인이란 걸 눈치채고 표정이 험악해졌다.

"너! 너구나!"

잘생긴 태감이 없는 건 아니지만, 연금의 수려한 외모뿐만 아니라 넓은 어깨, 우뚝한 키 등은 일반 태감들에게서는 잘 없는 체형이었다.

이런 사건이 아니었다면 그저 '저렇게 근골이 좋은데 태감이라니 아깝군' 하고 넘길 텐데. 상황이 상황이다 보니 바로 연금이 황후의 연인이란 걸 알아챈 것이다

"오호라. 오호라. 네놈이구나. 네놈이었어!"

온원은 처음에는 삿대질하며 비웃듯 말하다가, 연금의 외모가 황제와 비슷하단 걸 알자 분노가 더욱 빠르게 솟아났다.

그는 황후의 책상에서 벼루를 집어 연금에게 던졌다.

"!"

연금은 놀라긴 했으나 옆으로 잘 피했다.

"이게? 피해?"

하지만 온원은 그 모습에 더욱 화가 나서 이번엔 붓 통을 들어 올렸다.

황후는 황급히 온원을 잡아당기며 외쳤다.

"아버지! 뭐 하는 겁니까? 그만하세요!"

"그만하라고요? 그만하라고요? 이놈 때문에 우리가 어떤 처지에 놓인 줄 아십니까?"

"목소리가 큽니다. 정말로 큰 문제가 생기길 원치 않으시면 언성을 낮추세요."

"이미 큰 문제가 생겼다. 폐하가 아까 내게 뭐라 하셨는지 아느냐? 네가 아이를 일부러 지웠다고 한다. 네가 자기 아이를 지웠다고, 적자를 지운 거라며 죄를 묻겠단다. 억울해서 부정하면 너는 사통한 것이 되어 버리

지. 우리는 궁지에 몰렸다. 이도 저도 못해. 이 상황에서 언성을 낮춰?"

온원은 다시 연금에게 삿대질을 했다.

"이놈. 이놈 때문에 우리 가문이 위험해졌다. 이놈 때문에 네가 이상해졌단 말이다!"

황후는 그 모습을 보다가 이를 갈며 말했다.

"절 이상하게 만드는 것도, 절 행복하게 만드는 것도 이 사람입니다."

"네가…… 진짜 미쳤구나."

"이 상황에서 어떻게 하겠습니까. 이미 벌어진 일은 돌이킬 수 없습니다. 아버지도 그만하고 돌아가세요. 저는 이 사람과 나갈 겁니다. 폐하께서도 일을 여기서 마무리 지어주실 겁니다."

"네가 나가면. 가문은? 널 여기까지 밀어준 우리 가문은?"

"그토록 원하는 아버지가 직접 후궁이 되시지요. 그러면 모두가 행복해질 겁니다."

"너……!"

머리끝까지 화가 치밀어 오른 온원은 더이상 참지 못하고 의자를 들더니, 그걸로 연금을 때리기 시작했다.

"그만! 그만하세요! 그만해!"

황후가 뒤에서 잡았으나, 온원은 그조차 뿌리쳤다.

"놔라! 내가 이놈을 죽여버려야 네가 제정신이 돌아올 거다!"

황후는 안 그래도 몸에 힘이 없던 터라, 온원이 뿌리치며 떠밀자 바로 뒤로 밀려나 탁자에 부딪혀 굴렀다.

연금은 상대가 황후의 아빠란 이유로 참아주다가, 황후가 구르자 분노해서 더 참지 못하고 온원을 세게 밀쳐냈다.

"마마!"

달려간 연금이 황후를 감싸는 사이, 온원은 바닥을 데굴데굴 구르다가 침상에 부딪혀 멈추고는 더욱 화가 나서 얼굴이 벌게졌다. 그는 연금을 아예 죽여버리겠단 각오로, 아까 자기가 집어 던진 벼루를 다시 집었다.

그 순간. 월요의 명령으로 근처를 맴돌던 황제의 그림자가 안으로 들어와 온원의 팔목을 잡았다.

"그만하시지요."

"놓아라! 네놈은 뭐냐! 놓아라!"

"폐하의 그림자입니다."

소리를 지르던 온원은 황제의 그림자란 이야기에 멈칫했다.

황후가 싸늘하게 충고했다.

"제가 목소리를 낮추라 하지 않았습니까."

"좌칙승상이 황후가 유산하자 미쳤나 봅니다."

거울을 보면서 왜가리 춤을 연습하고 있는데, 귀자가 난데없이 이상한 말을 한다.

"왜?"

"아까 낮에 황후 마마 방에 가서 난동을 부리다가 끌려갔답니다."

하지만 듣고 나니 이상한 건 좌칙승상이었다. 귀자가 아니라.

"진짜? 아니, 왜 그랬대?"

"모르지요. 폐하께서 안 그래도 유산해서 몸이 약해진 황후 마마를 괴롭혔다고 화가 나서 삭탈관직시키라 했답니다."

"와."

바로 삭탈관직이라니. 떡돌이. 벼르고 있었구나.

나는 고개를 설레설레 저었다.

어쨌든 제일 큰 문젯거리인 온원이 스스로 자기 발등을 찍고 승상 자리에서 나갔으니, 온씨 가문이 여전히 건재해도 황후에게 당장 문제가 생기진 않겠네.

"떡돌이도 마음이 편해졌겠어. 그럼 난 다시 춤 연습해야지."

"그게 춤입니까……?"

그런데 저녁 무렵. 뜻밖에도 황후궁 궁녀인 영영이 찾아와 말했다.

"황후 마마께서 천빈 마마와 식사하고 싶다 하십니다."

부성과 원웅은 내 배를 보더니 얼굴이 파래졌다. 안 갔으면 하는 표정들이었다.

영영은 그런 기색을 눈치채고는 불쾌한 목소리로 딱 잘라 말했다.

"황후 마마와 함께 식사하다가 일이 생기면 모두 다 황후 마마의 탓이 됩니다. 황후 마마께서 설마 불러놓고 이상한 걸 먹이시겠습니까."

그건 그렇기에 나는 영영을 따라 황후궁에 갔다.

좌칙승상이 난동을 부리고 갔다더니. 황후는 의외로 의연한 모습으로 탁상 앞에 앉아 있었다.

탁상에는 많은 음식들이 차려져 있는데, 태아에게 해가 될 만한 재료는 아무것도 없어 보였다.

"황후 마마께 인사 올립니다."

신경을 써 주는 건가…… 생각하면서 꾸벅 인사를 올리자, 황후가 내게 앉으라 눈짓했다.

얼른 앉자, 황후는 바로 말을 꺼냈다.

"내가 나가면 폐하께선 천빈, 그대를 황후로 삼으시겠지."

나는 음식 종류를 살피다가 놀라 되물었다.

"나가시게요?"

결국 그렇게 됐나? 그거 때문에 날 부른 건가?

황후는 대답 대신 옆에 선 자기 궁녀를 불렀다.

"영영."

그러자 곁에 있던 영영이 커다란 보따리를 가져와 내 옆에 내려놓았다.

뭐지?

"풀어보아라."

시키는 대로 일단 슬그머니 풀어 보자, 안에 책이 수북이 쌓여 있었다.

"이게 뭐예요?"

놀라 묻자, 그녀가 대답했다.

"나는 여기서 벗어날 거다. 하지만 바로 나가진 않아. 준비할 시간이 필요하니까."

"이게 준비물이에요?"

"그래."

그렇구나. 이게 준비물이구나. 나가면서 돈과 패물 대신 책을 챙기시다니. 멋지긴 한데 이해는 안 가는 분이네.

"근데 준비물을 왜 저한테 주시는지……."

"솔직히 천빈. 그대가 황후가 된다면, 나는 전 황후로서, 이 나라 백성으로, 걱정이 안 될 수가 없다."

"네?"

"그래서 나가기 전까지, 그대에게 황후가 해야 하는 일들을 교육해주고 나가려 한다. 이게 황후로서, 내가 마지막에 준비해야 할 일이겠지."

"!"

아니, 세상에 이럴 수가 있나.

나가면 그냥 가벼운 마음으로 나가면 되지, 왜 그렇게 굳은 결심을 하고 가는 거지? 게다가 하필 불똥은 왜 이 방향으로 튀는 거야?

"황후 마마. 알려드려야 할 게 있어요."

내가 단호하게 말하자, 황후가 책을 설명하려다 말고 나를 쳐다보았다.

나는 그녀가 일말의 희망도 가지지 않도록 딱 잘라 알려주었다.

"전 학문과 사이가 좋지 않아요."

황후의 눈이 가늘어졌다.

"뭐라."

뭐야 저 사람. 눈 저렇게 뜨니까 무섭잖아.

"정말이에요. 이런 건 확실하게 알려드려야 할 것 같아서요."

황후는 책에서 손을 떼면서 물었다.

"사이가 좋아지려는 노력은? 해 보았고?"

"저는 했지요. 하지만 이런 건 쌍방이 노력해야 하잖아요, 마마. 저는 하는데 학문 쪽에서 저를 멀리하네요."

"그렇군. 그러면 본궁이 중간에서 다리를 잘 놓아주면 되겠구나."

이를 어쩌지. 심장이 콩닥콩닥 뛴다. 이러다가는 정말로 황후가 궁 밖에 나갈 때까지 내내 공부만 하며 지내게 생겼다. 황후는 변명을 한다고 해서 술렁술렁 넘어가 줄 것 같지도 않은데!

"하기 싫은가 보구나."

내가 입을 뻥긋거리자 황후가 실망한 것처럼 말했다.

"이 자리는 단순히 폐하와 첫 번째 줄에서 연애하는 자리가 아니다. 네 손으로 네 연적들을 살피고, 내명부 내의 수많은 궁인을 살피고, 장차 태어날 황손들과 태후 마마에 대한 일도 챙기고, 외명부도 챙기고, 황실 재산을 관리해야 한다. 그리고 가장 사소하게는, 후궁들의 공부도 네가 맡아 가르쳐야 하지."

아이고 머리야. 뭐라고?

"재산…… 많아요?"

그 이상은 머리에 들어가질 않아 멍하게 묻자, 황후는 눈을 빠르게 깜빡거렸다. 고장 난 것처럼.

잠시 그녀는 나를 그 상태로 바라보다가 이마를 손을 짚었다.

얼마나 그렇게 어색하게 있었을까. 황후가 이마에서 손을 떼더니, 철 같은 표정으로 말했다.

"하루에 세 시진씩 공부시키려 했는데 안 되겠다. 네 시진으로 늘리자."

뭐라고! 그러면 그게 뭐야. 아침에 일어나서 밥 먹고 공부하고 밥 먹고 공부하고 밥 먹고 자는 수준이잖아!

이건 아니다 싶어서, 나는 황급히 황후 마마에게 말했다.

"마마. 꼭 아셔야 하는 게 두 가지가 있어요."

"말해보아라."

"일단 하나. 왜 폐하가 절 황후로 삼을 것이라 여기시는지 모르겠는데요. 아니에요. 폐하가 저는 황후감이 아니라 그랬어요."

그 말에 황후가 눈살을 찌푸렸다.

"말을 심하게 하시는군."

"어쨌든 그러니까 저는 이런 공부를 하지 않아도 돼요, 마마."

그러나 황후는 어림없었다.

"그래도 해 두는 게 좋다. 사람 일은 모르는 거고, 네가 황후가 되지 않더라도 최소 황귀비는 될 테니까. 네가 황귀비가 되었을 때 황후가 아프거나 일이 많거나 하면 옆에서 도와야지."

이럴 수가! 소름이 돋는다.

황후는 떠나기 전에 무슨 수를 써서라도 나를 학문으로 고문할 마음이 틀림없었다.

"천빈."

"네?"

"태어나면서 황후 재목인 사람은 없다. 교육을 받고 훈련을 받고 연습을 하고, 기대에 부응하려 노력하면서 갖추어지는 것이지."

심지어 황후는 굉장한 낙관론자였다.

나는 당황해서 괜히 사방을 살폈으나, 이 안에 날 도울 사람은 없었다.

결국 나는 평소 스스로도 절대로 거부하려고 하는 진실을 그녀에게 털어놓고 말았다.

"마마. 꼭 아셔야 하는 두 번째를 아직 말씀드리지 않았잖아요."

"……말해보아라."

아아. 이 얘기는 정말 하기 싫은데…….

하지만 해야 한다.

아니면 정말로 하루 종일 책상에 앉아 있게 생겼으니.

나는 눈을 딱 감고 고백했다.

"저는 똥멍청이예요!"

"……."

잠시 찬 바람이 부는가 싶더니, 옆쪽에서 '쿡' 하고 웃는 소리가 들려온다. 옆을 보자 황후의 측근 궁녀인 영영이 정색한 채 입술을 깨물고 있었다. 자기가 웃고서 자기가 놀라 일부러 정색하는 게 틀림없었다.

평생 마음속으로도 부정하며 살아온 사실을 사이도 안 좋은 황후에게 고백해야 하는 내 심정은 참으로 괴로웠다.

나는 영혼이 사라진 것처럼 나를 쳐다보는 황후에게, 한숨을 내쉬고서 솔직히 털어놓았다.

"이왕 이렇게 된 김에 솔직하게 말씀드릴게요, 마마. 제가 날 때부터 이런 건 아니었어요. 제가 어릴 땐 조기 교육을 못 받아서 그런 거예요. 황

후 마마도 아시죠, 조기 교육 중요성? 조기 교육의 조기가 먹는 조기가
아닌 건 아세요?"

"……알지."

"네. 저는 조기도 못 먹었고 조기 교육도 못 받았어요. 황후 마마도 아
시다시피 우리 연비 언니가 너무 똑똑해서 모두 그쪽만 신경을 썼거든
요. 덕택에 저는 그 뭐야."

천소여가 집에서 뭐 하고 지냈다더라? 아. 흙놀이.

"맨날 집에서 흙만 가지고 놀았답니다. 덕택에 몸은 아주 건강해졌는
데요, 대가리, 가리, 머리에 뭘 집어넣지 못했어요."

슬그머니 황후의 눈치를 살폈다. 황후는 몹시 혼란스러워 보였다.

어쨌든 내 말을 안 믿는 기색은 아니어서, 나는 안도하고 웃었다.

"그런 이유로, 저는 이것들을 공부할 수 없어요. 마마."

하지만 말이 끝나는 순간. 황후는 돌아서며 영영에게 지시했다.

"영영. 소학문 책부터 구해오너라."

"네, 마마."

뭐야? 소학문이 뭐야?

멀뚱히 쳐다보고 있자, 황후가 내 의문을 알아차리고 먼저 알려주었다.

"내가 열 살 때 익힌 서책이다."

열 살! 지금 내 머리 수준을 열 살로 생각한단 건가!

"전 열 살 아닌데요, 마마."

"내가 열 살 때 익혔지만 남들이 열 살 때 익힌 것은 아니니 안심하거
라. 보통은 열다섯 살 정도에 익힐 테니."

"그건 수준이 너무 높을 거 같아요. 마마."

자신이 없어져 중얼거리자, 황후는 이마를 손으로 누르며 말했다.

"천빈은 자존감이 높은 건지 낮은 건지 모르겠군. 어쨌든 학문은 놓지

않는 게 좋아. 그대가 황후가 안 되더라도 다음 황제의 친모가 될 사람인 건 확실하니까."

"자신감이……."

"염려 마라."

"네?"

"싫어도 기억날 수밖에 없게 머리에 다 집어넣어 줄 테니."

"!"

촛불이 흔들거릴 때마다 내 마음도 같이 흔들거리는 듯하다.

그리고 내 몸도…….

"마마. 공부하면서 춤추지 마세요."

"가만히 있으면 좀이 쑤셔서 그래, 원웅아."

원웅은 웃으면서 내 앞에 다듬은 대추 접시를 밀어주었다.

"이것 드시면서 하시고요."

대추를 씹어 먹으면서 나는 연거푸 한숨을 내쉬었다. 대추는 씹을수록 맛있는데 상황은 곱씹어도 쓰다.

황후는 내게 수업을 할 거란 예고를 하더니, 영영이 '소학문'이란 책을 가져오자마자 바로 수업을 시작했다.

"황후 마마께서 피곤하실 듯하니 보름 뒤부터 시작하면 어떨까요?"

황후를 위하는 척 이렇게 말해 보았으나, 황후는 단호하게 끊어냈다.

"괜찮다."

솔직하게 말해도 보았다.

"실은 지금 제가 하기 싫어서 그래요, 마마. 그럼 일주일 뒤부터 시작하면 어떨까요?"

하지만 황후는 단호하게 또 끊어냈다.

"천빈. 서책. 펼치거라."

그렇게 맛보기로 한 시진을 공부한 다음, 황후는 기진맥진한 내게 복습할 거리, 예습할 거리, 숙제 거리까지 내어주고 돌려보냈다.

덕택에 돌아와서도 쉬지 못하고 이렇게 책을 펼치고 있는 거다.

하나도 눈에 들어오지 않는데!

얼마나 그러고 있었을까.

"황제 폐하 납시오!"

문밖에서 오 공공의 쩌렁쩌렁한 목소리가 들리더니, 떡돌이가 안으로 들어왔다.

하지만 공부하느라 바빠 멍하게 책상에 앉아 있기만 했더니, 떡돌이는 들어오다 말고서 웃음부터 터트렸다.

기운 없이 바라보자, 그는 "진짜구나." 하고 웃음 섞인 목소리로 말하고서 곁에 와 앉았다.

"뭐가."

"황후가 나갈 준비를 하면서 널 교육할 거라 했거든."

"꼭 해야 해?"

"해서 나쁠 건 없지."

"해서 좋을 것도 없어 보여."

"아는 만큼 보는 세상도 넓어질 거다, 반숙아."

"난 남들이 모르는 걸 많이 알잖아. 그런데 꼭 이런 걸 배워야 해?"

"남들이 모르는 거?"

"단도로 목을 찌르면 사람이 죽기까지 얼마나 걸리나 같은 거."

귀자가 떡돌이 앞에도 대추 접시를 놓아 주다가 날 향해 고개를 슬쩍

75

저어 보였다.

나는 붓을 내려놓고서 침상으로 엉거주춤하게 다가가 드러누웠다.

"떡돌아. 네가 황후한테 말 좀 잘해주면 안 돼?"

"뭐라고?"

"나는 이런 거 가르쳐도 못 알아먹는다고 해줘."

"그건 잘 말해주는 게 아닌데. 흉보는 거지."

내가 시들시들한 채 그를 쳐다보자, 떡돌이는 웃으면서 다가오더니 내 머리카락을 부드럽게 넘겨주며 말했다.

"짐은 우리 반숙이가 잘할 거라 믿는다."

손에 조금 묻은 먹물을 그의 이마에 그어 버렸다.

"나빠."

"그런데 네가 짐에게 보여주려고 무슨 춤을 연습 중이라던데."

"다 잊어버렸어. 저 소학문을 머리에 집어넣고 나니 춤이 날아갔다고."

그로부터 며칠간 나는 황후궁을 들락거리면서 공부하게 되었다.

나와 황후가 매일매일 만나기 시작하자, 사람들은 또 제멋대로들 소설을 써서 수군거렸고, 원웅은 그 소문을 전해주었다.

하지만 소문이야 늘 이렇게도 나고 저렇게도 나는 것이기에 그리 신경 쓰이진 않는다. 어쨌든 그렇게 며칠을 네 시진씩 공부한 덕에 소학문을 반 정도 뗄 수 있었다.

후궁 기초 서적이라는 '양의억' 어쩌고 하는 걸 익히는 데 걸린 시간을 떠올린다면 정말 큰 발전이었다.

심지어 '양의억' 어쩌고는 다 읽자마자 홀라당 까먹었는데. 이번에 익히는 소학문은 황후가 매일 시험을 쳐서 그런가. 다 까먹지도 않았다.

그렇게 지내다 보니 어느새 밀리고 밀렸던 내 책봉식 날도 하루 앞으로 홀쩍 다가왔다.

"오늘은 공부하러 안 가세요, 마마?"

아침에 일어나 씻자마자 다시 침상에 드러누웠더니, 부성이 오늘 내가 입을 옷을 꺼내 챙기다가 물었다.

나는 고개를 끄덕이고서 침상에서 발만 까딱거렸다.

"응. 오늘이랑 내일은 안 와도 된다고 했어."

"다행이에요. 오늘은 잠도 푹 주무시면서 얼굴에 혈색도 좋게 해야죠."

부성은 기뻐했고, 나도 기뻤다.

나는 제법 나온 배를 손으로 쓸어주면서 흐뭇하게 고개를 끄덕였다.

"응. 오늘은 하루 종일 잠만 자려고."

하지만 막상 눈을 감으려니, 문득 내일 책봉식 절차가 떠올라 다시 눈이 번쩍 떠졌다.

"내일 준비는 완벽히 다 됐지?"

"그럼요. 예복도 준비됐고, 신발도 준비됐고, 책봉식을 할 장소도 먼지 한 톨 나오지 않도록 쓸고 닦고 했어요. 마마께서도 절차는 다 기억하고 계시지요?"

"응."

기억나지 않을 리가 있나. 황후가 하루에 반 시진씩은 책봉식 연습을 시켰는데. 움직이는 속도부터 절하는 방법, 배 때문에 절하기 어렵다고 거절할 때 쓰는 말, 실수했을 때 처리하는 방법까지 죄다 배웠다.

"완벽하게 준비했어."

"네. 다행이에요."

부성은 히죽 웃고서 희망에 들뜬 목소리로 중얼거렸다.

"이제 내일이면 천비 마마가 되시는 거네요."

"내일이면 낭자가 천비 마마가 되는 겁니다."

"고맙습니다. 모두 혜비 마마의 덕입니다."

혜비의 말에, 부성은 눈가가 붉어져 감사 인사를 청했다.

혜비는 부성의 두 손을 꼭 쥐며 고개를 저었다.

"아니에요. 나 때문에 일어난 일인걸요."

부성은 입술을 깨물고서 소맷자락으로 눈가를 닦다 물었다.

"저…… 그러면, 지금 제 몸을 차지한 '그 사람'은 어떻게 되는 걸까요?"

혜비는 한숨을 내쉬면서 손수건을 건넸다.

"속도 좋으십니다. 생판 남에게 몸을 뺏기고 그 고생을 다 했으면서. 그게 신경 쓰이나요?"

"처음엔 증오스러웠어요. 내 몸을 차지하고서 뻔뻔하게 내 것들을 누리는 모습을 바로 옆에서 지켜보아야 했으니까요. 하지만 지금은…… 모르겠어요."

부성은 어두워진 얼굴로 혜비에게 받은 손수건을 꼭 쥐었다.

"즐거운 시간이 없었냐면, 그건 아니거든요."

"알아요. 하지만 죄책감 느낄 필요 없어요. 낭자의 몸이고 낭자의 신분이고 낭자의 지위였는데, 그걸 빼앗겼던 거잖아요. 낭자가 도로 찾는 게 올바른 거고요."

"하지만……."

"그 여자는 낭자의 인생을 도둑질한 거예요. 도둑이 밝고 사랑스러운 사람이라고 해서 도둑이 아닌 건 아니랍니다."

"제가 몸을 되찾고 나서 폐하께서 절 멀리하시면 어쩌죠?"

혜비는 어깨를 으쓱했다.

"그건 낭자가 해야 할 일이고 내가 도울 순 없답니다. 하지만 총애를 잃더라도 낭자는 첫 황손의 친모가 되는 거예요. 총애하지 않으셔도 예의로 대해 주실 테니 염려 말아요."

부성은 고개를 끄덕이고서, 이 모든 일의 시작을 떠올렸다.

"멍청이. 창피하지도 않나."

문안을 마치고 돌아가는 길. 누군가 어깨로 천소여를 퍽 밀치고 지나갔다. 천소여는 비틀거리다가, 자신을 민 상대가 영빈인 걸 알아차리고 굳었다.

영빈은 걸어가다가 힐긋 그녀를 돌아보더니, 픽 웃고서 다시 걸어갔다.

"소주……."

멍하니 서 있자니, 부성이 슬픈 목소리로 그녀를 불렀다. 대꾸하기도 전에 담 너머에서 비웃는 소리가 들려왔다.

"저러고 살고 싶을까."

"그러니까요. 안 됐긴 한데. 참. 창피를 모르는 것 같긴 해요."

"그만들 해요. 본인이야말로 가장 속상하겠죠. 늦게 들어온 서출 동생보다도 못났으니, 얼마나 자존심이 상하겠어요?"

"어쩔 수 없는 일이죠. 영빈이나 연비나 얼굴들을 봐요. 하나같이 절색이잖아요. 게다가 영민하고 자신만만해요. 싸울 땐 짜증 나지만 매력적이긴 하지. 하지만 천 귀인은……."

"하하, 너무 솔직하다."

"폐하께서도 너무하시지. 존재감이 없긴 하지만, 어떻게 대놓고 누구냐 물어보실까."

"하하."

천소여가 훨씬 전에 나갔으니 지금쯤 밖에 없을 거라 여기고서, 남은 후궁들이 자기들끼리 천씨 가문 세 자매 이야기를 하는 듯했다.

"천 대인이 딸을 셋이나 후궁으로 넣었다고 걱정들 하지만, 사실상 둘만 넣은 거나 다름없지요. 한 명은 유령이나 다름없으니까."

"그래도 서출 동생 덕에 앞에선 아무도 천 귀인에게 뭐라 못하잖아요?"

천소여가 우두커니 서 있자, 부성이 울면서 그녀의 팔을 잡아당겼다.

"저런 헛소리들, 들을 필요 없어요 소주. 얼른 가요."

천소여는 부성의 부축을 받아 터덜터덜 걸어가다가 중얼거렸다.

"부성. 나…… 궁 밖으로 나가고 싶어."

부성은 울면서 천소여의 팔을 꽉 잡았다.

"두고 보세요. 소주도 언젠가 총애를 받아 영빈이나 연비보다도 더 높게 올라갈 거예요. 그때가 되면 저것들도 다 입을 다물 수밖에 없어요."

"총애? 폐하는 날 쳐다보지도 않아. 그런데 총애라니."

"사람 일은 모르는 거예요, 소주."

"하지만 난 대여 언니나 천우여만큼 아름답지 않아."

"소주……."

첫째인 대여 다음으로 두 번째 적녀인 천소여가 입궁할 때, 후궁들과 대신들은 모두 다 긴장했다.

절색의 외모에 뛰어난 머리와 상냥한 미소로 빠르게 비의 자리에 오른 연비의 동복동생이니, 다들 연비 같은 여자가 올 거라 여긴 것이다.

그러나 모두의 기대 속에 입궁한 천소여는 외모로도 머리로도 존재감으로도 연비의 발끝만큼도 따라가지 못했다. 한 번도 시침을 들지 못했고, 본인도 늘 기가 짓눌려 후궁들과 어울리지 않았다.

사람들이 '장점은 언니가 다 가져가고 동생은 찌꺼기만 받았나보다'고 혀를 찰 무렵. 천소여의 서녀 동생인 천우여가 입궁했다.

사람들은 천씨 가문이 천소여의 실패로 발악을 한다며 조소했으나, 천우여는 제2의 천대여라 하기에 부족하지 않았다.

그러면서도 천대여와 전혀 다른 매력을 갖추고 있어서, 누구든 그녀를 보고 나면 존재를 확실하게 외우게 됐다.

천씨 가문에 대한 조롱은 영빈이 빠르게 품계가 올라가는 걸 보며 바로 가라앉았다.

대신 그 조롱은 모두 다 천 귀인 천소여의 차지가 되었다. 언니이고 적녀이면서도 천우여보다 모든 게 못난 천소여는 후궁에서 지내는 내내 비웃음거리였고, 본인도 그걸 잘 알았다.

연비와 영빈의 눈치를 보느라, 애초에 경쟁이 안 되니까, 다들 눈앞에서만 잘 대해 줄 뿐. 뒤에서는 천소여를 비웃었다.

"궁 밖으로 나가고 싶어."

천소여는 늘 하는 말을 다시 또 중얼거리며 힘없이 자신의 처소로 들어갔다.

어느 날. 천소여는 혜비에게 부탁하면 '소원을 들어주는 사람'을 소개받을 수 있단 소문을 들었다.

천소여는 자신의 보물 몇 가지를 챙겨가 혜비에게 주고서 부탁했다.

"소원을 들어준단 사람을 만나게 해주세요, 혜비 마마."

혜비는 천소여가 비웃음을 당할 때면 늘 불쾌해하며 그만하라 말리는 이 중 하나였다. 그녀가 없는 곳에서도 있는 곳에서도.

천소여는 그런 혜비가 소개해 주는 이라면 믿을 수 있다고 여겼다.

"무슨 소원을 빌려고요?"

혜비는 걱정스럽게 물었다.

천소여는 그 누구에게도, 심지어 원웅에게도 하지 못했던 말을 어렵게 꺼냈다.

"궁 밖에 나가고 싶어요."

"쉽지 않을 텐데……."

"여기 생활도 쉽지 않은걸요."

"밖에 나가면 더 고생일 거예요, 천 귀인."

"괜찮아요. 전 예전부터 몰래 집을 빠져나가 여기저기 잘 돌아다녔는걸요. 바깥의 삶에 아예 무지하진 않아요."

천소여는 혜비를 통해 비원이란 사람을 소개받았다.

비원은 천소여의 이야기를 듣더니 잠시 손가락으로 허공을 두드리며 생각하다 웃었다.

"그렇군요. 그럼 소원을 들어드리지요."

"대가는……."

"나중에 받겠습니다. 일이 잘 해결되고 나서."

천소여는 기대에 차 물었다.

"어떻게 해야 나갈 수 있겠나?"

"먹으면 죽은 것처럼 보이는 약을 구해드리겠습니다."

"죽은 것처럼 보이는 약?"

"예. 자결로 위장해 궁 밖에 나가는 거지요."

"괜찮을까?"

"물론입니다."

비원은 어떤 식으로 일을 진행할 건지, 어떻게 밖에서 깨어나게 될지를 설명한 다음 "아차." 하고 탄식하며 말했다.

"그런데 소주. 그 약을 구하려면 시일이 좀 걸립니다."

"어느 정도 걸리나?"

"음. 보름은 걸릴 겁니다."

"보름이나?"

"어쩌면 스무 일이 걸릴지도 몰라요."

스무 일 동안 이 모욕을 더 견뎌야 하나. 천소여는 눈앞이 깜깜해졌으나, 비원은 고개를 끄덕이며 말했다.

"음. 안전하게 하려면 역시 스무 일은 걸릴 겁니다. 대신 확실한 약으로 구해 두지요."

"더 빠르게는······."

"위험합니다."

비원은 실망하는 천소여에게 미안하단 듯 웃고서 말했다.

"오늘부터 스무일 뒤 자시에 동쪽 보서고에서 꽃을 들고 서 있겠습니다. 제가 있을 수도 있고 다른 사람이 있을 수도 있으니 그걸로 표시를 정하지요. 마마께서도 직접 안 오실 수도 있으니 이게 낫겠지요?"

천소여는 고개를 끄덕였다.

"그러지. 나도 사람을 보내겠네."

총애를 못 받지만 그래도 후궁인 터라, 홀로 자시에 동쪽 보서고에 가기는 힘들었다.

"예. 그럼 그날, 꽃을 든 사람이 보따리를 들고 있을 겁니다. 그 보따리를 받아 가져간 다음 넉 달 뒤 축시에 드십시오."

천소여는 힘없이 비틀거렸다. 스무 일을 기다리는 것도 힘든데, 여기서 넉 달을 더 버티라고?

"왜 넉 달을 기다려야 하는가?"

"믿을 만한 사람을 사 시신으로 위장한 귀인을 잘 모셔야 하니까요. 이 런저런 준비도 해야 하고요. 그리고 언제든지 변할 수 있는 게 사람 마음 아닙니까."

"그래도 넉 달은……."

"좀 더 빨리 준비되면 빨리 드셔도 된다고 언질을 드리겠습니다."

"기다리겠네."

천소여는 원웅과 부성 중 누구에게 심부름을 시킬까 고심하다가, 부성 에게 맡기기로 했다.

"부성, 지금부터 내가 하는 말은 절대로 아무에게도 하면 안 돼. 우리 둘 다 죽을지도 몰라."

비원은 넉 달이라 했으나, 그로부터 두 달째 되던 날. 뜻밖에도 비원이 '준비가 빨리 끝났다'며 약을 먹어도 된다고 연락해 왔다.

천소여는 그날 밤. 일부러 심부름을 했던 부성을 남기고 모두 내보냈 다. 축시를 알리는 소리가 들려오길 기다렸다가, 그녀는 보따리를 끌렀 다. 안에는 과일처럼 생긴 게 들어 있었다.

"이걸 먹으면……."

더는 그 비웃음을 안 받아도 된다.

천소여는 긴장했으나, 용기를 내어 과일을 집으려 했다.

그러나 막 천소여가 이걸 먹으려는데, 부성이 "잠시만요." 하고 잡았다.

"왜?"

천소여가 묻자, 부성이 입술을 떨며 말했다.

"제가 먼저 조금 먹어볼게요, 소주."

"어?"

"어차피 사람이 오기로 했다면서요. 제가 먼저 먹어볼게요, 소주. 먹었는데 많이 아파서 비명이 나오거나 할 수도 있잖아요. 소주는 아픈 걸 못 참으시니 분명 비명을 지를 텐데, 그러면 일을 그르치게 돼요. 어떤지 제가 먼저 확인해 볼게요."

천소여가 주춤거리는 사이, 부성은 과일의 일부를 자른 다음 입안에 넣고 씹었다. 부성은 눈을 커다랗게 뜨더니 그대로 풀썩 쓰러졌다.

천소여가 맥을 짚어 보니 정말로 맥이 잡히지 않았다. 효과는 확실했다. 게다가 비명을 지를 틈도 없어 보였다.

천소여는 용기를 내어서 남은 과일을 먹었다. 그리고 다 먹기 전. 심장에 강한 통증을 느끼며 의식을 잃었다.

다시 깨어났을 때, 그녀는 자신의 얼굴을 보고 있었다.

'이게 무슨……?'

천소여는 황급히 바닥을 짚고 일어섰다. 머리가 어지럽고 심장 부근이 아팠다. 그녀는 탁자를 짚고 고개를 젓고서, 남아 있는 과일을 보았다.

그리고 그 옆에 쓰러져 있는…….

'나잖아!'

자신의 모습을 보았다.

천소여는 황급히 다가가 자신의 목에 손을 대어 보았다.

맥이 없었다.

'어떻게? 이게 어떻게 된 거지? 이런 얘기는 못 들었는데!'

당황해 쩔쩔매고 있자니, "인시요!" 하고 외치는 소리가 들려왔다.

천소여는 당황해서 이리저리 비틀거리다가 거울을 보고 소리 없는 비명을 토해냈다.

'부성!'

거울 속 자신의 모습은 부성이었다.

의원이 오고서야 천소여는 자신과 부성이 먹은 과일이 '용고'라는 극독임을 알게 되었다. 그녀는 속은 것이다.

아니, 속은 게 맞나? 혹시 그 비원이란 자. 부성과 자신의 몸을 바꿔서 밖에 내보내주려 한 건 아닐까? 사가에서 데려온 측근 궁녀는 주인의 허락을 받으면 출궁할 수 있다. 비원이 의도한 게 이것일까?

천소여는 머리가 멍한 와중에도 자신의 몸이 깨어나길 기다렸다. 자신이 부성의 몸이 되었으니, 부성이 자신의 몸이 되었으리라 확신했다.

평생을 같이 산 부성을 흉내 내는 건 어렵지 않았다. 천소여는 부성처럼 행동하고 말하면서, 부성이 깨어나기를 계속 기다렸다.

그리고 마침내 자신의 몸이 깨어났다.

"누구? 왜 이 몸을 소주라 불러?"

어리둥절해 하는 자신의 '몸'에게 천소여는 다급히 물으며 손을 잡았다.

"소주. 저 부성입니다. 생각나지 않으세요?"

부성이라면 이 상황을 알아볼 것이다. 하지만 그녀의 몸은 눈을 깜빡이더니 고개를 설레설레 저었다.

천소여는 심장이 무너지는 기분에 눈물을 떨어뜨렸다.

부성은 죽었다. 그녀는 죽은 부성의 몸을 차지하게 되었다.

그리고 그녀의 몸은…… 다른 사람에게 빼앗겼다!

"너무 아름다우세요, 마마!"

"정말로 잘 어울리세요!"

책봉식 날. 한 시진에 걸쳐 예복을 입고 머리를 장식하는 동안, 원웅과 부성은 수시로 내게 칭찬을 퍼부어주었다.

내가 지루해서 몸을 움직일까 봐 걱정된 모양이다.

"머리가 너무 무거운데. 이러다 나중에 휘청거리면 더 이상할걸."

머리에 뭘 치렁치렁 이렇게 많이 얹는지. 갑갑해서 항의해 보았지만, 소용없었다.

"죄송해요, 마마. 하지만 정해진 모양이 있으니까요. 나중에 폐하께서 전부 다 빼주실 테니 걱정 마세요."

떡돌이가 이 장식 떼주는 데만도 반 시진은 걸리겠네.

어쨌든 그 고생을 한 효과는 확실하게 나왔다. 거울을 보자 비친 모습이 정말 책에 나올 것처럼 화사했기 때문이었다.

"와."

내가 감탄하자, 부성은 흐뭇하게 웃었다.

"어때요? 멋지죠?"

"응. 폐하가 보면 만세를 부르겠는데?"

신이 나서 앞면 뒷면을 다 거울에 비춰보고 있자니, 부성이 한 방울 눈물을 떨어뜨렸다.

"왜 그래?"

의아해서 쳐다보자, 부성은 고개를 젓더니 처연하게 웃으며 말했다.

"아무것도 아니에요. 그냥…… 오늘이 마마께 최고로 행복한 날이 되셨으면 해서요."

원웅은 옆에서 까르르 웃고서 외쳤다.

"무슨 소리야. 마마는 앞으로 귀비, 황귀비 마마도 되실 텐데. 더 더 행복한 날들뿐일 거라고!"

부성도 그 말에 눈가를 닦으며 고개를 끄덕였다.

"맞아요. 그럴 거예요."

문밖에서 오 공공이 "마마!" 하고 부르는 소리가 들려왔다.

"준비가 다 되셨습니까?"

"다 되었네!"

대답을 하자마자 오 공공이 재빨리 안으로 들어왔다.

"얼른 가셔야지요. 폐하께서 기다리느라 갑갑해하실 겁니다."

안으로 들어온 오 공공은 잘 꾸민 내 모습을 보더니 "어이쿠!" 하고 짧게 비명을 질렀다.

"왜 그러나? 너무 잘 꾸몄나?"

"예. 지나가다 뵈었으면 못 알아봤겠습니다."

오 공공은 히죽 웃으며 농담을 하더니, 얼른 나오시라며 밖으로 나갔고, 나도 원웅과 부성의 부축을 받으며 따라 나갔다.

"나만 가서 미안해, 부성."

원웅은 내가 가마에 앉는 걸 도우며 부성에게 사과했다.

"괜찮아. 어차피 한 사람 밖에 못 따라가잖아."

"내가 대신 이것저것 다 보고 와서 얘기해줄게!"

"응. 다녀오세요, 마마."

나는 부성과 다른 궁인들에게 손을 흔든 다음, 가마 손잡이를 잡았다.

"가자."

곧 태감들이 가마를 들어 올렸고 가마가 천천히 앞으로 나아가기 시작했다. 가을 공기는 너무나 맑았고, 조금 쌀쌀해졌던 날씨는 다시 화창해졌다. 여기저기서 풍겨오는 가을꽃 냄새에 정신이 아찔할 지경이었다.

배 위에 손을 얹자, 계란이가 움직이는 것 같아서 흐뭇하다.

계란아. 나는 아무것도 가지지 못하고 컸지만. 너는 모든 걸 가지고 태어나게 될 거야.

내가 가지지 못했던 걸 너는 전부 누리게 해줄게. 대신 너는 그만큼 좋은 사람이 되어야 해.

"도착했어요."

얼마 가지도 않은 듯한데, 옆에서 원웅이 속삭였다. 나는 배에서 손을 내리고서 앞을 보았다.

황후궁 마당에 호화로운 장식과 붉은 길이 깔려 있었고, 그 주위로 황후궁 궁인들이 예복을 차려입고 서 있었다.

원웅의 부축을 받아 천천히 내리자, 황후의 상궁이 앞에 나와 있다가 인사를 올렸다.

"이쪽으로 오시지요, 마마."

원웅의 손을 잡고 천천히 붉은 길을 따라 걸어가자, 앞면이 뚫린 건물 안에 떡돌이가 황후와 나란히 앉아 있는 게 보인다.

면사를 쓰지 않은 떡돌이는 날 보며 감추지 않고 미소를 지었다.

황후는 전처럼 무표정하게 있지만, 이제는 그녀가 날 미워해서 저 표정이 아닌 걸 안다. 황후는 연금이랑 있을 때도 저 표정인 걸 봐버렸거든.

"그렇게 좋으냐 천비?"

길을 걸어가면서 히죽히죽 웃고 있자니, 황후가 무표정을 하고서 농담인지 아닌지 모를 말을 던졌다.

그 말에 표정을 관리하자, 떡돌이가 웃음을 터트리면서 황후에게 무어라고 속삭였다. 황후는 어깨를 으쓱할 뿐 반응하지 않았지만.

무슨 말을 했는지 모르겠지만 상관없다. 나는 웃음을 감추지 않은 채

천천히 걸어가 황제와 황후의 사이에 섰다.

그러자 황후가 내게 들고 있던 밀을 한 줄기 건넸다.

밀을 들고 서자, 오 공공이 옆으로 와 서서 '비'로서 지켜야 할 것들에 대한 긴 두루마리를 읽기 시작했다.

오 공공이 고요한 목소리로 두루마리를 읽는 동안, 나는 떡돌이를 바라보았다.

그 역시 나를 계속 바라보고 있었다. 시선이 얽혔고, 그 안에서 나는 뿌듯한 애정을 보았다.

처음 그를 만났을 때는 이렇게 되리란 생각은 전혀 하지 못했는데. 그와 싸우고 가출했을 때도 역시.

그런데 이렇게 돌고 돌아 점점 더 우리가 가까워지고 있다니. 사랑은 대체 얼마나 신비로운 걸까.

생각에 멍하게 잠긴 사이, 오 공공이 헛기침하는 소리가 난다.

정신을 차리고 그를 보자, 오 공공이 내게 작게 속삭였다.

"마마. 삼배. 삼배."

오 공공이 두루마리를 다 읽고 나면 절하라 했지.

하지만 나는 회임을 해서 배가 무거우니, 그냥 손만 절하는 것처럼 하고 허리를 숙이라 했다.

그렇게 세 번씩 떡돌이와 황후에게 절을 하고 나자, 이번에는 황제가 자기가 가지고 있던 붉은 열매가 달린 가지를 주었다.

밀과 가지를 들고 서 있자, 옆으로 난 문이 열리며 황후의 궁녀들이 음식 수레를 끌고 왔다.

수레 위에는 좋은 뜻이 있다는 음식이 조금씩 담겨 있었는데, 그 뜻이 뭔지는 까먹었다.

어쨌든 한 입씩 먹으라 했기에, 나는 얼른 그쪽으로 손을 뻗었다.

"마마."

아무도 없는 폐가로 온 부성은 지금쯤 책봉식이 있을 방향을 바라보며, 눈물을 머금고 절을 세 번 올렸다.

처음에는 자신의 몸을 차지한 사람이 미웠지만…… 그녀가 자신을 구하기 위해 애써준 후. 그녀를 미워하지 않게 되었다.

몸을 되찾고자 하는 건 그녀를 미워해서가 아니었다. 그저 자신의 몸이기에 되찾고 싶을 뿐.

"부성으로 있는 동안 마마를 모신 마음엔 거짓이 없었습니다."

부성, 천소여는 자신이 쥔 종이를 움켜잡고서 눈물을 흘렸다.

혜비에게 도움을 청했지만, 그녀는 이번에는 비원을 만나진 않았다. 비원에게 속아 용고를 먹은 적이 있으니, 두 번 다시 그는 믿을 수 없었다.

혜비는 비원을 만나고 싶진 않다는 말에 우 답응을 주선해 주었다. 우 답응이라면 뭔가를 알 수도 있다고.

우 답응은 천빈이 쓰러지기 전, 그녀가 한 일에 대해 알려달라고 하자 방법을 알려주었다. 받은 머리카락을 햇볕이 들지 않는 곳에 '천년비진쾌도래'라 쓰인 종이와 함께 묻고 절을 세 번 하라 했다.

천소여는 '천소여진쾌도래'라고 쓰인 종이를 만든 다음, 천빈의 머리카락을 다듬어 준 뒤 빗에 얽힌 머리카락을 모아 종이에 쌌다.

이제 모든 도구는 준비되었다. 설령 이게 실패한다고 해도…… 그녀는 미련이 없었다.

"내 몸을 되찾게 된다면 마마의 명복을 빌겠습니다."

부성은 중얼거리고서, 햇볕이 들지 않는 땅에 종이와 머리카락을 묻은 다음 흙으로 덮고, 천천히 절을 하기 시작했다.

한 번…….

두 번…….

세 번…….

절을 마친 그녀는 뒤로 물러나, 폐가의 허름한 벽에 기대어 앉았다.

다시 눈물이 흘렀다.

"아이가 태어나면 연비를 황귀비로 삼고, 너를 귀비로 올리겠다. 천비."

음식을 하나씩 하나씩 먹는 천비를 보며 황제가 하는 말에, 황후는 피식 웃었다. 아예 기대를 끊어내고 남이 될 거라 여기고 보니, 황제가 얼마나 천비를 연모하는지 눈에 보였고, 그게 조금 우스운 탓이었다.

늘 황제라고만 여겼던 이가 사실은 그리 나이가 많지 않은 청년이라는 게 새삼 눈에 들어왔다.

어쨌든 황제의 말을 들어보니, 천비가 한 말처럼 황제는 천비를 황후로 올릴 마음은 없는 모양이다.

연비를 황귀비로 삼겠다는 건, 나중에 황후가 출궁하게 된다면 연비를 황후로 자연스럽게 올리기 위한 걸 테니까.

그때였다. 오물오물 음식을 먹던 천비가 갑자기 우뚝 멈춰 섰다.

왜 저러지? 황후는 갑자기 모든 동작을 멈추고 고장 난 것처럼 선 천비를 바라보았다.

"천비?"

처음엔 먹다가 혀를 씹었나 했는데. 그렇다기엔 너무 미동이 없었다.

그 모습이 기괴하게 보여 황후가 부르는 순간. 천비가 털썩 쓰러졌다.

"천비!"

황제가 벌떡 일어나며 순식간에 황후궁 내부가 소란스러워졌다.

"천비는?"

"그게…… 아직 깨어나지 않으셨습니다."

책봉식 도중 천비가 쓰러졌다. 심지어 황후가 준비한 음식을 먹고서.

황제는 황후가 한 짓이 아니란 걸 알았으나, 사람들의 시선은 대번에 황후 쪽으로 쏠렸다.

"제가 한 일이 아닙니다, 폐하."

"당연히 아오."

황후는 그 자리에서, 궁녀들이 말리는데도 개의치 않고 천비가 먹다가 쓰러진 음식을 한입씩 다 자신이 먹어 보았다.

황후는 멀쩡했다. 황후가 그런 행동을 하지 않았다면, 온씨 가문의 적들은 이 일이 황후의 짓이라고 몰아갔겠지만 그 행동 덕에 황후는 일단 혐의는 벗었다.

"이게 대체 어찌 된 건지."

황제는 쓰러진 천비의 곁으로 가 휘장을 걷고 손을 잡아 보았다. 혹시 또 맥이 사라졌으면 어쩌나 염려했으나 다행히 그건 아니었다.

"복중 아기씨도 무사하십니다. 하지만 조심해야 합니다, 폐하. 천비 마마의 맥이 너무 약하십니다."

어의는 천비를 진맥하고서 어두운 목소리로 경고했다.

"왜 쓰러졌는지는 아느냐?"

"독은 아닙니다. 하지만 왜 쓰러졌는지는 소신도 아직 모르겠습니다."

월요는 천비의 손을 잡고 그 자리를 떠나질 못했다. 떠날 수가 없었다.

얼마나 그러고 있었을까. 해가 어두워지고 점차 하늘이 붉게 물들 무렵. 하늘이 용암처럼 변했을 때, 천천히 천비가 다시 눈을 떴다.

"천비. 반숙아. 괜찮으냐?"

월요는 다급히 외치고서 천비의 손을 잡았다. 그러나 평소라면 웃으면서 "떡돌아."라고 말할 천비가 오늘은 그러지 않았다.

웃으면서 무어라 말을 하려는 듯하더니, 갑자기 자신의 목을 붙잡고 고개를 저었다.

"왜 그러느냐? 말이 나오지 않는 게냐?"

월요가 묻자, 천비가 당혹스러운 표정으로 고개를 끄덕였다.

월요는 다시 어의를 불렀다.

"천비가 깨어났다! 말이 나오지 않는다고 하니 어서 와 살펴라!"

정신을 차렸을 때. 나는 너무 익숙한 흙바닥이라 이상한 걸 알아차리지 못했다.

나는 내가 길고 행복한 꿈을 꾸었다고 생각했다. 떡돌이란 별명을 가진 아름다운 황제와 사랑에 빠져 행복해지는 꿈을.

'어디서부터 꿈이었을까. 개원이의 배신? 아니면 개원이와 연애한 것부터? 후궁이 된 것부터?'

그렇게 생각하면서 천천히 몸을 일으키다가, 그제야 나는 내가 꿈을 꾼 게 아니라 아주 이상한 상황에 빠졌단 걸 깨달았다.

'이게 뭐야? 내 손이 왜 이런 솜뭉치로?'

나는 놀라서 내 손을 내려다보았다.

무공 훈련을 하느라 점점 굳은살이 박이기 시작한 천소여의 손도, 이미 상처투성이인 천년비의 손도 아니었다.

내 손이 내 손이 아니었다. 내 손이 웬 솜방망이로 바뀌어 있었다.

'이게…… 이게 뭐야?'

나는 놀라서 벌떡 일어났다가, 주위를 살피고서 더욱 당황했다.

'여긴 오월궁이잖아?'

오월궁. 연비가 지내는 궁이다.

뭔가 싶어서 멍하게 있자니, 어딘가에서 연비의 목소리가 들려왔다.

"백몽이는? 잘 묻어 주었느냐?"

곧 연비가, 어마어마한 거인이 된 연비가 나타났다.

이게 꿈이야 생시야?

아직도 판단이 서지 않아 멍하게 있으려니, 연비가 잠시 놀란 표정을 짓다가 활짝 웃으면서 나를 번쩍 들어 올렸다.

"몽아! 살아 있었구나!"

연비는 나를 자기 머리보다 높게 들어 올렸는데도 전혀 무거워 보이지 않았다. 곧 그녀는 나를 끌어안더니 자기 방으로 데려갔다.

"몽이가 먹을 걸 좀 가져오너라. 세상에. 네가 죽은 줄 알았다. 멀쩡한 애를 묻을 뻔했구나."

그녀가 연신 알아들을 수 없는 말을 하는 동안, 나는 온몸을 뒤틀어 그녀에게서 벗어난 다음 화장대로 달려가 거울을 보았다. 거울을 보자 내 손이 왜 솜방망이가 된 건지 알 수 있었다.

'새끼 고양이잖아!'

어떻게 된 거지? 난 분명 책봉식을 치르고 있었는데?

"이 말썽꾸러기."

연비는 부드러운 목소리로 꾸중하며 나를 들어 올리더니, 탁자 위에 올려두고서 머리를 쓰다듬었다.

잠시 뒤, 연비의 궁녀가 물그릇과 구운 생선을 들고 나타났다. 날생선이라면 절대로 안 먹었겠지만…… 뭐, 좋아. 구운 생선 정도라면.

이후 연비가 내 목덜미며 머리를 쓰다듬으며 온갖 이야기를 하는 동안, 나는 사태를 열심히 파악해 보았다.

누군가 또 '천년비진쾌도래'를 한 걸까? 아냐. 아닐 거야. 그러면 내 몸이 뜬금없이 고양이에게 들어올 리가 있어? 내 원래 몸에 들어갔겠지.

그러면 대체 뭘까?

'일단 상황을 보자.'

천소여 몸이 어떻게 됐는지, 누군가 죽은 사람이 없는지 살피면 일의 경위를 알 수 있겠지. 혼 바꾸는 술법을 쓰면 시전자가 죽는다 했으니.

하지만 비 자리에 오르자마자 일이 이렇게 되다니. 혹시라도 천소여 몸이 죽기라도 했으면 어쩌지? 우리 계란이는?'

떡돌이는 날 알아볼 수 있을까? 있을 거야. 연습을 많이 했잖아. 예상과 달리 거북빈이 아니라 냥빈이 되었지만, 그래도 알아볼 수 있을 거야.

"마마, 천빈, 아니, 천비 마마께서 깨어나셨대요!"

다음날. 나는 충격적이라 해야 할지 다행이라 해야 할지 모를 소식을 듣고 놀라서 침상에서 떨어질 뻔했다.

나는 여기 있는데. 천비가 깨어났다고? 그러면 내 몸, 아니, 천소여 몸에 누군가 들어온 건가? 누가?

의아해하자마자 답은 빨리 나왔다. 천소여야. 분명해.

전에 내가 잠시 내 몸에서 깨어났을 때. 그때도 아유정이 내 몸을 차지

하고 있었지만, 나는 아유정을 밀어내고 내 몸에 돌아갔었다.

같은 맥락으로, 누군가 천소여 몸에 자리 잡은 나를 밀어냈다면, 당연히 그 '누군가'는 원래 몸의 주인인 천소여가 아닐까?

하지만 연비는 이런 복잡한 상황을 모르기에, 그저 안심해서 말했다.

"다행이구나."

"예. 하지만 말을 못 하게 됐답니다, 마마."

"말을? 또 기억을 잃었느냐?"

"아니요. 그건 아닌 것 같았답니다. 폐하 얼굴도 알아보고 궁인들 얼굴도 잘 알아본대요. 하지만 목소리가 나오지 않는다던데요?"

"가보아야겠다."

연비는 내 머리를 쓰다듬고서 궁녀를 데리고 나갔다.

나는 졸린 척 침상에 드러누워 하품을 하다가, 연비가 나가자마자 얼른 밖으로 나갔다.

떡돌이에게 갈 생각이었다.

떡돌이한테 내가 나라는 걸 알려야 해! 방법은 다 생각해 두었지!

"백몽아."

다행히 연비의 부엌으로 들어가자, 궁녀들이 웃으며 귀여워해 준다. 연비의 고양이란 걸 다 안다는 거지.

나는 모른 척 계란을 툭툭 친 다음, 조심조심 껴안고 내려왔다.

"계란 가지고 뭐 하려고?"

"가지고 놀 거야?"

연비의 곳간은 풍족하기에, 연비가 아끼는 고양이가 계란 하나 챙겨 간다고 해서 혼낼 리도 없었다.

나는 어색하게 꼬리를 흔들어 준 다음, 계란을 가지고 얼른 밖으로 나가 떡돌이가 지내는 궁전을 향해 뛰기 시작했다.

'심궁에 있는 어실이나 떡돌이 침궁으로 가자.'

하지만 이후 문제가 발생했다.

문제 하나는…….

"하악!"

계란이 동그랗고 지금 내 손은 너무 뭉툭하단 점이었다. 속도를 내서 뛰었더니, 계란이 품에서 떨어지며 깨지고 말았다. 털은 금세 끈끈하고 끈적해졌다.

영 볼품없게 되었지만, 그래도 나는 심궁을 향해 계속 뛰어갔다.

두 번째 문제는 거기서 발생했다.

"거기 더러운 고양이는 뭐야? 쫓아내!"

"연비 마마의 고양이 같습니다, 공공."

"그럼 얼른 가져다주고 와."

"예."

어실에 들어가기는커녕 어실 근처에 가기도 전에 잡혀서 돌려보내졌단 점이었다.

반항하기 위해 내공을 쓰려 해보았으나 내공은 쥐뿔도 없었고, 내공 없이 쓰는 내 독문 무공을 쓰려 했으나 혈도와 단전 위치가 이전과 다르다 보니 역시 되지 않았다.

결국 나는 목덜미를 잡힌 채 대롱대롱 들려 연비의 궁전으로 다시 쫓겨났다.

"으악 백몽아! 꼴이 이게 뭐야?"

"이젠 계란 가지고 못 놀게 해야겠네. 어휴 더러워. 털이 다 뭉쳤잖아."

"목욕하자."

문제 세 번째 추가. 앞으로는 계란도 가져가기 힘들게 생겼다.

다음날은 계란 사건을 들은 연비의 집중 감시 탓에 하루종일 연비의 침실에만 머물러야 했다.

물론 시간을 헛되이 쓰진 않았다. 몸 안의 혈도며 구조 등을 열심히 살폈으니까.

"몽이는 털 관리도 열심히 하네."

그리고 다음 날.

연비가 자리를 비웠을 때. 나는 다시 부엌에 들어가 계란 하나를 들고 도주했다. 이번에는 몸 구조를 좀 잘 살펴 두었기에, 이틀 전보다는 도주하기 쉬웠다.

"어? 몽아! 아! 쟤 또 계란 들고 튄다!"

뒤에서 궁녀 하나가 소리를 질렀지만 뒤도 돌아보지 않았다.

그러고서 그 길로 곧장 청적으로 갔다.

궁전 안에 들어가는 건 비연궁을 제외하곤 힘들다. 태감이나 궁녀들이 죄다 막으려 들어서.

하지만 청적은 외부라서 안 그렇지!

여기서 떡돌이를 기다리자. 떡돌이라면 날 알아봐 줄 거야.

그렇게 나는 매일매일 청적을 찾아가 아침부터 밤까지 떡돌이가 오기를 기다렸다.

그러나 사흘이 지나도 떡돌이는 오지 않고, 대신 쓸모없는 사자친왕이 나타났다.

"하하, 이게 뭐야."

심지어 사자친왕은 바위에 앉아 있는 날 보고 다가왔다가, 내 배에 계란이 깔려 있는 걸 보더니 배를 잡고 웃음을 터트렸다.

"이런 멍청한 고양이를 보았나."

"……."

"하하, 이걸 왜 품고 있는 거야?"

할 말이 없어서 사자친왕의 말에 대답하는 대신 나는 턱을 바닥에 붙이고 도로 엎드렸다.

누구는 하고 싶어서 하는 줄 아나. 이러고 있으면 나도 얼마나 배기는데. 하지만 떡돌이한테 이걸 보여주어야 한단 말이야.

"아직도 말이 나오지 않느냐?"

무거운 마음으로 비연궁에 찾아가 묻자, 천비가 시무룩하게 고개를 떨구었다.

"널 탓하는 게 아니다. 걱정되어 그러지."

월요가 재차 말하자, 천비는 활짝 웃으면서 배를 쓰다듬었다. 그래도 아이는 무사해요, 라고 말하는 것처럼.

"좀 누워서 쉬거라. 푹 쉬어야 빨리 낫지."

월요는 천비를 눕게 하고서 걱정스레 바라보았다.

며칠이 지났는데도 아직 말을 하지 못하다니. 어의가 아무 이상이 없다고 하자 더욱 신경 쓰였다.

누이가 몸이 조금씩 고장 나다가, 나중에는 완전히 미쳐버린 일이 떠올랐다. 혹시 천비도 몸에 이상이 생기고 있는 걸까?

천소여는 그런 황제의 눈치를 살피며 이불을 끌어다 배에 잘 올려놓고 힘없이 웃었다.

그녀는 일부러 황제 앞에서 입을 열지 않고 있었다.

어쩔 수 없었다. 천비의 행동에 관해서라면 옆에서 지켜봐 대충 흉내 낼 수 있었으나, 무슨 상식으로 튀어나오는지 알 수 없는 그 화법은 도무지 흉내 낼 수가 없던 탓이다.

한 번씩 정신을 놓고 '그 여자'처럼 말해볼까, 싶기도 했으나, 도무지 말문이 열리지 않았다.

그런 식으로 말하면 사람들이 싫어하고 이상하게 볼 게 뻔하다. 그걸 잘 아는 천소여는 일부러 이상한 말을 하기가 힘들었다.

설령 잘 흉내를 낸다고 해도 말실수를 하게 될 수도 있으니, 조심해서 나쁠 건 없었다.

그때.

"원웅아."

갑자기 황제가 원웅을 불렀다.

원웅은 아직 김이 올라오는 죽그릇을 들고 들어오다가 "네?" 하고 황제를 보았다.

"너랑 늘 같이 있던 그 궁녀는 어디 있느냐?"

그러다 황제의 입에서 자신에 대한 이야기가 나오는 순간. 천소여는 본능적으로 손을 떨었다.

그녀는 얼른 이불 아래로 손을 감추었다.

원웅은 어두운 얼굴로 대답했다.

"모르겠습니다, 폐하. 책봉식 날 이후로 보이지 않아서요……."

천소여는 잠시 불안해졌으나, 곧 괜찮다고 스스로를 달랬다.

영혼이 사람의 몸에서 몸으로 옮겨가는 건 장본인들을 제외하고는 아무도 믿을 수 없는 일이다.

부성의 시체가 발견된다고 해도 황제는 부성 안에 있던 천소여가 천비의 몸에 들어온 걸 모를 것이다. 생판 남이 천 귀인의 몸에 들어왔을 때 최측근이던 원웅조차 몰랐듯이.

"승언아."

"예, 폐하."

"부성이라 했던가. 그 궁녀를 찾아보아라. 아직 반숙이가 말을 못 하는 걸 보니 상태가 안 좋은 것 같은데. 어쩌면 최측근인 궁녀가 사라져서 그럴지도 모르겠다."

"네, 폐하."

늦게까지 천비를 간호한 월요는 무거운 걸음으로 침실에 돌아왔다.

그래도 무사히 깨어났고 몸도 건강하니 다행이지만, 말하기 좋아하는 그 수다쟁이가 말을 못 하고 갑갑해하는 걸 보자 마음이 아팠다. 그 탓에 평소보다 행동 역시 가라앉은 것 같고.

"빨리 나아야 할 텐데."

그런데 다음 날 아침. 월요가 일어나 세안을 하고 오원요의 도움을 받아 옷을 입는데, 승언이 들어오더니 낮은 목소리로 보고했다.

"폐하. 사용하지 않는 건물에 그 궁녀가 죽어 있었답니다."

오원요는 눈을 휘둥그렇게 뜨고 승언을 쳐다보았다.

월요도 미간을 찌푸렸다.

"죽다니? 살해당한 건가?"

"아닙니다. 몸에 부상은 없습니다. 황보 궁의에게 은밀히 알아보니, 독을 먹거나 한 것도 아니랍니다."

"그런데 왜 갑자기 죽은 거냐."

"모르겠습니다. 게다가……."

"말하라."

"쓰임이 없어 방치된 폐궁에 왜 그 궁녀가 홀로 가 있던 건지도 이상합
니다. 천비 마마의 책봉식 날이었지 않습니까."

"확실히. 이상하군."

월요가 굳은 얼굴로 있자, 오원요가 조심스레 물었다.

"천비 마마께 이 일을 전해드릴까요?"

월요는 지끈거리는 관자놀이를 누르며 지시했다.

"왜 죽은 건지 좀 더 조사하라 하고. 아직 천비에겐 알리지 마라. 안 그
래도 말을 못 하고 있는데. 이걸 알면 더욱 충격받을 거다."

"예, 폐하."

왜 부성이 거기서 죽은 걸까. 뭐 때문에?

아니, 그것뿐만이 아니다. 반숙이는 그렇게 친하게 지내던 자기 궁녀가
며칠째 돌아오지 않는데, 왜 그에게 찾아달라고 하지 않았을까. 혼자서
해결하려고? 그렇다고 하기엔 귀자도 별말이 없었다.

이 생각을 하느라 일이 손에 잘 잡히지 않자, 월요는 상소문들을 옆으
로 치워 놓고서 잠시 명상에 잠겼다.

그때, 오원요가 안으로 들어오더니 빠르게 고했다.

"폐하. 사자친왕께서 왔습니다."

월요는 전에 사자친왕이 나쁜 생각을 고려 중인 것 같다고, 오원요와

승언에게 씁쓸히 얘기한 적이 있었다. 이 때문에 오원요는 말을 전하면서
도 월요의 눈치를 보았다. 그때 월요는 가장 친한 사자친왕의 행동에 꽤
충격받은 듯했으니까.

"돌아가시라 전할까요?"

오원요가 조심스레 묻자, 월요는 생각하다 대답했다.

"아니다. 들어오라 해라."

어쨌든 사자친왕이 무언가 행동으로 보이기 전에는 이전처럼 대할 요
량인 듯했다.

"예."

잠시 뒤, 오원요가 나가자 사자친왕이 안으로 들어왔다. 월요는 어색한
표정을 지우고서 평소와 다름없이 웃으며 물었다.

"어서 와라, 사자. 오랜만이군."

"천비 마마께서 쓰러졌단 소식을 듣고 걱정이 되어서요. 제가 직접 뵈
러 가긴 좀 그렇고. 대신 약이라도 전해드리려 왔습니다."

사자친왕은 들고 온 보따리를 월요의 책상에 내려놓았다.

"천비가 고마워하겠군. 아니면 함께 가서 봐도 되는데."

"지금은 말을 못 한다면서요. 제가 가면 하고 싶은 말이 많은데 못 하
니까 갑갑해서 힘드실 겁니다."

사자친왕의 말에 월요가 웃음을 터트렸다.

"몸 상태는 계속 그대로인 겁니까?"

"그래. 큰 이상은 없는데 말을 못 하고 있어."

한숨을 섞어 중얼거린 월요가 재차 물었다.

"정말로 가서 안 봐도 되겠나?"

사자친왕과 천비가 그래도 말이 제법 잘 통한 걸 떠올리자, 혹시 천비
가 말을 하는 데 도움이 될지도 모른다 여겨 재차 물어보는 거였다.

사자친왕은 웃으면서 손을 내저었다.

"전 됐습니다. 게다가 요즘 청적에서 새 친구를 계속 만나고 있어서요."

"새 친구?"

"하하, 자기가 닭인 줄 아는 고양입니다. 매일 폐하랑 천비가 어울리던 바위 위에서 계란을 품고 있는데 얼마나 귀엽던지요."

그 순간, 갑자기 월요가 하얘진 얼굴로 벌떡 일어나는 바람에 사자친왕은 덩달아 놀랐다.

"폐하?"

월요는 대답할 새도 없이 어딘가로 뛰쳐나가 버렸다.

사자친왕은 순식간에 방에 혼자 남자 당황해서 입을 벌렸다.

"아니, 내가 뭐 못 할 말이라도······?"

월요는 다급히 청적을 향해 뛰었고, 오원요와 승언도 그 뒤를 열심히 따라 뛰었다.

사람들은 늘 여유롭게 다니는 황제가 앞만 보고 뛰어가자, 영문도 모르고 서 있다가 황급히 허리를 숙여댔다.

그러나 월요는 사람들의 인사를 받아줄 틈이 없었다. 혹시라도 누군가 고양이를 집어가거나, 해코지하려 들면 어쩐단 말인가.

월요는 조금도 쉬지 않고 청적까지 달려갔다.

"반숙아. 반숙아."

청적에 도착한 그는 중얼거리면서, 그와 천년비가 나란히 앉아 떡을 나누어 먹던 바위를 보고 섰다.

햇볕을 받아 평소보다 노랗게 빛나는 눈부신 들판의 바위에, 환상처럼 아련하게 천 귀인의 모습이 일렁였다.

그녀가 이쪽을 돌아보면서 활짝 웃으며 "떡돌아!" 외치는 기분에 월요는 주먹을 꽉 쥐었다.

하지만 그건 환상일 뿐이었다. 정신을 차리고 보니, 그 바위 위에는 보송보송한 새끼 고양이가 있었다.

노란색과 하얀색이 뒤섞인 털 위로 햇볕이 내려앉아, 유난히 솜방울처럼 보이는 새끼 고양이는 추운 듯 몸을 움츠리고 오도카니 앉아 있었다.

그러다 귀가 그를 향해 삐죽 움직이더니, 천천히 고개를 돌렸다.

월요는 멍하니 그 고양이를 쳐다보았다.

자신이 미친 걸까, 생각을 하면서도 '고양이가 청적 바위 위에서 홀로 계란을 품고 있었다'는 말을 듣자마자 천년비가 떠올랐다.

그 순간. 그를 본 고양이의 커다란 눈이 그렁그렁해지더니, 눈 깜짝할 새 고양이가 바위에서 뛰어내렸다. 그러고는 '니앙 니앙 니앙' 울면서 달려와 단숨에 그의 얼굴로 뛰어올랐다.

"헉! 폐하!"

어마어마한 뛰기 실력에 승언과 오원요가 놀라서 고양이를 잡으려 했으나, 이미 월요의 얼굴에 배를 대고 네 다리로 그의 얼굴을 꽉 잡고 있었다. 고양이는 뭐가 그리 서러운지 계속해서 '니앙 니앙' 흐느꼈다.

월요는 고양이의 털에 입과 눈이 눌려서 말을 할 수도 뭘 볼 수도 없자 비틀비틀거렸다.

하지만 고양이는 흥분해서 월요에게서 떨어지려 하지 않았다.

"잠시만. 잠시만."

가까스로 힘으로 고양이를 좀 떨어뜨려 들고 보자, 고양이가 다시 '니앙 니앙 니앙' 울면서 꼬리로 월요의 얼굴을 연거푸 때려댔다.

월요는 털이 눈에 들어가서 잠시 눈을 질끈 감고 있다가, 견디지 못하고 고양이를 내려놓았다.

고양이는 월요가 자신을 내려주자마자 다시 바위로 가더니, 보라는 듯 손으로 덩그러니 놓인 계란 하나를 가리켰다.

"하악!"

그러더니 갑자기 하악질을 하고서, 바위 위의 계란을 품었다 일어섰다 품었다 일어서기를 반복했다.

한참을 그런 후에는, 바위 옆으로 내려오더니 볼록한 배에 비해 빈약한 두 발로 벌떡 일어섰다.

그래도 용케도 균형을 잡고 선 새끼 고양이는, 곧 흐느끼며 왜가리 춤을 추기 시작했다.

그 모습을 보며 월요는 눈물을 흘렸다.

"반숙아…… 내 반숙이가 맞구나."

월요는 역시 이 고양이가 천년비란 확신이 생겼다.

세상에 어느 새끼 고양이가 둘의 별명을 알고, 천년비가 연습하던 춤을 춘단 말인가. 심지어 둘이 애정을 쌓아가던 그 청적 바위에서.

월요는 황급히 고양이에게로 달려가 품에 꼭 끌어안고 흐느꼈다.

"반숙아. 천빈. 내 천빈."

고양이도 기행을 멈추고 다시 월요의 얼굴에 달라붙더니, 그의 머리에 얼굴을 비벼대면서 '니앙 니앙' 울기 시작했다.

승언은 그 모습을 바라보며 두 손으로 얼굴을 가렸다. 너무나 감동적인 상황이었다.

고양이가 황제의 얼굴에 배를 가져다 대는 통에, 월요가 '반숙아' 하고 한 번 부를 때마다 털이 입에 들어가 감당하지 못하는 걸 뺀다면.

한참을 그런 후에야 월요는 바위에 걸터앉더니, 자신의 무릎에 고양이를 앉히고서 물었다.

"대체 어떻게 된 거냐. 왜 이런…… 이런 모습이 되었느냐?"

고양이는 그 질문을 기다렸단 듯 얼른 대답했다.

"냐냐냐냥 냐냐냐냥 냥냐냐냥 냥냥냥냥."

아까 서글피 울 때보다 목소리가 빨라진 게, 할 말이 아주 많은 듯했다. 게다가 점점 더 귀가 위로 솟구치는 게, 몹시 분노한 것처럼 보였다.

하지만 월요도 승언도 오원요도 전혀 무슨 말인지 알아들을 수가 없었다. 마침내 월요는 더는 안 되겠다 싶어서 절충안을 냈다.

"알았다. 그러면 글로 쓰거라. 그건 가능하지?"

"냥!"

월요는 고개를 끄덕이고는 고양이를 안아 들고 청적 밖으로 나갔다.

그가 어실로 고양이를 든 채 걸어가자, 어실 근처 궁인들은 당황해서 서로를 힐긋거렸다.

황급히 달려 나갔던 황제가 웬 새끼 고양이 한 마리를 안고 나타나니 이상하지 않을 수가 없었다.

월요는 어실 안 책상에 고양이를 내려놓고서 오원요에게 지시했다.

"어린아이용으로 제작된 세필을 찾아오거라."

떡돌이가 대번에 날 알아보고 우는 모습을 보며 마음이 찡해졌다.

떡돌이는 내가 어떤 모습이어도 알아보는구나. 우리는 이제 서로를 완전히 신뢰하는 사이가 된 거야.

솔직히 난 떡돌이가 고양이가 되면 알아볼 자신이 없는데. 떡돌이는 알아봐 줬어. 기쁘다.

생각을 마치자 저절로 목 안쪽에서 골골골 하는 소리가 흘러나왔다.

얼마나 그러고 있었을까. 마침내 오 공공이 아주 가느다란 붓을 가져다주었다.

떡돌이는 미리 먹을 갈아 두었다가, 그 붓에 먹물을 살짝 묻혀 내게 주고 흰 종이도 펼쳐주었다.

나는 붓을 안고서 거기에 최대한 내가 알아낸 것들을 다 털어놓으려 애썼다. 문제는······.

"오원요."

"네, 폐하."

"이게 뭐라고 쓴 거 같으냐."

"소신도 잘······."

"승언아."

"송구합니다, 폐하."

아무도 내 글씨를 알아보지 못했다. 심지어 글을 쓴 나조차, 내 글씨를 봐도 알아볼 수가 없었다. 뭉툭한 발로 글씨를 쓰려니 붓을 고정하는 것조차 잘 안 되는 탓이었다.

몇 번을 시도해도 마찬가지. 내가 입을 벌리고 당황해 쳐다보자, 월요는 덩달아 난처해했다.

결국 한참 고민한 끝에, 그는 서책 하나를 가져다 꺼내더니, 글자를 내게 보이며 말했다.

"네가 말하고 싶은 글자를 짚거라."

'알았어!'

하지만 이 서책이 내 몸통만 하다 보니, 많은 글자를 다 살피는 것조차 잘 되지 않았다. 어떤 건 헷갈렸고, 어떤 건 아예 무슨 글자인지 알기 힘들었다.

그러는 사이. 떡돌이는 오원요에게 지시했다.

"궁인들에게 앞으로 이 고양이는 짐이 기르는 고양이이니 함부로 대하지 말라 일러라."

오원요는 당황해서 되물었다.

"괜찮을까요? 폐하, 제가 알기로 이 고양이는…… 고양이는…… 그러니까 냥빈 마마의 현재 이 몸은 연비 마마의 고양이입니다."

"안다."

나는 글자 보기를 멈추고 고개를 들었다.

떡돌이는 내가 자기를 보자마자 들어올려 품에 안으며 말했다.

"연비에겐 미안한 일이지만 어쩔 수 없지."

"그건 그렇지만……"

"연비에겐 미안하다고, 짐이 고양이의 주인이 되겠다고 전하도록 해라."

진심이십니까? 오원요가 그렇게 묻는 것 같다.

하지만 떡돌이는 단호하게 말했다.

"그렇다고 반숙이를 다시 연비에게 보낼 순 없지 않으냐."

맞아. 나는 떡돌이의 품에 머리를 기대며 생각했다.

어쨌든 이걸로 떡돌이에게 누가 그의 진짜 연인인지 알려주었으니 그나마 안심이었다.

'앞으로의 일을 어떻게 할지 그 방법을 찾는 게 문제겠지.'

계란이도 걱정이야. 천소여가 계란이를 잘 데리고 있어야 할 텐데…….

"그게 무슨 소리냐?"

백몽이 사라져서 이리저리 찾아다니던 연비는 해가 저물어 갈 무렵, 뜻밖의 이야기를 듣고 황당해 물었다.

"폐하께서 내 고양이를 가지고 계시다니?"

연비의 상궁은 역시나 당황스러운 얼굴로 설명했다.

"마마께서 자리를 비우셨을 때, 폐하의 총태감인 오 공공이 다녀갔어요, 마마. 무슨 일인가 했는데, 오 공공이 그랬어요. 폐하께서 고양이를 주우셨는데, 폐하 곁에서 떠나려 하지 않아서 키우기로 하셨대요. 한데 알고 보니 그 고양이가 백몽이라지 뭐예요."

연비는 자리에서 일어서며 태감에게 지시했다.

"폐하께 내가 잠시 그쪽으로 간다고 일러라."

태감을 먼저 보낸 후, 연비는 황제를 만나기 위해 자신도 길을 나섰다.

아무리 황제라지만, 그래도 그녀가 기르던 고양이를 가져가다니. 그건 좀 아니라 여겨져서였다.

그런데 황제의 어실 근처로 가고 있으려니, 뜻밖에도 다른 길 방향에서 천비가 탄 가마가 오고 있었다.

천비는 가마에 타고 있다가 연비를 보자 공손하게 인사를 올렸다.

"어디 가지?"

연비는 천비가 아직 말을 하지 못하는 사실을 알기에, 궁녀인 원웅에게 물었다.

원웅은 천비의 눈치를 보고서 얼른 대답했다.

"폐하를 뵈러 갑니다, 마마."

연비는 천비를 보았다.

천비는 배 위에 손을 얹은 채 힘없이 앉아 있었다. 기운은 없어 보였으나, 말을 듣는 데는 문제가 없어 보여서 연비가 제안했다.

"나와 함께 가지. 나도 폐하를 뵈러 가는 중이었거든."

떡돌이가 조기를 구워오게 한 다음, 그걸 하나하나 살을 발라 입에 넣어주기 시작했다.

나는 그의 무릎에 앉아 조기를 받아먹으면서, 힘을 내어 떡돌이가 준 '글자가 많은' 책을 살폈다.

그렇게 얼마나 있었을까.

"슬슬 해가 지는구나. 오늘은 짐의 침실에서 같이 가자."

"냥."

"짐이 빨리 몸을 찾아주마."

"냥……"

떡돌이의 희망에 찬 약속을 들으면서, 나는 기분이 좀 착잡해졌다.

나도 이 상태로 계속 지낼 수 없긴 하지만, 내가 천소여 몸에 다시 들어가는 것도…… 괜찮은 건가.

천소여는 자기 몸에 돌아간 거잖아. 나도 내 몸을 찾아야 하는 게 아닐까. 그 몸으로 새로 입궁을 하더라도 말이다.

그런데 막 떡돌이가 나를 옆에 내려두고 서책을 챙기는데, 오원요가 들어와 알렸다.

"폐하. 연비 마마와 천비 마마께서 오셨습니다."

'천비 마마' 소리에 나와 승언은 반사적으로 떡돌이를 쳐다보았다.

떡돌이는 무표정했다. 아까 전만 해도 입가에 미소가 어려 있었는데.

오원요가 조심스럽게 물었다.

"돌아가시라 할까요?"

잠시 생각하던 떡돌이는 내 머리를 쓰다듬으며 고개를 저었다.

"아니. 들어오라 해라."

"예."

요원요가 나가자 잠시 뒤, 연비와 '천비'가 들어왔다.

"폐하께 인사 올립니다."

두 사람이 인사하는 사이. 나는 떡돌이의 무릎에 앉은 채 '천비'를 유심히 쳐다보았다.

원래 내 몸이 아니긴 하지만, 꽤 익숙해져서일까.

거울을 통하지 않고 그 얼굴을 보자 아주 이상한 기분이 들었다.

낯이 익으면서도 낯선 기분.

힐긋 떡돌이를 보니, 아까보다 표정이 더 굳어 있다.

떡돌이는 고개를 끄덕이다가, 연비가 나를 쳐다보는 걸 보자 웃음을 터트리더니 먼저 사과했다.

"소식을 듣고 놀라 왔구나."

"저 아이를 찾아 자리를 비운지라, 뒤늦게 이야기를 들었습니다."

연비는 보기 드물게 당혹스러운 빛을 감추지 못하고 물었다.

"듣기로 폐하께서 제 고양이를 가지시려 한다고……. 정말이십니까?"

"미안하구나. 하지만 이 아이가 짐을 이렇게 잘 따르니, 곁에서 떼어 놓기가 아쉽다. 이 고양이는 짐에게 양보하여 주지 않겠느냐?"

연비의 표정에 '싫은데' 하는 기색이 떠올랐다.

황제는 내 머리를 쓰다듬으면서 이번에는 천비 쪽을 보았다.

그 순간. 그의 눈동자가 너무 노골적으로 냉담해져서, 바로 앞에 앉은 나는 물론 천비도 당황해 얼어붙었다.

천비가 뻐끔거리자, 떡돌이가 처음 들어보는 차가운 목소리로 물었다.

"아직 몸이 좋지 않을 텐데. 누워서 쉬지 여기는 무슨 일로 왔느냐."

연비가 의아한 눈으로 천비와 떡돌이를 번갈아 보았다.

난데없는 떡돌이의 냉랭한 말투에 자리에 있는 사람들이 모두 놀랐다.

나는 꼬리를 이리저리 흔들어 보면서 대화를 듣다가, 놀란 마음이 가시자 다급해져서 떡돌이의 배에 이마를 박았다.

떡돌이 이 바보!

'계란이를 생각해!'

떡돌이는 내가 이 모습이 되어서 화가 난 모양인데. 어쨌든 지금 천소여는 우리 계란이를 품고 있었다.

안 그래도 몸이 바뀌면서 중간에 이상이 생긴 것은 아닌가 걱정했는데. 거기에 더해 떡돌이까지 차갑게 쏘아붙였다가, 그 충격을 우리 계란이가 받으면 어떡해?

판단을 내리자마자 나는 두 앞발로 다급히 떡돌이의 허벅지를 번갈아가며 열심히 눌렀다.

힐긋 떡돌이가 날 내려다보았다. '왜?' 하고 묻는 눈길.

마침 아까 떡돌이에게 내 상황을 설명하려 찾았던 책이 그대로 펼쳐져 있어서, 나는 얼른 책 위로 올라갔다.

다행히 책에서 '조심'이란 글자 찾는 건 어렵지 않았다. 아까 찾아둔 글자이기도 하고.

나는 앞발로 그 부분을 가리켰다.

내가 왜 이러냐고? 자! 이걸 봐라! 왜 이러는지!

떡돌이의 표정이 슬쩍 변했다. 내 의도를 파악했나 보다. 그가 나를 쳐다보기에, 나는 고개를 슬쩍 끄덕이고서 그의 손등에 내 앞발을 얹었다.

떡돌이. 우리 계란이를 생각해!

"폐하?"

그 사이. 연비가 조심스럽게 황제를 불렀다.

그러자 떡돌이는 내 손을 자기 손으로 쥐면서, 아까의 냉담한 표정은 지은 적도 없는 것처럼 말투를 바꾸었다.

"천비. 몸도 안 좋으면서, 네가 여기저기 자꾸 돌아다니니 걱정이 되다 못해 화가 난다."

그는 자연스럽게 둘러대고서 부드러운 목소리로 달랬다.

"짐의 말에 너무 서운해하진 말거라. 하지만 네가 갑자기 의식을 잃어 짐이 얼마나 놀랐는지, 조금 넓은 마음으로 헤아려다오."

오해를 푼 것인지 아닌지는 모르겠으나, 천비는 천천히 고개를 끄덕였다. 그러고 있자니 다시 연비가 끼어들었다.

"폐하, 고양이는……."

"미안하다 연비."

"……그 아이와 한 어미 배에서 태어난 아이를 드리겠습니다. 그러니 제 고양이는 신첩에게 돌려주시는 게 어떨까요?"

연비가 그 말을 하자마자, 나는 떡돌이의 팔에 대고서 마구 이마를 비비적거렸다. 떡돌이가 마치 내 밥그릇이라도 되는 것처럼.

미안해 연비. 하지만 난 모든 상황을 다 알고 있는 떡돌이 옆에 있어야 해. 지금 날 도울 건 떡돌이 뿐이라고.

떡돌이도 그런 나를 가리키며 재차 말했다.

"보아라. 이렇게 짐을 잘 따르는 아이가 또 있겠느냐."

"그렇긴 하지만……."

"네겐 미안하구나, 연비."

연비 화났다.

"그 아이는 얼마 전에 죽을 고비를 넘겼습니다, 폐하. 아직 세심하게 보살펴야 하고, 이래저래 살펴야 할 일이 많습니다. 번거로우실 겁니다."

"그래, 세심하게 보살피고 이래저래 잘 보살피겠다."

연비 더 화났어. 지금까지 본 연비의 표정 중 가장 확실하게 표정이 드러나 있어.

하지만 여기서 그녀가 뭘 더 어떻게 하긴 어려웠다. 떡돌이는 일단 황제였고, 나는 노골적으로 황제에게 달라붙어 떨어지려 하지 않으니.

한숨을 내쉰 연비는 결국 수긍했다.

"알겠습니다. 하지만 마음이 바뀌시면 바로 제게 말씀해주세요."

연비와 천비가 돌아가는 내내 분위기는 어색하고 무거웠다. 마지못해 돌아서긴 했으나 고양이를 뺏긴 게 화가 난 연비는 입을 다물고 말을 하지 않았고, 윗전이 그러고 있으니 연비의 궁녀들도 조용했다.

천소여가 아직 말을 못 하는 척하고 있기에, 천비의 궁녀들도 무어라 말하기 힘들었다.

원웅은 가마 옆에서 천천히 걸어가면서, 한때 즐겁고 쾌활하게 떠들며 놀던 일이 까마득한 옛일로 여겨져 괜히 눈가가 뜨거워졌다.

천빈이 엉뚱한 말을 뱉으면 부성과 둘이 질색하며 말리다 대답하고, 웃고 떠들고, 같이 만세를 부르고 춤도 추고 그랬는데.

셋이서 아기씨가 입을 옷과 신발을 준비할 거라면서 내내 수다를 떠는 게 얼마나 재밌었는지 모른다.

그런데 부성은 갑자기 사라져버렸고, 책봉식 도중 쓰러진 천비는 말을 하지 못하게 되었다.

말을 못하게 되면서 충격을 받았는지, 그 밝던 사람이 갑자기 조용하고 어두워지기까지 했다.

찾아오는 손님들은 처음엔 많았으나, 무어라 말을 걸어도 천비가 대답을 못 하고 그리 반가워하는 기색도 아니자 더는 오지 않게 되었다.

이런 말을 하면 안 되겠지만, 차라리 황제가 쓰러져 있고 비연궁 안에 황후의 명령으로 다 같이 감금되어 있을 때가 더욱 밝은 분위기였다.

생각하니 갑갑해져서 원웅은 푹 한숨을 쉬고 귀자를 보았다.

귀자 역시 미간을 찡그리고 있었다.

그때. 내내 가마에 조용히 앉아 있던 천비가 갑자기 품에서 작은 필첩과 세필을 꺼냈다.

'하고 싶은 말이 있으면 여기에 적으라'고 원웅이 챙겨주었지만 거의 사용하지 않던 필첩이었다.

갑자기 무슨 말을 하려는 걸까? 원웅은 천비를 힐긋거렸으나, 천비가 적는 내용은 가마 옆에선 보이지 않았다.

잠시 뒤. 글을 다 적은 천비가 그 필첩 윗부분을 뜯어 옆 가마에 있는 연비에게 내밀었다.

연비는 힐긋 그걸 보고서 따라 읽었다.

"고양이가 죽을 고비를 넘겼단 말이 무슨 소리냐고?"

천소여는 얼른 고개를 끄덕였다.

연비는 고양이 이야기는 하고 싶지 않았으나, 애가 분위기가 갑갑하니 아무 말이나 하려나 보다 싶어서 대답해주었다.

"네 책봉식 날. 네가 쓰러졌단 소식을 듣고 비연궁에 갔지. 거기서 오래 머물다가 돌아와보니, 고양이가 뭘 먹다가 목에 걸려 죽어 있었단다."

"!"

"죽은 게 아니었지만 그땐 죽은 줄 알았어. 그래서 잘 묻어주려고 준비하고 있는데, 갑자기 다시 깨어났단다."

말하고 나니 더욱 속이 쓰려서 연비는 한숨을 내쉬었다.

"오래 기른 고양이는 아니지만 그래도 나를 참 잘 따랐는데. 깨어나자 마자 폐하만 따르니 섭섭하구나. 자기가 위급할 때 곁에 없는 모습에 실망한 걸까."

천소여는 연비 쪽으로 뻗었던 필첩을 도로 가져가 품에 천천히 넣었다. 그 동작은 태연했으나, 천소여의 눈동자는 잘게 떨리고 있었다.

'설마. 아닐 거다. 그럴 리가……'

떡돌이가 빗을 구해다가 털을 빗질해주는 동안, 나는 신중하게 글자를 고르고 골라 그에게 한마디를 할 수 있었다.

글자를 다 골랐다고 책을 때리자, 떡돌이가 오 공공에게 지시했다.

"읽거라. 빨리."

초조한 목소리였다.

"예."

오 공공은 얼른 대답하고서, 내가 가리키는 책 쪽으로 허리를 숙였다.

나는 그가 잘 따라올 수 있도록, 기억해 둔 글자 위치를 하나하나 짚어가며 알려주었다.

"나는…… 너무…… 놀랐다…… 이렇게…… 되었다…… 그래도…… 떡…… 돌…… 연모해."

말을 마친 오 공공은 잠시 가만히 있다가 눈을 끔뻑거리더니, 힐긋 떡돌이를 보았다.

떡돌이는 빗을 옆에 내려놓고서 내 등에 입을 맞춰준 뒤, 엉덩이를 팡하고 때렸다.

"냥!"

뭐 하는 건가 싶어서 손을 깨물어 버리자, 떡돌이는 내 배를 마구 간지럽히면서 짜증을 냈다.

"몇 시진 동안 찾은 게 그 말이냐? 갑자기 왜 이렇게 됐는지를 설명해 달라 하지 않았느냐."

"하악!"

몸을 비틀다가 떡돌이의 손가락을 잡고 다시 깨물어대자, 오 공공이 쩔쩔매며 나를 말렸다.

"냥빈 마마, 폐하를 그리 깨무시면 안 됩니다."

떡돌이는 한숨을 내쉬고서 나를 손에서 떼어놓은 다음, 목덜미를 쓸고서 말했다.

"일단 밤이 늦었으니 오늘은 그만 자자. 글자는 내일 찾고."

오랜만에 떡돌이 옆에서 자니 심장이 술렁거린다.

나는 떡돌이의 팔을 베고 누워 있다가, 그가 잠들자마자 배 위로 올라가 팔을 괴고 그의 얼굴을 빤히 내려다보았다.

지금은 그저 반가워하고 있지만…… 떡돌이도 이런 시간이 오래되면 많이 불안하겠지.

그가 고양이 몸인 나를 연인으로 계속 사랑하긴 힘들 테니, 빨리 사람 몸을 찾아야 하는데. 대체 어떻게 해야 찾을 수 있을까?

타천천한테 물어보면…… 안 될 거야. 타천천은 내가 천년비인지 못 알아볼 테니까.

'아니, 혹시 타천천이 개입되어 있나?'

아냐. 타천천이 개입하진 않았을 것 같다. 그가 내 영혼을 옮긴다면 내 원래 몸으로 옮기겠지. 고양이가 아니라.

이 고민에 대한 답은 뜻밖에도 다음 날 아침. 떡돌이에게 들었다.

"맞아, 반숙아. 짐이 말했던가? 네 궁녀 하나가 죽은 채 발견됐다."

나는 떡돌이가 건네주는 구운 생선을 입 벌려 받아먹다가, 놀라서 떡돌이를 쳐다보았다.

'궁녀 누구? 그걸 말해줘야지!'

내 눈빛을 읽었는지 떡돌이는 바로 추가 정보를 주었다.

"부성이다."

'부성이가 왜? 어디서? 어쩌다가?'

전혀 예상하지 못 한 이야기에, 나는 다급히 떡돌이의 입에 손을 집어넣었다. 떡돌이는 입에서 내 손을 빼내고는, 손수건을 꺼내 목에 묶어 주면서 말했다.

"잘 사용하지 않는 폐가에 죽어 있었다더라. 왜 거기에 있던 건진 아직 알려지지 않았어. 하지만 네가 쓰러진 날에 그 애도 쓰러져서. 혹시 관련이 있진 않나 살피고 있다."

그 말을 듣자마자 나는 어제 내내 고민했던 답을 찾았다.

부성이 혼령술을 썼나 봐! 혼령술을 쓰면 죽게 되니까!

우 귀인은 좀 시일을 두고 죽긴 했지만, 어쨌든 그럴 확률이 높았다.

'하지만 부성이 왜? 부성은 내가 가짜 천소여란 걸 알았나? 그래서 진짜 천소여를 불러오고 싶었던 걸까?'

여하간 실마리를 찾았으니 다행이지.

"냐냥. 냐냐냐냥. 냥냥냐냥. 냐냐냥."

하지만 다급히 말해도 떡돌이는 내 말을 알아듣지 못했다.

답답해서 가슴을 두드리다가, 나는 얼른 다시 책을 펼쳤다. 그런데 책을 펼치고 나니, 책 글자가 소리 나는 순서대로 배열이 되어 있었다.

놀라서 쳐다보자, 떡돌이가 손가락으로 승언이를 가리켰다.

"밤새 승언이가 만들어 왔더라. 네가 글자를 잘 못 찾는 거 같다고."

승언아……!

내가 쳐다보자, 승언이는 머쓱한지 오 공공의 뒤에 숨어버렸다.

우리 승언이. 앞으론 놀리지 말아야겠어.

"냥!"

고맙다고 인사하자, 승언이 괜히 툴툴거렸다.

"폐하랑 오 공공은 고양이 얼굴 보고 말이 잘 나오는 게 신기합니다."

꼭 한마디씩 덧붙이긴 하지만 봐주자.

승언이는 오늘부턴 좋은 사람이니까.

나는 승언이가 만들어 준 책을 보고서 얼른 내가 하고 싶은 말들을 열심히 발로 짚었다.

떡돌이는 느리지만 또박또박 내가 짚는 글자를 따라 읽었다.

"사망…… 장소…… 근처…… 머리카락…… 종이…… 파?"

대번에 알아들은 떡돌이가 눈을 커다랗게 뜨며 중얼거렸다.

"천년비진쾌도래. 그런 종이를 말하는 거냐?"

"냥!"

맞다고 대답하자, 떡돌이가 명령을 내리기도 전에 승언이 대답했다.

"바로 찾아보겠습니다."

승언은 말을 마치자마자 나갔다.

떡돌이는 떨리는 손으로 내게 구운 생선을 다시 발라주기 시작했다.

생선은 맛있었지만 심장이 떨려서 맛을 제대로 느끼기 힘들었다.

나 때는 부적을 바로 파냈지. 하지만 지금은 시일이 꽤 지났는데. 그래도 효과가 있을까?

그리고 하나 더. 천소여는 자기 원래 몸을 찾은 것뿐이잖아. 원래도 내가 이방인이지. 그런데 다시 몸을 바꿔도 되는 건가?

나도 내 몸으로 가던가, 다른 몸을 구해야 하지 않나?

아유정은 몇 주 째 계속 개원과 함께 이동하고 있었다. 왜 이렇게 되어가고 있는지, 그녀는 순서와 과정을 몸소 겪으며 알았지만 갑갑했다.

개원은 사하비단의 위치를 찾고 있으니 아유정을 따라다녀야만 하는거고, 아유정은 타천천의 명령으로 개원의 곁에서 완전히 달아날 수가없다. 그 애매한 태도가 둘을 계속 붙여놓고 있는 거였다.

'그리고……'

늦은 밤. 아유정은 동굴 안에 누운 개원이 조용히 잠들어 있는 걸 확인하자, 홀로 동굴 밖으로 나갔다.

그녀는 달빛이 유달리 잘 드는 곳으로 걸어가 쪼그려 앉아 필첩을 꺼냈다. 거기에 얇은 붓으로 타천천의 심부름을 시작했다.

자신과 개원의 상태에 대해 세세하게 기록하는 것이다. 개원이 자신의말에 무슨 반응을 보였는지, 자신은 개원을 보며 어떤 마음이 드는지 등.

아유정은 적다 말고서 한숨을 내쉬었다. 타천천이 왜 이런 걸 적어오라 한 건지, 그 이유는 알고 있었다.

타천천은 천년비를 숭배하기에 기꺼이 제 몸을 희생해 천년비의 몸에들어오기까지 한 아유정이, 막상 천년비의 몸에 들어오자 개원에게 더관심을 가지는 현상에 흥미를 보이고 있었다.

타천천에겐 지금 아유정의 마음은 모두 연구 결과였다.

'정말 이상한 일이야. 그 사람을 볼 때 심장이 뛰는 것, 그 사람의 행동하나하나를 분석하고 의미 있다 착각하는 것. 이 모든 게 다 몸으로 인

한 일일까?'

이 안에 그녀의 마음은 없는 건가? 마음이 몸을 따라가는 건가? 아유정은 고민하며 다시 붓을 들다가, 자신의 옆에 드리워진 까만 그림자를 발견하고 흠칫했다.

천천히 뒤를 돌아보자 개원이 서 있었다. 그가 인기척도 없이 곁으로 와서 아유정이 적는 걸 내려다보고 있던 것이다.

눈이 마주치자 개원이 차갑게 물었다.

"뭘 하고 있습니까?"

아유정은 다급히 필첩을 뒤로 숨겼으나, 개원은 눈 깜짝할 사이 그걸 도로 낚아챘다.

필첩에 쓰인 글들을 빠르게 훑은 개원의 표정에 경멸이 어리는가 싶더니, 그가 차가운 눈으로 아유정을 보며 물었다.

"소저는 천년비 몸을 살리기 위해 그 안에 들어갔다고 안 했던가요? 하지만 지금 보니…… 전혀 아닌 거 같은데요."

개원이 펼친 곳에는, 그를 볼 때 아유정 자신의 마음이 어떤지가 세세하게 적혀 있었다.

아유정은 다급히 필첩을 뺏어서 품에 안았다. 그녀의 눈가가 민망함과 수치스러움에 빨개졌다.

"오, 오해인데."

아유정은 다급히 변명을 시도했으나, 조급한 마음에 목이 막혀 말이 잘 나오지 않았다.

게다가 변명을 한다고 해서 개원이 그걸 받아들여 줄지도 확신하기 어려웠다. 어쨌든 천년비의 몸을 이용해 연구 중이란 건데. 개원 저자가 그걸 받아들일까?

"오해요?"

개원이 차갑게 되물었다.

아유정은 필첩을 끌어안고서 서성이다가, 더 견디지 못하고 황급히 그 자리를 달아났다.

"미안!"

개원이 뒤를 쫓았으나, 이번에는 타천천의 말처럼 '함께 있을' 의도가 없었기에 봐주며 뛰지 않았다.

어마어마한 속도로 그 자리를 벗어난 아유정은 입술을 꽉 깨물었다.

타천천은 개원과 함께 있으라 했지만 지금 그 곁에 머물다간 수치심에 죽어버릴 것 같았다.

아니, 앞으로도 개원의 곁에 갈 자신이 없었다. 그는 완전히 오해를 해버렸으니까.

아유정은 심장이 찢어지는 기분을 느끼며 속으로 외쳤다. 이제 그만! 이 몸 밖으로 나가고 싶어!

이 안에 들어온 후 미움과 경계의 시선 외엔 받아본 적이 없다. 유일하게 아닌 남자는, 이제부턴 그녀를 누구보다도 혐오하듯 바라볼 것이다.

아유정은 여기서 나가고 싶어졌다. 그러면 이 모든 아픔, 개원을 향해 끌리는 이 마음조차 사라지지 않을까?

천소여 몸에 다시 들어가느냐 마느냐를 두고 아직 결정이 내려지지 않아서, 나는 다시 글자를 찾아서 '찾아도 꺼내지 마'라고 당부했다.

"찾아서 갈기갈기 찢어 버리라고? 우리 냥적. 참으로 거칠구나."

떡돌이가 웃는 얼굴로 내 말을 왜곡하려 시도했으나, 나는 그의 입에 손을 물려주고서 재차 당부했다.

"냥. 냥. 냥."

"응, 그래. 우리 냥빈. 귀비로 올릴 때 아예 봉호를 냥으로 할까. 부를 때 어감이 좋구나."

하지만 떡돌이가 그래도 내 말을 듣기 싫은지 또 멋대로 화제를 돌려대어서, 계란이 패도 꺼내야 했다.

이보시오. 떡. 또. 영혼. 바뀐다. 혼절. 반복. 계란이. 위태. 염려.
먼저. 괜찮은가. 알아봅시다.

단어를 골라 짚고서 조목조목 알려주자, 떡돌이는 그제야 뚱한 얼굴로 대답했다.

"알았다. 알았으니 그만 냥냥거리거라."

"하악!"

하지만 월요가 천소여와 한 약속은 일각도 지키지 못하게 되었다.

"폐하. 부적을 찾아서 파냈습니다."

월요가 명령을 채 전달하기도 전, 이미 승언이 빠르게 부적을 찾아내 파낸 탓이었다.

승언이 부적을 들고 들어오며 한 말에, 월요와 오원요 모두 입을 쩍 벌리고 그를 쳐다보았다.

승언은 위풍당당하게 부적을 들어올렸다가, 두 사람의 눈빛에 주춤거리며 팔을 내렸다.

"왜, 왜 그러십니까? 제가 뭐 잘못이라도……?"

고양이가 된 후 유일한 장점이 있다면, 떡돌이가 일하는 모습을 볼 수 있단 것이다.

요즘 떡돌이는 나를 안고 일을 나가고, 회의할 때도 나를 데리고 가준다. 혹시 누가 황제 고양이란 걸 몰라볼까 봐 목에는 아주 값비싼 장신구도 목걸이로 달았다.

곁에는 내 담당 궁녀도 둘이나 있는데, 무슨 소리를 들었는지 둘 다 내가 사람이란 걸 모르면서도 오 공공을 따라 나를 '냥빈 마마'라고 불렀다.

덕택에 요즘 나는…….

"오늘도 냥빈 마마를 모시고 오셨군요."

궁인들은 물론 후궁들 사이에서도 냥빈 마마라고 불린다.

진심으로 마마라 높여주기보다는, 그냥 다들 그게 떡돌이가 내게 지어준 이름이라 여기는 모양이었다.

이 때문일까. 문안 인사 때 떡돌이가 나를 데리고 들어가자, 후궁들은 다들 '냥빈 마마' '냥빈 마마'라고 부르면서 자기들끼리 재밌어 웃어댔다.

"백몽인데……."

졸지에 고양이를 뺏긴 연비를 제외하고. 미안해 연비 씨. 나도 이 몸으로 들어오고 싶진 않았어. 하지만 정말로 거북이라거나, 연못의 잉어라거나, 궁궐 밖을 돌아다니는 두더지 같은 데 들어갔다면 더 최악이었겠지.

그래. 연비 고양이 몸에 들어오게 된 걸 감지덕지로 생각하자. 잉어가 됐으면 떡돌이에게 내 존재를 알리지도 못했을 거야.

황후의 무릎에 앉아 하품하면서 문안 인사를 구경하고 있는데, 묘한 시선이 느껴진다. 연비의 갈구하는 시선이 아니라, 아주 묘한 시선.

뭔가 싶어 쳐다보니, 천비가 나를 빤히 쳐다보고 있었다.

눈이 마주치자 얼른 고개를 휙 돌리는데, 뭔가…… 고양이를 대하는
태도 같지 않았다.

보통 고양이랑 눈을 마주친다고 저렇게 급히 눈길을 피하나?

천비가 빤히 바라보던 시선은 대체 뭐였을까, 생각하고 있을 때였다.

떡돌이가 슬그머니 내 눈치를 보더니 "반숙아." 하고 은근한 목소리로
불렀다.

침상 위에서 무공 연습을 하길 멈추고 바라보자, 떡돌이가 내 눈치를
살피다가 슬그머니 말문을 열었다.

"반숙아. 화내지 않는다고 약속하겠느냐?"

그럼 화낼 짓을 했단 거로군!

나는 꼬리로 그의 손등을 찰싹 때렸다. 하지만 떡돌이는 그걸 '응'이라
고 받아들였는지, 안심해서 웃었다.

"그래, 우리 반숙이는 착하지."

'무슨 말을 하려고?'

"음. 실은, 천소여 이름이 쓰인 부적 말이다."

'그게 왜?'

"안 파내기로 약조하지 않았느냐."

'파냈구나!'

대번에 알아듣고서 다시 손등을 찰싹 꼬리로 때리자, 떡돌이가 희미하
게 웃었다.

"그래. 약조했지. 그런데 그 명령을 내리기 전에 이미 발견해서 파내고
말았단다."

내가 놀라서 옆으로 벌러덩 넘어가자, 떡돌이는 나를 들어올려 얼굴을 마주하더니 잘생긴 얼굴을 방패로 내밀며 물었다.

"화내지 않을 거지?"

나는 꼬리로 그의 얼굴을 친 다음, 글자책을 가져와 그에게 물었다.

파내도 효과. 없어?

떡돌이는 심각하게 고개를 끄덕였다.

"그래. 그게 문제다. 너는 종이를 파내고 얼마 안 있어서 제정신을 찾았는데. 지금 천비는 아무 문제가 없어."

시간이. 오래. 지나서?

"짐도 그런 게 아닌가, 생각하고 있긴 한데."

떡돌이의 입에서 무거운 한숨이 나왔다.

"차라리 네게 약조를 어겼다고 혼이 나더라도 몸이 다시 바뀌는 편이 나았다. 그나마 하나 찾은 방법이 무의미해졌어."

역시 꺼림칙해도 타천천한테 도움을 구하는 수밖에 없나.

타천천을 생각하자마자, 놀랍게도 떡돌이도 같은 이야기를 했다.

"타천천을 찾아보려 하는데. 어디 있는지 위치를 알 수가 없구나."

비원이 생각난다. 그를 찾아가서 알리면 어떨까?

하지만 떡돌이와 나 사이에는 이것저것 둘을 특정한 신호가 많았다지만, 비원에게는 어떻게 고양이가 나란 걸 알릴 수 있나 모르겠어.

편지를 써서 주면 될 것 같은데. 그 편지를 쓸 수가 없으니. 그렇다고 누구에게 편지를 대신 써 달라고 할 수도 없고……

그런데 한참 고민하던 도중이었다.

"폐하, 폐하."

급히 오 공공이 들어오더니, 다급히 말했다.

"천비 마마께서 쓰러지셨답니다!"

떡돌이도 나도 놀라 눈을 휘둥그렇게 떴다.

"천소여가 쓰러지다니?"

"모르겠습니다. 겁먹은 얼굴로 방에 계속 틀어박혀 계셨다는데. 갑자기 쓰러지셨습니다."

떡돌이는 나를 쳐다보더니 다급히 품에 안고서 밖으로 나갔다.

과연. 비연궁에 도착해보니 이미 난리가 나 있었다. 천소여는 쓰러져 의식이 없고, 곁에는 탕 궁의가 맥을 짚으며 연신 식은땀을 흘렸다.

"무슨 일이냐."

떡돌이가 매섭게 묻자, 원웅이 흐느끼면서 무릎을 꿇고 말했다.

"모르겠습니다, 폐하. 마마께선 목소리를 잃은 후로 내내 기운 없이 지내셨어요. 조금씩 얼굴도 창백해지시고 잠도 잘 못 주무시고요. 그런데 오늘은 유독 더 몸을 떠시더니, 뭔가가 두려운 것처럼 구셨습니다."

"두려워?"

"예. 그러다가 갑자기 피로하다며 침상에 누우셨는데……."

원웅은 울면서 말을 잇지 못했다.

나는 전에 염 귀인이 죽었을 때를 떠올렸다. 그때와 증세가 흡사하게 들렸다. 염 귀인도 조금씩 힘이 빠지듯 죽었지. 천소여도 몇 주에 걸려서 조금씩 기운이 사라졌다고 했어. 그건 혼령술을 시전한 부작용이지.

나는 부성이 그 부작용으로 죽은 줄 알았는데.

설마. 아니었나? 그 부작용으로 죽은 게…… 천소여?

그럼 그 혼령술을 천소여가 직접 했어야 하는데? 그럼 부성은…….

'아!'

설마. 부성 안에 천소여가 들어 있던 건가? 부성 안에 있던 영혼이 사라져 부성은 즉사한 거고, 천소여는 부작용으로 시일에 걸쳐 죽는 거고?

이럴 수가. 부성과 천소여는 용고를 두고서 얽혀 있었지. 혹시 그때 자기들끼리 일이 꼬인 걸까?

머리가 아프다. 하지만 순서를 알 수가 없었다. 게다가 순서보다도 더 중요한 건, 부성이 천소여였던가, 천소여가 술법을 직접 썼다가 죽었다던가, 이런 문제가 아니었다.

'왜 안 바뀌지?'

천소여 몸이 껍데기가 되었는데, 내 몸은 여전히 고양이로 남은 것. 이게 진짜 문제였다.

그리고 우리 계란이. 천소여가 몸 안에 있을 땐 괜찮았는데. 지금 저 안에 있는 계란이는 어떻게 되는 거야? 겁이 나서 팔다리가 다 떨렸다.

나는 다급히 떡돌이의 품에서 뛰쳐 내려와 우리 계란이에게 다가갔다.

"니앙!"

온몸으로 계란이를 감쌌지만, 이 몸으로는 계란이의 생명을 유지해 줄 수가 없었다.

"니앙! 니앙!"

울면서 머리를 비비자, 배 안에서 계란이가 느껴진다. 내 아이가.

떡돌이를 쳐다보았다.

떡돌이가 이 일을 해결해주진 못하겠지만, 마음이 조급하니 저절로 그에게 시선이 갔다.

나는 속으로 외쳤다.

누가 천소여 몸에 들어오든 상관없어. 내가 아니어도 돼.

다시 천소여를 불러와도 괜찮아.

우리 계란이만 좀 살려줘!

혼령술! 혼령술을 다시 사용하면!

"폐하, 고양이 좀, 고양이 좀."

내가 천비 몸에 해가 될까 염려되는지 원웅이 떨면서도 애타게 청했다.

떡돌이가 나를 얼른 안아 들었다.

나는 떡돌이의 어깨에 대고서 다급히 내가 생각한 방법을 말했다.

"니냐냐냐냐냐냐냐냐냥냐냐냥냐냥!"

숨도 쉬지 않고 말해도 떡돌이는 아무 말도 알아듣지 못했다.

그는 쓰러진 천소여의 목 옆에 손을 대고 맥을 살피더니, 다급히 밖으로 나가며 내게 말했다.

"반숙아. 네가 하고 싶은 말을 책자로 골라 두어라. 승언아. 네가 그 말을 이어서 짐에게 보고해라."

너는? 너는?

"짐은 우 답응에게 가보겠다. 우 답응이 전에 뭔가를 해서 널 쓰러지게 했지. 어쩌면 무언가 방법을 알지도 모른다."

나는 고개를 끄덕였다. 그래, 우 답응이 알지도 몰라.

혼령술을 쓰자고 말하려 했지만, 사실 나는 혼령술을 사용하는 정확한 방법을 모른다. 전에 천소여 몸을 떠나기로 했을 때, 스스로 혼령술을 써보려 했지만 실패했으니까.

하지만 우 답응은 직접 비원에게 뭔가 들었으니 알 거야!

떡돌이는 나를 승언에게 건네주고서 우 답응의 방으로 뛰어갔다.

나는 그를 붙잡는 대신 승언이를 얌전히 붙들고서, 빠르게 멀어지는 뒷모습을 가슴 아프게 바라보았다.

'말이 통하면 비원에게 도움을 청하면 좋은데!'

그 시각. 비원은 타천천과 만나고 있었다. 이번 일 때문은 아니었다.

그는 천비가 갑자기 말을 못 하게 되었단 소식을 듣고서 내내 이 일을 의아하게 여기다가, 혹시나 싶어 천년비를 찾아가 보았다.

그녀에게도 장공주 같은 문제가 생기는 게 아닌가 싶어서였다. 혼령술은 불안정해서 아직 타천천도 제대로 통제하지 못하는 실험작이니까.

하지만 '그건' 천년비가 아니었다.

비원은 이 일을 타천천에게 알렸고, 타천천은 수도로 다시 올라왔다.

비원에게 그간의 경위를 들은 타천천이 팔짱을 낀 채 아무 말도 하지 않자, 비원이 걱정스레 물었다.

"어떻게 된 걸까요?"

"확실한 건 아니지만……."

"만?"

"내 생각이 맞다면 지금 그 몸에 들어온 사람. 천소여 본인 같군요."

"천소여…… 본인?"

"이미 그 몸에 자리 잡고 잘 살아가던 녕녕을 밀어낼 수 있는 건 몸의 본 주인뿐이지요."

눈을 휘둥그렇게 뜬 비원에게 타천천이 물었다.

"누군가에게 혼령술 방법을 알려줬나요?"

비원은 곰곰이 생각해보다가 고개를 저었다.

"아니요. 최근에 절 찾아온 사람은 영빈의 친모뿐이었습니다."

"확실한가요?"

타천천이 날카롭게 묻자, 비원은 좀 더 신중하게 떠올려보았다. 하지만 역시 영빈의 친모 외 다른 사람이 그에게 찾아오고, 그가 혼령술에 대해 알려준 적은 없었다.

"네. 영빈의 친모에게도 '잠시 기다리라'는 말만 했지 혼령술을 가르쳐주진 않았습니다."

"그럼 천소여 본인이 지난번 혼령술로 다른 사람의 몸 안에서 지내다가 이번에 제대로 혼령술을 펼쳐 그 몸에 들어갔단 거로군요."

거기까지 들은 비원이 그제야 놀라 탄식했다.

"그럼 우 답응이 가르쳐주었나 봅니다!"

"우 답응?"

"네. 우 답응은 제게 혼령술에 대해 들었고, 천년비가 개입하면서 혼령술을 쓰기도 전에 방해받아 목숨도 부지했으니까요."

"기회를 봐서 처리해요."

날카롭게 지시한 타천천은 심각한 표정이 되었다.

"어쨌든 곤란하게 됐군요. 몸 주인이 제 몸에 돌아온 거라면 혼령술로 천년비를 다시 그 몸에 넣을 순 없습니다. 몸 주인이 죽어서 비켜주지 않는 이상."

"그러면 천소여를 죽이면……."

"회임 중이라 안 했습니까?"

"맞습니다."

"잘못하면 아기까지 죽습니다. 그리고 아기가 죽었다간 천년비가 그날

부터 우리를 죄다 죽이려 들겠죠."

"！"

"이미 그대도 알겠지만, 비원. 천년비는 누구를 먼저 나서서 죽이진 않습니다. 하지만 죽이려고 마음먹은 사람을 못 죽인 적은 한 번도 없죠."

"천소여를 죽여서 천년비 영혼을 다시 그쪽에 넣는 건 안 되겠군요."

"그렇죠. 그리고 할 수도 없습니다."

"네?"

"천년비 영혼이 어디 있는지 모르니까요. 영혼이 어디에 있든 원래 몸에 불러오는 건 쉽지만, 남의 몸에 집어넣는 건 어렵죠. 빈 몸이 있어야 하고, 천년비 영혼 위치도 알아야 합니다."

타천천은 며칠 전 아유정이 찾아와서 더이상 천년비로 지내고 싶지 않다고 하던 걸 떠올렸다.

"그러면 천년비는……."

"원래 몸으로 데려올 겁니다. 그건 넝녕이 어디에 있건 가능하니까."

"그렇군요."

비원은 천빈으로 지내며 꽤 만족해하던 천년비를 떠올리자 씁쓸해졌다. 하지만 타천천의 말처럼, 천년비는 천소여를 죽여 다시 그 몸을 차지하는 건 바라지 않을 것이다.

"이젠 궁중에서 다시 못 뵌다니 아쉽네요."

고개를 끄덕인 타천천이 나가려 할 때였다. 닫힌 창문을 새 한 마리가 부리로 두드렸다.

타천천이 걸음을 멈추고 돌아보았다.

"뭡니까?"

"모르겠습니다."

비원이 창문을 열자, 작은 새 한 마리가 얼른 안으로 날아 들어와 탁자에 내려앉았다.

비원은 새의 다리에 묶인 작은 종이를 꺼내 펼쳤다.

곧 그의 눈동자가 커다래졌다.

타천천은 심상치 않은 걸 눈치채고 다시 물었다.

"뭡니까?"

"천비, 천소여가 죽어가고 있답니다."

"죽어가다니?"

질문한 타천천은 곧 눈을 커다랗게 뜨고 혀를 찼다.

"스스로 혼령술을 써서 그런가."

비원이 후궁들에게 알려주고 다닌 혼령술은 누가 시전해도 효과를 볼 수 있는 강력한 주문이었지만, 그 때문에 시전자 역시도 자기 생명을 내 놓아야 할 정도로 후환이 컸다.

비원이 걱정스레 물었다.

"어떻게 합니까?"

"천년비 영혼 위치를 안다면 좋겠지만……."

천년비 영혼의 위치를 모른다. 천년비 영혼을 부른 다음 그 영혼을 다 시 천소여의 몸으로 보내기에는 시간이 부족할 것이다.

"아직 죽진 않았지만 곧 죽을 거 같답니다."

"어쩔 수 없군. 너무 큰 모험 같지만 아무 영혼이나 일단 넣는 수밖에."

"괜찮을까요? 그 몸에 들어간 사람이 자결하기라도 하면……."

"방치하는 것보단 낫겠지요. 어쨌든 몸을 비워뒀다간 아기가 죽을 거 고. 천소여 영혼을 도로 넣으면 나중에 천년비가 내 먹살을 잡고 협박해 도 몸을 다시 바꿔주기 힘들……."

그때. 타천천이 잠시 말을 멈추더니, 미묘하게 웃으며 말했다.

"그 영빈 친모란 사람. 불러와 봐요. 최대한 빨리."

천년비는 천비가 되었고, 천대여는 곧 귀비가 될 거다. 황제가 직접 황후에게 그렇게 말했다니, 곧 책봉식이 있겠지.

해운잠은 그 생각을 하며 초조하게 부채질을 했다. 소원을 들어준다는 '비원'을 만났지만, 그자는 스산해 보이긴 했으나 그리 신통치 않았다.

'나중에 부르겠다'고 약속만 잡고 여태 아무 일이 없지 않은가.

그러다 해운잠은 깜짝 놀라 앞을 보았다. 화장대 위에 비원의 가면 조각과 흡사해 보이는 조각이 놓여 있었다. 그녀는 조각을 잡고 주위를 둘러보았다.

'이걸 언제 두고 갔지?'

아니, 언제 두고 갔는지가 중요한 게 아니다. 비원이 그녀를 찾고 있다.

이제 그녀가 소원을 빌 차례가 된 것이다. 그자에게 소원을 빌기 위해서는 큰 대가를 치러야 한다지만, 그녀는 그 대가가 무엇이든 치를 자신이 있었다.

하지만 가면을 쓴 '비원'을 따라가 기묘한 사내를 만났을 때는 용감한 그녀도 조금 겁이 났다.

사내는 수려한 외모에 웃는 인상의 얼굴이었으나, 사람의 속내를 하나하나 끌어내려는 듯 보여서 보는 사람을 꺼림칙하게 했다.

그녀는 저도 모르게 사내를 경계하며 쳐다보았다. 하지만 사내는 그녀의 태도가 익숙한 듯 태연스레 웃으며 물었다.

"그쪽이 영빈 마마의 친모이신 해운잠 부인이시군요."

여전히 긴장되었으나, 해운잠은 이를 드러내지 않고 침착하게 고개를 끄덕였다.

사내는 빙그레 웃고서 물었다.

"그래, 폐하의 마음이 영빈 마마에게 가길 원한다고요. 방법이 어떤 것이든?"

해운잠은 고개를 끄덕였다.

"맞네. 천소여가 살아 있어도 되고 죽어도 되고 다쳐도 되고, 방법이야 상관없어. 그저 천소여가 지금 누리는 것들이 내 딸에게 가길 바라네. 폐하의 총애, 높은 지위, 태후 마마의 신뢰, 그리고 아기씨까지. 전부다."

해운잠은 말을 하면서도 '이게 과연 가능할까?' 생각했다. 별 희한한 요구도 다 들어준다기에 오긴 했으나, 자신의 소원은 너무 어려웠다.

사실 현실적으로 천소여가 죽더라도 그 총애를 천우여가 가져올지, 다른 후궁이 가져갈지는 모르는 일 아닌가.

그런데 뜻밖에도 사내는 태연히 대답했다.

"그건 쉽지요."

"쉽다고?"

"하지만 영빈 마마가 돌아가실 겁니다. 그래도 됩니까?"

태연한 뒷말 다음에는 어처구니없는 말이 왔다.

"영빈 마마를 위해 비는 소원인데 영빈 마마가 돌아가시다니! 그게 말이 된다고 생각하나!"

기가 막힌 해운잠이 외치자, 사내가 어깨를 으쓱했다.

"말은 끝까지 들으셔야죠. 저는 영빈 마마의 영혼을 천소여의 몸에 넣을 생각입니다."

"!"

해운잠은 입을 벌리고 사내를 미친놈 보듯 쳐다보았다.

"그걸 말이라고 하나? 그건 말도 안 되는 일이야!"

사내는 어깨를 으쓱했다.

"말도 안 되는 일이면 애초에 벌어지지 않을 일이니 상관없지요. 안 그렇습니까?"

그건 그랬다. 너무 어이없는 방법이니, 실패한다면 아무 일도 없을 것 같긴 했다.

해운잠은 입을 다물고서 뚫어져라 사내를 쳐다보았다. 사내는 신뢰할 수 없게 생겼으나, 그래서 지금은 오히려 믿음이 갔다.

"어떻습니까?"

사내가 다시 물었다.

해운잠은 생각해보았다. 영빈의 영혼을 천소여에게? 그렇다면…… 확실히. 자신이 원하는 건 다 이루어진다. 천소여가 가진 모든 것을 자연스럽게 영빈이 가지게 되니까.

하지만 그걸 자기 딸이라고 볼 수 있나? 그 '몸'은 여전히 빌어먹을 공오 부인의 딸인데? 영빈이 그 몸으로 들어가 천소여의 삶을 누린다고 해서 그게 무슨 소용이지? 영빈이 천소여 몸으로 낳은 아이들은 모두 다 공오 부인의 손주들이지, 그녀와 피 한 방울 안 섞였을 텐데?

영빈이 어디 감옥에라도 갇혀 병에 걸렸다면 모를까. 영빈은 그 정도는 아니지 않은가.

"마음에 안 드십니까?"

사내의 질문에 해운잠은 무뚝뚝하게 말했다.

"내 딸이 천비 몸에 들어가봤자, 총애를 받는 건 여전히 '천소여'가 아닌가. 내 핏줄이 아니지."

사내는 의외란 듯 눈썹을 치켜올리다가 웃음을 터트렸다.

"하하. 그렇군. 이쪽은 영혼보다 몸을 중시하신단 건가."

어쩐지 몹시 즐거워하는 태도에, 해운잠은 구경거리가 된 듯해 기분이 나빠졌다.

게다가 저 사내를 만난 게 영 쓸모없단 생각이 들었다. 고작 이따위 말이나 들을 거라면 위험을 감수하고 비원을 만날 이유가 없었다.

그때, 그녀의 머릿속에 아주 좋은 생각이 떠올랐다.

"차라리 나를 천소여 몸에 넣어주게."

사내, 타천천의 눈이 휘둥그레졌다. 전혀 예상하지 못한 말이었다.

"진심입니까?"

타천천은 웃으면서 물었다.

"그러면 그쪽 육신은 죽게 될 텐데요?"

"상관없네."

그녀가 천소여의 몸 안에 들어가면, 황제의 총애가 영빈에게 가도록 도와줄 수 있다.

자신이 천소여의 몸을 빼앗으니, 그것만으로도 공오부인에게 복수할 수도 있다.

천소여의 몸으로 공오부인을 괄시해 불효한단 비판을 받는 것 역시 오히려 즐거운 일일 터였다.

천소여의 아이는 혹시 모르니 적당히 잘 기르는 척하다가, 영빈이 '진짜 자신의 손주'를 회임한다면 바보처럼 교육해버리자.

황제가 바보가 아니라면 멍청이 같은 첫째를 후계자로 삼진 않겠지.

영빈을 닮아 사랑스럽고 똑똑한 아이가 나오면 그 아이를 후계자로 삼으려 할 거다.

해운잠의 입가에 미소가 떠올랐다.

완벽한 계획이었다.

실행할 수만 있다면.

월요는 우 답응을 찾아가자마자 말을 돌리지 않고 물었다.

"예전에 이상한 방법을 써서 천 귀인을 해치려 했을 때. 정확히 어떤 방법을 사용했지?"

우 답응은 이미 끝난 일을 황제가 찾아와 직접 다그쳐 묻자 당황스럽기도 하고 겁도 나서 고개를 저었다.

"무, 무슨 말씀이신지 모르겠습니다."

"널 벌하려는 게 아니니 솔직하게 말해라. 넌 누군가와 거래를 했을 거다. 정확히 어떤 거래를 한 거였지?"

"신첩은 아무것도……."

"우 답응."

급한 마음에 목소리가 한층 낮아지자, 우 답응은 얼굴도 해쓱해졌다.

며칠 전에는 천비의 궁녀가 찾아와 저런 질문을 하고 가더니. 이번에는 황제가 찾아오고. 대체 뭐란 말인가.

그때.

"폐하! 폐하!"

뒤에서 다른 그림자가 그를 급히 불렀다.

월요가 돌아보자, 그림자가 안으로 들어오더니 그의 귀에 대고 작게 속삭였다.

월요의 눈이 커다래졌다.

"천비가 깨어났다고?"

"네."

그렇다면 우 답응에게 물어볼 일이 아니다.

황제는 다급히 그를 따라갔다.

과연, 비연궁으로 가 보니 천비가 멀뚱히 침상에 앉아 있고, 곁에서 탕궁의가 그녀를 진맥하고 있었다.

'천년비는 아닐 거다.'

일단 계란이가 죽을 위험에선 빠져나왔지만, 저 사람은 천년비는 확실하게 아닐 거다.

이를 알기에 월요는 천비가 무사히 깨어난 걸 보면서도 완벽하게 기뻐할 수 없었다.

우선 계란이는 구했는데. 천년비는 어떻게 해야 사람의 몸이 되나.

"폐하."

그런데 갑자기 오원요가 그를 작게 부르더니, 눈으로 밖을 가리켰다.

무슨 일인가 싶어서 따라 나가 보니, 비연궁 밖에 승언이 냥빈을 안고 있었다.

"왜 그러지?"

월요가 놀라 다가가자, 승언이 축 늘어진 냥빈을 보이며 새파란 얼굴로 말했다.

"폐하. 냥빈 마마가…… 갑자기 돌아가셨습니다."

"!"

"어찌 된 건지 모르겠습니다. 글자를 열심히 고르고 계셨는데, 갑자기 쓰러지셨고…… 그땐 이미 맥이 뛰지 않았습니다."

열심히 글자를 고르면서 승언이 눈치 좋게 내 말을 잘 이해하길 바랐는데. 갑자기 의식이 흐려지는 듯하더니, 정신이 들었을 땐 타천천이 코앞에 있었다.

"왜 변태가 여기 있어?"

놀라서 중얼거리자, 타천천은 멋대로 내 손을 잡고 웃으면서 말했다.

"드디어 원래 자리로 돌아왔구나, 넝넝."

잠시 이게 무슨 상황인가 싶어서 멀뚱히 그를 쳐다보았다.

곧 느리지만 천천히 상황이 이해가 갔다.

그러니까…… 염 귀인과 우 답응이 시도했던 그거. 나를 내 몸에 돌아오게 하는 그거. 그게 이제 성공한 거네?

아니, 물론 고양이 몸에 있는 것보다 낫긴 한데. 그래도 그렇지…… 상황이, 상황이 대체?

황당해서 타천천을 쳐다보고 있자니, 타천천이 내 마음을 다 안다는 듯 웃으며 알려주었다.

"아기씨 걱정이라면 안 해도 괜찮아, 넝넝. 천소여는 다시 깨어났거든."

"천소여가 깨어났다고? 어떻게?"

"어떻게 했지."

타천천은 그렇게 말하고서는 내가 일어나도록 손을 슬쩍 잡아당겼다.

상체를 일으키고서 주위를 둘러보았다. 내부가 조금 낯이 익었다.

하지만 어디인지 바로 생각나지 않아 잠시 인상을 찌푸리고 있자니, 드디어 생각났다.

전에 이 강시 몸에 처음 돌아왔을 때. 그때 본 방이다. 아마도.

"마음에 들어?"

방 안을 둘러보고 있자니, 타천천이 내 눈치를 살피며 물었다.

그를 쳐다보자, 타천천이 내 손등을 들어 그 위에 입을 맞추며 웃었다.

"네 방이야. 앞으론 여기서 지내. 동굴에서 지낼 필요 없어, 넝넝."

"……"

"기쁘지 않아? 네 몸을 되찾았는데?"

"모르겠어."

여기는 내 계란이도 떡돌이도 없잖아.

그 말을 삼키고서 배에 손을 올려 보았다.

배는 평평하고 단단했다. 내가 열심히 길러둔 복근도 있다.

하지만 계란이는 없었다.

시간이 갈수록 계란이가 배 안에서 꾸물꾸물 움직이는 게 점점 생동감 있게 느껴졌는데.

그 아이는 흔적도 없었다.

멍하니 그러고 있자니, 타천천이 내 손을 놓으며 물었다.

"아기를 키우고 싶어, 넝녕? 몇 개 구해다 줄까?"

"필요 없어. 난 아이를 좋아하는 게 아니야."

계란이를 좋아한 거지.

단호하게 말하고서 이불을 덮어 쓰고 침상에 도로 눕자, 타천천이 이불을 위로 올리며 재차 물었다.

"화났어, 넝녕? 난 네 아기를 구하려고 나름대로 노력했는데?"

화나지만 맞는 말이다. 천소여가 죽기라도 했으면 계란이도 잘못되었을 텐데. 그가 빠르게 손을 써서 계란이가 살았으니까.

맞는 말이지만…… 그래. 맞는 말이네.

"화 안 났어."

"그런데 왜 이렇게 차가워?"

"난 늘 네게 차가워, 이 변태야."

"……."

"아기 때문에 그러는 거 아냐?"

타천천을 째려보자, 그가 무서워하는 척 웃으며 말했다.

"하지만 어차피 그 애도 천소여 애지 네 애가 아니잖아, 넝녕."

"만드는 과정 내내 내가 참가했으면 내 애야!"

타천천은 전혀 그렇게 생각하지 않은 듯 웃으면서 어깨를 으쓱했다.

하지만 더 말을 거는 대신 이불을 도로 내려주었다.

나는 이불 아래로 꿈틀꿈틀 기어 내려가 몸을 웅크렸다.

연비의 고양이 안에 있을 땐 그래도 궁궐 안이었고, 떡돌이가 계속 옆에 있어 줬으니 괜찮았는데. 이렇게 혼자 계란이랑 떡돌이에게서 먼 곳에 오고 나니 가슴 한구석이 콱 막히는 기분이 든다.

이제 어쩌지? 이 몸으론 떡돌이 곁에 갈 수 없어. 타천천 저 개새끼가 내 얼굴을 드러내고서 여기저기 사고를 치게 만들었다고.

"맞다, 타변태."

"녕녕. 난 귀여운 별칭으로 불러주는데. 꼭 그렇게 불러야겠어?"

"아유정은 어떻게 됐어?"

"아유정?"

"네가 내 몸에 넣어 놨던 사람. 내 몸에 들어가서 얼굴 까고 사고 치고 다닌 그 사람."

날 숭배하는 사람이니 어쩌니 하지만 행실만 봐서는 나한테 불만 많은 거 같던 개.

물론 그쪽은 타천천 명령에 따라야 하는 입장이니, 뭐 그런 걸 고려하긴 해야겠지만.

타천천은 어깨를 으쓱하고서 말했다.

"네 몸에 있기 싫다고 갔어, 녕녕. 아유정이 널 이 몸으로 부르는 주술을 쓰고 간 거야."

"왜?"

"그 애가 개원 그자를 연모하게 돼 버렸거든."

"!"

머칠이 지났고, 슬슬 현실을 받아들이려 노력을 하고는 있다. 노력만 할 뿐 받아들이진 못했지만.

하지만 받아들여야 한다. 천소여는 천소여 몸을 찾아갔고, 나는 내 몸을 찾아왔고, 계란이는 이제 무사할 거다.

떡돌이는…… 떡돌이가 보고 싶어. 떡돌이도 내가 보고 싶겠지. 떡돌이는 천소여가 내가 아닌 걸 아니까. 냥빈마저 죽은 걸 보고 떡돌이가 얼마나 충격에 빠졌을까.

그 생각을 하고 있자니 연거푸 한숨이 나온다. 아무리 노력해도 특히 떨치기 어려운 고민이 이 부분이었다.

타천천 이놈이 아유정을 이용해 내 얼굴만 좀 덜 팔았어도, 어찌어찌 가보려 시도는 해볼 텐데.

그래도 한번 가볼까? 하지만 가봐서 어떻게 하겠어.

'그래도 가볼까?'

멍하게 되풀이되는 생각을 하면서 연못가에 있을 때였다.

"녕녕."

뒤에서 타천천이 나를 불렀다. 돌아보자, 그가 걱정스러운 듯 말했다.

"너무 우울해하는 거 같은데. 일 하나 할래?"

뭐야? 우울하면 쉬어야지 일을 해?

"나 놀고 먹는 것도 바빠."

황당해서 딱 잘라 말하자, 타천천은 슬그머니 내 옆에 와서 말했다.

"힘든 일은 아니야, 녕녕. 그냥 손님 하나만 이쪽으로 안내해 주면 돼."

"네가 해. 손님 안내. 안 힘들면 네가 하면 되잖아."

"그렇긴 한데. 네가 좋아할 사람 같아서."

"그게 누군데?"

"뭐, 향수 정도는 자극이 되지 않을까?"

누구 얘기야? 의아해 쳐다보았지만, 타천천은 구체적으로 설명해주는 대신 웃고서 내 등을 두드렸다.

"갔다 와봐. 계속 이렇게 기운 없이 지낼 순 없잖아."

난 기운이 없는 게 아니다. 기운이야 넘친다. 내 원래 몸은 내가 열심히 훈련해 두었고, 그 상태로 강시가 되었으니까.

하지만 수시로 떡돌이랑 계란이 생각이 나고, 그럴 때면 둘이 걱정되어 견딜 길이 없다.

걱정을 하다 보면 저절로 행동을 멈추고 그 생각에 빠지게 되지. 그야 말로 악순환이었다.

"좋아. 갈게."

이렇게 생각하고 나니 좀 다른 데 신경을 돌리는 게 나을 수도.

'괜찮은가.'

사자친왕은 마차 안에서 창가에 턱을 괸 채 느리게 부채질하며 생각했다. 황제가 걱정되었다. 황제에게 반목하는 사하비단 사람을 만나러 가면서 이런 고민을 하는 것도 웃기지만.

어쨌든 아직 사하비단과 손을 잡을지 말지 정하지 않았고, 그는 여전히 황제의 형제였으니 고민이 안 될 수가 없었다.

'천비와 사이가 틀어졌나?'

돌이켜보면 황제가 우울해진 첫 시작은 그 일 같다.

천빈은 책봉식 도중 쓰러졌고, 깨어나긴 했으나 목소리를 잃었다. 이후 좀 잘 지내는가 싶더니 다시 또 쓰러졌다. 다음에 깨어났을 땐 목소리는 돌아왔지만 또 기억을 잃었다.

기억이 없는 천비가 낯설어서일까? 황제는 요즘 비연궁에 잘 가지 않게 되었다. 천비가 회임했으니 아예 발길을 끊을 수는 없는 모양이지만, 상태를 확인하고서 반 시진도 있지 않고 나온다고 이미 말이 돌았다.

태후가 그런 황제를 불러다가 꾸짖었단 소문도 암암리에 돌 정도였다.

'툭하면 고양이 무덤 앞에만 있는다던데.'

연비의 고양이었는데, 뺏어다 기르겠다고 하더니 며칠 만에 그 고양이도 죽었다고 했지.

사자친왕은 한숨을 내쉬다가, 마차가 멈추어 서자 창틀에 괴었던 손을 내렸다.

"도착했나?"

"네, 전하."

사자친왕은 마차에서 내리고서 마부에게 손짓했다.

"그럼 가보거라. 나흘 뒤 다시 이 자리에, 이 시간에 오고."

"네, 전하."

마부는 꾸벅 인사를 올리고서, 사자친왕이 타고 온 마차를 몰고 다시 온 길을 돌아갔다.

사자친왕은 완전히 홀로 남은 채 뒷짐을 지고서 좀 더 숲 안쪽으로 걸어갔다. 마침내 약속 장소에 도착한 그는 커다란 나무 앞에 서서, 잠시 접었던 부채를 펼치고 다시 부채질을 시작했다.

얼마나 그러고 있었을까.

오기로 한 안내자가 왜 이리 안 오나, 갑갑해질 즈음 바스락바스락 소리가 가까워지기 시작하더니 곧 갈림길 사이로 누군가 모습을 드러냈다.

사자친왕은 부채질을 멈추지 않으며 무심하게 그곳을 보았다. 삿갓을 써서 얼굴이 거의 보이지 않는, 키가 아주 큰 여자가 서 있었다.

사자친왕은 그녀를 향해 고개만 까딱해 인사하고 물었다.

"안내자인가."

그런데 이상했다. 여자는 그렇다던가 아니라던가 아무 말도 하지 않았다. 아니, 인사도 하지 않았다.

삿갓을 쓰고 있었지만, 사자친왕은 여자가 자신을 뚫어져라 쳐다보는 걸 알 수 있었다.

'이런.'

사자친왕은 한숨을 내쉬고서 피식 웃었다.

세상엔 그를 흠모하는 여인은 많았다. 어떻게 흠모하지 않을 수 있겠는가? 이렇게 아름다운데?

역시 무림인 여자도 예외는 아니야. 사자친왕은 자만심에 차 고개를 설레설레 젓다가, 턱을 들고는 매력적으로 웃으며 물었다.

"낭자, 내 미모가 그리 놀랍소?"

"아이고오."

그런데 돌아온 대답이 좀 이상했다.

사자친왕은 흠칫하고서 부채를 내렸다.

뭐야. 지금 저 여자가 뭐라 한 거지? 아이고오?

사자친왕은 부채를 접으면서 떨떠름하게 말했다.

"낭자, 내가 방금 뭘 잘못 들은 거 같소."

"뭐라 들었는데요?"

"낭자가 날 보면서 한탄한 거 같았는데. 아니잖아. 그렇지?"

"어휴."

"제대로 들었네. 내가 제대로 들은 거였어."

여자는 황당해하는 사자친왕을 두고 돌아서더니, 앞서 걸어가기 시작했다. 사자친왕은 황당했다.

자신의 이 아름다운 모습을 보고도 반하지 않는 거야 그렇다 치고. 한숨은 왜 내쉬는 건가? 그것도 무척 한심하단 것처럼?

하지만 돌아선 여자는 계속 걸어가기만 할 뿐. 이젠 그쪽을 돌아보지도 않았다. 사자친왕은 다급히 그 뒤를 쫓으며 물었다.

"왜 날 보고 한탄한 거요?"

왜긴 왜겠어! 사하비단은 떡돌이 적인데, 떡돌이랑 친한 네가 여기 있으니 그렇지!

목구멍까지 치솟는 항의를 누르느라 나는 인내심을 발휘했다.

나는 이 몸으론 사자친왕과 처음 만나는 건데. 여기서 항의해 버리면 그가 이상하게 여길 테니까.

차라리 그와 다른 곳에서 마주쳤다면 정체를 드러낼 수도 있겠지. 하지만 사자친왕은 사하비단에 왔다. 그는 떡돌이와 대립하려 하고 있다.

이 와중에 사자친왕이, 떡돌이가 사랑해 마지않는 사람이 나란 걸 알게 되면 그걸로 어떤 꿍꿍이를 부릴지 모르잖아?

궁에 오래 있었더니 나도 참으로 똑똑해졌군! 이런 생각을 다 하다니!

어쨌든 이 때문에 입을 다물긴 하는데. 그를 안내하기 위해 걸어가면 걸어갈수록 속이 부글부글 끓는다. 그를 믿고 있을 바보 같고 멍청한 떡돌이가 너무 가여웠다.

정말 너무해. 떡돌이는 장공주 빼고는 형제자매 중엔 사자친왕을 제일 좋아하는데.

"타천천이 안내자를 보낸 건지 암살자를 보낸 건지 헷갈리는군. 낭자가 날 자꾸 노려보는 거 같소."

사자친왕을 데리고 사하비단의 숨겨진 입구로 찾아가자, 이미 그곳엔 타천천이 나와 있었다.

이러면 직접 맞이하러 나가도 됐지 않나? 내가 째려보았지만 타천천은 모른 척 유쾌하게 웃으며 사자친왕에게 환영 인사를 했다.

"어서 오시지요, 전하. 기다리고 있었습니다."

날 보낼 때부터 눈치채긴 했지만. 타천천은 사자친왕이 누구인지 제대로 아는 눈치였다.

사자친왕은 날 쫓아오는 동안 접었던 부채를 다시 펴고 고개를 끄덕이면서 인사를 받다가, 슬쩍 내 쪽을 부채 끝으로 가리키며 물었다.

"고맙군. 그런데 저 소저는 대체 누군데 저리 무섭게 날 쳐다보느냐?"

타천천은 힐긋 내 쪽을 보더니 빙그레 웃으며 말했다.

"별로이십니까? 전하를 위해 특별히 안내자로 보낸 건데요."

"특별하게 노려보긴 했지. 오는 내내 노려보길래 그대가 암살자를 보낸 줄 알았다."

타천천은 하하 웃음을 터트리고서 말했다.

"그럴 리가요. 저분은 전하께서 내내 만나고 싶다 하셨던 사람입니다."

그 말이 나왔을 뿐인데, 사자친왕은 대번에 내 정체를 알아맞혔다.

"이 낭자, 아니, 이 대인이 그럼 천년비?"

전에 사자친왕은 내게도 '천년비'를 존경한다고 알려준 적이 있다. 내가 천년비란 생각을 하지 못하고 한 말이지만. 그게 아주 빈말은 아닌지, 사자친왕은 자기가 질문을 던지고는 자기가 웃으며 물었다.

"정말인가?"

하지만 곧 그는 더욱 떨떠름해져서 물었다.

"날 좀 싫어하는 거 같은데."

타천천은 내 쪽을 힐긋 보며 사기를 쳤다.

"하하, 그럴 리가요. 우리 천 대인은 늘 표정이 저렇습니다. 저게 기본 표정이죠."

사자친왕이 다른 이의 안내를 받아 손님용 방으로 가자마자, 나는 타천천을 데리고 빈방에 들어가 따졌다.

"왜 사자친왕이 저기에 있어?"

타천천이 내게 사자친왕 안내를 맡긴 건 당황스럽긴 했지만 그리 놀랄 일은 아니다. 문제는 사자친왕이 여기에 온 그 자체였다.

타천천은 아무렇지 않은 투로 대답했다.

"그야 사자친왕이 말이 제일 잘 통하는 손님이니까?"

말 잘 통하는 손님 웃기시네.

"내가 그 말을 믿을 거라 생각하진 않지?"

타천천은 재차 미소 지으며 발뺌했다.

"이거 참, 녕녕. 내가 친구도 사귀지 못하게 하는 거야? 그대 독점욕이라면 괜찮아. 환영이야. 하지만 그런 게 아니면서 질문하면 곤란해. 그댄 사하비단 사람도 아니잖아."

그래도 내가 눈에서 힘을 빼지 않자, 타천천이 히죽 웃으며 물었다.

"녕녕이 화를 내는 것도 이상해. 녕녕은 이제 후궁이 아니잖아. 아무 상관도 없는데 왜 신경 써?"

"내가 후궁이 아니어도 황제가 내 아이 아빠 건 안 변해."

그러니 평생 신경을 안 쓰고 살 수 있을 리 없었다. 타천천은 이제 궁에서의 일을 잊고 여기서 행복해지라고 하지만…… 당분간은 그러기 힘들 것 같았다.

"녕녕, 같이 산책이라도 할까?"

나는 타천천을 뿌리치고 걸어갔다.

뒤에서 그가 한숨 쉬는 소리가 들렸지만 조금도 신경 쓰이지 않았다.

사자친왕을 왜 불러 왔는진 모르겠지만, 그가 타천천과 대화를 나눌 때는 몰래 엿들으러 갈 수가 없다.

두 사람이 뭘 하는지 엿보려 시도하다 실패하기를 여러 번. 결국 나는 활을 들고 호숫가로 가서 그냥 활시위나 다듬었다.

얼마나 그러고 있었을까. 바스락 소리가 들리더니 사자친왕이 나타났다. 나는 그를 모른 척하려 했으나, 사자친왕은 굳이 내 쪽으로 다가오면서 친근하게 말을 붙였다.

"천 소저. 전에 타천천이 얼핏 말한 거 같던데. 그거 아시오? 나는 평소 천 소저를 아주 흠모했소."

누가 사자친왕을 여기에 들여보낸 거야? 속으로 구시렁거렸으나, 사자친왕은 멀지 않은 곳에 있던 바위에 걸터앉으면서 사람 좋게 웃어 보였다. 이렇게 봐서는 제 동생을 배신하려는 사람 같지 않았다.

"날 흠모했다고요?"

빈정거리듯 물었는데도, 사자친왕은 웃으면서 대답했다.

"물론이오. 늘 소문으로 들으면서 참 대단하다 생각했지. 천 소저는 늘 적들을 혼자 무찌르고 다니지 않소. 게다가 거침없이. 들려오는 그대 이야기는 그야말로 영웅 같았소."

"제 얘길 하는 사람들이, 영웅 얘기라고 들려준 건 아닐 텐데요."

"그렇지. 하지만 그 이야길 어떻게 받아들일진 내 자유 아니오."

말은 잘하는구나. 떡돌이랑도 저렇게 아부하다 친해졌겠지. 그래놓고 배신하려 하고.

"……."

그 생각을 하는데, 문득 사자친왕의 양심을 자극해보고 싶어졌다.

그가 자기가 얼마나 떡돌이랑 친한지 스스로 돌이켜 생각하게 하면 마음을 좀 고쳐먹지 않을까?

좋아. 해보자.

"흠모한 사람이 또 누구 있어요?"

"없소."

"거짓말. 나 하나만이 아닐 거잖아요."

"하난데."

거짓말쟁이. 개원이도 좋다고 했잖아?

하지만 그거 때문에 묻는 게 아니니 넘어가자.

"안 믿어요. 더 있을 거예요."

"음…… 그게 중요한가?"

"중요해요."

"왜 중요한지 전혀 모르겠는데."

"대답해봐요."

"음…… 개원?"

153

"말고 다른 사람."

사자친왕은 신발을 벗고 호수에 발을 담그다가, 짧게 웃더니 물었다.

"소저, 혹시 원하는 답이 있소?"

"네."

"그러면 질문을 왜 하는 거요? 그냥 말을 해주면……."

"말해봐요. 이런 건 혼자 깨달아야 해요."

"거 참. 듣던 거보다 이상한 소저로군."

하지만 사자친왕은 더 생각하는 시늉을 하긴 했다. 그러다가 결국 같은 대답을 내놓았지만.

"음. 역시 없는데."

"형제가 있잖아요."

전혀 갈피를 잡지 못하기에 결국 답을 알려주자, 사자친왕은 당황해서 반박했다.

"친하긴 하지. 하지만 흠모하진 않는데."

"어쨌든 친하죠?"

"친하지."

그래, 맞아. 그쪽은 떡돌이랑 친해. 그런데 왜 여기 있어?

나는 눈에 힘을 주고서 사자친왕을 쳐다보았다. 그가 내 눈을 보고 마음을 바꾸길 바라면서.

하지만 사자친왕은 멀뚱히 나를 쳐다보다가 웃으며 물었다.

"그런데 어느 형제를 말하는 거요? 이복형제가 하나둘이 아니라."

이렇게까지 알려주었는데도 사자친왕은 조금도 떡돌이에게 미안해 보이지 않았다.

결국 더 말을 섞어봐야 내 손해다 싶어서, 나는 그를 두고 자리에서 일어섰다.

다음날. 날씨가 유난히 차가웠지만 강시 몸은 이전보다 추위를 덜 탄다. 이 때문에 나는 밖을 돌아다니다가, 어제의 그 호수로 가서 신발을 벗고 호수 안으로 들어갔다.

거기서 수영을 하고 있으려니, 오늘도 사자친왕이 나타났다.

"안 춥소?"

그는 강물 안에 들어와 있는 나를 보고 놀라 묻더니, 어제 자기가 앉았던 그 바위에 걸터앉아 물었다.

"왜 이 날씨에 그러는 거요?"

모른 척할까 하다가, 그가 떡돌이 생각을 한 번 더 하길 바라서 나는 그가 조카를 떠올릴 법한 이야기를 해주었다.

"아기가 걱정돼서요."

"아기? 아, 회임했소?"

"네."

"축하하오! 그래서 요즘 조용했군. 늘 요란하게 소문이 몰려다니더니."

"고마워요."

"그런데 이 추운 날에 찬물에 있어도 되오? 회임했는데?"

"이 배에 든 건 아니어서 괜찮아요."

"호오. 그렇군."

사자친왕은 고개를 순순히 끄덕이고서 어제처럼 신발을 벗다가, 갑자기 신발을 뚝 떨어뜨리며 물었다.

"그럼 어느 배에 들었소?"

"다른 사람 배에요."

사자친왕은 어리둥절한 표정으로 나를 쳐다보다 또 물었다.

"그럼 회임한 게 아니잖소?"

"꼭 내가 내 배로 회임해야만 회임한 건 아니잖아요?"

"보통은 그걸 회임이라 하지 않소?"

"내 배에 든 거 아니지만 회임한 건 나예요."

사자친왕은 떨어뜨린 신발을 도로 주워서 먼지를 떨며 계속 고개를 기웃거렸다. 그러더니 갑자기 좀 심각한 표정이 된다. 내 말을 잘 이해하지 못하는 것 같지만, 곧 태어날 자기 조카 생각을 하게 된 걸까?

나는 그를 지켜보면서 계속 호수 안에서 참방거렸다.

얼마나 그러고 있었을까. 눈이 마주치기에 나는 한 번 더 말해주었다.

"그 아이가 너무 걱정돼요. 잘 지내야 할 텐데. 아기들은 약하잖아요."

사자친왕은 잠시 자기 발치를 내려다보다가, 반 다경 정도 시간이 흘러가자 물었다.

"그런데 우리, 지금 누구 얘기하는 거요?"

"내 아기요."

왜 자꾸 같은 말이 반복되는 거야? 내가 의도한 대로 떡돌이 걱정을 하고 있긴 해?

의아해서 쳐다보자, 사자친왕이 주저하다 말문을 열었다.

"혹시…… 소저, 내가 이런 질문 해도 될지 모르겠는데……."

"?"

"소저가 아빠 쪽이오?"

"!"

사흘째 되는 날은 사자친왕과 만나지 못했다. 그가 감기에 걸렸단 말만 들었다.

그리고 나흘째 되는 날, 나는 타천천의 명령으로 그에게 약을 가져다 주는 사람에게 부탁해 내가 대신 약그릇을 들고 그를 찾아갔다.

사자친왕은 침상에 앉아 있다가 나를 보자 웃으면서 말했다.

"날 싫어하는 거 같더니. 약은 왜 들고 왔소?"

"여기서 마무리를 지으려고요."

"독약이오?"

"농담이에요."

하지만 사자친왕은 내가 약사발을 건네자, 그걸 받아 들기만 하고 마시 진 않았다.

"진짜 농담한 건데."

너무 겁을 주었나 싶어 묻자, 그는 웃더니 비밀이라며 알려주었다.

"소저 때문에 안 마시는 게 아니오. 계속 여기서 주는 약은 안 마시고 있었소."

"왜요?"

"여기 문제가 아니오. 나는 원래 밖에서는 뭐든 잘 안 마시오."

사자친왕은 그러더니 잔기침을 하기 시작했다.

나는 그의 머리맡에 앉은 채 사자친왕이 계속 콜록거리는 걸 지켜보았 다. 감기약조차 안 받아 마시는 거 보면, 사자친왕도 완전히 사하비단을 믿진 않는 건가?

그런데 왜 사자친왕은 여기에 와서 머무르고, 타천천과 비밀리에 대화 를 나눌까? 떡돌이랑도 친하면서 왜?

그걸 지켜보고 있자니, 전에 사자친왕이 내게 고민이 있다고 한 게 떠 올랐다. 황후가 어쩌고저쩌고 한 건데. 혹시 그냥 둘러댄 말이고, 이 일 을 고민한 걸까?

"전하."

"응?"

"고민 중인 게 있으면, 돌이킬 수 있는 쪽으로 선택해요."

사자친왕은 병상에 누운 와중에도 부채를 챙기고서 깃털을 가다듬다가, 나를 빤히 쳐다보며 물었다.

"무슨 소리요?"

"할까 말까 고민될 때는 돌이킬 수 있는 쪽을 선택하라고요."

"돌이킬 수 있는 쪽이라니?"

"죽은 가족은 돌아오지 않아요, 전하."

"!"

사자친왕은 이틀 더 병석에 누워 있다가 자리에서 일어났고, 다음날에는 돌아간다고 했다. 그가 와 있는 동안 결국 나는 사자친왕의 마음을 바꾸지도, 그의 속내를 알아내지도 못했다.

그 생각을 하자 너무 화가 나서, 나는 사자친왕이 타고 가야 할 마차가 있는 곳으로 먼저 갔다.

"누구십니까?"

놀란 마부를 점혈해서 꽁꽁 묶어 옆에 놓고서, 나는 마차 바퀴를 하나하나 떼어내기 시작했다.

마차에서 바퀴를 뗀 다음, 그가 천천히 걸어 돌아가면서 자기가 지금 누구를 배신하려 하는지 잘 고민해보게 할 생각이었다.

"천 소저?"

사자친왕이 도착해 내 모습을 보았지만, 숨지 않고 그의 눈앞에서 나는 계속 마차 바퀴를 분해했다.

그렇게 작업을 반쯤 마쳤을 즈음. 이제 됐다 싶어서 일어나 손을 터는데, 작업 내내 조용하던 사자친왕이 갑자기 입을 열었다.

"내가 미친 건지 모르겠는데."

'맞아. 미쳤지. 떡돌이를 배신하려 하다니.'

나는 코웃음을 치고서 그에게 잘 가라고 손을 흔들어주었다.

사자친왕은 같이 손을 흔드는 대신, 부채로 나를 가리키며 인상을 찌푸렸다.

"천 소저. 왜 이리 천빈 마마 같지?"

순간 머릿속이 그야말로 하얀 백사장이 되어 버렸다. 아무것도 생각나지 않았다. 파도 소리 같은 게 희미하게 들려올 뿐.

나는 쩔쩔매다가 단호하게 반박했다.

"아닌데?"

말하고 나니 평소보다 말이 좀 짧긴 하지만.

두근거리는 심장을 누르면서 나는 마차 바퀴를 굴리는 시늉을 했다.

아니, 이걸 허공에서 굴려서 어쩌려고!

결국 도로 마차 바퀴를 내려놓고 이러지도 저러지도 못하고 있으려니 사자친왕이 갑자기 이렇게 물었다.

"그럼 그때 약속한 거. 지금 쓰지요."

"뭐, 약속, 뭐?"

"내 생일에 약속했지 않습니까. 소원 하나 들어주기로."

"!"

이렇게까지 나오다니!

눈을 커다랗게 뜨고 쳐다보자, 사자친왕이 흐뭇하게 웃으면서 살랑살랑 내게 대고 부채질을 해주었다.

"약속을 잡아두길 잘했지요?"

그래도 내가 놀라기만 하고 입을 열지 않자, 사자친왕은 부채를 회수하며 덧붙였다.

"그렇게 고민 안 해도 됩니다. 어차피 나도 피차일반. 여기 온 걸 함부로 입 열 처지가 아니거든요."

그건…… 그렇겠지. 사자친왕이 떡돌이의 적진에 와서 며칠간 잘 있다가는 건 수상한 일이니까. 그래. 듣고 나니 내가 사실은 천빈이었던 거나, 사자친왕이 여기에 온 거나 다 남에게 하기 어려운 말이긴 하다.

결국 망설이다가 나는 고개를 끄덕였다.

하지만 사자친왕은 그것만으로도 잘 알아듣고서 놀라 물었다.

"정말입니까? 아니, 대체 어떻게 이렇게 된 건가요?"

마부는 먼발치에 떨어져 있다가, 사자친왕이 더 멀리 떨어지라고 하자 얼른 그쪽으로 갔다.

나는 어깨를 으쓱하고서 내가 아는 대로만 털어놓았다.

"모르겠어요. 나랑 천소여가 동시에 같은 방법으로 죽었는데. 이거 때문에 뭐 일이 벌어진 거 같아요. 정확한 원리는 모르겠어요."

"언제부터인지 알겠습니다. 독을 먹고 죽을 뻔한 일이 있죠."

"네. 어쨌든 그러고서 천빈으로 지냈는데, 천소여가 원래 몸에 돌아와서 쫓겨났어요. 그게 책봉식 날이었죠."

사자친왕은 이해를 잘하기 위해서인지, 나뭇가지와 돌을 이용해 영혼과 몸을 표현하며 물었다.

"하지만 마마가 마마로 있는 동안에도 천년비는 계속 활동하지 않았습니까? 그건 어떻게 된 거지요? 물론 당시 천년비 평소랑 행보가 다르긴 했지만……."

사자친왕은 말하다가 자기 스스로 깨닫고 뜨악했다.

"그건 또 다른 사람이었군요."

160

"네."

"이럴 수가 있나."

사자친왕은 완전히 뜨악해 중얼거렸다.

"믿기진 않군요. 사람 영혼이 이리저리 왔다 갔다 한다니."

"그렇죠."

나도 처음에 정말 혼란스러웠지. 지금은 몸이 바뀐 경력이 많아져서 그러려니 하게 되었지만.

사자친왕은 나를 물끄러미 바라보다가 한숨을 내쉬며 고개를 저었다.

"그래도 폐하는 이미 아시는 거 같으니 안 믿기도 힘드네요."

그런데 이게 무슨 말이야? 떡돌이가 이미 알다니?

"왜 그렇게 생각해요?"

"그야 책봉식 이후로 폐하께선 천비 마마를 이전만큼 총애하지 않으시니까요. 다른 사람인 걸 알고서 안 총애하시는 거 아닙니까?"

내 표정이 어두워지자 사자친왕이 웃다가 물었다.

"응? 안 기쁘십니까?"

"내 연인으로는 기뻐요."

안 기쁠 수가 있나.

내가 고양이가 됐을 때도 알아서 날 반려해준 연인인걸.

"연인으로만요?"

"폐하가 그러면 우리 계란이가 입장이 이상해지잖아요."

"!"

영빈은 천비가 부른단 말에 그쪽으로 가긴 했으나 표정이 심드렁했다.

연비는 황제가 뺏어간 고양이가 며칠 지나 또 죽어서 지금 시름시름하고 있었고, 천비는 연달아 두 번이나 쓰러졌다.

영빈은 처음엔 '천비가 계속 쓰러지니 안정을 취해야 한다'고 해서 만나지 못했고, 다음에는 해운잠의 장례식을 치르러 궁궐 밖에 나가 있느라 천비를 만나지 못했다.

그러다 보니 순식간에 몇 주가 흘렀는데, 갑자기 비연궁에서 사람이 와서 '천비가 영빈을 보고 싶어 한다'고 전했다.

보고 싶다고 하니 가긴 가는데…… 아무래도 친하게 지낸 사이는 아니다 보니 신경이 쓰였다.

영빈의 궁녀도 가마 옆에서 걸어가다가 의아해 물었다.

"왜 부르는 걸까요?"

"글쎄. 심심한 게 아닐까."

"또 기억을 잃었단 말이 있던데. 정말일까요?"

"저도 들었습니다, 마마. 기억을 잃으면서 성격이 또 확 변했대요. 폐하께서 낯서신지 이전처럼 총애하지 않으신단 말도 돌아요"

"성격이 변하거나 말거나."

영빈은 중얼거리면서 하품했다.

하지만 표정은 무거워져서, 측근 심복들은 영빈이 작은 마님 때문에 아직 심기가 불편하시구나. 싶어 입을 다물었다.

궁녀는 영빈이 일부러 태연한 척 하지만 속이 괴로운 걸 알고서 더 말시키지 않았다.

영빈은 가마 한쪽에 몸을 기댄 채 억지로 하던 하품도 멈추고 괜히 길가만 쳐다보았다.

천비가 부르니 가는 것이긴 했으나, 해운잠이 죽어서일까. 자꾸 입궁하기 전의 일이 떠올랐다.

영빈이 천씨 가문에서 내내 천한 취급을 받을 때, 그녀의 힘이 되어준 두 명이 바로 친모인 해운잠과 연비였다.

그런데 그중 한 명은 급사해 버렸고, 지금은 친하지도 않은 천비나 보러 가야 하다니.

"도착했습니다."

그러는 사이. 가마가 목적지에 도착했다.

영빈은 가마에서 내려 비연궁 안으로 들어서다가, 낯익은 냄새를 맡고 흠칫했다.

지금 비연궁에서 풍기는 향. 이건 해운잠이 좋아하던 향이었다.

'왜 이 향이 여기서?'

공오부인은 이 향을 해운잠이 좋아한단 이유만으로 싫어해서, 이 향이 풍기는 곳마다 바로 다른 향을 꽂아뒀다. 부정한 걸 쫓아내야 한다고.

'설마. 천소여가 일부러 이 향을 들여왔나? 날 조롱하려고?'

같은 집안에서 살던 천소여가 이 향에 대한 일화를 모를 리 없기에, 영빈은 분노가 치솟았다.

기억을 한 번 잃은 후로 좀 나아졌지만 집 안에 있을 때의 천소여는 그야말로 영빈을 보지 않는 사람으로 취급했다.

그때의 일이 떠올라 이를 악물고 들어갔다가 영빈은 더 놀랐다. 향뿐만이 아니었다. 방 안의 분위기가 다 바뀌어 있었다. 무엇보다 천비 역시 분위기가 확 달랐다.

천비는 긴 의자에 몸을 반쯤 누인 채 간식으로 과일을 먹는데, 그 자태가 이전의 어벙한 모습과 완전히 달랐다.

그러다 영빈을 보더니 환하게 웃으면서 두 팔을 벌리고 다가왔다.

"보고 싶었다. 이리 오거라."

말투는 왜 저러지? 영빈이 흠칫해서 뒤로 몸을 뺐으나, 천비는 그대로 영빈의 손을 잡았다. 그러고는 주위 궁녀와 태감들에게 명령했다.

"모두 나가 있어라."

궁인들이 밖으로 나가자마자 영빈은 손을 뿌리치며 눈을 부라렸다.

"미쳤어? 네가 왜 내 손을 잡아?"

천비는 그래도 여전히 미소 짓더니, 두 손을 영빈의 뺨에 가져다 대고서 웃었다. 그 미소가 어쩐지 낯익은 느낌이라, 영빈은 심장이 섬뜩한 느낌에 뒤로 물러났다.

"너…… 뭐야."

천비는 웃으면서 말했다.

"우여야. 이제 염려 말거라. 엄마가 널 지켜주마."

영빈은 눈이 커다래져서 화내며 언성을 높였다.

"너…… 진짜 미쳤구나?"

영빈은 참지 못하고 천비의 멱살을 잡아챘다.

"너 혹시 우리 엄마 돌아가셨단 소식 들었어? 그래서 이래? 우리 엄마 흉내 내면서 날 놀리기라도 하고 싶어?"

천비는 그래도 태연히 말을 이었다.

"넌 대추를 좋아하지만 사람들은 그걸 몰라. 넌 공오부인도 대추를 좋아하니까 싫어하는 척할 뿐이지."

"!"

자신과 엄마 외엔 아무도 모르는 일을 천비가 말하자 영빈은 움찔했다. 하지만 속아 넘어가지 않으려 정신을 바짝 차렸다.

"천소여. 무슨 꿍꿍인지 모르지만 기분 나빠. 하지 마."

"아가, 기억나니? 네가 입궁하기 전에 그랬어. 힘이 생기면 엄마를 꼭 자유롭게 해주고 싶다고. 나는 네게 그랬지. 힘이 생기면 네 마음부터 자유로워지라고."

영빈의 눈동자가 흔들렸다. 말도 안 된다 싶은데. 아무리 봐도 말하는 게 엄마였다.

영빈은 고개를 저으며 뒤로 물러섰다. 천비가 흘러내리는 눈물을 닦으며 웃었다.

"우여야. 널 위해서 엄마가 천소여 몸을 뺏었다."

"!"

"천소여, 아니, 내가 가진 것들. 이제 모두 다 네게 주겠어. 널 세상에서 가장 행복하게 만들어줄게."

영빈은 눈을 커다랗게 뜨고 그녀를 쳐다보다가, 문을 박차고 나와 돌아갔다.

"마마?"

영빈의 궁녀들이 놀라 쫓아왔으나, 영빈은 파랗게 질린 채 걸으며 같은 질문만 속으로 반복했다.

'뭐야? 저거…… 저거 뭐야?'

해운잠은 딸이 나간 자리를 씁쓸하게 바라보다가 긴 의자에 다시 앉았다. 지금은 영빈도 혼란스러울 것이다. 하지만 해운잠은 딸이 결국 자신을 받아들이리라 확신했다.

'걱정 마라 우여야. 엄마가 모든 걸 네게 주마. 전부 다!'

그리고…… 해운잠은 먹던 과일을 쾅 소리가 나게 내려놓았다.

'공오부인. 너는 반드시 네 친딸 손으로 죽여주마.'

어째서인진 모르겠지만, 나는 사자친왕의 마차를 타고 이동하는 중이다. 사자친왕이 '폐하가 이미 모든 걸 아시는데 군이 몸을 감출 필요가 있느냐'고 설득하는 말에 얼결에 넘어간 탓이었다.

그러나 어느 정도 시간이 흐르자 후회가 되었다.

괜히 따라왔어. 오지 말걸.

'아유정이 내 몸에 있을 때. 수도에서도 얼굴을 드러내고 온갖 행패를 부렸어. 대신들 중에 내 얼굴을 아는 이들이 있을 거야.'

그런 상황에서 떡돌이가 나를 다시 후궁으로 맞이한다고 말이라도 했다간 어떤 일이 벌어질지 뻔하지. 떡돌이는 색에 취해서 악적을 후궁으로 들이려는 앞뒤 구분 못 하는 황제 취급을 받을 거다.

나는 황제에게 그런 존재가 되고 싶지 않았다. 게다가 떡돌이가 나를 연모하면 계란이 입지가 애매해지는 것도 좀 그렇고…….

"후우우."

역시 괜히 따라왔나. 사자친왕이 생각은 나중에 마차 안에서 하라고 말하는 데 그만 넘어가 버렸어.

혀를 차고 있자니, 사자친왕이 웃으며 물었다.

"그렇게 싫습니까?"

"싫은 게 아니라 걸리는 게 많은 거예요. 알아볼 사람이 많으니까."

"우리 천 대인은 누가 뭐라고 해도 꿋꿋한 줄 알았는데요?"

"나한테 뭐라는 건 상관없어요."

하지만 계란이한테 뭐라고 하는 건 싫다.

입을 다물자 다시 마차 소리가 잘게 부서져 들리기 시작했다.

'그러고 보니 타천천한테도 아무 말 안 하고 나왔네. 괜찮나?'

이건 타천천이 만든 강시 몸이라……. 확실한 건 아니지만, 타천천이 조종할 수도 있을 것 같단 말이지.

곰곰이 그 생각을 하고 있자니, 사자친왕이 나를 물끄러미 바라보다 제안했다.

"그러면 우선 친왕부에서 지내지요. 그건 어떻습니까, 마마?"

나는 멍하게 있다가 놀라서 그를 쳐다보았다.

"전하 집에 있자고요? 그래도 돼요?"

"됩니다. 안 될 건 없지요."

"하지만 전하는 역심을 품고 있잖아요. 날 집에 들여도 되겠어요? 내가 전하가 역심을 품은 증좌 같은 걸 찾아내면 어쩌죠?"

역심 소리가 듣기 싫은가. 사자친왕은 입을 벌리고 나를 멍하게 쳐다보다가, 끙 소리를 내면서 등받이에 몸을 기댔다.

"진짜 증좌가 있어서 그래요?"

"그럴 리가요. 그런 증좌는 집에 없습니다. 그리고 역심도…… 젠장, 역심도 아직 확실한 건 아닙니다."

"반역자가 될지 말지 안 정한 거예요?"

사자친왕은 얼굴이 하얘져서 손을 내저었다.

"누가 반역을 한다고요."

"하지만 타천천이랑 어울리고 있잖아요."

"그런 걸로 치면 그쪽도 어울리고 있었습니다."

"나는 있고 싶어서 있던 게 아닌데요."

사자친왕은 한숨을 내쉬고서 부채를 펼쳤다.

"나도 역심이니 반역이니 할 정도는 아닙니다. 그냥…… 증좌가 그자한테 있을 수도 있어서 그러는 거지."

"증좌? 웬 증좌요? 그게 뭔데요?"

질문을 하자마자 저절로 답이 떠올랐다. 전에 용화노가 내게 말해준 거. 여러 가지 필체로 만들어져 있다던 선황제의 서신!

혹시 사자친왕은 그 서신에 대해 아나? 그걸 타천천이 가지고 있다고 생각하나?

사자친왕은 인기가 많은데. 그 인기가 깊게 이어지진 않았나 보다.

"전하?"

"전하?"

"전하?"

내가 사자친왕을 따라 친왕부 안으로 들어가자, 마주치는 사람마다 반응이 똑같았다. 의문 어린 탄사. 그러고는 사자친왕에게 '이분은 누굽니까?'라는 시선으로 빤히 올려다보는 것이다.

그때마다 사자친왕은 태연하게 웃으며 내 어깨에 팔을 올리고 말했다.

"다들 너무 기대하지 마라. 친구일 뿐이니."

그래도 친왕부 안의 사람들이 기대하는 표정들이어서 '왜 저러나?' 생각해보았더니, 곧 답이 나왔다.

사자친왕은 왕족 치고 혼인이 늦은 편이구나. 왕족들은 빨리빨리 혼인하지 않나?

"여기 있어도 되는 거 맞아요?"

"맞습니다. 왜 그럽니까?"

"여기 있다가 괜히 오해라도 사면 어쩌죠?"

"무슨 오해요?"

"우리가 곧 결혼을 준비한단 오해요."

"하하 설마요."

"혼전 임신을 한 지 사 개월쯤 되어서, 전하가 제 신분을 개의치 않고 일단 집에 데려온 거라고 생각할지도 몰라요."

"음…… 오해를 해도 그렇게 구체적으론 생각하지 않을 겁니다."

그래도 내가 조심스러워하자, 사자친왕은 씩 웃으면서 놀렸다.

"쑥스러운가 봅니다? 나 같은 사람과 오해받는 게?"

"아뇨. 혹시라도 폐하한테 오해를 살까 봐 그래요."

"폐하를 안 만날 거라면서요?"

"그래도 사람 일은 모르니까요."

사자친왕은 잠시 '그런가?' 하고 고개를 기웃했으나, 곧 웃으면서 소탈하게 말했다.

"아니, 그래도 역시 괜찮을 겁니다. 폐하께서 여기 올 일은 없거든요."

사자친왕의 말이 맞았다. 떡돌이가 여기 올 일은 없었다.

하긴. 궁전에 있을 때도 떡돌이가 사자친왕한테 놀러 갔단 소린 못 들었어. 사자친왕이 떡돌이를 보러 자주 놀러 오면 왔지.

어쨌든 타천천도 굳이 내게 돌아오란 말이 없어서, 나는 며칠 동안 친왕부에 머무르면서 고민하고 또 고민했다.

떡돌이한테 내가 원래 몸에 돌아왔다고 말을 하는 게 나을까. 그러다 떡돌이가 이 몸으로라도 곁에 있어 달라고 하면, 그러면 나는…….

그렇게 한참 고민하고 있자니 머리가 아파져서, 결국 며칠 뒤. 나는 홀로 바람을 쐬러 친왕부 밖으로 나갔다.

사자친왕이 내가 마음대로 오갈 수 있도록 부하들에게 말을 해 둔 덕에 아무도 문밖으로 나가도 말리지 않았다

괜한 소동에 휩쓸리지 않도록 면사를 길게 붙인 삿갓을 써 얼굴을 가리고서, 나는 하염없이 수도 안을 돌아다녔다.

그러다 문득 개씨 집안일이 생각나서 그 집 근처에 가보았다.

'개원이든 개운호든 날 죽인 자식한테 복수하려고 아등바등했는데.'

내 몸이 이 상태가 되고 나니 복수고 뭐고 눈에 보이지도 않는구나.

'그러고 보니 내 일기장. 괜찮겠지? 천소여가 읽진 않겠지? 대들보 위에 감춰 두었으니…… 괜찮을 거야. 거긴 손이 안 닿잖아.'

그런데 멍하게 그 근처 길거리에서 당과를 사고 있자니, 뒤에서 누군가 시비를 거는 게 아닌가.

"흉내 정도는 제대로 내지 그래?"

들어보니 나와 관련 없는 얘기 같아서 나는 계속 당과를 주문했다.

"아홉 개 주세요, 아홉 개."

"소저, 너무 많이 사는 거 아닌가요? 이거 다 먹으면 이가 썩을 텐데."

"난 이가 썩지 않아요."

"이는 누구나 다 썩어요, 소저."

"죽은 사람은 안 썩어요."

"소저 죽었소?"

"아, 그럼요. 여러 번 죽어 봤죠."

"하하, 이 소저 참 웃기네. 당과 먹으려고 거짓말이 너무 센 거 아닌가? 그런 거짓말은 함부로 하면 안 돼요."

그런데 당과를 사고 있자니, 재차 뒤에서 시비 거는 소리가 들려왔다.

"흉내 정도는 제대로 내지 그래?"

역시 내 이야기는 아니어서 모른 척하고 있자니, 시비 걸던 사람이 작게 툴툴거렸다.

"사장님, 누가 사장님한테 뭐라 하는데요?"

안 되겠다 싶어서 당과 파는 상인에게 알려주자, 상인이 멀뚱히 내 뒤에 선 사람에게 물었다.

"뉘시오?"

시비 걸던 사람은 좀 짜증스러운 목소리로 대답했다.

"그쪽한테 말 건 거 아닙니다."

그러더니 내 뒤를 콕콕 찌르는 게 아닌가. 돌아보면서 손가락을 꺾고 보니, 뜻밖에도 아는 얼굴이었다.

"개⋯⋯운호?"

"아아! 아아아!"

"개원⋯⋯은 아닌 거 같고. 개운호. 맞지?"

"아아아아!"

"왜 대답을 안 해?"

당과 상인은 당과 아홉 개를 챙겨주며 대신 대답해주었다.

"소저가 손가락을 놓아주면 대답할 거 같은데."

손가락을 놓아주자, 개운호는 자기 손을 잡고 씩씩거리다가 갑자기 멍하게 물었다.

"이 폭력적이고 뻔뻔한 태도⋯⋯. 너⋯⋯ 진짜냐?"

이게 미쳤나? 아까부터 뭐라는 거야?

당과를 사서 걸어가고 있자니, 개운호는 내 뒤를 따라오며 계속 귀찮게 말을 건다.

"난 네가 가짜인 줄 알았는데."

"⋯⋯."

"전에 보았을 땐 분명 가짜 같았는데. 천년비를 사칭하는 가짜. 내가 잘못 본 건가?"

"⋯⋯."

"대답 좀 하지 그래?"

개운호는 개원이든, 둘 중 누구라 해도 대화를 나누고 싶진 않다.

계란이가 나올 날짜도 다 되어 가고 그 외 이런저런 일들이 겹쳐서 복수를 놓고 살긴 했는데. 그렇다고 해서 내가 이 형제에게 가진 화가 풀리는 건 아니니까.

하지만 개운호는 집요하게 따라다녔고, 결국 나는 그의 입에 당과 하나를 쑤셔 넣으며 대답했다.

"무슨 상관이야?"

개운호는 당과를 입 옆으로 굴리고서 대답했다.

"네가 천빈이란 후궁이 된 줄 알았다."

예리한 놈. 어떻게 안 거야?

"그 후궁도 너처럼 괴상했거든. 너 같은 성격이 두 사람이나 있을 거 같지 않았으니까."

이 자식, 대놓고 내 욕을 하는 거 같은데?

좀 기분이 나빠서 쳐다보자 개운호가 이상한 각도로 꺾인 자기 손가락을 들어 보였다.

……욕 좀 하게 두자. 다시 돌아서서 걸어가고 있자니, 개운호가 계속 날 따라오며 말했다.

"천년비. 네가 가짜가 아니라면, 여긴 무슨 일로 온 거지?"

"봤잖아. 당과 사 먹으러."

하도 귀찮게 굴기에 결국 대답을 해주고 말았다. 하지만 개운호는 떨떠름하게 되물었다.

"당과를 사 먹으러 왔다고?"

"그래."

나는 새 당과 하나를 꺼내 입에 넣고 씹었다. 그러고서 앞으로 걸어가다가, 돌연 불쾌해져서 그를 돌아보며 물었다.

"내가 단 걸 좋아하는 건 너도 알지 않아? 뭘 못 믿겠단 것처럼 말해?"

날 속이고서 개원 흉내를 낼 정도면 내가 뭘 좋아하는지 알 거 같은데? 속뜻을 읽기라도 한 건지, 개운호의 삐딱한 표정이 굳었다.

그를 흘겨보다가 다시 고개를 돌려 걷고 있자니, 개운호가 뒤를 따라오며 말했다.

"황제가 사하비단을 처리하란 지시를 내렸어."

"어쩌라고."

"어쩌라고라니?"

"황제가 시키면 시키는 대로 해. 나한테 묻지 말고."

"황제가 꼭 시키는 대로 해야 해?"

"그럼 네가 생각해서 하지 마. 나한테 묻지 말고."

짜증스럽게 말하면서 다른 당과를 꺼내 개운호의 입을 틀어막았다. 그러고서 돌아서자, 개운호가 당과를 입 밖으로 꺼내며 차갑게 비웃었다.

"어떻게 그래. 네가 사하비단의 얼굴인데."

그 말을 듣는데, 개운호가 아니라 타천천한테 욕이 나왔다.

"아니야."

단호하게 부정했지만 개운호는 코웃음을 쳤다.

"네가 사하비단 얼굴인 거 모르는 사람 없어. 그래서 놀란 거다. 그 행패를 다 부리고서, 수도 안을 당당하게 한낮에 활보하고 있어서."

결국 정처없이 앞으로 걸어가다가, 화가 나서 그에게 물었다.

"그래서 뭐 어쩌라고. 다른 손가락도 마저 꺾어달란 거야?"

개운호는 고개를 저었다.

하지만 뭐 어쩌고 싶단 말은 하지 않는다. 그냥 그대로 그렇게 가만히 있는데, 그 모습을 팔짱을 끼고 삐딱하게 쳐다보기를 한참.

왜 얘랑 이러고 있어야 하나 싶어져서 돌아서는데, 개운호가 예상치 못한 말을 했다.

"내가 널 지키게 해줘."

그가 던진 어이없는 말에 입이 벌어졌다.

바람이 불어와 삿갓에 달아 둔 면사가 흔들리면서, 내가 사랑했던 사람과 똑같은 눈으로 날 바라보는 개운호가 보였다.

"너 양심 없구나."

그를 쳐다보다가, 나는 몸을 돌리며 쏘아붙였다.

"내가 세상에서 가장 못 믿을 사람이 있다면, 그건 너야 개운호."

입궁해서 월요의 상태를 살피고 나온 사자친왕은 가마를 타고 이동하던 중 천년비와 한 청년이 티격태격하는 모습을 보고 한숨을 내쉬었다.

월요는 상태가 좋지 못했다. 일은 열심히 하고 있지만, 시시때때로 허공을 쳐다보면서 혼자 중얼거린다고 한다.

갑자기 연못가로 가서 잉어를 살핀다거나, 거북이를 살핀다거나, 고양이들을 살핀다거나, 심지어는 새나 말들까지 살핀단 말도 있었다.

사람들은 총애하던 천비가 기억을 연거푸 잃자. 황제가 장공주 건까지 겹치면서 충격을 받은 게 아니냐고 걱정했다.

'그 정도는 아닌 것 같았지만……'

다행히 사자친왕이 말을 섞어 보니 정신이 이상한 건 아닌 듯했다. 왜 동물들에 말을 걸며 다니는진 모르겠지만.

사자친왕은 월요에게 천년비 위치에 대해 알려주고 싶어서 입이 얼마나 간지러웠는지 모른다.

하지만 자칫 잘못 알려주었다가는 천년비가 화가 나서 그가 사하비단에 다닌 걸 말할 수도 있기에 솔직하게 말할 수가 없었다.

어쨌든 황제는 그렇게 힘들어하고 있는데 의외로 천년비는……

'잘 노는군.'

물론 논다고 하기엔 천년비가 일방적으로 화를 내고 상대가 풀어주려는 것 같긴 하지만.

그래도 그 상대의 얼굴이 수려한 청년이어서일까. 사자친왕은 저절로 고개가 설레설레 저어졌다.

그러다 사자친왕은 좋은 생각을 떠올렸다.

'아. 그렇게 하면……?'

"전하 시종인 척 궁전에 갔다 오자고요?"

집에 돌아와서 개운호의 말도 안 되는 제안에 씩씩대다가 '개운호가 왜 그런 제안을 한 건가?' 고민해보기를 한참.

갑자기 사자친왕이 오더니 내게 또 다른 고민거리를 던져주었다.

"안 돼요, 전하. 절 보면 딱, 폐하는 너무 기뻐서 울고불고 난리가 날 거예요. 그러면 사람들이 절 보고 폐하를 눈짓만으로 유혹한 절세의 미녀라고 할 거잖아요. 그러면 다들 제 얼굴을 보고 싶어 몰릴 거고, 그러면 누군가는 절 알아볼 거라고요."

내가 당황해서 그럴 수 없는 이유를 말하자, 사자친왕은 의뭉스럽게 웃으며 말했다.

"괜찮을 겁니다. 생각해보니 폐하는 마마 얼굴을 모르잖아요?"

"그게……"

어?

"그러네요."

맞다. 생각해보니 떡돌이는 내가 천년비였단 건 알지만 천년비 얼굴은
몰라. 내가 나타난다고 해서 떡돌이가 울고불고 난리가 날 일은 없다.

눈을 휘둥그렇게 뜨고 사자친왕을 보자, 사자친왕이 뿌듯하게 웃으며
물었다.

"폐하를 뵙고 싶지 않습니까? 계란 아기씨가 보고 싶지 않아요?"

"보고 싶어요."

"그러면 함께 다녀오지요. 폐하께 정체를 밝힐지 말지는 나중에 고민
해도, 얼굴 정도는 봐도 괜찮을 겁니다."

생각해보겠다 말하려는데, 저절로 고개가 끄덕거리고 있었다.

심장이 빠른 속도로 두근거려서 나는 괜히 손을 깍지껴 잡았다. 개운
호의 말은 이미 저 멀리로 날아가서 신경 쓰이지도 않았다.

떡돌이는 내 얼굴을 몰라. 떡돌이를 보고 올 수 있어!

"음. 우선 남장을 해야 하는데. 곤란하군요. 잘못하면 누가 봐도 남장
한 여자처럼 보일 거라. 사람들이 나를 미인을 이용해 폐하께 접근하려
는 파렴치한으로 볼 겁니다."

"전하는 절대 파렴치한이 아닌데. 그렇죠?"

"그럼요."

"전하는 뒤에서 수를 써도 앞에선 안 쓰는걸요."

"폐하를 뵙기 싫은가 보군요, 천빈 마마?"

"내가 왜 아직 천빈이에요?"

"책봉식을 못 치르고 그 몸에서 떠났으니까요. 하지만 누가 듣고 오해
하면 안 되니 앞으론 천 소저라 부르지요."

사자친왕이 입궐할 때 시종으로 변장해 따라 들어가기로 한 후. 사자친왕은 나를 평범한 시종으로 보이게 할 방도를 찾기 시작했다. 시종으로 변장했는데 너무 눈에 띄면 소용없으니까.

"고민이네요. 전 얼굴이 눈에 띄는 편이라서요. 시종 옷을 입는다고 눈에 안 띌까요?"

"부정하고 싶은데 하필 사실이군요. 원래 얼굴은 꽤 화려하십니다?"

몇 가지 문제가 있긴 했지만, 사자친왕과 기타 몇 명의 의상 전문가들이 달려든 덕에 마침내 제대로 남장할 수 있게 되었다.

남장을 해도 눈에 띄는 얼굴은 최대한 앞머리를 내어 아예 가려버렸다. 바람이 불 때 앞머리가 흩어져 얼굴이 드러나지 않도록 꼼꼼하게 고정도 했다. 그러고서 다 같은 차림의 시종 사이에 묻혀 고개를 숙이고 있어 보니 그리 눈에 띄지 않았다.

그렇게 모든 준비가 끝나고서도 이틀이 지나서야 나는 사자친왕을 따라 입궁하게 되었다.

'궐 밖에서 들어오면 이런 느낌이구나.'

안에서 살며 밖을 볼 때와 밖에서 안으로 들어가는 건 완전히 다른 느낌이었다.

일단 검문. 사자친왕이 들어가는 건데도 최소한의 검문을 받는다.

사자친왕을 따라 들어온 시종과 호위 역시 검문을 받고 무기를 맡기는 건 마찬가지였다. 이래서 사자친왕이 내가 남장할 때 그렇게 신경 썼구나. 온몸을 두드려대네.

그렇게 입구 몇 개를 통과하고 나서는 그나마 자유로워졌는데, 그조차도 사자친왕이 데려온 시종 대다수와 호위 대다수를 어느 방에 두고 가야 했다.

사자친왕의 곁에 남은 시종은 날 포함해 셋뿐이었다.

"저 사람들은 계속 저기서 기다리는 거예요?"

"그렇지요."

"무기를 뺏겼는데도 호위까지 두고 가요?"

"주먹이 무기인 호위도 있으니까요."

이러니까 밖에서는 수시로 볼 수 있던 그 많은 무림인들이 궁전 내엔 눈을 씻고 찾아봐도 없지.

"이것도 평소보단 많은 겁니다. 평소엔 시종을 아예 안 데리고 다니기도 하니까요."

하긴. 내가 사자친왕을 만났을 때 그는 늘 혼자 있거나 시종 하나만 데리고 있었다. 오늘은 나를 묻어가야 해서 그나마 여럿을 데리고 온 모양이고.

"그럼 이제 어디 갈 건가요?"

떡돌이한테 가자. 떡돌이. 방금은 사자친왕 시종 눈치를 보느라 질문하는 척한 거다. 알지?

"폐하부터……."

"네."

"뵙기 전에 궁궐 구경이나 시켜드리지요."

"……."

장난하나. 눈을 멍하게 뜨고 쳐다보자, 사자친왕은 한 번 웃더니 어느 한 방향을 가리켰다.

"폐하를 뵙지요. 여기로 갑시다."

두근거리는 마음을 누르며 마침내 어실에 도착했다.

내겐 너무나 익숙한 곳. 하지만 몇 주간 오지 못한 곳이다.

내가 여기에 팔랑팔랑한 후궁 옷을 입고 나타나면 대신들이 뜨악한 표정으로 쳐다보곤 했는데. 오늘은 아무도 그러지 않는다.

신기한 기분을 누르며, 나는 사자친왕이 오원요에게 말 거는 모습을 지켜보았다.

"폐하는 안에 계시는가?"

"그럼요. 요즘 자주 오십니다, 전하."

"폐하께서 힘들어한단 이야기가 들리니 신경이 쓰여서 말이네."

"감사합니다. 천비 마마께서 기억을 잃으신 데 많이 충격받으셨지요."

당장 오원요에게 '오 공공! 폐하 많이 아파요?'라고 묻고 싶다.

떡돌이가 많이 충격받았다고? 그러리란 생각은 했지만 실제로 듣고 나니 더욱 마음이 아팠다.

"들어가시지요."

사자친왕을 두고 안으로 들어갔던 오 공공이 이렇게 말하자, 사자친왕은 고개를 끄덕이고서 어실 안으로 들어갔다.

"응? 너는 여기 있어라."

나는 자연스럽게 그 뒤를 따르려 했지만, 오 공공이 붙잡는 바람에 가지 못했다.

세상에. 어실 안에 들어갈 수 있는 건 사자친왕뿐이었던 것이다.

"폐하를 데리고 밖으로 나오마."

그나마 다행인 건 사자친왕이 내가 당황한 걸 알고, 작게 속삭이고서 안으로 들어갔다는 거다.

나는 건물 앞을 서성이며 불안하고 초조한 시간을 보내야 했다.

그러고서 시간이 얼마나 지났을까. 약속대로 사자친왕이 떡돌이를 데리고 밖으로 나왔다.

'떡돌아!'

나는 그쪽을 향해 몸을 틀었다.

이런. 듣긴 했지만 정말 수척해졌잖아. 얼굴이 반쪽이 됐네. 딱 보기 좋게 살이 있던 얼굴이 어떻게 저렇게 퀭해졌나 모르겠다.

그 탓에 수묵화에 나오는 그림 같던 떡돌이는 날카롭고 서늘한 인상으로 변해 있었다.

나는 그를 애타는 눈길로 바라보며 연신 주먹을 움찔거렸다.

역시 떡돌이한테 내가 여기 있다고 말하는 게 나을까? 난 무사히 강시 몸에 돌아왔으니 그도 먹을 걸 잘 챙겨 먹으라 해야 하지 않을까? 그러면 떡돌이 상태가 좀 괜찮아질까?

그러다 힐긋 떡돌이의 시선이 나와 시종들 사이를 지나갔다.

하지만 그뿐. 떡돌이의 눈길은 다시 이쪽을 향하지 않았다.

"안색이 나날이 나빠지시는데. 약이라도 드셔야 하는 게 아닙니까?"

"먹는 건 잘 챙겨 먹고 있다. 곧 아이가 태어날 텐데. 건강해야 아이를 지킬 수 있을 테니까."

"보기엔 굶고 지내시는 듯합니다."

"신경 쓰이는 게 있어서……."

사자친왕과 떡돌이는 이후 산책을 하다가 같이 식사하자며 후원에 상을 차리게 했다.

식사한 후에는 바둑을 두러 또 들어갔는데, 방 안에서 바둑을 두었기에 둘이 바둑 두는 모습은 또다시 볼 수 없었다.

대신 이번에는 그들이 바둑 두는 사이 우리에게도 약간의 자유 시간이

주어졌다.

"너무 먼 데 가지만 않으면 이 근처에서 쉬거나 돌아다녀도 괜찮다. 두 분이 바둑을 두면 실력이 비슷해 시간이 오래 걸리니까."

오 공공이 허락하자 사자친왕의 시종 하나가 내게 작은 목소리로 슬쩍 물었다.

"이 근방 구경을 시켜드릴까요, 소저?"

사자친왕의 시종들은 내가 사자친왕과 친한 여자인데, 궁궐 구경을 하고 싶어서 따라온 것으로 알고 있었다. 그 때문인지 그들은 나를 신경 써주려는 듯했다.

"다리가 아프시면 쉴 만한 곳에 모셔다드리겠습니다."

"괜찮아."

나는 그들에게 고개를 젓고서 주위를 살피고 다니다가 인적이 없는 곳을 일부러 찾아갔다.

떡돌이에게 내가 나라고 말은 못 하더라도, 난 무사하니 좀 잘 먹고 잘 쉬란 쪽지는 남겨야겠어.

혹시나 싶어 쓸만한 종이와 세필을 가져오길 잘했지.

"폐하."

사자친왕이 알 위치를 거의 외워뒀으니 바꾸지 말라 신신당부하고 나간 후. 월요가 혼자 앉아 창가를 보고 있으려니, 승언이 조심스레 그를 불렀다.

월요가 바라보자, 승언은 곁으로 다가와 목소리를 낮추어 알렸다.

"쓸데없는 일일지도 모르지만, 좀 신경 쓰이는 게 있습니다."

"신경 쓰이는 거라니?"

"친왕 전하께서 이번에 새로 데려온 시종 이야깁니다."

"시종? 새로 데려왔던가?"

천년비가 생각한 대로, 월요는 사자친왕의 시종들을 그리 눈여겨보지 않았기에 무심하게 물었다.

말하고 보니 늘 오던 사람 외에 얼굴을 갑갑하리만큼 다 가린 사람이 하나 있긴 했지만.

"아. 그 앞머리가 긴."

"네."

"그자가 왜?"

"친왕 전하도 그렇고, 다른 시종들도 그렇고. 유독 그 시종을 유난히 챙기는 분위기입니다."

"챙기다니? 평범하게 섞여 다니지 않았던가?"

"예. 하지만 시시때때로 친왕 전하건 시종들이건 그 시종에게 말을 거는데, 태도가 조심스럽습니다."

승언은 말을 하고는 머뭇거리다 덧붙였다.

"소신의 괜한 우려일지도 모릅니다."

월요가 사자친왕이 다른 생각을 하는 것 같다고, 전에 언질을 주지 않았더라면 승언도 이렇게까지 보고하진 않았을 것이다. 신입이 궁전에서 실수라도 할까 봐 챙기는 걸지도 모르니까.

하지만 아무래도 사자친왕의 전적이 있으니만큼 승언은 이래저래 신경을 쓸 수밖에 없었다.

냥빈이 사라진 이후 월요는 눈에 띄게 공허해했다. 이럴 때일수록 주위에서 그를 잘 지켜야 한다.

"……그래."

월요는 잠시 생각하다가 중얼거렸다.

"네가 그리 말할 땐 뭔가 이상하게 보일 때겠지."

"데려와서 살펴볼까요?"

"그래."

월요의 지시에 승언이 나가려는데, 월요가 잠시 멈칫하더니 "아니." 하고 말을 바꿨다.

"되었다. 짐이 직접 보겠다."

"예?"

"그 시종이 형님에게 나쁜 명령을 받았다면, 짐과 둘이 있을 때 속내를 더 잘 보이겠지."

승언은 당황해서 만류했다.

"위험합니다, 폐하."

월요는 고개를 저었다.

"그자가 숙련된 암살자라 한들 짐이 통제할 수 있다."

승언은 그래도 말려 보려다가, 월요의 지친 표정을 보고서 입을 다물었다. 아무래도 황제는 지금 여러모로 기분이 날카로워져 있어서 어디에든 집중하고 싶은 모양이다.

만약 그자가 암살자라면……

'폐하의 진노를 세게 받겠지.'

생각을 마친 승언은 순순히 대답했다.

"예, 폐하."

나는 사람이 없는 구석진 곳 바위에 종이를 펼쳐 놓고, 휴대용 세필을 꺼내 그 위에 떡돌이에게 남기는 편지를 적기 시작했다.

내 이름은 적지 않되, 내가 쓴 거란 걸 알아볼 수 있게. 그래서 떡돌이가 보고서 용기를 얻어 다시 튼튼해질 수 있게.

'이걸 보고 화내진 않겠지? 살아 있는데도 안 왔다던가, 그런 식으로?'

걱정하면서도 열심히 서신을 쓰고 있을 때였다. 누군가 이쪽으로 오는 게 아닌가.

어휴 바쁜데! 나는 덜 적은 서신을 구긴 다음 일단 풀 안쪽으로 집어 던지고서 세필통만 품 안으로 감췄다.

그러고서 경치를 보는 척 뒷짐을 지고 있자니, 인기척이 더욱 가까워졌다. 다가온 사람은 뜻밖에도 오원요였다.

"오 공공?"

오원요가 마치 내 쪽으로 오듯 걸어오기에 희한해서 중얼거리자, 오원요가 친절한 얼굴로 물었다.

"친왕 전하께서 여기로 오지 않으셨나?"

"안 왔는데요."

"그래? 어디로 가셨는지 모르겠군."

"왜요?"

"어깨랑 눈이 아프다며 잠시 나가시더니, 아직 들어오지 않으시네."

"아. 제가 찾아볼까요?"

"그래 주겠나?"

"네."

"그럼 저 나무 뒤쪽으로 가보겠나? 다른 쪽은 폐하의 태감들이 찾으러 갔으니 말이야."

사자친왕은 바둑 두다가 대체 어디 갔단 거지? 그럴 사람이 아닌데?

의아했지만, 일단 찾아보겠다고 말하고서 오원요가 말한 방향으로 걸어갔다.

그러고서 이리저리 돌아다니고 있을 때였다. 커다란 덤불 사이에서 바스락 소리가 났다.

"전하? 거기 계세요?"

사자친왕이 덤불 사이에 몸을 숨기고 있는 건 이상한 일이지만, 그래도 소리가 나니 일단 그쪽으로 가보았다.

그런데…… 덤불 뒤쪽에 있는 건 사자친왕이 아니었다.

'떡돌이잖아?'

덤불 뒤에 있는 건 월요이고, 바스락 소리는 그가 덤불을 발로 툭툭 차서 낸 소리였다.

반가운 마음과 의아한 마음이 동시에 치솟아서 순간 아무 말도 할 수 없었다. 나는 멍하게 그를 바라보다가, 다급히 그와 안 친한 척 인사했다.

"황제 폐하를 뵈옵니다."

그런데 인사를 하고 보니 그가 대답이 없었다. 뚫어져라 날 쳐다보기만 할 뿐.

어쩌지? 분장을 뚫고 예쁜 게 튀어나왔나? 역시 앞머리로는 나를 감추기 힘들었나? 난감한 기분에 그를 같이 바라보고 있자니, 월요가 미간을 찌푸리고서 물었다.

"너. 사내 아닌가."

"암요."

"한데 왜 궁녀 식으로 인사하지?"

아이고야! 후궁 식으로 인사하던 게 습관이 돼서!

후궁 식 인사와 궁녀 식 인사가 같은데. 천만다행인지 월요는 내가 시종 복장이라 궁녀식 인사로 해석한 모양이다.

당황해서 쩔쩔매고 있자니 월요의 표정이 좀 더 찌푸려져서, 나는 얼른 기지를 발휘했다.

"소인은 내시입니다요."

"?"

내시라고 실토까지 했는데. 떡돌이가 반응이 없다. 뒷짐을 지고서 멀뚱한 눈으로 쳐다보는데, 그 눈빛이 아주 건조하기 짝이 없다.

내가 너무 자세가 반듯한가? 하지만 오 공공도 자세는 반듯한데. 물론 떡돌이 앞에선 조금 허리를 숙이던 것 같기도…….

아, 허리. 허리의 문제인가. 나는 떡돌이의 눈치를 보다가 슬그머니 허리를 휘어진 지팡이처럼 굽혔다.

그러고서 쳐다보자, 떡돌이가 제 손으로 턱을 감싸고 고개를 삐딱하게 하고 있었다.

이것도 아니란 건가? 믿겨서 저러는 거야 안 믿겨서 저러는 거야? 나는 떡돌이와 애까지 가진 사인데, 왜 떡돌이 눈빛이 해석이 안 될까?

'그럼…… 이렇게?'

조금 더 허리를 많이 휘게 하고서 옆을 보니, 그제야 떡돌이가 물었다.

"왜 허리를 일부러 구부정하게 하는 거지?"

"내시라 그럽니다요."

혹시 내 말을 못 알아들었나 싶어 설명해주자, 떡돌이는 눈을 가느스름하게 뜨며 말했다.

"짐이 아는 태관들은 멀쩡히 잘 걸어 다니던데."

"폐하 앞이라 굽은 겁니다. 폐하 앞에선 허리를 수그려야 하니까요."

"짐 앞에서도 그리 과하게 숙일 필요는 없다."

"저는 시종이 된 지 얼마 안 됩니다, 폐하. 그래서 아직 이런 거 저런 걸 잘 모릅니다."

나는 공손하게 두 손을 모으고서 야무진 논리를 펼쳐 보였다.

"소인이 혹시 실수했더라도 넓은 마음으로 넘어가 주십시오."

이렇게 말해두면 내가 무슨 실수를 했든, 떡돌이는 그러려니 넘어가게 되겠지.

거봐. 지금도 팔짱을 끼고서 눈을 가늘게 떴다 고개를 좌로 했다 우로 했다 하는 게 혼란스러운 눈치잖아. 아니, 근데 이게 떡돌이가 혼란스러워해야 할 상황이 맞긴 한가?

어쨌든 떡돌이의 말에 허리를 펴고 멀뚱히 있자니, 그가 돌연 물었다.

"네 이름이 무엇이냐."

천년비라고는 절대 대답 못 해. 하지만 천씨 성을 쓸 수도 없어. 조금이라도 티를 내고 싶지 않아. 그러면 뭐라 하지? 무슨 이름을 쓰지?

"백몽이요."

순간 퍼뜩 떠오른 이름이 마침 나를 추측할 수 없는 단어라 얼른 둘러댔다. 말하고 나니 '근데 이거 연비 고양이 이름이잖아?' 싶어 당황했지만⋯⋯ 괜찮을 거야.

연비 고양이 이름을 어떻게 알겠어? 냥빈이라고만 불렀는데. 그조차도 오래 함께하지 못했지. 연비가 떡돌이에게 자기 고양이 얘기를 하더라도 '우리 백몽이'라고 하진 않을 거야. '폐하께서 뺏어가신 제 고양이'라고 하겠지. 암! 내 말이 맞아.

"그렇군."

다행히 떡돌이는 별다른 의심을 하지 않고 넘어갔다.

어휴 내 기지란! 아니, 내 기지를 감탄할 때가 아니잖아. 내가 여기 온 건 사자친왕을 찾아서인데.

"맞다, 폐하. 혹시 우리 전하를 못 보셨습니까? 오 공공에게 들으니 우리 전하가 이쪽으로 가셨다 하던데요."

"우리 전하?"

"네."

"사자친왕과 퍽 가까운 사이인가 보군."

"암요. 전하께선 참 좋으신 분입니다요."

"새로 들인 시종이라면서. 빨리 가까워졌어?"

"원체 전하 성정이 좋으시니까요."

그보다 뭐랄까. 생판 남으로 만난 떡돌이는 꽤 온갖 곳에 시비를 걸어 대는 편이구나.

사자친왕 시종이 사자친왕이랑 친한 게 뭐가 어때서. 원웅이도 나한테 '우리 마마'라고 수시로 불렀다고.

"그래."

어쨌든 삐딱한 태도이긴 해도 떡돌이는 손을 저으며 알려주었다.

"네 전하는 이쪽으로 오지 않았으니 가보거라."

"예이."

나는 가늘게 대답하고서 얼른 돌아섰다.

떡돌이를 보자 너무 반갑고 기분이 좋지만, 정체를 감추어야 하는 상황이다 보니 그 반가움을 드러낼 수 없어 힘들었다. 나중에 내 방에 가면 떡돌이가 다시 그리워지겠지만.

그런데 돌아서서 걸어가는 나를, 헤어질 것처럼 말한 떡돌이가 따라오는 게 아닌가. 보란 듯 허리를 숙이고 종종걸음으로 가다가 멈춰서 돌아보니, 떡돌이가 뒷짐을 지고서 우아하게 따라오고 있었다.

좀 기분이 상해서 빤히 쳐다보자, 떡돌이가 웃으면서 물었다.

"가던 길 가거라."

"소인을 따라오시는 거 아닌가요?"

"그럴 리가. 같은 방향일 뿐이다."

"……예이."

떨떠름하지만 대답하고서 앞서가다 보니 좀 이상하다 싶다. 길을 안내하거나 호위하려는 게 아닌 이상 보통은 윗전이 앞서가잖아?

그 생각을 하고서 멈춰선 다음 다시 돌아보니, 떡돌이가 나를 바라보며 한쪽 입꼬리를 삐딱하게 올렸다.

"왜 그러지? 짐에게 볼일이라도 있나?"

"폐하께서 먼저 가시는 게 예의가 아닐까 싶어서요."

"아니니 앞서가거라."

"그래도……."

내가 앞서가면 계속 허리를 옹송그리고 가야 하잖아? 생각해보니 다른 볼일이 있다고 거짓말을 하고서 온 길을 되돌아갈까? 그러면 너무 이상하려나?

고민하면서 떡돌이를 보니, 떡돌이의 입꼬리가 아까보다 더욱 비딱해 있다. 그러다 눈이 마주치자 그가 묘한 투로 물었다.

"왜? 짐을 앞세워야 할 이유라도 있나?"

그런 이유를 찾지 못한 까닭에, 다시 떡돌이가 뒤에 있고 내가 앞서가고 있다. 하지만 나는 공부를 못할 뿐 머리가 나쁘지 않기에, 이런 상황에도 돌파구를 바로 찾아냈지!

엉뚱한 곳으로 아무렇게나 가버려서, 길이 겹치지 않게 하는 법이다.

지금은 노선이 같은 바람에 내 뒤에서 따라오는 떡돌이지만, 노선이 틀어지면 어쩔 수 없이 다른 방향으로 가겠지.

그러면 나는 아까 오 공공이 오는 바람에 두고 온 편지를 다시 가지러 가서 마저 적어야겠어. 아니면 버리던가.

'……라고 생각했는데.'

왜 떡돌이랑 노선이 틀어지지 않는 거지?

거의 두 식경은 지난 것 같다. 두 식경 동안 나는 아무 곳으로 내키는 대로 갔는데, 떡돌이는 그 뒤를 계속 따라왔다.

누가 봐도 이 정도면 고의였다. 고의지? 고의일 수밖에 없어. 나도 내가 어디로 가는지 모르는데, 떡돌이 저놈이 나랑 길이 겹칠 리가 없잖아?

결국 삐죽삐죽 걸어가기를 한참.

나는 멈추어 서서 그를 슬그머니 보았다.

떡돌이는 뒷짐을 지고 여유롭게 따라오다가 웃으며 물었다.

"왜 그러지?"

"송구하옵니다 폐하. 왜 자꾸 절 쫓아오시는지 모르겠어요."

"짐이 시종 하나를 쫓아다닐 리가 있겠느냐."

"하지만 자꾸 제 뒤에서 오시는걸요."

"길이 겹치는 거지."

이 거짓말쟁이.

"그럴 리가 없을 텐데요."

"왜 그렇게 생각하지? 지금 사자친왕에게 가는 게 아닌가?"

"……맞아요."

"짐도 그래."

빙그레 웃은 떡돌이가 앞서가라며 다시 한 손을 휘젓는다.

그걸 보는데 분기가 치솟아서 콧김이 나왔다. 역시 저거 일부러 저러는 거야.

하지만 예전에는 떡돌이가 황제인 걸 몰랐기에 다리를 찰싹찰싹 두드리며 호통칠 수 있었지만 지금은 아니다.

게다가 그때는 어쨌든 후궁 신분이었고, 지금은 시종이 아닌가.

후궁은 총애를 받든 못 받든 황제와 부부지간이니 화가 나면 허벅지를 두드려도 되지만, 시종은 아니다.

시종 신분은 참으로 답답하구나! 그를 찰싹 때리지도 못하고 꺼지라 하지도 못하고. 차라리 떡돌이가 면사를 쓰고 황제가 아닌 척 굴고 있다면, 그가 황제인 걸 모르는 것처럼 꺼지라 할 수 있는데!

나는 한숨을 내쉬고 다시 돌아섰다.

좋아, 이렇게 된 이상 누가 이기나 해보자고. 어디까지 따라오나 제대로 확인해 봐야겠어. 좀 속력을 내서 뛰어버리자.

이 몸은 강시 몸이니, 체력으로 승부하든 속력으로 승부하든 떡돌이는 내게 당해내지 못한다.

나는 마음을 무섭게 먹고서 천천히 걷는 속도를 올리기 시작했다.

그걸 눈치챘나. 내내 조용히 뒤따라오던 떡돌이가 처음으로 먼저 말을 걸어 왔다.

"궁금한 게 있는데."

"네, 폐하. 말씀하시지요."

"사자친왕과 무슨 사이지?"

'아아. 이를 어쩐다.'

사자친왕은 이상한 상황을 바라보며 난처해졌다.

그가 바둑을 두다가 밖으로 나온 건 정말로 별 뜻 없었다. 월요 황제를 위로해줄 생각을 하긴 했는데. 막상 가까이에서 오래 있다 보니, 월요가 풍기는 부정적인 기운에 그까지 기운이 쪽쪽 말라가는 느낌에 괴로웠던 것이다.

결국 숨도 돌릴 겸 천빈이 제대로 있나 확인도 할 겸 밖으로 나와 산책
하려 하는데…….

"송구합니다, 전하. 전하의 시종들이 너무 고생하는 듯해 좀 쉬라 하였
습니다."

바둑을 오래 둘 줄 알았던지 오원요가 시종들에게 자유 시간을 준 후
였다. 그가 예전에 허락해 둔 일이라 평소라면 상관없는 일이었다.

문제는 오늘은 그 시종들 틈에 천빈이 끼어 있단 것이고.

사자친왕은 난처했지만, 천빈이 궁전에서 일 년 정도 살았던 걸 떠올리
고서 조금 안심했다.

하지만 역시 혼자 두긴 신경 쓰여서, 이리저리 돌아다니며 천빈을 찾아
다녔다.

그리고 찾아낸 천비는 황제와 둘이서 산책하고 있었다. 어째서인지 천
빈이 앞에서 굽은 지팡이처럼 걸어가고, 황제가 그 뒤를 졸졸 따라가는
이상한 구도였지만.

'저 둘은 붙어 있기만 하면 이상해지는군.'

사자친왕은 혀를 차면서도 일단 거리를 두고 그들을 따라가다가, 한참
을 걸어 다니던 둘이 이제야 멈추나 싶자 그쪽으로 슬금슬금 다가가기
시작했다.

그런데 들려오는 말이 "사자친왕과 무슨 사이지?"라니.

사자친왕은 떨떠름한 표정으로 생각했다.

폐하는 대체 무슨 뜻으로 저런 질문을 한 거지? 대놓고 시종이라고 데
리고 온 건데. 무슨 사이냐니.

사자친왕은 천빈이 '시종입니다'라고 대답할 거라 여겼다.

그런데 천빈은 '시종입니다'라고 대답하는 대신 흠칫하다 되물었다.

"무슨 대답을 기대하는 거예요?"

사자친왕은 인자하게 웃는 얼굴로 풍화될 뻔했다.

그냥 '시종입니다' 대답하면 되잖아. 왜 굳이 되묻는 건데?

질문도 좀 의뭉스러웠지만, 거기에 대고 저렇게 대답하니 더욱 이상해져 버리지 않는가.

사자친왕이 끼어들 틈을 찾지 못하는 사이 이번에는 황제가 물었다.

"무슨 대답을 하고 싶지?"

천생연분이로구나. 천생연분이야.

사자친왕은 들고 있던 부채를 두 사람 사이로 던져 넣고 싶어졌다.

누구세요? 시종입니다. 그렇군요. 이 대화가 그리 어려운 건가. 왜 둘이서 대화를 꼬고 있지?

"말씀드렸잖아요. 저는 친왕 전하의 내시예요."

'내 시종 중에 내시는 없습니다, 천빈 마마.'

"그뿐인가?"

"혹시…… 폐하. 제가 대단한 미인이란 이유만으로 사자친왕 전하와 그렇고 그런 관계일 거라고 의심하시는 거예요?"

'아니, 천빈 마마. 폐하는 그렇게까지 얘기한 적 없습니다……'

사자친왕은 팔짱을 끼고 대화를 듣다가 진지하게 고민하기 시작했다.

아까 바둑 두던 데로 먼저 돌아갈까. 가서 그냥 기다리고 있을까.

하지만 그런 마음이 드는 동시에 저 둘의 대화가 어디로 달려갈지 좀 궁금한 마음도 들었다.

"짐은 그렇게까지 의심하진 않았는데. 갑자기 발뺌하는 걸 보니 수상하긴 하군. 도둑이 제 발 저리다고 하지."

"소인이 뭘 발뺌한다는 말씀인 거예요? 갑자기 막 따라다니시다가 캐묻기 시작한 건 폐하시잖아요."

"엉뚱한 방향으로 짐을 끌고 가는 건 너일 텐데."

"제가 가는 방향으로 막 따라오신 건 폐하십니다요."

"거기 내시. 이제 보니 곤란할 때마다 말투를 바꾸는군. 짐이 정곡을 찌른 건가."

'아니, 둘 다 헛곳을 찌르고 있습니다.'

도대체 둘이 뭔 대화를 하는지도 알 수 없다.

사자친왕은 보다 못해 앞으로 나섰다.

"이런, 폐하. 제 시종을 데리고 뭘 하고 계십니까?"

그가 나서자 천빈이 얼른 두 손을 모으고 허리를 꾸벅 숙였고, 월요는 천천히 이쪽을 돌아보며 불만스레 인상을 찌푸렸다.

"사자. 네 시종이 널 찾아간다기에 따라가고 있었더니, 짐을 이상한 방향으로 이끄는구나."

사자친왕은 웃으면서 상황을 좋게 좋게 넘기려고 했다.

"하하, 청청이 시종이 된 지 얼마 안 돼서요. 실수를 좀 했나 봅니다."

그런데 그가 잘 둘러댄다고 둘러댔는데, 오히려 월요는 눈을 가늘게 뜨며 중얼거렸다.

"청청?"

곧 월요가 다시 천빈을 쳐다보며 가소롭단 듯이 물었다.

"아깐 이름이 백몽이라 안 했나?"

34장

속고 속이고 속이는 사이

사자친왕이 일을 망치고 있어. 아니, 안 그래도 찰거머리가 된 떡돌이 때문에 골치 아픈데. 왜 갑자기 나타나서 일을 더 망치는 거야?

어이가 없어서 쳐다보고 있으려니, 사자친왕이 내 시선을 피해 눈을 희한한 방향으로 돌려버린다.

그 상태로 사자친왕은 나름대로 둘러댔다.

"백몽은 원래 이름이고, 청청은 제가 지어준 이름입니다, 폐하."

"흐음⋯⋯."

"백몽은 저 아이완 어울리지 않는 이름 같아서요. 게다가 제 수하 중에 백명이란 아이가 있어서 헷갈리기도 하고요."

잘 둘러대는구나. 그나마 거짓말을 잘해서 다행이야.

속으로 안도하면서 슬쩍 떡돌이를 곁눈질했다.

다행이다. 떡돌이도 '그럴 수도 있지' 하는 표정이잖아. 반사적으로 안도의 한숨이 나오려는 걸 꾹 눌렀다.

사자친왕은 그 틈을 타서 사근사근하게 떡돌이에게 달라붙었다.

"자, 폐하께서 찾으시던 이 사자가 여기 왔으니, 얼른 가십시다. 바둑을 마저 두어야지요."

나는 사자친왕과 떡돌이와 거리를 두고서 조금조금씩 따라 걸었다.

그리고 두 사람이 바둑 두던 장소에 돌아가자마자, 아까 내가 편지를
써두던 곳에 가보았다. 하지만 수풀을 뒤져도 편지는 이미 없었다.

'누가 주워간 건가! 누가?'

내가 편지를 어디까지 썼더라? 다 완성하지 못했는데! 내가 그러니
까…… 어디까지 썼냐면…… 잘 먹고 잘 지내란 말을 쓴 거 같아.

남장을 하고 잠시 다녀간단 소리는 못 썼어. 남장 이야기를 쓸까 말까
망설이고 있었지.

뭐. 좋아. 아주 이상한 부분은 없던 것 같다. 내가 나란 걸 알만한 단서
를 많이 남기지 않아서, 어쩌면 떡돌이는 아예 못 알아볼 수도 있고.

'잘 먹고 잘 지내길 바란단 건 덕담이니 문제가 될 요소도 없어.'

생각을 마치자 그리 긴장하지 않아도 될 것 같다. 나는 얼른 그 자리를
벗어나 다른 시종들 틈으로 갔다.

"이런. 오늘은 제가 이겼군요."

바둑을 마친 사자친왕이 만족스레 웃으며 바둑알을 치우는 모습을, 월
요는 묘한 눈으로 바라보았다.

사자친왕은 바둑알을 담다가 그 시선을 느끼자, 괜히 도둑이 제 발 저
리듯 심장이 술렁거려 물었다.

"왜 그러십니까?"

"그 백몽 청청이란 시종."

사자친왕은 속으로 움찔했으나, 겉으로는 태연하게 되물었다.

"네, 귀여운 시종이지요."

"내시라던데. 네 시종 중에 내시가 있었던가?"

"일부러 태관이 되려 한 건 아니고, 사고가 생겨서 그렇게 되었지요. 어릴 때 열병을 지독하게 앓고 나니 그렇게 되었답니다."

"내시인 건 확실한 거고?"

"그럼요."

단호하게 말한 사자친왕은 말하고 보니 좀 이상해서 덧붙였다.

"제가 굳이 확인을 해본 건 아닙니다만……."

사자친왕은 바둑알을 천천히 주워 담으면서 월요의 눈치를 보았다.

아까는 영혼이 나가 있는 것 같더니. 지금은 무슨 생각을 하는지 얼굴에서 윤이 흐르고 눈빛이 예사롭지 않았다.

'뭔가 눈치챘나?'

사자친왕은 다 담은 바둑알 상자를 반듯하게 탁상에 두면서, 월요의 지독한 눈빛을 애써 감내했다.

하지만 월요가 너무 뚫어지게 쳐다보자, 저 시선을 모른 척하는 게 더이상한 것 같아 결국 대놓고 물었다.

"왜 그럽니까? 폐하, 혹시 그 아이가 마음에 드십니까?"

월요는 바로 대답하지 않아서 사자친왕을 더욱 애타게 만들었다. 열 번은 호흡했을 시간이 지난 뒤, 월요가 느릿하게 웃었다.

"아니다. 제대로 예법도 모르는 시종을 짐이 마음에 들어할 리가."

"불편하시다면 다음에는 데려오지 않겠습니다."

"아니. 괜찮아. 다음에도 데려오거라."

오늘 만난 이래 처음으로 웃은 월요가, 오원요가 들고 선 쟁반에서 귀한 과일을 두 개 집어 건네며 말했다.

"내기로 건 과일이다. 그리고 하나는, 무섭게 해서 미안하니 백몽이에게 주고."

"말단 시종에게 이런 귀한 과일을 주시면 곤란합니다, 폐하."

"짐이 내렸다고 전하거라."

무슨 꿍꿍이일까. 뭘 알고 저러나 모르고 저러나. 사자친왕은 답을 알 길이 없어 갑갑해졌으나 일단 순순히 과일을 받아들었다.

알아차렸다면 이대로 보낼 것 같지 않은데. 그렇다고 알아차리지 않았다 하기엔 그 시종을 딱 집어 신경 쓰는 게 묘했다.

'두 사람 사이에서 내가 괜히 고생이로군.'

사자친왕이 떠난 뒤로도 월요는 그 자리에 앉아 생각에 잠겨 있었다.

생각할 때마다 바둑판을 손가락으로 두드리는데, 가끔 빠르게 두드리다가 느리게 두드리길 반복하는 걸 보니 생각이 잘 되다가 안 되길 반복하는 듯했다.

월요의 속내를 알 수 없기는 측근인 오원요와 승언 역시 마찬가지였다. 사자친왕의 시종이 수상한 암살자일 수도 있다며 보러 갔다가 오더니. 왜 갑자기 저렇게 멍해지신 걸까?

오원요는 그 눈치를 보며 말없이 있다가, 시간이 계속해서 흐르기만 하자 결국 용기를 내어 먼저 그를 불렀다.

"폐하. 실은 드릴 말씀이 있습니다."

"말해보라."

월요가 허락하자, 오원요는 품 안에서 엉성하게 찢은 종이 조각을 꺼내 내밀었다.

"사자친왕 전하께서 데려오셨던 그 이상한 시종이 잠시 들른 곳에서 이런 게 나왔습니다."

"그 아이가 썼나?"

"모르겠습니다. 쓰는 장면을 본 건 아니어서요. 하지만 내용이 암살자
라 하기엔 이상합니다. 이상하게 보이도록 쓴 암호일지도 모르지만요."

월요는 종이 조각을 받아 펼쳤다.

밥 먹어. 많이 먹어. 푹 자고. 잘 지내. 아파하지 마.
걱정하지도 마. 나는 괜찮아. 나는 지금 남자

"?"

월요는 종이 조각을 빤히 쳐다보다가 품에 넣더니 밖으로 나갔다.

"폐하?"

"방으로 가겠다."

건물을 옮겨 자신의 침소로 온 월요는 방에서 전에 천년비가 써준 서
신을 꺼내 펼쳤다.

글자를 번갈아 본 월요의 이마에 주름이 생기며 천천히 위로 올라갔
다. 종이 조각에 쓰인 글씨는 불편한 자세로 쓴 탓인지 많이 삐뚤빼뚤하
다. 반면 천년비가 쓴 글씨는 반듯하다. 하지만 몇 개 특징적인 부분만큼
은 일치했다.

"폐하?"

월요의 표정이 심각해지자 승언이 조심스레 그를 불렀다.

월요는 서신과 종이쪽지를 내려놓고서 천천히 입을 열었다.

"아무래도 반숙이가……."

"네?"

"내시 몸에 들어갔을지도 모르겠다."

오원요와 승언은 황제가 갑자기 '천빈 마마였던 사람'에 대해 말하자 어
리둥절해 하다가, 놀라서 서로를 쳐다보았다.

"그게 무슨 소리십니까?"

"내시라니요?"

"확실한 건 아니다."

냥빈 때는 천년비가 나서서 자신이 천년비라는 걸 열심히 알려주었다.

하지만 그 시종은 행동거지가 천년비와 흡사했지만, 그와 단둘이 있는 데도 자신이 천년비란 이야기를 하지 않았다.

이 때문에 시종의 행동에서 강한 기시감을 느낀 월요도, 그 시종이 천년비 같은 성격을 지닌 시종인 건지 아닌지 몹시 헷갈렸다.

천년비가 사람이 되었으면서 자신을 찾아오지 않는 건 이상한 일이니까. 저렇게 피할 이유가 없으니까.

그런데 그녀가 남겼을지도 모를 쪽지를 보자, 월요는 일이 어떻게 흘러가는 건지 어렴풋하게 알 것 같았다.

"내시 몸에 들어간 게 신경 쓰여서 짐을 모른 척하는 걸지도 몰라."

월요의 머리 흐름을 알지 못하는 오원요와 승언은 서로를 쳐다보며 고개를 빠르게 가로저었다.

월요는 초조하게 탁상을 두드렸다.

물론 아직 확신할 수 없다. 본인이 저렇게 필사적으로 모른 척하는 이상 확신하기 힘들다.

게다가 이 쪽지 역시 그자가 쓴 게 아닐지도 모른다. 만약 이 쪽지를 쓴 게 다른 사람이라면? 게다가 이 쪽지를 그에게 쓴 게 아니라면?

이 쪽지를 받는 상대가 황제임을 추측할 수 있는 건 아무것도 없었다.

"폐하……?"

승언이 걱정스레 황제를 재차 불렀다.

"괜찮으십니까?"

"아니. 사자친왕에게 그 시종을 데리고 입궁하라 해야겠다."

"예?"

"아니, 아니다. 만약 그 애가 천년비라면, 짐을 일부러 모르는 척한 건데. 다음에 또 그럴 수도 있어. 아니, 어쩌면 도망갈지도 몰라."

"예?"

"……짐이 직접 가야겠다."

월요의 입술이 비뚜름하게 올라갔다.

만약 그 시종이 정말 천년비라면. 자기가 사내 몸에 들어간 게 마음에 안 들어서 그를 피한 거라면? 앞으로 비밀은 없도록 하자고, 그렇게 둘이서 약속을 해놓고 그렇게 앙큼하게 앞에서 다른 사람인 척 굴다니. 생각하면 생각할수록 어이가 없고 기가 찼다.

사내가 되었으면 사내가 되었다 말하고서 원래 몸을 되찾을 방법을 같이 찾아보던가 해야지. 왜 피하는 거란 말인가. 고양이가 되었을 땐 그렇게 당당하게 찾아와 놓고서?

아니면 설마. 그사이에 변심한 건가? 사자친왕에게 '우리 전하, 우리 전하' 하더니. 사자친왕에게 그새 마음이 옮겨 갔나? 아니, 아닐 거다. 아닐 건데…… 맞나?

월요의 머리가 빠르게 돌아가다가 점점 궤도를 이탈하기 시작했다.

승언은 그 모습을 멍하게 바라보다가 물었다.

"믿기진 않지만 그 시종이 천빈 마마라 해도 어찌 하겠습니까, 폐하. 그 시종은 냥빈 마마와 다릅니다. 그냥 데려올 수도 없는걸요."

"왜 없느냐."

"예?"

월요의 입꼬리가 한쪽만 더욱 가파르게 올라갔다.

"냥빈이 짐을 가지고 놀았으니, 짐도 거기에 맞춰 주어야겠다. 누가 먼저 실토하는지 두고 보지."

"대체 뭐가 어떻게 된 겁니까?"

궁전을 나와 밖으로 돌아가는 길. 마차 안에서 사자친왕은 숨을 가쁘게 쉬다가 내게 물었다.

"뭐가요?"

"왜 폐하와 그런 괴상한 말을 주고받던 겁니까?"

"괴상한 말이라니요. 들었잖아요, 전하. 저는 그냥 걸어가고 있는데, 폐하가 쫓아오면서 마음대로 군 거예요."

"천 소저도 안 해도 될 말을 많이 하던데요."

"어떤 거요?"

"내가 천 소저와 그렇고 그런 사이로 보이냐던가, 그런 말 말입니다."

"폐하가 의심을 하잖아요."

"아니, 폐하는 전혀 생각도 안 하고 있었습니다. 폐하는 여기 한 이만큼 서 있는데, 천 소저 혼자 저만큼 달려가서 반응하고 있었습니다."

사자친왕이 두 손으로 거리를 넓게 벌리며 설명한다. 떡돌이랑 바둑 둬서 졌다더니. 사자친왕이 많이 화났나 보다.

굳이 흥분한 사람과 이야기할 필요는 없기에, 나는 말 없이 그가 떡돌이에게 받아서 건네준 과일을 까먹었다.

"그런데 폐하는 왜 저한테 이 과일을 전해주라 하셨을까요?"

전에 궁전에서 지낼 때 듣기론 외국에서 가져온 값비싼 과일이라던데.

"저도 모르지요. 말씀은 무섭게 해서 미안하다 하시지만……."

사자친왕은 부채를 펼쳐 부치다가, 한 번에 접으며 물었다.

"혹시 정체를 들킨 건 아닙니까?"

"그럴 리가요. 전하가 도중에 끼어들기 전까지 폐하는 제 정체를 짐작도 못 하고 있었는걸요. 폐하는 그냥 나랑 전하 사이를 자꾸 의심……."

그때 마침 마차가 덜컹하며 멈추어 섰고, 몸이 흔들리는 순간. 나는 불현듯 깨달음을 얻었다.

"아!"

"왜 그럽니까?"

"폐하가 제게 반한 거 아닐까요?"

"남장하고 있잖아요?"

"제가 남장한다고 이쁜 게 가려지나요?"

"잘 가렸으니 염려 말아요. 전혀, 한 올도 드러나지 않고 있으니까."

"하지만 폐하 이상형은 딱 저란 말이에요. 제가 아무리 싸매고 감춰도 폐하는 저한테 반할 수밖에 없어요."

"폐하 이상형이 마마라고요? 폐하가 그러던가요? 아닐 텐데요?"

"폐하 이상형이 뭔지 알아요?"

"어릴 때 이야기를 나눈 적이 있지요. 영민한 사람이 좋다 했습니다."

"딱 나네요. 역시 나네."

"……."

사자친왕은 썩어가는 표정을 짓고서 나를 쳐다보다가 웃으며 말했다.

"착각은 자유라고 하니까요."

뭐 이 자식아? 발끈하려니, 사자친왕이 부채로 얼굴을 반쯤 가리고 묘한 미소를 지으며 말했다.

"사실 이상형으로 치자면, 그대는 내 이상형에 가깝습니다."

"정말요?"

그 말에 반색하면서 이상형이 무어라고 물으려는데, 갑자기 마차 밖에서 귀에 익은 목소리가 건들건들하게 빈정거렸다.

"거짓말도 잘하는군."

이럴 수가! 이건 떡돌이 목소리인데! 왜 떡돌이 목소리가 마차 밖에서 들려오지?

놀라서 사자친왕을 쳐다보니, 그 역시도 나를 꺼림칙한 눈으로 같이 마주 보고 있었다.

"이 목소리…… 폐하 목소리 같지 않습니까?"

사자친왕이 작게 속삭이는데, 누군가 마차 창문 옆을 두드렸다. 창문에 매단 발을 슬쩍 치우자, 역시나. 떡돌이다. 떡돌이가 허리를 숙여 창문과 눈높이를 맞추고 있었다.

놀라서 쳐다보자, 떡돌이는 나와 사자친왕을 번갈아 보더니 허리를 펴고서 문을 열었다.

그가 문을 열자 뒤로 승언이 하나만 보인다. 뭐야. 떡돌이 저거, 설마 승언이만 데리고 부리나케 뛰어온 건가. 정말 멋없었겠구나.

속으로 혀를 차고 있자니, 마부가 공손하게 서 있다가 사자친왕에게 변명했다.

"송구하옵니다, 전하. 폐하께서 갑자기 마차 앞에 나타나셔서……."

아아. 그러고 보니 얘기하는 중에 마차가 갑자기 덜커덩거렸지. 그때 떡돌이가 나타나면서 마차가 급하게 멈추었나 보다.

대놓고 혀를 차고 있자니 떡돌이가 내 쪽을 쳐다본다. 나는 혀 차던 걸 멈추고서 다시 허리를 휘어 보였다.

승언은 급히 뛰어와서 지쳤는지 작게 기침을 했다.

떡돌이는 힐긋 승언 쪽을 한 번 보더니, 다시 나를 한 번, 그리고 사자친왕 쪽을 보며 말했다.

"사자. 네 이상형이 언제부터 환관이었지? 네 시종을 가지고 너무 놀려대는 게 아니냐."

사자친왕은 심각하게 고민하는 척하다가 물었다.

"그걸 물어보러 오셨습니까, 폐하?"

"물론 아니지. 그럴 리가. 하지만 우연히 네 거짓말을 들으니 기가 막혀서 짚어준 거다."

단호하게 말한 떡돌이는 이번엔 나를 보더니, 사자친왕 쪽을 눈짓으로 가리키며 말했다.

"사자친왕의 이상형은 저 휘황찬란한 의복이며 장식을 가지고 같이 놀아줄 정도로 세련되고 손재주 좋은 사람이다."

그렇군. 나랑은 확실히 거리가 멀구먼. 사자친왕이 거짓말을 한 게 맞아. 하지만 굳이 그걸 내 입으로 확인하고 싶진 않았기에, 나도 같이 거짓말을 했다.

"딱 저로군요."

떡돌이와 사자친왕이 동시에 썩은 표정을 지었다. 뭐야. 사자친왕 이 인간, 자기가 먼저 내가 이상형이라 그랬잖아?

떡돌이 너는 '백몽'에 대해 알지도 못하면서 왜 그런 표정인데? '백몽'이 손재주가 좋을 수도 있지!

나는 떡돌이에게 보란 듯 손바닥을 쭉 펼쳐 보이고서, 두 손을 모으고 휙휙 이리저리 돌리는 묘기를 보였다.

"?"

눈이 부시도록 손을 움직여대자, 떡돌이는 그게 꽤 좋아 보였나. 갑자기 반색하더니 내게 물었다.

"다른 춤도 춰보아라."

그 말에 사자친왕은 이번엔 떡돌이 쪽을 썩은 표정으로 보았고, 승언도 두 손으로 얼굴을 가렸지만 떡돌이를 비슷하게 쳐다본 것 같다.

아니, 그보다 떡돌이 얘는 낯선 시종한테 왜 춤춰보라 하고 그래?

사자친왕에게 제시했던 의구심이 다시 피어오른다. 떡돌이 얘…… 혹시 진짜로 '백몽'한테 반했나? 그래서 춤추는 자태를 보고 싶은 건가?

아니면 떡돌이는 원래 춤 잘 추는 사람을 좋아하나? 그래서 '천 귀인'한테도 반했고, 이제는 '백몽'한테도 반하는 건가?

첫 번째 후보는 뭐, 그럴 수도 있다고 본다. 내가 어떤 모습을 해도 떡돌이는 나한테 반한단 거니까.

하지만 두 번째 후보는 그리 기쁘지 않다. 아니 싫다. 춤 잘 추는 사람한테는 무조건 반한다는 거 아닌가.

그렇다고 춤에 어설픈 모습을 보여서, 떡돌이가 나 외 다른 사람을 좋아하게 되는 것도 싫었다.

결국 나는 마차에서 내린 뒤, 떡돌이 앞에서 거북이가 백조로 변신하는 춤을 추어 보였다.

처음에는 바다를 헤엄치는 거북이처럼 느리게 돌아다니다가, 나중에는 뭍으로 나온 거북이처럼 엉금엉금 허공을 기었다.

그러고서 목을 까딱거리다가, 달을 본 거북이가 달빛의 힘을 받아 차르르르 돌면서 백조로 변신하는 게 최고점인 춤이었다.

하지만 열심히 춤을 추어도 슬픈 마음이 들어서, 아무리 손을 힘차게 위로 올려도, 아무리 빠르게 발을 움직여도 자꾸만 표정이 애달파졌다.

나는 한 마리의 슬픈 백조가 되어서 열심히 팔을 허우적거렸다.

내가 양파 깔 때만 우는 사람이 아니라면 지금쯤 눈물을 세 방울을 흘렸을 것이다.

그렇게 춤을 마친 뒤 '짠!' 하고 마무리까지 백조처럼 마치자, 떡돌이는 감동 받아 눈물을 흘렸고, 사자친왕도 입술을 깨물며 위로했다.

"백몽…… 추기 싫으면 추지 말거라. 울면서 안 추어도 된다."

승언은 아주 작게 중얼거렸다.

"폐하의 취향은 참으로 일관되십니다."

208

그게 떡돌이가 또 내게 반해서 그러는 건지, 아니면 '폐하는 춤 잘 추면 다 좋으시죠?'라는 뜻인지 알 수 없어서 원통하다.

나는 팔을 내리고서 떡돌이를 지그시 바라보았다.

떡돌이는 계속해서 나를 보고 울고 있었다. 그러다 눈이 마주치자 눈동자가 그렁그렁해지더니 잠시 생각할 게 있다며 어딘가로 걸어갔다.

그가 뒤돌아서서 어깨를 떠는 모습을 보고 있자니, 승언이 한숨을 쉬고서 그쪽으로 다가간다.

나는 내 손을 달을 향해 뻗어 보았다. 이렇게 하면 나도 백조가 된 거북이처럼 다시 사람이 될 수 있을까? 아, 그런데…… 오류가 있잖아?

"전하."

"응?"

"백조보다 거북이가 장수하지 않나요?"

"……."

사자친왕은 우울한 목소리로 대답해주었다.

"나 혼자 다른 세상에 온 느낌이다."

무슨 소리야?

어째서인진 모르겠지만 떡돌이는 그 길로 우리에게 합류해서 사자친왕의 저택까지 함께 이동했다.

나는 사자친왕이 몰래 사하비단과 만나는 걸 알기에 '그래도 되나?' 싶어서 연신 힐긋거렸지만 사자친왕은 아무렇지 않게 굴었다. 정말로 그 집 내부에 달리 흔적이라고 할만한 건 없나 보다.

반면 떡돌이는 처음에는 무심한 듯 마차에 올라탔지만, 점차 표정이 어두워지기 시작하더니, 마차가 멈추었을 즈음엔 좀 화난 얼굴이었다.

"괜찮으세요?"

왜 저리 화가 났나 싶어 묻자, 마차에서 내리면서 이상한 말까지 하고.

"거세하면서 순정도 뗐나 보구나."

무슨 말인지 알아듣지 못해서 멀뚱히 쳐다보았으나, 떡돌이는 찬바람이 풀풀 날리는 태도로 마차에서 혼자 내려버렸다.

"이쪽으로 오시지요, 폐하."

사자친왕 역시 떡돌이가 이해 가지 않긴 마찬가지 같았지만, 그래도 그는 집주인으로서 떡돌이를 잘 모셔야 하는 의무가 있었다.

사자친왕은 내게 '들어가 쉬라'는 눈인사를 건네고서 떡돌이를 데리고 손님들이 머무는 방으로 갔고, 나는 멀뚱히 마차 앞에 서 있다가 내 방으로 돌아갔다.

방 안에 돌아간 뒤에야, 나는 떡돌이가 불시에 찾아온 게 사자친왕이 아니라 내게 더 곤혹스러운 일이란 걸 떠올렸다.

사자친왕은 집 안에 숨겨둔 비밀이 없지만, 나는 숨겨둔 비밀이 있었다. 바로 지금 남장 상태라는 거.

편하게 잠옷을 입고 쉬고 싶은데. 떡돌이가 정말로 내게 반한 거라서 사람을 시켜 나를 불러오라거나 하면 어쩐단 말인가.

결국 나는 남장을 한 상태로 겉옷만 갈아입고서 불편하게 침상에 누워야 했다.

얼마나 그렇게 오래 누워 있었을까. 누군가 내 방문을 두드렸다.

사실 누워 있긴 했지만 잠들어 있진 않았기에, 나는 밖에서 내 방으로 다가오는 기척도 이미 느끼고 있었다. 굳이 먼저 문 열어줄 마음이 없어서 두고 보았을 뿐.

내 방 근처에서 인기척이 느껴지더라도, 밖에 사람이 많이 다니면 내 방으로 오는 사람인지 그냥 내 방 근처를 가까이 지나가는 사람인지 아닌지는 구분하기 어렵기도 하고.

어쨌든 문을 두드리기에 다가가 열어주자, 뜻밖에도 나타난 이는 승언이었다. 내가 멀뚱히 쳐다보고 있으려니, 승언은 조금 오만한 태도로 입을 열었다.

"폐하께서 널 보자 하신다. 일어나 따라 나와라."

승언의 목소리는 날 깔아뭉개는 듯했고 거만하기 짝이 없었지만, 처음 보는 모습이다 보니 그런 모습이 퍽 신기하게 여겨졌다.

이에 내가 감탄사를 뱉으며 헐레벌떡 신발을 바꿔 신자, 승언은 흠칫하며 차갑게 물었다.

"왜 그런 이상한 소리를 내지?"

"공공께선 이 늦은 밤에도 폐하를 열심히 모시는구나 싶어 감탄하였습니다요."

"나는 태감이 아니니 공공이라 부를 필요 없다."

"그럼 뭐라고 부를까요?"

"……네가 날 부를 일은 없을 거다."

그럴 리가. 떡돌이는 이번에도 내게 반했지. 떡돌이가 또 내 연인이 되고 싶어 하면, 난 또 널 승언이라 부르게 되겠지!

이 말은 우선은 생략하자.

나는 아무렴요, 아무렴요 말을 맞춰 주면서 얼른 승언을 따라 떡돌이를 만나러 갔다.

승언이 때문에 잠시 잊었던 생각. '떡돌이가 왜 날 부르지?' 하는 생각은 호숫가에 선 그의 모습을 보고서야 다시 떠올랐지만, 그때는 이미 떡돌이도 내 인기척을 느끼고 이쪽으로 몸을 돌리고 있었다.

승언은 이쯤 안내해 주었으면 됐다 싶었는지 뒤로 물러나 다른 곳으로 가버렸다.

순식간에 사자친왕의 저택 안에서 떡돌이와 둘만 남게 된 것이다.

나는 떡돌이 쪽으로 아무렇지 않게 걸어가던 걸 멈추고서, 그를 잠시 멍하게 바라보았다.

갑자기 덜컥 걱정이 되었다. 오라고 해서 갔는데. 떡돌이가 '천년비를 잃고 지친 마음을 네가 위로해다오 백몽아'라고 하면 어쩌지?

떡돌이가 정말로 춤 잘 추는 사람한텐 아무나 반하는 거라서, 또 내 춤을 보고 반한 거면?

……아니야. 떡돌이는 궁전 내에서도 이미 내게 관심을 보였어. 그러니 내 춤을 보고 반한 건 아닐 거야. 반했더라도 그 이전이겠지.

하지만 그렇더라도 충격이다. 내가 사라진 지 얼마나 됐다고 또 새로운 사람에게 반한 거지?

물론 나도 개원이에게 배신당한 지 얼마 안 가 떡돌이에게 반했지 만…… 나랑은 좀 경우가 다르지 않은가.

"왜 오지 않는 게냐."

내가 가만히 서서 바라보기만 하자, 떡돌이가 뒷짐을 지더니 웃으며 물었다. 낮에 보았을 때는 쾡하더니. 그새 얼굴이 다시 수묵화처럼 변한 모습은 차가운 날씨와 어울려 그를 고아하게 만들었다.

그래도 다가가지 못하고 가만히 있자, 떡돌이는 내 쪽으로 천천히 걸어왔다. 내 진짜 몸은 천소여보다 키가 크기 때문에 떡돌이와 마주 보고 서자 이전과 눈높이가 달라졌다.

조금 높아진 눈높이에서 그를 물끄러미 보고 있었더니, 떡돌이가 뒷짐을 지고서 내게 물었다.

"백몽."

"네, 폐하."

"짐에게 할 말이 없느냐."

"제게 듣고 싶은 말이 있으십니까?"

"짐은 네게 듣고 싶은 말이 있다."

"무엇입니까?"

떡돌이가 혹시라도 내게 반해서 부른 거면 어쩌나, 하는 불쾌한 마음은 떡돌이 얼굴을 마주 보고 있으려니 눈 녹듯 녹아내린다.

나는 떡돌이 얼굴에 너무 약하다. 아니, 떡돌이 눈에 너무 약하다. 사실 떡돌이 눈에만 약한 건 아니지만. 난 그의 입술에도 약하고 목소리에도 약하다.

떡돌이와 이렇게 마주 보고 있으려니 그를 꼭 끌어안고 싶은 충돌이 들었지만, 나는 꿋꿋이 참고서 무뚝뚝한 표정을 꾸며냈다.

떡돌이는 잠시 나를 빤히 바라보더니 다가와서 내 어깨에 살짝 손을 얹으며 말했다.

"짐은……."

그 순간. 내 의지와 상관없이 손이 앞으로 움직여 그의 목을 조르기 시작했다.

"!"

타천천 이 개새끼. 내 몸에 뭔 짓을 해뒀구나!

손은 내 통제를 벗어나 제멋대로 앞으로 나아갔다. 억지로 손가락에 힘을 줘서 버티려 해보았으나 소용없었다. 내 손은 떡돌이를 계속 목 조르려 했다.

"도망가!"

몸이 말을 안 들으니 떡돌이에게 외치는 수밖에 없었다. 다행인 건 떡돌이가 숨기고 있을 뿐 사실은 제법 무공을 익힌 몸이란 점이었다.

떡돌이는 놀라는 와중에도 내 손목을 잡고서 버티다가, 내가 외치자 손에 좀 더 힘을 주어 날 막으려 했다.

하지만 이 몸은 강시 몸이라 힘이 무지막지했다. 내 손은 떡돌이의 목에 달라붙기라도 한 양 떨어지려 들지 않았다.

어떻게든 손을 회수하려 애쓰며 고개를 저었지만, 내가 통제할 수 있는 부분은 머리 위뿐이었다. 그조차도 제대로 움직이지 않았고.

"내공을 써 내공을!"

실전 경험이 없어서인가. 제대로 대처하지 못하는 떡돌이가 답답해 버럭 고함을 지르는데, 누군가 달려오더니 날 향해 검을 휘둘렀다.

검이 닿으려 하자 손이 떡돌이를 놓더니 검날을 잡아챘다. 검을 빼앗아 옆으로 집어 던지고서 나는 반사적으로 승언이의 배를 찼다.

배를 찬 건 내가 찬 거다. 이건 그냥 내 본능으로…….

어쨌든 떡돌이를 더 위협하지 않게 된 건 다행이었으나, 이미 승언의 눈에 나는 황제를 암살하려던 습격자였다.

승언은 다른 단도를 꺼내 내게 휘두르면서, 바닥을 구르는 자기 검을 발로 차 손에 쥐었다.

빠른 속도로 쏘아붙이는 검술 실력은 생각보다 더욱 대단했으나, 이건 내 원래 몸이 아니던가. 피하기 힘들지 않았다. 나는 승언의 공격을 열심히 피하면서 떡돌이에게 외쳤다.

"일부러 한 게 아냐!"

하지만 사람들이 우르르 몰려들고 있었다. 그리고 내가 일부러 했건 아니건, 나는 황제를 공격한 습격자였다.

나는 승언의 검을 뺏어 부러뜨린 다음, 그의 다리 한쪽을 차 넘어뜨리고서 재빨리 그 자리를 피했다.

'차라리 내시라고 오해받을 때가 나았어. 습격자로 오해받게 되다니!'

담을 넘어갔는데도 사람들이 계속 쫓아온다. 이렇게 쫓겨 보기는 정말 오랜만이었다. 그리 반갑진 않지만.

강시 몸이 내 원래 몸보다 속도가 더 빠르다는 것 역시도 원치 않게 실감할 수 있었다.

얼마 못 가 내 뒤를 쫓던 이들은 모두 사라졌고, 나는 홀로 밤의 숲을 달리고 있었다.

멈춰서자 촉촉한 공기가 폐 안 가득히 들어오면서 마음까지 적셨다. 숨도 차지 않네. 나는 쪼그려 앉아서 무릎에 이마를 대었다.

손이 떨려왔다. 무서웠다. 쫓겨서가 아니라, 내가 떡돌이를 죽일 뻔했단 것 때문에. 만약 떡돌이가 무공을 익히지 않았더라면…… 그러면 정말 나는 떡돌이 목을 단숨에 부러뜨렸겠지.

다른 사람 목은 잘 부러뜨리고 다녔지만, 그 대상이 떡돌이이길 바라진 않는다.

지금까지 내가 부러뜨린 목은 모두 먼저 날 죽이려던 이들의 것이었지만, 떡돌이는 아니잖아. 그 사람은 내가 사랑하는 사람이라고!

조용하던 저택 내부는 순식간에 매섭게 변했다. 여기저기 흩어져 있던 호위들 모두 바쁘게 돌아다니기 시작했고, 잠들었던 하인들은 모두 깨어나 횃불을 만들어 밤을 밝혔다.

사자친왕은 무슨 일인지도 모르고 얼결에 일어났다가, 자신의 방에 들어온 월요의 목을 보고 기겁해 물었다.

"목이, 목이 왜 그러십니까?"

월요의 목이 보라색으로 진하게 멍이 들어 있던 것이다. 궁전 전체가 뒤집어질 일이었다. 황제를 습격하다니!

월요는 승언의 부축을 받아 들어와 상석에 앉으며 대답하지 않았다.

"의원을 데려와라!"

사자친왕이 밖을 향해 외치고서야 월요는 입을 열었다.

"되었다."

목소리가 잠긴 걸 보니, 목을 공격받을 때 성대를 좀 다친 게 분명했다.

"목소리가……."

"궁에 들어가 황보 궁의에게 치료하게 하면 된다."

"따뜻한 물수건을 가져와라! 금창약도!"

사자친왕은 다시 명령했고, 이번에는 황제도 말리지 않았다.

잠시 뒤, 사자친왕의 시종이 금창약과 따뜻한 물이 담긴 대야, 부드럽고 깨끗한 천을 여러 개 가져와 내려놓았다.

"내가 할 테니 나가보아라."

사자친왕은 천을 물에 적시려는 시종에게 그렇게 말하고서, 혹시라도 안에 수상한 건 없나 직접 확인한 뒤 월요의 목에 천을 대주었다.

월요는 천을 잡으면서 사자친왕에게 물러나라 고개를 저었다.

사자친왕은 자신의 집에서 벌어진 일이니, 이 일이 자신에게도 책임이 있음을 눈치채고서 시무룩하게 뒤로 빠졌다.

월요는 손을 목에 대고 눈을 질끈 감았다. 아무렇지 않은 척하지만 목이 많이 아픈 듯했다.

승언은 그런 월요를 걱정스럽게 바라보다가 사자친왕에게 새된 목소리로 물었다.

"무슨 꿍꿍이로 그런 암살자를 데리고 계신 겁니까."

"그런 암살자라니?"

사자친왕이 영문을 몰라 묻자, 승언이 다시 이를 갈았다.

"그 백몽인지 뭔지 하는 놈 말입니다."

"백몽?"

사자친왕은 당황해서 대답했다.

"백몽이 이랬다고? 그럴 리가 없는데."

"제 눈으로 보았습니다. 폐하 눈으로도 보았고요. 소란을 듣고 빨리 달려온 이들도 몇몇은 저와 그자가 싸우는 걸 보았을 겁니다."

승언의 말에 사자친왕은 더욱 당혹스러워졌다.

백몽이 천년비이며 천빈이란 걸 아는 그는, 절대로 그녀가 황제를 죽이려 들 리 없단 걸 알았다.

"아니, 정말로 백몽이 그럴 리 없다."

"소신의 발을 걷어차고 폐하의 목을 조른 그자는 귀신이란 겁니까."

"그게 아니라……."

사자친왕이 이걸 어떻게 말해야 하나 싶어 말을 잇지 못하는 사이. 월요가 "거울." 하고 말했다.

승언이 얼른 거울을 가져다 대령하자, 월요는 거울에 목을 비추어보며 말했다.

"승언. 일이 그렇게 쉽지 않다."

승언은 그래도 표정이 풀리지 않았다.

"당연히 쉽지 않겠지요. 몇 번 검을 부딪쳤지만 그자가 얼마나 강한지는 바로 알 수 있었습니다."

"그런 뜻으로 한 말이 아닌 걸 알지 않느냐."

"……."

"자기가 더 놀란 표정이었다. 그리고 내게 내공을 써서 막으라 그랬어."

217

"그러면서도 폐하를 계속 공격했습니다."

"울 것 같은 얼굴이었다."

월요는 자기가 손을 뻗고는 자기가 더욱 괴로워하던 백몽의 표정을 떠올리고서 사자친왕을 보았다.

사자친왕은 창백한 얼굴로 그를 내려다보고 있었다.

"사자."

월요가 부르자, 사자친왕은 입술을 깨물었다. 승언도 사자친왕을 돌아보았다.

"그 애. 뭐였지?"

"폐하……"

사자친왕은 해쓱해져서 월요를 떨리는 눈으로 바라보았다. 뭔가 아는 게 분명했다.

"솔직히 말해라, 사자. 그 애. 뭐였지? 왜 날 습격한 거냐."

사자친왕은 난처해졌다. 예상하지 못한 사태에, 평소 잘 돌아가던 머리까지 굳어진 듯했다.

월요는 목에서 수건을 떼고 거울을 다시 확인했다. 그 사이에 멍은 범위가 더 넓어져 있어서 보기만 해도 인상이 찌푸려질 만큼 아파 보였다.

월요는 그 목을, 특히 손 부분이 유독 진하게 자리 잡은 멍을 보며 느리게 입을 열었다.

"사자. 나는 그 애가…… 천년비라 생각했는데. 아니었나."

그 말에 승언은 눈을 부릅뜨고 월요를 보았고, 사자친왕은 다리에 힘이 빠져 옆의 탁자를 짚었다.

승언은 금창약 뚜껑을 벗기면서 반박했다.

"천빈 마마를 어찌 그런 습격자와 비교하십니까!"

그러나 사자친왕이 아무 말도 하지 못하자, 승언은 눈이 커다래져서 월요와 사자친왕을 번갈아 보다가 물었다.

"정말입니까? 말도 안 됩니다!"

하지만 사자친왕은 마지못해 대답했다.

"맞습니다."

여기서 조금이라도 말을 잘못하다가는 그와 천년비 모두 대역죄인이 돼버릴 수도 있었다.

차라리 모든 사정을 다 말하고 월요의 이해를 구하는 게 나았다.

"맞다고요?"

승언이 기가 막혀 중얼거렸다.

"백몽이 천년비라면 왜 폐하를 공격한단 겁니까? 그분이 폐하를 얼마나 좋아하시는데요!"

"그렇지. 그러니 이상한 거네. 나도 폐하 말이 동의해. 뭔가 이상해."

승언이 재차 화를 냈다.

"그자를 폐하께 끌어들인 게 누군데 그렇게 발을 빼십니까!"

"승언."

월요가 경고하자 승언은 입을 다물었으나, 여전히 분기가 빠지지 않은 표정이었다. 그는 씩씩거리며 월요의 목에 조심조심 약을 발라주었다. 살짝씩 손이 닿는데도 월요는 아픈지 신음했다.

"오늘은 여기서 주무시고 가는 게 낫겠습니다."

사자친왕은 그 모습을 보며 중얼거리고는 천천히 해명을 시작했다.

"믿지 않으신다면 어쩔 수 없지만 폐하, 백몽으로 분장해 폐하를 뵈도록 해준 건 저입니다. 원래 천빈 마마는 폐하를 뵙지 않으려 했습니다."

"날 안 보려 하다니?"

"지금 천빈 마마의 몸으로 폐하를 찾아가면 폐하께 해가 될 거라고요."

"사내라서?"

월요가 기가 막혀 되묻자, 사자친왕은 "예?" 하고 황당하다는 듯 되물었다가, 급히 손을 저었다.

"아닙니다. 사내라니요. 그냥 남장을 한 겁니다."

"사내도 아니었어?"

"지금 천빈 마마의 몸은 악적으로 유명한 천년비의 몸입니다. 그리고 아시다시피, 그 몸은 최근에……는 아니고 예전부터 여러 가지로 소문이 안 좋았죠. 최근에는 사람들에게 온갖 해를 끼치면서 평가가 더욱 떨어졌고요."

승언은 이해하기 어려운 말이 오가자 일단 조용히 귀를 기울였다. 그림자로서, 그는 눈치 빠르게 적당히 말을 알아들어야 했다.

월요는 등받이에 몸을 기대고서 눈을 반만 떴다.

"그런 신분으로 폐하께 갔다가, 폐하께서 천빈 마마를 곁에 두려 하면 폐하의 평판에 나쁠 거라 했습니다."

사자친왕은 월요의 눈치를 보다가 덧붙였다.

"아기씨에게도요."

"!"

월요의 눈꺼풀이 흔들렸다.

"어쨌든 남들 눈에 아기씨의 친모는 '지금 천비 마마시니, 자신이 폐하의 총애를 받으면 폐하는 폭군이란 소리를 듣고, 아기씨는 아기씨대로 피해를 받을 거라 여긴 모양이었습니다."

"바보 같은!"

"안 나서시겠다는 걸, 얼굴이라도 뵈라고 설득한 건 저였습니다. 그분은 폐하를 뵙고 아주 좋아하셨고요."

사자친왕은 월요의 앞에 무릎을 꿇었다.

"송구하옵니다, 폐하. 그분이 폐하를 공격할 이유가 없다 보니, 신 역시 대체 어찌 된 영문인지 모르겠습니다."

승언은 잠시 입을 벌리고 있다가 월요에게 물었다.

"저 말을 믿으십니까?"

사자친왕의 말이 맞다면, 대체 천빈이 황제를 공격할 이유가 뭐가 있단 말인가? 어쨌든 천빈은 황제를 공격하고, 그걸 막으려던 승언 역시 공격했다. 황제 앞에서 내색하진 않고 있지만 승언 역시도 그녀에게 맞은 한쪽 다리가 무척 고통스러웠다.

"믿냐고?"

월요는 힘없이 웃으며 되묻고는, 서글픈 눈으로 승언에게 물었다.

"넌 장공주가 짐을 공격한 일을 잊은 거냐. 장공주는…… 짐을 해할 사람이더냐?"

승언과 사자친왕이 동시에 숨을 들이켰다. 승언은 그때 일을 떠올리자 아차 싶어 입을 다물었다.

결국 제정신이 돌아오지 못한 장공주를 다시 죽도록 만든 건 월요였다. 그 일로 월요는 그토록 연모하던 천빈조차 보러 다니지 못할 정도로 충격과 시름에 빠져 지냈다.

승언은 식은땀이 났다. 설마…….

"천빈 마마도 그렇게 미쳐가는 겁니까?"

"아니길 바라야지."

월요가 무겁게 중얼거렸다. 승언은 소름이 돋고 아찔해졌다. 무공을 조금도 모르던 장공주도 미쳤을 때 그 솜씨가 어마어마했는데. 천빈이 그렇게 변한다면……? 그 피해는 실로 막중할 것이다.

그뿐인가. 장공주는 죽었다 깨어난 인물인 데다 변화를 점진적으로 보았기에 황제가 마음의 정리라도 했지만, 천빈은 그렇지도 않았다.

천빈과는 한창 사랑을 키워나가는 중 아닌가.

이 와중에 천빈이 미치게 되고, 그런 천빈을 죽여야 할 상황이 된다면 황제가…… 감당할 수 있을까?

'폐하는 괜찮을 거다'라고 확신하기엔, 이미 장공주가 처음 진짜로 죽었을 때. 황태자였던 월요가 그 충격을 감당하지 못했던 시기가 있지 않은가. 그 생각을 하자 승언은 다시 사자친왕이 의심스러워졌다.

"혹시 전하께서는 폐하를 천빈 마마 일로 심려케 만든 다음, 흔들리는 대신들의 입지를 잡아둘 생각이십니까?"

"내가 아주 단단히 찍힌 모양이군."

사자친왕은 어깨를 떨구고 한숨을 내쉬었다.

"이럴 줄 알았으면 마마를 내 곁에 두고 그냥 가만히 있을 걸 그랬어."

"사자."

"폐하의 그림자가 저렇게 말하니 반박한 겁니다. 진심이 아니라요."

승언이 갑자기 금창약 뚜껑을 덮고서 월요의 앞에 무릎을 꿇자, 사자친왕과 월요가 모두 그를 보았다.

"왜 그러느냐."

월요가 의아해 묻자, 승언은 월요를 간절히 바라보며 애원했다.

"폐하. 비록 자신의 의지로 공격한 게 아니라 해도, 통제할 수 없는 몸이 된 이상 천빈 마마는 위험합니다. 절대로 곁에 두서선 안 됩니다."

월요는 눈살을 찌푸리고서 승언을 처다보았다. 승언이 왜 저런 말을 하는지, 그가 얼마나 자신을 걱정하는지는 알았다. 하지만 그와 별개로 듣기 좋은 말은 아니었다.

"넌 천빈과 사이가 좋다 여겼는데."

"물론 소신은 천빈 마마를 좋아합니다. 그렇기에 천빈 마마가 폐하 곁에 오는 걸 더 반대하는 겁니다. 천빈 마마가 폐하를 해치는 데 성공하면 폐하께서 잘못되시지만, 폐하를 해치지 못하면 마마가 죄인이 되니까요."

"……."

월요는 승언의 충직한 뒤통수를 내려다보다가 사자친왕에게 물었다.

"천빈이 어디로 갔는진 아느냐."

사자친왕은 고개를 저었다.

"저도 모릅니다. 전 싸우는 장면도 못 봤는걸요. 자다가 이제 막 일어났습니다, 폐하."

"짐작 가는 곳은?"

사하비단. 대번에 떠오르는 이름이 있었으나, 사자친왕은 월요가 이 방에 들어온 이후 처음으로 거짓말했다.

"잘 모르겠습니다. 다른 데서 일이 터졌더라면 이곳으로 올 거라 짐작했겠지만……."

"천빈을 만나보고 싶다. 누이도 완전히 이성을 잃기 전까진 시간이 좀 있었지. 어쩌면 말이 통할지도 모른다."

"폐하!"

내 말을 귓등으로도 안 들으시는구나!

승언은 기가 막혀서 외쳤으나, 월요는 사자친왕을 쳐다보기만 했다.

승언이 이번에는 사자친왕 쪽을 결연하게 쳐다보았다. 사자친왕은 잠시 생각하다가 조심스럽게 말했다.

"송구하옵니다만 폐하. 신 역시 지금 당장 마마를 만나는 건 위험하다고 생각합니다. 어디 계시는지도 모르고요."

"놀랐을 거다. 많이."

월요는 자신의 이마를 짚고서 눈을 반쯤 감았다. 그 목소리. 떨리는 그 목소리가 생생하게 고막을 두드렸다.

"마마를 위해서도 지금 당장 폐하를 만나는 건 좋지 않습니다. 그러다 또 사건이 터지면 마마는 정말 못 견딜 겁니다, 폐하."

사자친왕은 승언과 다르게 천년비를 앞세워 월요를 설득해 말렸다. 일단 자신이 먼저 천년비와 타천천 등을 만나보아야 했다.

"하지만……."

"서신을 써 주십시오. 제가 마마를 찾아 여기저기 다녀 보다가, 마주치게 되면 그걸 보여드리겠습니다. 혹시 저택으로 올지도 모르니 믿을 만한 사람에게도 서신을 남겨 두겠습니다. 어떻습니까?"

마음에 차는 의견은 아니었으나, 월요는 승언의 간절한 눈길과 초조하게 움직이는 사자친왕의 목울대를 보고서 고개를 끄덕였다.

"잘 생각하셨습니다. 두 분을 위해 이게 낫습니다."

사자친왕은 얼른 방 여기저기를 돌아다니면서 먹과 벼루, 종이, 붓 등을 챙겨와 월요의 앞 탁자에 늘어놓았다. 승언은 먹을 갈기 시작했다.

월요는 붓을 들고서 하염없이 창밖을 바라보다가, 투명한 물이 검게 변해가자 붓끝에 그걸 찍어 종이에 가져다 댔다.

반숙아. 네가 일부러 그런 게 아닌 걸 안다.
네 놀라고 두려운 표정이 눈앞에 선해 짐도 괴롭다.
다행히 아무 탈 없으니 너무 놀라지 말라.

승언은 '아무 탈 없다'는 구절을 보고 인상을 찌푸렸으나, 사자친왕이 팔을 툭 치고 고개를 젓자 시무룩하게 고개를 끄덕였다.

널 당장 만나고 싶은데, 네가 어디 있는지 알 길이 없으니
우선 서신을 남기겠다. 서신을 받거든 사자를 말처럼 부려라.

"……."

이번에는 사자친왕이 인상을 찌푸리고서 반박하려는 걸, 승언이 슬그머니 그의 팔을 잡아 말렸다.

네 사랑스러운 말과 우아한 손짓을 보는 순간부터
짐은 네가 너란 걸 알고 있었다.
네가 짐을 보며 팔을 파닥거릴 때,
네 고운 뺨은 마치 복숭아……

사자친왕과 승언의 표정이 동시에 구겨졌으나, 월요는 반숙이에게 하고 싶은 말이 쌓이고 쌓여서 이렇게라도 표현해야 했다.

앙큼하게 본인을 내시라 속였던 점은 탓할 마음도 없었다. 실제로 속았기에 좀 부끄럽기도 하고.

그 순간. 열심히 팔을 움직이던 월요가 비틀하는가 싶더니, 곧장 책상에 쿵 머리를 박으며 쓰러졌다.

"폐하!"

"폐하!"

오글거리는 편지를 바라보며 괴로워하던 사자친왕과 승언은 기겁해서 황제에게 달려갔다.

"목이 이 지경이신데 고개를 숙이고 서신을 쓰시니 쓰러지시지요!"

승언이 업어서 데려온 황보 궁의는 황제를 진찰하자마자 승언과 사자친왕에게 화를 냈다.

"폐하를 말리지 않고 뭐 하셨던 겁니까! 폐하가 그나마 강골이시니 이 정도이지, 잘못하면 목이 뚝 앞으로 부러졌을 겁니다!"

사자친왕은 입이 열 개라도 할 말이 없어 조용히 잔소리를 들었다. 월요가 하도 멀쩡하게 굴기에 거기에 넘어간 그의 실책이 맞았다. 당장 붓을 가져다주는 게 아니라 일단 누워서 쉬라고 한 다음 나중에 서신을 쓰라 할 것을. 아니면 말로 전하라 하거나.

하지만 여기에도 장점은 있었다.

"그래도 서신을 쓰다가 쓰러지셨으니 다행이지. 마차나 말을 타고 궁전으로 오는 길에 쓰러지셨으면 정말 큰일 났을 겁니다."

한숨을 내쉰 어의는 황제가 쓰다 만 서신에 이어서 약 재료를 적으며 말했다.

"이 처방대로 약을 만들어 하루에 세 번 식사 후에 드시게 하면 됩니다. 약재가 희귀한 건 아니니, 아마 전하의 저택에도 있을 겁니다. 그리고 연고는 궁전에 들어가 가져와야 합니다. 그전까지는 금창약을 두루 바르시면 됩니다."

"폐하는 괜찮으시겠나?"

"다른 상처가 있는 건 아니니 이대로 약을 잘 드시고 잘 바르시면서 푹 쉬시면 됩니다."

"푹 쉰다는 건……."

"보름은 머리를 되도록 안 움직여야 합니다. 침상에 누워서 최대한 목에 무리가 가지 않도록요."

'황제가 목이 졸려 다쳤다'는 이야기를 함부로 할 수는 없기에, 결국 사자친왕과 황보 궁의는 '폐하께서 말에서 떨어지셔서 목을 다치셨다'로 말을 맞추었다.

황보 궁의는 원래도 비밀스러운 처방을 담당하며 그림자들을 도맡아 치료하기에, 입이 무거워 이런 일에는 아주 적격이었다.

월요는 깨어난 뒤 황보 궁의에게 치하하고, 승언에게는 일거리들을 이쪽으로 가져오라 지시했다. 대신들 역시 급히 보고할 게 있으면 이쪽으로 오라 일렀다.

사자친왕은 졸지에 황제에게 자기 침실을 빼앗기게 되자, 이런저런 계산을 해 보다가 그냥 이참에 천년비를 찾아보겠다며 서신을 챙겨 저택을 나섰다.

'사하비단으로 찾아가 보자. 마마도 그쪽으로 갔을 거다.'

사자친왕은 말을 타고서 급히 성문을 빠져나왔다. 고삐를 쥔 손에 힘이 들어가면서, 사자친왕은 마음이 갑갑하고 매캐해졌다.

원래도 월요에게 정이 깊어 타천천과 손을 잡을지 말지를 계속 고민했는데. 일이 이렇게 되고 보니 얼결에 알게 되어 버렸다. 그는 자신 때문에 월요가 다치거나 죽기라도 하면 그 충격을 견딜 자신이 없었다.

비록 자기가 꿈꾸는 세상에서 월요가 정반대에 있는 인물이라 해도.

떡돌이가 괜찮은지 확인이라도 하고 싶은데. 소란이 벌어져 사람들이 너무 많이 월요 주변을 둘러싸는 바람에 알 수가 없다.

승언이 어의를 업고 뛰어가고, 그 어의가 몇 시진 후 비교적 침착하게 돌아가는 걸 확인한 후. 나는 몸을 숨겼던 나무에서 내려와 경공으로 수도를 떠났다. 그리고 인근 마을로 가서 말 한 필을 산 다음 사하비단이 있는 곳으로 이동했다.

얼결에 사자친왕을 따라오긴 했지만 그래도 지리는 외워 뒀기에 돌아가는 게 크게 어렵진 않았다. 조금 헷갈리긴 했지만.

말 세 필을 바꿔가면서 이동한 끝에 나는 사하비단에 도착했고, 거기에 설치된 진을 넘어가 안으로 들어갔다.

타천천을 찾아 돌아다니고 있으려니, 마주친 단원들이 내게 영문도 모르고 꾸벅꾸벅 인사해 왔다. 그들에게 대꾸해주는 대신 나는 타천천의 방으로 달려갔다.

"타 변태!"

방문을 열며 외쳤으나 타천천은 없었다. 그래도 여기저기 돌아다니면서 '타 변태' 하고 외쳐댔더니, 결국 타천천이 소란을 듣고 먼저 나타났다.

하늘거리는 옷을 입고 뒷짐을 진 그는 혼자 여유로운 모습으로 다가와서는, 꼬리 흔드는 여우처럼 웃으면서 물었다.

"나들이는 잘하고 왔어, 녕녕?"

나는 이를 갈면서 그를 향해 두 손을 뻗었다.

"잘하고 왔을 거 같아?"

"아하."

타천천은 허공을 움켜쥘 듯한 내 손을 보더니, 약을 올리듯 웃음을 터트렸다.

"그새 황제까지 보고 왔구나, 녕녕. 바쁘게 놀다 왔네."

손을 보여주며 화를 냈을 뿐인데. 타천천은 이미 어떤 일이 벌어졌을지 짐작이 가는 듯했다.

나는 타천천의 멱살을 잡고서 그의 귀에 대고 무섭게 윽박질렀다.

"내 몸에 무슨 짓을 한 거야? 폐하를 보자마자 내 몸이 내 뜻대로 움직여지지 않았어. 어떻게 한 거야?"

타천천은 멱살을 잡힌 채로도 생글생글 웃음을 잃지 않았다.

그가 이 상황을 즐기는 것처럼 보이자 더욱 짜증이 나서, 나는 녀석을 밀어내듯 놓았다.

타천천은 자기 목덜미를 손으로 어루만지면서 설명했다.

"전에 황궁에 잡혀갔을 때 황제 머리카락을 몇 가닥 얻었거든."

"그런데?"

"원래는 다른 일에 쓰려 했는데 잘 안 되길래 바꿨지. 네 몸이 황제를 목표물로 인식하도록."

저절로 주먹이 쥐어졌다. 이걸 되돌릴 수 있는 인간도 타천천이 아니었다면, 인정사정없이 놈을 쥐어박았을 것이다.

"왜 그딴 짓을 해? 미쳤어?"

"그렇게 심하게 걸진 않았는데, 넝녕. 네 몸이 황제와 닿지 않으면 아무 일 없었을 거야."

"!"

"더 심하게 할 수도 있었지만 참았어, 넝녕."

타천천은 태연히 웃으면서 손바닥을 자기 키보다 높게 들어 올렸다.

"내 인내심도 한 이만큼 쌓였다고."

"무슨 소리야?"

"넝녕은 내가 몇십 번 좋아한다고 말해도 몇십 번 다 까먹는구나."

"그야 개소리니까. 이 거짓말쟁이야."

"그럼 이젠 개소리가 아닌 걸 알겠지."

빙그레 웃은 타천천은 내 바로 앞으로 성큼 다가오더니, 허리를 숙여 눈을 맞추고서 웃었다.

"이젠 황제한테 못 가겠네. 개원한테도 못 가겠고."

"……그게 무슨 소리야? 개원한테 못 가다니?"

아니, 당연히 안 갈 거긴 한데.

황제는 그렇다 치고. 여기서 개원 이름은 갑자기 왜 나와?

개원에게 돌아갈 마음은 없었지만, 여기서 난데없이 개원이 이름을 꺼내자 몹시 수상쩍다.

"무슨 소리야?"

뚫어져라 노려보자, 타천천은 "아차." 하고 놀란 척 자기 입을 두드렸다.

"말실수를 했네. 못 들은 거로 쳐, 녕녕."

저걸 말이라고 하나. 험상궂은 표정으로 녀석의 멱살을 틀어쥐자, 사방에서 살기가 쏟아졌다.

아무리 타천천이 아유정을 이용해 '천년비'를 사하비단의 상징처럼 만들어두었다 해도, 어쨌든 이곳의 단주는 타천천이었으니 그럴 만도 했다.

하지만 신경 쓰지 않고 계속 타천천의 멱살을 잡고 노려보자, 타천천이 항복하듯 두 손을 들어 올리며 슬픈 척 말했다.

"별거 없으니 화내지 마. 오랜만에 돌아왔는데 첫날부터 싸워야겠어?"

"네가 똑바로 말하면 싸울 일 없어."

물론 대답 여하에 따라 널 패대기는 칠 수 있겠지. 눈에 저절로 힘이 들어간다. 아마 나는 눈을 무섭게 부릅뜨고 있을 거다.

기가 질린 건지 타천천도 무겁게 한숨을 내쉬었다.

"알았어 알았어, 알려줄게. 알려주면 되잖아. 멱살부터 놓아줘."

"말부터 해."

"녕녕, 너랑 이러고 있으니 너무 좋아서 그래. 감당이 안 돼서…… 내가 뭔 짓을 할지 모르겠어서."

이미 충분히 온갖 짓을 다 하고 다니잖아, 생각하다가 그는 지금 내 몸을 조종할 수도 있단 걸 떠올리고서 멱살을 놓아주었다.

"잘 생각했어, 녕녕. 나는 네가 내 앞에서 춤추고 노래하면서 구애하게 할 수도 있거든."

뭐야 저거. 내가 떡돌이 앞에서 춤추고 노래하는 걸 알고 저런 말을 하는 거야, 아니면 그냥 막 던지는 말인 거야?

심각하게 처다보자, 타천천은 잠시 어리둥절한 표정으로 있다가 반달 웃음을 지으며 말을 이어갔다.

"별거 없어. 그냥, 개원한테 네 영혼을 불러오기 전 상태를 보여줬어."

"그 상태가 무슨 상태인데? 아유정이 있는 상태?"

그런 거라면 이미 보지 않았나?

뜬금없는 말에 영 미심쩍어 그를 처다보자, 타천천의 입꼬리가 야비하게 올라갔다.

"아유정의 영혼도 없는 상태."

"!"

"몇 가지 자극이 될 만한 말도 좀 들려줬지."

"자극될 말이라니……?"

"네 몸을 죽인 게 그자의 형제란 거?"

"!"

"아유정이 다른 영혼이긴 하지만 네 '몸'의 감정을 그대로 받아들인 상태였는데, 개원이 그녀를 오해하고 추궁하는 바람에 네 '몸'이 괴로워해서 아유정을 뱉어낸 거?"

"뱉어내다니? 아유정은 자기가 그냥 나간 거라 안 했어? 아유정이 혼령술까지 직접 써줬다며?"

"어느 쪽일까?"

타천천은 씩 웃고서 놀리듯 나를 바라보았다.

하지만 내가 눈도 깜빡이지 않고서 자기를 노려보자, 다시 허리를 펴면서 말을 이었다.

"이런 정도로 얘기한 게 전부야."

"그게 끝이라고?"

"뭐, 그자 때문에 천년비의 '몸'이 또 죽었단 말도 하고. 여기에 영향을 받았는지 천년비 영혼까지 사라져서 행방불명 상태란 말도 좀 하고. 그가 천년비를 세 번 죽인 거나 마찬가지란 말도 하고."

내가 냥빈으로 있을 때 벌어진 일인가! 타천천의 황당한 말에 입을 벌리고 쳐다보고 있자니, 그가 태연자약하게 물었다.

"틀린 말은 아니잖아?"

"사실도 아니잖아! 개원은? 개원은 어딨어?"

"충격받아서 떠났어. 아예 어디 먼 데로 가는 거 같던데."

그 말이 끝나자마자 나는 타천천의 뺨을 주먹으로 내리쳤다. 내가 개원과 문제가 생긴 건 맞지만, 그 문제를 어떻게 할지는 내 선택이어야 했다. 그 사이에서 타천천이 저딴 식으로 구는 건 싫었다.

타천천의 뺨을 때리자 주위에서 경계하던 이들이 나를 향해 위협적으로 다가섰지만, 나는 주먹을 풀지 않은 채 타천천을 계속 노려보았다.

"됐습니다. 너희들이 열 명, 스무 명 덤벼도 못 이길 상대이니 검에 힘빼고 손잡이 놓고 다들 물러나요."

이 와중에 홀로 태연한 건 타천천뿐이었다. 그는 나를 경계하는 부하들에게 그렇게 지시하고서, 조금 전 말다툼 따위는 없던 것처럼 물었다.

"하고 싶던 일 없어, 녕녕? 그런 거 있으면 나랑 해. 같이할 상대가 꼭 그자일 필요는 없잖아? 황제일 필요도."

"······."

이런 몸으로는 떡돌이를 보러 갈 수 없겠지.

내가 머무는 방에 돌아와 손바닥을 펴들고서 허공을 향해 칼처럼 휘둘러 보았다.

손을 휘두르는데 거기서 바람 가르는 소리가 거칠게도 들려온다. 옆의 벽을 한번 내리쳐 볼까 하다가, 부서질까 봐 관두었다.

한숨을 내쉬고서 나는 다시 얌전히 팔을 몸뚱이 옆에 두었다. 앞으로 어떻게 해야 할지 생각이 잘 나지 않았다.

내가 사랑하는 떡돌이 옆에도 갈 수 없고. 그렇다고 생판 남인 내가, 심지어 후궁도 아니고 궁인도 아닌 내가 난데없이 계란이를 보러 가면…… 그것도 이상하겠지.

난 악적으로 이름이 났으니, 사람들은 악적이 하나뿐인 소중한 황가의 아기씨를 죽이려 드는 게 아니냐고 수군거릴 거야.

개원……. 떡돌이와 잘 지내고서부터 그리 생각하지 않게 된 개원 역시도 막상 타천천의 계략에 넘어가 멀리 떠났단 이야기를 듣고 나니 심란하다. 개원이 뭔가를 오해할 만큼 아유정과 가까이 지낸 것도 처음 듣고.

그렇게 멍하게 있다가 억지로 눈을 감았다.

다시 눈을 뜬 건 내 방 근처에서 풀 밟는 소리가 들려서였다.

나는 멍하게 허공을 보다가 몸을 일으켜 그쪽을 보았다.

멀뚱히 있으려니, 풀을 밟은 사람이 조심스레 창문을 두드렸다.

"천 소저. 천 소저."

그리고 작게 속삭이는 목소리…….

'사자친왕?'

사자친왕이 여기 왔다고? 나는 얼른 달려가 문을 열었다. 고개를 내밀고 보니, 정말 창문 앞에 사자친왕이 서 있는 게 보였다.

"전하? 전하가 여긴 왜 있어요?"

그걸 보고 놀라 묻자, 사자친왕은 얼른 내 쪽으로 오더니 방 안으로 들어오며 문을 닫으라 재촉했다.

"빨리. 서둘러요. 누가 보면 안 될 테니."

"이미 볼 사람은 다 봤을걸요."

"뭐? 그렇습니까?"

"그럼요."

사자친왕은 이마에 손을 얹고서 고개를 설레설레 저었다.

"그렇군. 이미 다 봤군. 그럼 좀 느긋하게 굴어도 되겠지?"

사자친왕은 그렇게 말하더니 정말로 느긋하게 의자로 걸어가 앉았다.

나도 아까까지 누워 있던 침상으로 걸어가 앉으며 물었다.

"전하가 여긴 어떻게 온 거예요?"

"어떻게 오긴. 말 타고 왔지요. 마차를 선호하지만 빨리 와야 해서 별도리가 없었습니다."

"아니, 그게 아니라."

나는 침상에서 일어나 사자친왕 앞으로 가 쪼그리고 앉았다. 사자친왕은 부담스러운 듯 나와 자기 사이에 부채를 펼쳐 끼워 넣었다.

"전하는 지금 폐하 곁에 있어야 하잖아요? 왜 여기 와 있어요?"

"그야 폐하가…… 아. 그렇지."

사자친왕이 갑자기 말을 멈추고 품 안에서 서신을 꺼내 내밀어서, 나는 영문도 모르고 그걸 받아 펼쳤다. 뭐야 이게?

"떡돌이 글씨!"

"폐하께서 전하라 하셨습니다. 폐하께서 천 낭자를 많이 걱정해요."

나는 멍하게 떡돌이가 쓴 글을 하나하나 뜯어보았다. 떡돌이가 일하는 모습을 자주 구경했기에 그의 필체는 바로 알아볼 수 있었다. 필체만 보는데도 그의 목소리가 들려오는 것 같아. 떡돌이…….

"백몽이 저인 걸 알고 있었네요."

"폐하는 낭자가 사내 몸에 들어가는 바람에 찾아오지 않았다고 여기는 눈치였습니다."

내가 천년비라는 건 알았지만 내시라는 것에 속았구나.

하긴. 지금 와서 그게 무슨 소용일까. 그의 글씨만 보아도 이렇게 눈물이 날 것 같은데.

"서신 밑에 궁엄, 밀묘, 운하공, 부특 이런 건 뭐예요?"

"그건 폐하가 쓴 게 아니라 어의가 폐하를 진료하고 쓴 처방문이지요."

그러고 보니 승언이가 어의를 업고 사자친왕 저택에 들어갔지.

서신을 자세히 보니 떡돌이의 말은 중간에 끊어져 있고, 붓이 한 번 미끄러진 듯 옆으로 크게 번져 있다. 떡돌이가 이걸 쓰다 쓰러진 건가 봐.

"폐하는 괜찮아요?"

"보름 정도 요양하면 괜찮을 거라 했으니 염려 말아요."

내가 멍하게 내 손을 바라보자, 사자친왕이 부채를 가져다가 부채질하며 물었다.

"대체 어떻게 된 영문입니까? 듣기론 갑자기 천 소저가 폐하를 공격했다던데."

"타천천이 내 몸에 뭔 짓을 해뒀어요. 폐하와 접촉하면 내 몸은 내 의지와 상관없이 폐하를 죽이려 해요."

사자친왕은 깜짝 놀라 부채질도 멈추고 눈을 커다랗게 떴다.

"정말입니까? 그게 가능한가요?"

나는 손바닥을 쭉 펼쳐 그에게 보여 주었다.

"이 몸은 죽은 몸이거든요."

235

"!"

"한 번 죽은 걸 타천천이 억지로 살려둔 거예요. 강시죠. 그래서 타천천의 명령을 받는 거예요. 타천천이 만든 강시라."

"그럴 수가……. 한번 건드려 봐도 됩니까?"

괜찮다고 하자, 사자친왕은 내 손등이며 손바닥을 콕콕 찔러 보더니 당황해서 말했다.

"이렇게 볼 땐 사람과 별 차이가 없는데요?"

내가 그의 손을 한 번 꽉 잡아주자, 사자친왕은 그제야 신음했다.

"아아. 확실히. 손에 온기가 없군요."

나는 손을 다시 회수했고, 사자친왕은 안타까워하다가 갑자기 옆으로 좀 떨어져 앉았다.

"미안합니다, 천 소저. 혹시 그 '닿으면 죽이려 드는 명령' 같은 게 내게도 통할까 봐요."

"폐하한테만 통하나 봐요."

"통하나 봐요? 소저도 설마 방금 안 겁니까?"

"네."

"근데 내 손을 그렇게 덥석 쥐었다고?"

"괜찮을 거 같았어요."

타천천이 사자친왕에겐 적대적이지 않으니까. 게다가 떡돌이는 무공을 익힌 강한 사람이니 내게 목이 졸리고도 무사한 거지. 사자친왕이 내게 공격을 당했다면 떡돌이보다 더 크게 다쳤을 거다. 사자친왕을 이용하고 싶어 하는 타천천이 그런 모험을 할 리가 없었다.

"저기, 그러면 천 낭자. 폐하와 안 닿고 살면 안 되는 겁니까?"

"안 닿고 살다니요?"

"말 그대로. 접촉해야만 그 무서운 명령이 몸을 지배하는 거라면……."

"타천천한테 항의하니까 그가 그랬어요. 더 심하게 할 수도 있지만 이 정도로 그친 거라고."

"그 말은……."

"타천천 심경이 뒤틀리면 폐하 근처만 가도 효과가 발휘될지 몰라요."

"이거 참. 곤란하군요."

"그자가 폐하 머리카락으로 뭔가를 해뒀다는데. 뭔질 모르겠으니."

내가 한숨을 내쉬자 사자친왕 역시 혀를 찼다.

"낭자를 만나서 데려가겠다고 약조하고 온 건데. 이래서는 데려가기도 참 곤란하군요."

"평생 못 만나고 살지도 몰라요."

그 말을 꺼내는데 코앞에 누가 양파라도 들이댄 것처럼 눈가가 뜨거워졌다. 나는 '양파 깔 때만 운다'는 철칙을 지키기 위해 억지로 눈을 여기저기 움직여 눈가에서 힘을 풀었다.

사자친왕은 그런 내 모습을 혀를 차며 지켜보기만 할 뿐, 무어라 말해주지 못했다. 그 역시 막막하겠지. 이런 것도 처음 볼 테고.

"그럼 이 사자가 이번에도 전서조 역할을 하지요. 천 낭자가 서신을 써 주면 폐하께 가져다드리겠습니다."

"서신은 안 보낼 거예요."

"네?"

"평생 폐하를 못 볼지도 모르는데. 서신을 주고받으면서 슬퍼할 때가 아니잖아요."

"그래도 이렇게 서로 좋아하는데. 헤어지면 너무 아쉽지 않습니까? 이 거야말로 타천천이 원하는 걸 텐데."

"어차피 이렇게 된 이상, 월요랑 계란이를 위해 할 수 있는 걸 여기서 하려고요."

"여기서 하다니요?"

"전에 고궐이 사하비단에 선황제의 서신이 여러 통 감춰져 있다고 했거든요. 게다가 그 편지들. 필체가 전부 제각각이라고 그랬어요."

"!"

"무슨 꿍꿍인지는 몰라도 그걸 찾아서 다 없애버릴 거예요. 울면서 떡돌이한테 편지를 쓸 게 아니에요. 난 일단 타천천을 물 먹이고 떡돌이한테 위협이 될 것들을 치우면서 지낼 거예요."

말을 하고 있자니 눈물이 가시면서 어깨가 쭉 펼쳐졌다. 그래. 여기서 타천천 나쁜 놈이라고 울고불고하는 건 이 악적 천년비가 할 일이 아니지. 감히 나를 제 손바닥에 얹고 주무르려고 한 타변태에게 본때를 보여주어야 한다.

내가 그를 지금껏 그대로 둔 건 그가 어쨌든 한 번은 날 살린 은인이기 때문이지, 그가 강해서가 아니란 걸 보여주어야겠다.

나는 홍 콧김을 뿜고서 사자친왕을 보았다. 이런 사정을 그가 떡돌이에게 잘 말해 달라고 부탁할 셈이었다. 그는 말을 잘하니까.

그런데 뜻밖에도 사자친왕은 손가락을 뻗더니 이렇게 말했다.

"나도 돕지요."

"전하가 돕는다고요?"

뒤통수나 안 때리면 다행이지 않나?

내가 떨떠름하게 처다보자, 사자친왕은 쓸쓸하게 웃으며 말했다.

"내가 원하는 세상을 만들기 위해선 황제 자리가 필요했지요. 하지만 폐하는 나와 가치관이 달라서 절대로 그 세상을 만들 생각이 없다고 했습니다. 그래서 여기까지 왔지만…… 이번 일로 알았습니다. 나는 폐하와 골육상잔을 벌일 수 없습니다."

믿어도 되나? 나는 여전히 떨떠름하게 처다보았지만, 사자친왕은 그리

개의치 않고서 심각하게 중얼거렸다.

"그리고 방금 천 소저 말을 듣고 나니 생각난 게 있습니다."

"생각난 거라니요?"

"전에 타천천이 얘기한 건데. 정말 스쳐 지나가듯 들은 이야기라."

"뭔데요?"

"당시엔 그냥 가정하는 말 정도로 생각했는데. 선황제 폐하의 서신 이야기랑 강시 몸 이야기를 듣고 나니 뭔가……."

"그러니까 그게 뭔데요?"

"그게…… 생각이 안 납니다. 정말 스치듯 들은 거라."

"에?"

실망해서 쳐다보자, 사자친왕은 부채를 챙겨 일어나며 씩 웃었다.

"머리를 쥐어 짜내 보고 내일 알려 드리지요. 일단 늦은 밤이고, 지금 이러고 있어 봐야 생각나지 않으니까요. 내일 봅시다."

그러고서 사자친왕은 밖으로 나갔다. 나는 그가 놓고 간 떡돌이의 서신을 잘 접은 다음 떨어지지 않도록 꼭 품 안에 넣었다.

사자친왕이 뭘 떠올린 건지 모르겠지만, 그게 타천천의 꿍꿍이와 속내를 알아내는 데 도움이 될 수 있으면 좋겠다.

그러면 타천천이 선황제 서신으로 뭘 하려 했든, 완전히 그 야망을 뭉개버릴 수 있잖아?

자신의 방에 돌아온 뒤에도 사자친왕은 방 안을 서성거리면서, 떠오를 듯 말 듯 떠오르지 않는 타천천의 말을 떠올리려 애썼다.

한참을 그런 끝에 마침내 사자친왕은 그 말을 기억해냈다.

'선황제 폐하의 유지가 전하에게도 있었단 걸 사람들이 알게 된다면 어떨까요, 이런 말을 했던 거 같다. 하여튼 이 비슷한 말이었어.'

당시에는 크게 신경 쓰지 않았다. 그냥 사람들이 으레 하듯 '이러이러 했으면 좋았을걸' 하고 과거를 되짚는 말이라 여겼으니까.

그런데 만에 하나라도 그게 단순한 가정이 아니라면? 필체가 여러 개라는 선황제의 서신과 강시를 만드는 능력.

"설마 부황을 부활시키려는 건……?"

말도 안 된다고 생각하면서도 사자친왕은 자기도 모르게 얼른 문을 열었다. 말이 안 되지만, 그런 식으로 따지면 사람 영혼이 강시 몸에 들어가는 것도 말이 안 된다. 혹시 모르니 확인해서 나쁠 건 없었다.

하지만 문을 열고 한 걸음 나서는 순간.

누군가 뒤에서 그의 머리를 내리쳤다.

"!"

사자친왕은 머리를 감싸고 비틀거리며 바닥으로 엎어졌다. 머리가 멍멍하고 귀가 울려서 대체 무슨 일인지 짐작하기 힘들었다.

제정신을 차리기 전 다시 뭔가를 때리는 소리가 났다. 사자친왕은 정신이 없어서, 순간 자기가 또 맞았다고 생각했다. 하지만 지끈거리는 머리에 한 손을 올리고서 보니 두 번째 타격음은 그에게서 난 게 아니었다.

사자친왕은 피가 흐르는 상처를 손으로 막고서 몸을 돌리다가, 두 번째 타격음이 어디서 난 건지 알아차렸다.

그곳에는 복면인 하나를 붙잡고서 세 번째, 네 번째 타격음을 연달아내고 있는 천년비가 있었다.

"전하. 괜찮아요?"

복면인을 제압해 기절시킨 다음 일단 꽁꽁 묶어 옆방에 둔 뒤. 사자친왕을 안아 그의 방으로 들어가며 물었다.

"내가 안긴 겁니까? 지금 내가 들린 거 같은데요……?"

말을 잘하는 걸 보니 일단 제정신이긴 한 거 같았다. 나는 사자친왕을 침상에 눕히고서 그가 상처에서 손을 치우게 했다.

"으."

"많이 다쳤습니까?"

"거울은 안 보는 게 좋겠어요, 전하."

"어떻게 됐길래요?"

"피가 많이 묻어서요."

긴장을 풀어주려 농담한 건데. 더 사색이 되네. 귀하게 자란 도령들은 내 농담을 통 알아먹질 못하는구먼!

나는 물수건을 가져다 그의 이마에 묻은 피를 닦아준 다음, 갈아입을 옷을 주기 위해 옷장을 뒤졌다. 옷장이 텅 비어 있어 건진 건 없었지만.

"급하게 오느라 부채밖에 챙기지 못했습니다."

"옷을 챙겨와야죠."

혀를 차고서 일단 겉옷만 벗으라 했더니, 사자친왕은 괜히 어색하게 겉옷을 벗어 내밀었다. 나는 그걸 받아 의자에 걸어두고서, 그새 사자친왕의 이마에서 또 새어 나오는 피를 닦아주었다.

사자친왕은 그제야 좀 안정이 되는지 침상 등받이에 몸을 기대고 한숨을 내쉬었다.

"방금 그건 뭐였습니까?"

"습격자죠."

"어느 습격자요?"

"사하비단의 습격자겠지요."

"죽였습니까?"

"아니요. 그냥 묶어서 옆에 두기만 했어요."

사자친왕은 걱정스럽게 물었다.

"그래도 됩니까?"

"여기가 사하비단이잖아요. 적진에서 시체 처리도 힘들고. 죽여봐야 오히려 원망만 더 살 걸요."

"자기들이 공격한 건데도요?"

사자친왕은 영 이해가 안 가는 것 같았지만, 암습은 누군가의 이해를 바탕으로 이루어지는 일은 아니다. 나도 정파 새끼들에게 자주 암습을 받았지만, 대부분은 내가 왜 암습을 받는지도 몰랐지.

"소저 덕에 살았습니다."

"암요. 은혜는 꼭 갚아요."

"그러지요. 그런데 대체 어떻게 알고 온 겁니까?"

"전하가 그랬잖아요. 뭔가 떠오를 거 같다고요. 그 말이 신경 쓰여서 왔지요."

"물어보려고요?"

"아니요, 전하 입을 누군가 막으려 할 거 같아서요."

"!"

"전엔 전하가 사하비단 사람이니 공격받지 않을 거라 생각했어요. 그런데 얘기를 들어보니 아직 관련이 많이 없는 거 같더라고요."

"맞습니다. 아직 한패라기엔 애매하죠."

"이런 와중에 전하가 계속 저한테 찾아왔잖아요. 사하비단 쪽에선 의심할 거예요. 변심하는 거 아닌가, 배신하는 거 아닌가, 하고. 그런데 들어보니 전하가 아주 저들에 대해 모르진 않으니까. 공격하려 들지도 모른다고 생각했지요."

사자친왕은 잠시 나를 멍하게 바라보다가 감탄했다.

"소저는 이런 일에만 빠삭하군요?"

이런 일에'만'? 내가 가자미눈을 하고 쳐다보자, 사자친왕은 갑자기 근엄한 표정을 짓고서 입을 열었다.

"어쨌든 소저가 이 몸을 구해줘서 정말 다행입니다. 안 그래도 중요한 게 떠올라서. 내일 소저에게 얘기해주려 했거든요."

누군가 들을 수도 있단 염려 때문인지 사자친왕의 목소리는 급격하게 낮아져 있었다.

"그게 뭔데요?"

나도 덩달아 목소리를 죽이고서 묻자, 사자친왕은 망설이더니 얼굴을 좀 더 가까이 가져다 달라 했다.

떡돌이가 싫어하겠지만…… 어쩔 수 없지. 긴급한 상황이니. 내가 얼굴을 가까이 가져가자, 사자친왕은 내 귀에 대고 이야기를 시작했다.

"어쩌면 부황, 그러니까 선황제 폐하를 부활시키려는 거 아닐까요? 완전히 부활시키든, 원하는 대로 서신 정도를 쓸 만큼만 부활시키든."

"!"

내가 눈을 동그랗게 뜨고 쳐다보자, 사자친왕은 너무 거리가 가까워 부담스러운 듯 뒤로 고개를 조금 뺐다.

나는 멍하게 그를 쳐다보다가 내 허벅지를 주먹으로 두드렸다.

맞아. 그럴 수도 있겠어!

"타천천도 아직 강시를 만들고 조종하는 건 불완전하다 했어요. 뭐가 마음대로 안 되는 거 같았지요. 하지만 불완전하더라도…… 확실히. 잠깐이라도, 서신을 몇 통 쓸 정도로만 깨워도 이용할 수는 있겠네요."

혹시 필체가 각기 다른 그 서신들은 연습용일까? 혹시 전부 다 다른 영혼들이 쓰고 간 서신들일까? 아니면 선황제 폐하의 혼을 다른 몸에…… 젠장. 몰라. 내가 타변태 그놈 머리를 어찌 짐작하겠어?

어쨌든 그것들이 위험하단 건 확실했다. 타천천이 자기 비술을 훔쳐 간 고귈을 방해하거나 잡으려 들지 않았던 것도 이 때문인지도 모른다.

장공주가 선황제보다 먼저 죽었잖아? 그런 장공주가 깨어나서 뭘 얼마나 할 수 있을지 지켜보고 싶다거나, 그런 거.

안 그래도 대신 몇몇은 선황제가 떡돌이에게 보위를 물려줄지 말지를 두고서 마지막까지 신중했단 걸 알고 있다. 그런 대신들 앞에 타천천이 만들어 낸, 내용은 모르겠지만 하여튼 떡돌이에게 불리할 만한 서신들이 여러 통 내밀어진다면 어떻게 될까?

"만일을 대비해서 미리 없애 버려야겠어요."

"타천천을요?"

"서신이랑 시신이요."

사자친왕의 표정이 급격히 어두워졌다.

"좋은 생각이지만 쉽지 않을 겁니다."

그렇겠지. 둘 다 어려운 일일 거다. 왕릉에 묻힌 사람의 시신을 빼내 없애는 것도, 타천천이 꽁꽁 숨겨둔 서신을 찾아 없애는 것도.

"전하. 전하."

"말해보세요."

"여긴 무공 익힌 사람들뿐이잖아요. 여기서 전하가 힘을 발휘하긴 힘들어요. 전하는 약하니까요."

"……물론 제가 약하긴 하지만……."

"그러니 전하가 선황제 폐하 시신을 없애 줘요. 전 여기서 타천천이 숨겨둔 서신을 찾아 없앨게요."

사자친왕은 이마를 짚었다.

"너무 위험하지 않을까요?"

"당연히 위험하겠죠."

하지만 이대로 두었다간 떡돌이가 어떻게 될지 몰라. 떡돌이가 어떻게 되면 계란이에게도 좋지 않겠지.

"전하가 안 된다면 나 혼자서라도 할 거예요."

나는 단호하게 말하고서 일어났다. 사자친왕은 침상을 짚고 나를 따라 일어나더니, 내 옷깃을 잡으면서 말했다.

"그래요. 같이 합시다."

혹시 또 침입자가 올까 봐 걱정되어서 나는 밤새 사자친왕의 침상 곁에 있어 주었다.

다음날 새벽. 마을로 떠나기 위해 밖으로 나설 때는 옆에서 함께 가주기까지 했다.

사자친왕은 긴장을 풀지 못했지만. 어제 습격을 당하고 나니 이곳이 위험하게 여겨지나 보다.

"소저는 여기서 정말 혼자 괜찮겠습니까?"

마을에 들어서면서도 사자친왕은 연신 걱정스럽게 물었다.

"안 되면 소저도 이참에 나와 함께 가지요."

"내가 사하비단 편이 아닌 건 타천천도 아는 걸요, 뭐."

나는 사자친왕을 달래고서 떠나보낸 뒤, 다시 몸을 돌려 사하비단 안으로 홀로 돌아왔다.

생각할 게 많아 일부러 느릿하게 걸었다.

좀 걸으면서 생각하고 싶어서.

'타변태가 서신을 어디에 숨겨두었을까.'

사자친왕도 말을 타고 돌아가면서 내내 천년비와 주고받은 말에 대해 생각했다. 그리고 두 사람이 나누어 맡은 임무에 대해서.

'선황제 폐하의 시신이라…….'

사자친왕은 한숨을 내쉬었다. 위치는 안다. 사실 모르는 사람도 없겠지만. 하지만 선황제의 시신을 없애는 건 절대로 쉽지 않았다. 시신을 꺼내는 것도 일이었고, 흙을 파는 것도 일이었고, 꺼내서 나오는 것도 일이었다. 나와서 처리하는 것 역시 일이다.

'나 혼자 할 수는 없다. 절대로.'

사자친왕은 자신의 수하들을 떠올려 보다가 고개를 저었다. 그들이 나섰다간 흙을 제대로 파기도 전에 걸리지 않을까? 아니, 분명 걸릴 터.

'그렇다고 손을 놓고 있을 수는 없지.'

고민 끝에 사자친왕은 한 사람의 얼굴을 떠올렸다. 바로 월요 황제였다. 월요 황제라면 그가 걱정하는 이 모든 일을 처리해 줄 수 있다. 감시를 늦춰주고, 시신을 빼돌리는 길에 사람들을 치우고, 시신이 사라진 관을 원래대로 순식간에 바꾸고. 문제는…….

'평범하게 말해선 선황제 폐하 시신을 없애야 한단 말을 안 믿을 거란 말이지. 사하비단 이야기를 다 해야 해.'

자신이 사하비단에 흔들린 일까지.

사자친왕은 이마를 짚고 한숨을 내쉬었다.

"마마, 마마."

영빈은 친왕부로 황제의 병문안을 갈 준비를 하다 말고서 옆을 보았다. 그녀의 상궁녀가 씩씩거리는 얼굴로 서 있었다.

"왜 그러지?"

영빈이 묻자, 상궁녀는 곁으로 다가오더니 목소리를 낮추어 말했다.

"천비 마마께서 또 마마를 부르세요."

"난 폐하께 갈 건데."

"저도 그렇게 말씀드렸는데, 그럼 같이 가자고 하세요."

상궁녀는 싫은지 치를 떨며 덧붙였다.

"정말 요즘 너무 이상하시다니까요?"

영빈은 막 귀에 걸려던 귀걸이를 화장대에 세게 내려놓았다.

요즘 들어 천비는 수시로 그녀와 함께 있으려 들었다. 그녀가 어딘가에 가면 쫓아왔고, 그녀가 처소에 있으면 직접 오거나 사람을 보내 자신에게 오게 지시했다.

그 정도가 어찌나 심하던지, 처음에는 '천비 마마께서 마마와 친해지고 싶은가 봐요'라고 좋게좋게 넘기던 궁녀들도 지금은 학을 뗄 정도였다.

영빈은 지끈거리는 관자놀이를 눌렀다. 그뿐만 아니었다. 지금의 천비는 자신이 영빈의 친모인 해운잠이라고 주장했다. 말하는 거나 행동하는 것을 보면 꽤 흡사하긴 했다. 진짜 같다고 결국 인정할 만큼.

하지만 어쨌든 천비의 모습 아닌가. 영빈은 그녀가 자신을 불러서 이런 저런 이야기를 하면 좋은 게 아니라 괴로웠다.

문안을 갔을 때 태후가 건강을 잘 챙겨야 한다며 천비를 유독 챙기자 태후에게 달라붙는 걸 볼 때는 그쪽을 쳐다볼 수도 없었다.

"정말 왜 갑자기 그리 귀찮게 구시는지 모르겠어요. 자기랑 친한 후궁들하고는 안 놀면서."

"그만하거라. 가자."

영빈은 결국 귀걸이를 내려놓고 일어섰다. 하지만 마차를 타고 친왕부에 가 황제를 만났을 때. 해운잠이 황제 옆으로 가 꼭 붙으면서 무어라 속삭이는 걸 보자 영빈은 더 소름이 돋았다.

해운잠은 거기서 멈추지 않고, 영빈을 곁으로 불러 황제에게 떠밀기까지 했다.

"영빈. 폐하 곁에서 간호하거라."

영빈은 표정 관리를 하며 억지로 있다가, 바람을 쐬러 나간다며 천비를 이끌고 밖으로 나가 아무도 대화를 듣지 못할 곳에 가서 화를 냈다.

"대체 뭘 하시는 건가요!"

"너야말로 뭘 하는 거냐. 수를 써서 폐하 옆에 있을 수 있도록 밀어주면 폐하 마음을 차지하려 애써야지. 거기서 석상처럼 있으면 대체 어떻게 총애를 받겠단 거야!"

"총애요?"

"넌 기회도 못 잡는 바보로구나. 내가 나 좋으라고 이러겠니?"

영빈은 더 참지 못하고 폭발하고 말았다.

"어머니가 어떤 의도로 이러시든, 전 어머니와 같은 남편을 두고 있단 상황만으로도 소름이 끼쳐요!"

"내가 네 남편과 잠자리를 하니 뭘 하니. 아무것도 하지 않았다. 입조차 맞추지 않았어. 난 그저 널 황제 옆에 붙이고 싶을 뿐이란다. 그런데도 넌 날 시기하는구나. 내가 몸 편하게 지내는 게 싫어서 그러니? 우리는 사이 좋은 모녀가 아니었어?"

"사이 좋은 모녀였으니까 더 이 상황이 소름 돋는 걸 정말 모르시겠어

요? 어머니가 편하게 지내는 게 싫은 게 아니라, 어머니와 이런 관계로 있
는 게 싫은 거라고요! 어머니가 차라리 천소여가 아니라 다른 사람 몸을
뺏었다면 내가 이러겠어요? 놀라도 어머니를 도왔을 거예요!"

둘은 계속해서 말다툼을 했으나 결국 서로를 이해하지 못한 채 헤어졌
다. 해운잠이 먼저 안으로 돌아가자, 그 뒷모습을 보고 있던 영빈이 이마
를 짚었다.

'언니에게 상담해야겠어.'

영빈은 마음을 먹자마자 자신의 측근 궁녀에게 심부름을 시켰다.

"연비 언니에게 가서 내가 긴히 의논할 말이 있다고 해."

"네, 마마."

영빈은 잘 정돈된 손톱을 씹으며 궁녀가 돌아오기를 초조하게 기다렸
다. 시간 흘러가는 속도가 너무 느리게 느껴졌다.

다행히 차 한 잔이 식기 전에 측근 궁녀가 돌아와 알렸다.

"마마, 연비 마마께서 와도 좋다고 하세요."

영빈은 고개를 끄덕이고서 얼른 일어나서 밖으로 나갔다. 하지만 막상
연비를, 동경하는 얼굴을 마주하고 앉자 영빈은 '이래도 되나?' 하는 불안
이 치솟았다.

연비는 잔잔하게 흐르는 물결처럼 보이지만 사실은 대단한 지략가였
다. 이 궁궐에서 그녀가 평온하게 지내는 것처럼 보인단 건, 오히려 그녀
의 대단함을 방증하는 거였다.

그리고 연비는 해운잠을 좋아하지 않았다. 천소여처럼 대놓고 불만을
보이진 않았으나, 영빈은 늘 연비 옆에 붙어 있기에 잘 알았다.

그런 연비에게 해운잠이 천소여 몸을 차지했다 밝히면 어떻게 될까? 연비는 천소여에게 천소여 몸을 되찾아주려 할 것이다.

거기까진 영빈도 동의했다. 하지만 그 과정에서 연비가 해운잠을 무사히 빼내줄까?

이미 장사 지낸 해운잠의 몸이 되살아날 수 있는지는 모르겠지만, 영빈은 그래도 최대한 해운잠을 구할 방도도 찾을 것이다.

하지만 연비는 그렇게 해줄까? 연비는 해운잠은 신경을 끄고 천소여만 챙기지 않을까?

"우여야?"

할 말이 있다며 찾아온 영빈이 맞은편에 앉아 멍하게 자신을 쳐다보기만 하자, 연비가 차분한 목소리로 물었다.

영빈은 눈을 내리깔고서 입술을 악물었다.

'아니야…… 지금 당장 말할 게 아니야. 어머니를 천소여 몸에서 나오게 해야 하는 건 맞지만 그대로 돌아가시게 둘 수는 없어.'

"우여?"

연비의 목소리가 조금 더 낮고 그윽해졌다. 영빈의 태도에 무언가 의구심을 느낀 게 분명했다.

영빈은 얼른 고개를 들고 웃으면서 입꼬리를 위로 올렸다.

"아아, 폐하 몸 상태 말이야, 언니. 그 얘기를 좀 하려고."

'일단 방법을 먼저 찾아보자. 언니에게 도움을 청하는 건 그다음에.'

이후 영빈은 황제의 갑작스러운 낙마에 대해 계속 떠들다가 배가 고프다며 돌아갔다.

연비는 영빈이 떠나고 나자 탁자에 턱을 괴고서, 그녀가 돌아가는 모습을 창밖으로 지켜보며 눈을 가늘게 떴다.

"수상한데……."

진실을 털어놓는 문제로 고민하는 이는 영빈뿐만이 아니었다.

'이를 어쩐다.'

마차를 타고 자신의 저택으로 돌아가는 내내 사자친왕 역시도 시름시름 고민에 잠겼다.

영빈이 해운잠의 목숨이 달려 있어서 고민에 잠겼다면, 사자친왕은 자신의 목숨 때문에 고민하는 거였다.

비록 사자친왕이 마음을 돌려먹고 진실을 털어놓더라도, 월요 황제 입장에선 배신감을 느낄 일 아닌가. 한때나마 배신을 진지하게 고민한 거니까. 최악의 경우에는 황제가 사자친왕을 불안하게 여겨 후환을 제거하려 들 수도 있었다.

'그렇게 되면 좀 후회될지도.'

고민거리가 깊다 보니 이동 시간이 유난히 짧게 여겨진다. 눈 깜짝할 새 마차가 친왕부 안에 도착한 걸 알아차린 사자친왕은 마차 벽에 머리를 콩 콩 박으면서 앓았다.

"벌써 도착하였는가…… 좀 더 돌아가선 안 됐던 건가……."

"예? 전하, 한 바퀴 더 돌고 올까요?"

애꿎은 마부만 문을 열어주다가 그 소리에 놀라 물었다.

"아니. 되었다. 그냥 한 말이니."

사자친왕은 손을 젓고서, 오는 길에 고용한 마부에게 품삯을 넉넉히 챙겨준 다음, 옷매무새를 정돈하고 황제가 있을 자신의 방으로 걸어갔다.

'아직 마음의 정리가 안 끝났지만 어쩔 수 없지. 부딪히는 수밖에.'

"전하, 오셨습니까?"

방 앞으로 가자, 마침 차를 들고 안으로 들어가려던 오원요가 사자친왕에게 인사를 걸어왔다. 그러면서 기대에 찬 눈으로 사자친왕을 보는 걸 보니, 천년비와 연락이 되었나 궁금한가 보다.

"폐하께선? 계시는가?"

사자친왕은 사람들 눈을 의식해 우선 이렇게만 물었다. 오원요는 잠시 기다리라며 안으로 들어가더니, 얼마 지나지 않아 밖으로 나왔다.

"들어가시지요."

사자친왕은 오원요를 따라 익숙한 방 안으로 들어갔다. 월요는 여전히 침상에 몸을 기대고 있었지만 안색은 이전보다 훨씬 나아져 있었다.

"그래도 제법 회복이 되신 듯해 다행입니다, 폐하."

"오원요와 승언이 절대로 목을 못 움직이게 말렸댔거든. 짐이 조금만 몸을 틀어도 난리가 났지."

월요도 사자친왕을 보자 아까의 오원요와 비슷한 표정으로 물었다.

"반숙이는? 찾았느냐?"

"안 그래도 그 일로 드릴 말씀이 있습니다, 폐하."

월요는 기대하는 얼굴로 사자친왕을 보다가, 그가 작은 목소리로 심각하게 말하자 승언에게 눈짓을 보냈다. 주위 사람들을 모두 물리게 한 것이다.

사람들을 물렸다고는 해도 그림자 몇몇은 곁에 남아 있을 테지만, 사자친왕도 그들까지 물릴 수는 없단 걸 알았다. 그는 근처에 의자를 가져다 두고 앉아 심각하게 이야기를 시작했다.

"천빈 마마를 찾았는지 아닌지를 두고 말씀드린다면…… 찾았습니다."

사자친왕의 말에 월요의 얼굴이 대번에 환해졌다. 하지만 사자친왕은 거기에 휩쓸리는 대신 단호하게 덧붙였다.

"그렇지만 천빈 마마는 당장 폐하께 돌아올 마음이 없다고 하십니다."

"!"

월요의 환한 표정이 대번에 돌처럼 굳었다.

그 뚜렷한 표정 변화에 사자친왕은 더욱 긴장되었다. 앞으로 해야 할 이야기는 더더욱 엄청난데. 이를 어쩔까…….

"그게 무슨 소리냐. 당장 돌아올 마음이 없다니?"

"천빈 마마가 폐하를 습격한 건 예상대로 본의가 아니었습니다. 천빈 마마의 '몸'에 명령이 내려져 있기 때문이었지요."

"몸에 명령?"

"천빈 마마의 지금 몸은…… 산 자의 몸이 아니니까요."

"!"

"천빈 마마는 폐하와 닿으면 폐하를 습격하게 됩니다. 여기엔 천빈 마마 의지가 없습니다. 천빈 마마는 연모하는 폐하를 눈 뜨고 공격해야 한단 겁니다."

"그러면 안 닿으면 되지 않느냐."

"지금은 '닿으면 습격하라'는 명령이 주입된 것 같은데요. 더 심한 명령도 가능하다고 합니다, 폐하. '근처에만 가도 습격하라' 같은 걸로요."

월요의 표정이 눈에 띄게 서늘해졌다.

"그 명령을 내린 건 타천천이겠지?"

"예. 이런 상황이라 천빈 마마는 당장 돌아올 수 없다고 하십니다."

천빈이 돌아와 황제를 습격하는 것도, 그런 천빈을 황제 시해범이라 잡는 것도 싫었던 승언은 차라리 안도했다.

사랑하는 연인이 떨어져 지내야 하는 건 슬프지만 중요한 건 서로가 무사한 게 아닐까. 승언은 이렇게 생각했다.

하지만 월요는 납득할 수 없단 얼굴이었다. 문제는 그 역시 당장 해결 방안은 없단 거였다.

천빈과 잠깐이라도 붙어보지 않았더라면 그래도 괜찮으니 데려오라고 할 텐데.

짧은 시간 겨루어 보았을 뿐이지만 천빈의 힘과 속도는 어마어마했다.

"그러면 서신은?"

"마마께서는 서신을 쓰는 대신, 타천천이 꾸미는 꿍꿍이를 내부에서 막겠다 했습니다."

"타천천이 꾸미는 꿍꿍이?"

"정확히 뭘 원하는진 모르겠지만, 타천천은 선황제 폐하의 서신을 여러 통 가지고 있는 것 같았습니다. 진짜 서신인지 가짜 서신인진 모르겠습니다. 저도 실제로 본 건 아니고, 이야기만 들은 거라서요."

"타천천이 아바마마의 서신을 가지고 있다고?"

월요가 눈을 휘둥그렇게 뜨고 물었다.

사자친왕은 마른침을 삼켰다. 앞으로 더 무거운 이야기를 해야 할 건데. 벌써부터 저렇게 대경실색하다니. 긴장감에 발바닥이 다 간지러울 지경이었다.

"천빈 마마께서는 그 서신을 찾아 전부 없앨 거라 하셨습니다. 그리고 타천천은 강시술과 혼령술을 쓸 줄 아니, 선황제 폐하의 시신도 없애야 한다 했지요."

선황제의 시신을 없앴단 소리에 오원요는 너무 놀라 엉덩방아를 찧을 뻔했고, 승언은 입 밖으로 탄식하는 소리를 냈다.

감히 선황제의 시신을 '없앤다'고 말하다니. 다른 대신들이라면 절대로 입 밖으로 꺼낼 수 없는 말이었다.

"타천천이 부황의 시신을 누이처럼 이용할 수 있단 건가?"

"아마도요."

이마를 구기고 심각하게 고민하던 월요는 잠시 뒤. 고개를 기울이더니 사자친왕을 보며 물었다.

"그런데 사자. 그대는 이런 이야기들을 어떻게 잘 알지?"

사자친왕은 냥빈 이야기를 황제에게 들려줄 때만 해도, 그 안에 천년비의 영혼이 있단 걸 몰랐다. 그런데 짧은 시간 안에 너무 많은 것들을 알고 알려주러 하자, 월요는 사자친왕도 의심스럽게 여겨지기 시작했다.

이렇게 말이 나올 줄 짐작하고 있었기에, 사자친왕은 무릎을 꿇었다.

"사자?"

놀란 월요가 불렀으나, 그는 무릎을 펴는 대신 천천히 입을 열었다.

"이제 천빈 마마에 대한 이야기가 끝났으니…… 신에 대해 이야기할 때입니다, 폐하."

"?"

"신이 사하비단에 대해 잘 아는 건, 한때 그들이 접근하는 걸 내치지 않았기 때문입니다."

"……."

"신이 사하비단에 있는 천빈 마마를 발견한 건, 신도 그들의 근거지에 간 적이 있기 때문입니다."

"……."

"신이 사하비단 수장의 야심을 없앨 방도를 폐하께 말씀드리는 건……."

"이제 와 마음을 바꾸었다?"

월요의 목소리가 순식간에 냉랭해졌다. 그 서늘한 목소리는 상상한 이상으로 더 차가워서, 사자친왕은 말없이 고개를 끄덕였다.

'찾기 어렵네.'

며칠을 뒤지고 다녔는데 못 찾다니! 나는 지붕 위에 늘어지듯 누워 한숨을 토했다.

사자친왕을 내보내 준 뒤. 타천천은 날 찾아오더니 이사를 가야 한다고 말했다. '왜 가야 하냐'고 물었더니 '알잖아, 녕녕'이라고 대답했지. 그는 사자친왕이 결국 황제를 편들리란 걸 아는 것 같았다.

다행히 그자는 아는 게 많이 없어, 녕녕.

너무 신중하게 굴기에 많은 걸 알려주지 않았거든.

계속 설득만 하고 있었지. 하지만 위치는 아니까.

이렇게 말했던가. 사자친왕 말대로 아직 그는 사하비단과 깊숙이 연이 닿은 건 아닌 듯했어. 이걸 월요가 받아들여 줄지는 모르겠지만…….

여하간 그 덕에 이틀 동안 짐을 싸서 바로 이사를 했고, 나는 이사하기 전에도 후에도 계속 선황제의 서신을 찾아다녔으나 효과를 보지 못했다.

타천천을 습격해서 협박해 볼까, 하는 생각도 했고 실천도 했지만 소용없었다.

멱살 잡는 것까진 어찌어찌 되던데. 그를 실제로 해코지하려고 생각하자마자 몸이 타천천의 앞에서 돌처럼 굳어버린 탓이었다.

타천천은 내가 강시처럼 두 팔을 쭉 내밀고서 굳어 있자 낄낄 웃으면서 놀려댔다.

"녕녕, 설마 내가 안 그래도 강한 널 더 강하게 만들면서 아무 제약도 안 뒀을 거라 여겼어?"

젠장. 여겼지. 멱살 잡는 데 문제가 없었으니까 괜찮을 거라 여겼다고!

"이를 어쩐다……."

이렇게 된 이상 사자친왕 쪽이라도 일을 잘 해결해주어야 할 텐데. 최소한 선황제 시신이 없으면 선황제를 강시로 깨우진 못할 거 아냐.

아니, 아니야. 선황제 시신이 없어도 그놈이 서신에 뭔 짓을 했을지 몰라. 서신도 없애야 한다.

그때였다. 커다란 나무 위에서 내 옆자리로 타천천이 눈처럼 내려앉더니, 웃음 섞인 목소리로 제안했다.

"원하는 게 있는데 못 찾겠어, 녕녕? 그럼 내가 좋은 방법을 알려줄까?"

"뭐야 꺼져."

"날 이용해."

"!"

저게 무슨 말이야? 자기를 이용하라니? 내가 의심스러워하는 시선으로 쳐다보자, 타천천이 의뭉스럽게 웃었다. 설명은 하지 않는다.

직접 알아보라 이건가. 좋아. 그럼…….

"나한테 건 제약을 풀어줘."

"날 이용하라니까, 녕녕?"

"그러니까. 협박할 테니 제약을 풀어줘. 말만 이용하라 하지 말고."

타천천은 내 말에 미간을 구긴 채 입꼬리만 올렸다.

"녕녕, 내 말 못 알아듣는구나."

"협박하란 뜻 아니야?"

"그래도 두 번이나 연애한 거 같은데. 대체 어찌했을꼬…….'

타천천은 갑자기 영감님처럼 말하면서 고개를 설레설레 저었다.

나를 바보처럼 여기는 태도였다. 이게 아주 내 몸에 제약 걸어놓고 신이 났구나.

화가 나서 눈을 가늘게 뜨고 쳐다보자, 타천천은 곰곰이 생각하다가 바꿔서 다시 제안했다.

"녕녕, 나랑 같이 밥 먹자."

늘 먹던 밥을 왜 갑자기 저렇게 새롭게 말하나 했더니. 타천천은 나를 주방에 앉혀 두고서, 앞에서 뜬금없이 요리하기 시작했다.

무를 자르고 양파를 가다듬고 파를 썰고 고기를 다지는 등 아주 바쁘게 움직이는 모습은 꽤 요리에 능숙해 보였다.

팔짱을 끼고 그 모습을 감독관처럼 바라보고 있기를 한참. 문득 내가 뭘 하는 건가 싶어 한숨이 나온다.

"널 이용하라더니. 요리사로 쓰란 거였어?"

"그게 네 속도면 네 속도에 맞춰 갈게, 넝녕."

"내 속도라니?"

"굼벵이 속도."

"!"

이 자식이? 왜 아까부터 미묘하게 시비인 거야?

내가 화가 난 걸 드러내기 위해 인상을 구겼으나, 타천천이 내 쪽을 쳐다보지 않으니 쓸모가 없다.

결국 구겼던 표정을 풀고서 계속 거기 머물기를 한참. 마침내 타천천이 요리를 마치더니, 이거 보라며 내 눈앞에 접시를 내밀었다.

나는 코웃음을 치고서 접시를 받아들었다.

"흥. 나한테 이런 걸 내밀면 내가 자존심을 부리느라 막 뿌리치고 접시 던지고 할 줄 아나 본데. 나는 그러지 않아. 네가 그런 걸 기대한다면 나는 반대로 행동해주겠다!"

"딱히 그런 걸 기대하진 않았는데."

"아니. 난 네 속내를 꿰뚫어 보고 있어."

"제발 그러길 바라, 넝녕."

자꾸 시비를 거는 그에게 차갑고 냉랭한 미소를 지어 보이고서, 손을 내밀었다.

"손은 왜?"

"젓가락."

"너 참. 이것저것 잘 요구하는구나."

타천천이 젓가락을 건네준다.

나는 다시 한번 훙 코웃음을 치고서, 젓가락으로 야채와 고기를 볶아 만든 이름 모를 음식을 집어 입에 가져갔다.

"!"

"어때? 맛있어?"

"뭐야 이 담백하고 알짝지근하면서도 혀에 착착 달라붙는 음식은?"

젓가락질을 빨리하자 타천천은 흐뭇하게 웃었다.

"마음에 드는구나."

"젠장. 그럴 리가!"

하지만 단호하게 부정한 것과 달리 젓가락질이 멈추지 않는다.

세상에. 이렇게 요리를 잘할 수가 있나. 얘는 이 실력을 갖추고서 왜 혼령술을 쓰고 있지?

나 같으면 혼령술이든 강시술이든 무공이든 전부 다 때려치우고 당장 요리사가 될 거다. 이 실력이면 얼마 안 가 요리 실력으로 천하를 제패할 수도 있다.

얘는 길을 잘못 선택했어!

"하하, 녕녕. 맛있나 보네."

"젠장! 넌 이렇게 요리를 잘하면서 왜 이런 이상한 짓이나 하는 거야?"

"난 네가 좋아하는 요리밖에 못 해, 녕녕."

"뭐?"

"네가 뭘 가장 좋아하는지 다 알거든."

뭐야…… 이 변태. 왜 내 맞춤형 변태가 된 것처럼 구는 거야?

빈 접시를 든 채 인상을 구기고 쏘아보자, 타천천은 픽 웃고서 접시를 가져갔다.

"이렇게까지 하는데도 내가 널 좋아한다는 사실을 부정하는 이유를 모르겠다, 넝넝."

"양심이 있으면 모를 리 없을 텐데."

"양심이 없어서 모르겠어 넝넝."

"그럼 평생 모르고 살아."

아니, 거기서 그렇게 '평생 모르고 살아!'라고 외치고 나올 게 아니었구나. 밖으로 나와 산책이라도 할 겸 돌아다니고 있자니 내가 한 섣부른 행동에 후회가 든다.

좀 더 말을 해서 캐내야 했어. 하지만 타천천이랑 대화하다 보면 모든 결론이 '난 널 좋아해 넝넝'으로 끝나버려서…….

어쨌든 배를 채웠으니 다시 힘을 내서 선황제 서신을 찾아다니자. 분명 어디 먼데다 감춰두진 않았을 거야. 고궐이 그랬잖아. 사하비단 안에서 봤다고.

어? 어…… 맞아. 고궐. 고궐은 이렇게 꽁꽁 감춰진 서신을 대체 어떻게 찾아낸 걸까?

고궐이 나보다 더 머리가 좋아서 찾아냈을 리는 없다고 생각한다. 그렇게 믿고 싶다. 고궐도 나와 같은 악적이니 공부할 시간이 없었을 거야.

그러면 나와 머리 수준은 비슷할 텐데. 대체 고궐은 무슨 수로 선황제 서신도 찾아내고 혼령술 비법도 찾아냈지?

고귈이 뭐라 했더라. 머리. 머리. 머리. 기능을 발휘해 봐. 머리!

사하비단에서 혼령술 비법을 훔쳐내려 할 때,
거기서 선황제의 서신을 보았습니다.

머리가 기능을 발휘했다. 어렴풋이 그가 한 말이 떠올랐다. 맞아. 고귈
은 분명 혼령술 비법을 훔쳐내려다가 선황제의 서신을 보았다고 했어. 그
럼 선황제의 서신은 혼령술 비법을 감춰둔 곳에 있단 건가!

'나 천재!'

순식간에 진도가 확 나가자 저절로 허공으로 주먹이 나간다. 기뻐서
왜가리 춤까지 추다가, 아예 나무 위로 올라가 수풀 사이에 자리를 잡고
앉았다.

거기서 다시 머리를 굴리기 시작했다. 좋아. 그러면 혼령술 비법을 찾
자. 그럼 혼령술 비법은…….

'어디 있지?'

"……."

젠장! 다시 원점이잖아?

급격하게 찾아오던 기쁨은 급격하게 빠져나간다. 나는 한숨을 내쉬고
서 멍하게 나뭇잎 사이로 수풀을 쳐다보았다.

'떡돌아. 네 머리를 좀 빌려줘봐. 어떻게 해야 할까.'

그러고서 떡돌이한테 마음으로 말을 걸었는데.

효과가 있던 걸까. 실제로 좋은 생각이 떠올랐다.

'고귈한테 물어보자!'

그런데 고귈은 어디 있지?

사자친왕이 한 시진을 계속 앉아 있자, 이를 지켜보는 오원요와 승언의 표정도 덩달아 어두워졌다.

월요가 무릎을 꿇으라 한 건 아니지만, 무릎을 꿇은 상대에게 눈길도 주지 않고 있다. 이 상황에서 사자친왕이 혼자 일어서긴 힘들 것이다.

월요는 사자친왕 쪽을 쳐다도 보지 않고 있다가, 한 시진이 지났음을 알리는 소리가 밖에서 들려오자 그제야 입을 열었다.

"일어나라."

사자친왕은 어두운 얼굴로 천천히 몸을 일으켰으나, 다리에 피가 통하지 않는지 비틀거렸다. 평소라면 오원요나 승언이 붙잡아주려 하겠지만, 오늘은 그 둘도 사자친왕을 부축해주지 않았다.

'이거 참. 내 집에서 아주 냉대받고 있군.'

사자친왕은 씁쓸하게 웃었으나 어쩔 수 없는 일이었다. 지금 월요는 큰 배신감에 잠겨 있을 것이다. 이복형제자매 중 유일하게 가까웠던 게 사자친왕이니까.

그런 사자친왕이 한때 나쁜 마음을 먹었다고 하니, 그것만으로도 충격일 터인데. 사실 그것도 이쪽 입장이지 않은가. 월요 입장에서는 사자친왕이 진심으로 고백하는 건지 아닌지도 믿기 어려울 것이었다.

"사자. 네가 안 좋은 생각을 했단 건 알고 있었다."

그러나 월요의 이 말은 사자친왕도 예상하지 못한 말이었다.

사자친왕은 놀라서 월요를 쳐다보았다. 이미 알고 있었다고?

"설마 사하비단과 손을 잡았을 줄은 몰랐지만."

"폐하……."

"생각에서 그치지 않고, 이리 구체적으로 행동까지 했을 줄도 몰랐고."

딱히 행동이라 할만한 걸 한 적은 없지만, 이 와중에 그 말을 할 수 없었던 사자친왕은 그저 입을 다물 뿐이었다.

"왜 그랬지?"

"송구하옵니다."

"송구하단 말보단, 왜 그랬는지 이유라도 듣고 싶은데. 짐이 널 박하게 대한 적이 있던가?"

"……폐하의 문제가 아니라, 저의 문제입니다."

"그런 거라면 더 실망이군."

사자친왕은 힘없이 입꼬리를 올리며 말했다.

"전에 폐하와 신이 나눈 서출과 적출에 대한 대화를 떠올리시면, 신의 사상이 폐하와 많이 다르단 게 기억나실 겁니다."

월요는 화가 나서 '고작 생각이 다르단 이유로 날 배신하려 했다고?'라고 말하려다가, 그 말은 하지 않는 게 좋을 거란 생각에 입을 다물었다.

그에게는 사자친왕과 자신의 우정이 가치관보다 더 소중하다고 생각되지만, 사자친왕은 또 다를 수도 있긴 하니까.

"어쨌든 알려줘서 고맙군. 하지만 당분간은 얼굴을 안 보고 싶다."

냉랭하게 선을 긋는 말에 사자친왕은 군말 없이 인사를 하고 밖으로 나갔다.

월요는 한숨을 내뱉고서 벽에 유달리 무겁게 여겨지는 머리를 가져다 대었다. 여러 가지로 마음이 복잡했다.

천년비는 돌아오지 않는다 그리고, 그가 이복형제들 중 유일하게 진짜 형제로 여겼던 사자친왕은 그를 배신할까 생각했다 하고. 사하비단은 황제의 시신을 노릴지도 모른다고 하고…….

"폐하. 어찌하실 겁니까?"

오원요는 그런 황제의 표정을 지켜보다가 조심스레 물었다.

월요는 고개를 가로저었다.

승언이 무뚝뚝하게 말했다.

"폐하. 이것도 함정일 수 있습니다. 선황제 폐하의 시신을 파내는 일은 절대 쉬운 일이 아닙니다. 자칫 잘못하다가 누군가 알게 된다면, 순식간에 폐하의 명성이 더러워집니다."

승언의 말도 옳았다. 잘 묻혀 있는 선황제 시신을 꺼내 화장한다면, 대신들은 그를 패륜이라 몰아갈 수도 있었다.

"신도 염려됩니다, 폐하. 사자친왕께서 천빈 마마 서신을 따로 가져온 것도 아니니까요. 천빈 마마께서 정말 시키신 일인지 아닌지도 결국 모르지 않습니까."

"그렇지."

월요는 골치 아픈 이마를 감쌌다. 목에 생겼던 손자국은 거의 없어졌으나, 생각 없이 이마를 누르자 아직도 목이 욱신거렸다.

하지만 선택을 하긴 해야 했다. 이건 천년비를 믿느냐 마느냐가 아니었다. 사자친왕을 믿느냐 마느냐의 문제였다.

'천년비는 나타났다가 그대로 사라져버린 건가.'

개운호는 새벽녘 홀로 호숫가를 거닐며 생각했다.

갑자기 나타나더니 갑자기 사라져버린 천년비. 사하비단과 손을 잡은 후 여기저기서 사고를 치고 다니더니, 요즘은 그런 행동도 하지 않는다.

개원 역시도 갑자기 연락이 끊긴 지 오래.

'대체 다들 어떻게 되어가는 건지.'

예전에는 형이 늘 생각만 많고 갑갑하게 군다고 생각했는데, 어느새 자신도 형처럼 변해가고 있단 생각에, 개운호는 괜히 기분이 나빠졌다.

그때. 누군가 나룻배 위에서 그를 향해 물을 끼얹었다.

"누구냐."

화가 난 개운호는 얼른 경공으로 배 위로 내려앉았다. 그러고서 물을 끼얹은 이의 삿갓을 들치자, 뜻밖에도 천년비의 얼굴이 나타났다.

"너……?"

"나한테 은혜 갚는다 했지."

개운호는 잠시 당황했다.

"내가 그런 말을 했던가?"

"했잖아. 내가 당과 사 먹는 데 찾아와서."

"지켜주겠다 한 거 같은데. 왜 말이 그렇게 바뀐 거지?"

"지켜줄 필요 없다. 넌 나보다 약하니까. 대신 심부름이나 하나 해줘."

저 제멋대로인 악적 같으니라고. 개운호는 황당해서 입을 벌리고 쳐다보다가, 한숨을 쉬고서 물었다.

"그래. 무슨 심부름?"

"용화노 좀 찾아줘."

"초화야. 금해를 데려오거라."

몇 시진 동안 책을 덮고 생각에 잠겨 있던 연비가 지시를 내렸다. 금해는 영빈의 아래에서 일하는 궁녀로, 실은 연비가 해운잠을 경계하기 위해 심어 놓은 인물이었다.

"네, 마마."

초화는 조금도 주저하지 않고 금해를 데리러 갔다. 잠시 뒤, 금해가 주위 눈치를 보며 옆문으로 초화와 함께 나타났다.

"부르셨는지요, 마마."

도착한 금해는 빠르게 인사를 올리고 의아한 눈으로 연비를 보았다.

"무슨 일로 부르셨습니까?"

해운잠이 죽은 후. 연비는 그녀를 단 한 번도 부르지 않았다. 계속해서 돈을 보내오기에 '아직 내가 쓸데가 있구나' 생각은 했지만. 그런 상황이기에 오늘은 연비가 무슨 일로 부른 건지 짐작 가지 않았다.

"최근 우여에게 이상한 일이 없느냐? 고민하는 일이라거나."

첩자라고는 해도 연비가 그녀를 부르는 건 해운잠이 다녀갔을 때 일일 뿐이기에, 금해는 처음 듣는 질문에 당황해 눈을 굴렸다.

"그게…… 잘 모르겠습니다, 마마."

영빈은 해운잠이 죽은 후 시무룩해 있다가 지금은 좀 날카로워졌다. 하지만 그게 이상하다고 말할 정도는 아니었다.

말을 하고 나니 혹시 일부러 대답을 회피한단 오해를 살까 봐, 금해는 슬금슬금 연비의 눈치를 살폈다.

"그렇군. 그럼 질문을 바꾸지."

다행히 연비는 표정 변화 없이 말을 이었다.

"네, 네, 마마."

"영빈과 천비 사이를 떠올려보아라."

그 말에는 연비의 궁녀와 상궁도 어리둥절해졌다.

영빈이 다녀간 후 며칠간 연비가 고민에 잠기긴 했지만, 여기서 난데없이 천비는 왜 나온단 말인가?

"천비 마마요?"

금해도 당황해서 되묻다가, 황급히 고개를 숙이고 중얼거리더니 "아 아! 네. 뭐가 있어요." 하고 대답했다.

"전에 영빈 마마께서 천비 마마께 존댓말 쓰는 걸 보았습니다. 이상해서 자세히 들어보려 했는데, 그땐 다시 원래대로 말씀하고 계셨지요."

초화가 차갑게 물었다.

"잘못 들은 건 아니고?"

금해는 서둘러 손을 저었다.

"그럴 리가요. 똑똑히 들었습니다. 천비 마마가 아기씨를 낳고 더 귀한 몸이 될까 봐 미리 저러시나, 하고 옆에 다른 궁녀와 이야기도 나눈걸요."

"그래. 수고했다."

연비가 고갯짓하자 초화가 얼른 돈을 꺼내 금해에게 건넸다.

금해가 인사하고 물러나자 연비는 다시 자신의 방으로 돌아가, 책상 앞에 앉아 책을 펼치지도 않고서 표지만 빤히 쳐다보았다.

"왜 그러십니까, 마마?"

그 태도가 영 이상해서 초화가 묻자, 연비가 자신의 입술을 만지작거리며 말했다.

"천비는 갑자기 날 멀리하고 영빈을 쫓아다니기 시작했지. 그런데 영빈은 천비에게 갑자기 존댓말을 사용하고, 무언가 고민이 있어 보여. 그 세 가지가 뭘 의미할까."

"그냥…… 아무 의미도 없지 않을까요?"

사자친왕이 다녀간 지 며칠.

고민하던 월요는 드디어 결정을 내렸다. 그를 믿기로.

"오원요. 승언. 일정을 변경해 부황의 시신을 몰래 꺼낸 다음, 화장하고 다시 묻도록 해라."

"폐하!"

오원요가 놀라서 월요를 쳐다보았다.

이는 보통 일이 아니었다. 조금이라도 일이 어긋났다가는 월요의 인망이 완전히 무너질지도 모를 일이었다.

사람들은 직접 눈으로 본 게 아닌 이상 강시니 혼령이니 하는 걸 믿지 않을 터. 사정을 설명할 수도 없었다. 다들 황제가 미쳤다고 할 테니.

"마음이 아프지만 사자친왕의 말이 정말이라면 이러는 수밖에 없다."

월요는 눈을 감았다.

아직도 사자친왕이 그를 배신할까 생각했다는 건 충격이지만, 그는 사람은 충동처럼 악한 생각이나 나쁜 생각을 하기도 할 거라 생각했다.

그 역시 싫은 사람을 볼 때면 필요 이상으로 화풀이를 하고 싶기도 했으니까.

하지만 중요한 건 사자친왕이 생각을 최후까진 실천하지 않았단 점이었다. 사자친왕은 먼저 마음을 돌렸고, 그에게 모든 걸 털어놓았으며, 위험을 무릅썼다.

무슨 위험을 무릅쓴 건진 모르겠으나, 늘 단정하고 깔끔하던 그의 의복에 흙이 묻어 있고, 나갈 때 보니 머리카락에도 약간 피가 엉겨 있었다. 일부러 설명하진 않은 모양이지만, 천년비를 만나고 오는 과정에서 고초를 겪은 게 분명했다.

월요는 사자친왕을 믿기로 했다. 사자친왕이 그를 속이는 거라면, 몹시 슬프겠지만 차라리 그땐 이 일로 고민할 필요도 사라질 것이다.

승언은 월요의 눈치를 살피다가 조심스럽게 그를 위로할 말을 보탰다.

"이게 선황제 폐하의 영혼을 위해서라도 나을 겁니다, 폐하."

오원요가 째려보자 승언이 얼른 덧붙였다.

"오 공공, 생각해 보십시오. 혼령이라는 게 실제로 존재한다면 이미 선

황제 폐하의 몸엔 없을 거 아닌지요. 적들은 선황제 폐하의 몸을 이용해 이미 편안해진 폐하의 혼령을 뒤흔들려는 겁니다. 그걸 미리 막는 게 선황제 폐하를 위해서도 좋은 일이지요."

월요를 위로하기 위해 한 말이었으나, 말을 하고 보니 제법 그럴듯해서 셋 다 '그런가?' 생각하게 되었다.

어쨌든 선황제가 자신의 영혼과 몸을 다른 이들이 가지고 놀길 바라지 않을 건 확실하다. 그게 자신의 아들을 공격할 수단이라면 더더욱.

그렇게 결론을 낸 오원요와 승언이 밖으로 나가려 할 때였다.

"하나 더."

월요가 둘을 다시 불렀다.

"정보호에게도 오라 해라."

며칠 뒤. 정보호가 부루퉁한 얼굴로 불려왔다.

하지만 황제의 앞에 서자, 정보호는 승언에게 옆구리를 찔리고서 얼른 공손한 미소를 지어냈다.

월요는 상소문을 천천히 넘기면서 심드렁하게 말했다.

"억지로 공손한 척 굴 필요 없다."

"억지로라니요, 폐하. 그럴 리가요."

그 말에 정보호는 놀라 두 손을 내저었으나, 황제가 쳐다보지도 않자 속으로 욕을 하며 민망해진 손을 내렸다. 그러면서 정보호는 속으로 역시 그 괴상한 여자와는 엮이면 안 됐다고 생각했다. 갑자기 나타나 자기 머리를 쟁반으로 내리치던 그 여자 말이다.

생각이나 했겠는가? 그 여자가 알고 보니 후궁이고, 그 여자 옆에 있던 건 황제였다는 것을.

야시장에서의 사건 후. 황제는 정보호를 잡아 오게 한 다음, 자기 후궁이 무림인 정보상인 정보호와 사이가 좋아 보인다며 꼬투리를 잡았다.

정보호로서는 미치고 팔짝 뛸 일이었다. 그 여자에게 놀아난 건 그였고, 속은 것도 맞은 것도 그이지 않은가. 그런데 황제가 '왜 내 후궁과 친해 보이지?'라면서 눈에 불을 켤 줄이야.

정보호는 그 후궁과 아무 사이도 아니니 그 후궁도 자신에게 황제에 대한 정보를 요청한 거라고 거듭 해명했고, 결국 황제는 조건부로 그의 말을 믿어주었다.

- 좋다. 네가 쓸모 있는 정보상이 맞는지, 나중에 한 번 확인해보지.

그러고서 풀어준 후로 아무 연락이 없기에 '이제 다 잊었나?' 생각했는데. 설마 지금 와서 다시 부를 줄은 몰랐다.

"정보호. 넌 네가 우리나라에서 가장 뛰어난 정보상이라 하였지?"

"예, 물론입니다. 모든 걸 다 알진 않지만 필요한 건 다 알고 있습니다."

"사람 하나를 찾고 있다."

"사람 찾는 건 일도 아니지요. 쉽습니다."

정보호는 황제의 말에 넙죽 대답하며 두 손을 모았다.

실제로 그는 황제가 어느 시골 마을 노인을 하나 찾아보라고 해도 얼른 대답할 수 있었다.

"천년비."

그러나 황제가 찾으라 한 인물은 예상외의 인물이었다.

"예?"

"악적 천년비의 위치를 알아와라."

"!"

월요는 '황제가 왜 악적을 찾지?' 싶어서 눈이 동그래진 정보호를 보며 속으로 쓸쓸히 생각했다. 가까이 갈 수 없어도…… 이러면 먼발치에서라도 볼 수 있을까? 그게 안 된다면 서신으로라도. 물론 찾게 되더라도 가까이 가진 않을 것이다. 그녀를 위해서.

'네가 없어도 난 혼자서 씩씩하게 살 수 있다'면서 웃은 그녀지만, 그게 자신의 손으로 그를 죽인 뒤는 아닐 테니까.

월요는 마음을 다잡고서 위엄 있는 모습으로 승언에게 눈짓했다. 정보호가 왜 아직까지 여기 서 있는 거야? 내보내.

승언은 뒤에서 소리 없이 대답하고서 정보호에게 차갑게 말했다.

"명령을 들었으면 가자."

그런데 뜻밖에도 정보호가 나가지 않고 당황해서 말했다.

"저, 송구하옵니다, 폐하."

'송구하다'는 말에 월요의 표정이 어두워졌다.

"송구하다? 무엇이 송구하다는 거냐. 천년비를 찾을 수 없단 거냐. 우리나라에서 가장 뛰어난 정보상이라 자처한 건 말뿐이었나."

그 낮으면서도 서릿발 같은 목소리에, 정보호는 다급히 손을 내저었다.

"어휴 그럴 리가요. 아닙니다. 절대 그런 뜻이 아닙니다. 소신이 말하고자 하는 건 저……."

정보호는 잠시 말을 멈추고 황제와 그의 두 부하의 눈치를 살핀 다음 작게 말했다.

"천년비라면 이 근방에 있습니다."

"!"

월요는 예상하지 못한 대답에 잠시 할 말을 잃었다. 승언과 오원요도 정보호의 뒤에서 눈을 왕밤만 하게 뜨고 앞을 쳐다보았다. 천년비가 이 근방에 있다고? 하지만 사자친왕은…….

'아니지. 사자친왕이 돌아온 날로부터 이미 며칠이 지났으니. 그새 천년비가 이동했을 수도 있겠군.'

월요는 숨을 고르고서, 정보호 앞에서 너무 기대하는 모습을 보이지 않으려 애쓰며 물었다.

"어디 있지?"

말을 하고 나니 이번에는 덜컥 걱정이 되었다. 혹시 상태가 좋지 않을 수도 있나? 어디 다쳐서 치료 받기 위해 이곳에 왔나? 아니면 마음고생이 심해서 자신의 곁에라도 있고 싶어…….

"최근에 보았을 땐 혼자 뱃놀이하면서 당과 쌓아 놓고 먹던데요."

"……"

승언은 눈을 휘둥그렇게 뜨고 정보호를 보다가, 힐긋 시선을 옮겨 월요의 눈치를 살폈다.

월요는 입을 꾹 다물고 심호흡을 하고 있었다. 좀 서운한 모양이다.

승언은 자기가 다 민망해져서 다급히 오원요 쪽으로 시선을 옮겼다. 오원요도 같은 마음인지 억지로 그를 바라보고 있었다.

천년비가 황제의 연인이란 걸 모르는 정보호만이 '왜 저러지?' 싶어 의아할 뿐이었다.

'그래. 잘 지내면 좋은 거지.'

천년비가 근처에 있단 걸 알자, 월요는 참을 수가 없어서 승언에게 정보호를 따라가라 한 다음 자신도 변복하고 뒤따라 나섰다.

오원요와 승언이 펄쩍 뛰면서 절대로 안 된다고 했으나, 월요는 절대로 무리하지 않겠다는 약속을 거듭하고서 밖으로 나갔다. 승언과 정보호가 저만치 앞에서 가고, 월요는 오원요의 부축을 받아 뒤에서 느릿하게 따라가는 식이었다.

걸어가는 내내 월요는 마음이 비탈길의 공처럼 굴러다녀 심란해졌다. '잘 지내면 좋지' 싶다가도 '아니, 내가 보고 싶지도 않나? 당과야 먹는 거니 그렇다지만, 이 와중에 뱃놀이를 하고 싶나?' 싶은 쩨쩨한 마음이 일어났다. '네가 없어도 씩씩하게 잘 지낼 거야'라던 말이 진짜긴 하구나, 싶어서 괜히 시무룩해지기도 했다.

그런 황제가 너무 이상해서, 정보호는 연신 뒤를 곁눈질하다가 승언에게 한 소리 듣기를 반복했다.

"앞만 보고 걸어라. 뒤를 보지 말아라. 자꾸 훔쳐보지 마라."

"아니, 뒤에서 자꾸 저러고 계시니까……."

"앞만 봐라."

"그런데 대체 그 악적은 왜 찾으시는 겁니까?"

"신경 쓰지 마라."

"신경이 안 쓰일 리가요. 높으신 분들은 모르겠지만, 그 악적은 악명이 어마어마합니다. 얼마나 성질머리가 더럽고 무서운데요. 그런 악적을 폐하께서 친히 보시겠다고 가시니…… 아! 혹시 그 악적이 최근에 도로를 뒤집고 다녀서 그럽니까?"

승언은 쉴 새 없이 나불거리는 정보호의 입을 치고 싶은 충동을 몇십 번이나 눌렀다.

그때. 어디선가 무기 부딪히는 소리가 들려왔다.

정보호는 그쪽으로 가는가 싶더니 곧 혀를 차며 말했다.

"그 악적, 또 싸우고 있나 보네요. 이 소리는 저 악적이 싸울 때 나는 소립니다."

그 말에 일행은 빠르게 골목길 안쪽으로 걸어갔다. 큰길에서 계속해 들어가자, 외부에서 잘 보이지 않는 곳으로 난 넓은 공터에서 일대 다수의 싸움이 벌어져 있었다.

정보호는 중앙에서 사람들을 밟고 다니는 한 여자를 가리키며 말했다.

"저기 혼자서 여럿 상대하는 저 싸움꾼이 천년비입니다. 딱 보기에도 눈에 띄죠."

잘 차려입은 정파인 여럿과 그 사이에서 남의 검을 뺏었다가 돌려주길 반복하며 적들을 가지고 노는 천년비. 바닥에는 천년비의 것으로 짐작되는 삿갓이 구르고 있었다.

삿갓은 사람들의 발길에 이리저리 휩쓸리다가 일행에게까지 굴러왔다.

월요는 천천히 허리를 굽혀 삿갓을 집어 들었다. 그러고서 허리를 올리는 순간. 그의 앞에 그녀가 나타났다.

"이거 내 건데."

"!"

두 사람의 얼굴이 코앞에서 마주쳤다.

당과를 먹다가 정파 자식들과 시비가 걸렸다. 그 자식들은 하여튼 염치가 없는 작자들이다. 먹을 때 건드리다니!

그 때문에 화가 나서, 싸움을 피하는 대신 나는 그들의 시비를 정면으로 부딪쳐주었다.

그렇게 얼마나 치고받고 싸워댔을까. 정신을 차리고 보니 삿갓이 날아가 있었다. 내 삿갓!

나는 삿갓을 찾아 빠르게 눈을 굴리다가, 길모퉁이에 선 누군가 내 삿갓을 줍는 걸 발견했다. 막 여기에 들어온 건지 아까는 못 봤던 삿갓 쓴 사람이, 내 삿갓을 집고 있었다. 안 되지 안 돼!

나는 재빨리 그쪽으로 다가갔다.

"이거 내 건데."

그리고서 삿갓을 가져가려다가, 삿갓 속 상대 얼굴을 보게 되었다.

그의 삿갓 끝이 내 이마에 부딪혔지만 나는 뒤로 물러나지도 않고 눈에 힘만 주었다.

"떡돌이……."

그를 보자 저절로 이름이 흘러나왔다. 내 삿갓을 주워 가려던 건 떡돌이었다. 나의 월요.

"네가 어떻게 여기에……."

질문을 다 하기도 전에 정파 자식들이 뒤에서 검을 던진다.

떡돌이의 검을 빼서 그 검을 받아친 다음, 다시 그의 허리에 검을 채워주고서 나는 얼른 담을 넘어갔다.

"잡아!"

"악적! 놓치지 않겠다!"

뒤에서 정파 자식들이 뭐라고 외쳐댔지만, 저것들은 말뿐이다. 저자들은 나를 잡지 못하고, 놓칠 수밖에 없다.

나는 빠르게 발을 움직였다. 차가운 피부인데도 느낌상 얼굴이 화끈거렸다. 악적으로 쫓기는 모습을 떡돌이에게 보여주게 되다니!

반가운 기분도 들지만 그만큼 부끄러운 기분이 강하게 들었다. 떡돌이는 내가 악적인 걸 이미 알지만, 그에게 굳이 그런 걸 확인시켜 주고 싶진 않은데.

한참을 뛰다가 나는 요 며칠 신세를 지고 있는 개운호네 집으로 들어갔다. 개운호네 집이라고는 하지만 개원이네 집은 아니다. 무슨 말이냐면, 개운호가 지금 독립해서 따로 외곽에 얻은 집이란 거다.

집 안에 들어가자 마침 잉어에게 밥을 주던 민신이 힐긋 내 쪽을 보며 인상을 찡그렸다. 손을 흔들었지만 그녀는 쌩하니 날 무시했다.

응, 그래. 나도 네가 같이 손 흔들 거란 기대는 안 했어. 별것도 아닌 걸로 싸울 여력도 없어서, 나는 곧장 그녀를 지나쳐 내 방으로 가 침상에 드러누웠다.

아주 잠깐 본 건데…… 좋았다. 떡돌이. 거기에는 대체 왜 온 거였을까? 아니, 그보다 떡돌이. 내 진짜 모습을 본 거 이번이 처음 아닌가? 내가 나인 거…… 알아봤겠지?

'아. 삿갓. 삿갓 결국 두고 왔다.'

아니, 삿갓이 문제가 아니잖아! 개운호가 용화노 위치를 알아내줘서 거기 가던 길이었는데!

나는 침상에서 다시 일어났다. 그래, 지금 이러고 있을 때가 아니야. 한시가 급하다고!

천년비를 쫓아가려던 무림인들은 월요의 눈빛을 받은 승언이 몇 개의 돌을 이용해 막았다.

무림인들은 갑자기 나타난 사람이 자기들 발에 돌을 던지자 화가 나 몰려왔지만, 정보호가 "아니 이분이 누구신 줄 알고! 다들 저리 가! 얼른!" 하고 펄쩍 뛰어대자 더 다가오지 못했다. 누군지 몰라도 정보호가 저렇게 나올 정도라면 보통 신분이 아닐 거라 짐작한 탓이다.

월요 역시 무림인들이 천년비를 쫓아가지 못하도록 발을 잡는 게 목적이었기에, 그들이 각기 다른 곳으로 흩어지자 더 쫓는 대신 지시했다.

"정보호."

"네, 폐하."

"천년비의 다음 행방은? 아느냐."

"수도 여기저기서 자주 발견이 되는 걸 보면 이 부근에 머무르긴 할 텐데, 정확히 어디 머무르는지는 아직 찾지 못했습니다."

"찾아라. 하지만 그들이 눈치채게 하지 말고, 짐에게 바로 알려라."

"예 폐하."

깍듯하게 대답한 정보호는 두 손을 배에 대고 굽히면서도 힐긋힐긋 황제를 곁눈질했다. 아까 분명 그 천년비 악적이 황제를 '떡돌이'라고 불렀다. 황제는 무엄하다고 화를 내지 않고 넘어갔다.

게다가 악적을 볼 때 황제의 표정. 좀 놀라긴 했지만 역시 화내는 표정이 아니었다. 오히려 좀 슬픈 듯한······.

'대체 무슨 사연일까? 떡돌이란 건 무슨 말일까?'

정보상인 정보호는 두 사람이 주고받은 말이 무엇일지, 황제가 왜 천년비를 몰래 찾는지 너무 궁금해졌다.

하지만 물어봐도 될지 몰라 망설이고 있자니, 승언이 그를 향해 날카롭게 경고의 눈짓을 보냈다.

입을 다물어라. 머리를 비워라.

개운호가 알려준 바에 따르면 용화노는 의외로 멀지 않은 곳에 있었다. 장공주의 무덤이 내려다보이는 산의 작은 호수 근처에 오두막을 지어놓고 거기에 머무른다고 했지.

가짜일 수도 있지만 일단 찾아보자 싶어서 나는 황궁이 한눈에 내다

보이는 산 위로 올라갔다. 하지만 그 산을 전부 다 샅샅이 뒤지기는 힘든 일이기에, 최대한 살기를 이리저리 뿌리면서 돌아다녔다. 용화노라면 눈치채고 오겠지.

그렇게 '용화노!' 하고 외치면서 산을 오르기를 한참. 하늘이 조금씩 보랏빛으로 바뀌어갈 즈음 굵은 나뭇잎을 부러뜨리는 소리가 났다.

멈춰서서 쳐다보자 용화노가 어느 나무에 기대어 서서 내 쪽을 쳐다보고 있었다. 독 먹었다더니 얼굴이 많이 상했네.

특히 눈 밑이 완전히 보라색이잖아. 조금 더 늦게 찾았으면 진짜로 죽은 뒤였을지도 모르겠는데?

"너는⋯⋯."

내가 그를 관찰하는 사이. 용화노도 나를 찬찬히 훑고는 미간을 구기며 말했다.

"천년비인가 천년비가 아닌 건가."

내가 웬 후궁 몸에 들어가 사는 걸 보고 저렇게 물어보는 모양이다. 이렇게 된 이상 굳이 감출 것도 없어서, 나는 어깨를 으쓱하고 털어놓았다.

"그 몸에서 쫓겨났어. 다시 이런 신세가 됐지. 이젠 마마님이 아니야."

"아아. 그런가."

잘됐다고 비웃을 줄 알았는데. 용화노는 의외로 씁쓸하게 말했다.

"귀한 분들과의 사랑은 쉽지 않은가 보군. 너라도 잘 풀리길 바랐는데."

"넌 아직 안 죽었네."

"말하는 꼴을 보니 천년비 네가 맞구나."

용화노는 차갑게 코웃음 치고서 돌아섰다.

"따라와라. 이 길은 가끔 나무꾼이 오가니까."

용화노를 따라가자 개운호가 말해준 것처럼 정말로 작은 호수가 나타났고, 그 호수 옆에 작은 오두막이 있었다.

용화노는 당장이라도 떨어질 것 같은 오두막 문을 열고 안으로 들어갔다. 나도 그 뒤를 따라 들어갔는데, 세상에.

이 오두막, 대체 얼마나 건성으로 지은 거야? 걸을 때마다 오두막 바닥에서 삐걱삐걱 소리가 울려댔다.

바닥이 울려대는 거야 그렇다 쳐도, 바닥을 밟고 걷는데 벽에서까지 삐걱삐걱 소리가 나는 건 위험하지 않을까?

"용화노, 자네 집이 꼭 무덤 같아. 죽으면 무덤으로 쓰려고 부실하게 지었어?"

"혹시 황제 앞에서도 그렇게 말하다가 쫓겨났냐."

"그럴 리가. 폐하는 내가 무슨 말을 하든 좋아하셨어. 남들과 달라."

"그렇군. 그러면 폐하가 좋아하는 그 열 받는 화법은 폐하 앞에서만 쓰고 내 앞에선 좀 제대로 말해줬으면 좋겠군."

"용화노, 자네 무덤이 꼭 집 같아. 생활감이 있네."

용화노의 얼굴에 생기가 돌아오더니 이글이글한 눈으로 나를 쏘아보았다. 어깨를 으쓱하자, 그는 이마에 손을 짚고 고개를 저었다.

"하여튼 저 주둥이. 됐다. 무슨 일로 날 찾은 건지나 말해."

"개운호가 네 위치를 알려줬어. 어쩌다 위치까지 알려졌어?"

"……"

"알았어. 사실은 부탁을 하나 하러 왔는데."

용화노는 의자에 앉아 한 손으로 자기 눈가를 가렸다.

"부탁하러 와 놓고서 지금까지 그 말들을 해댄 거냐. 그딴 식으로 부탁하면 누구라도 안 들어주고 싶을 거다."

"알았어. 사실은 협박을 하나 하러 왔는데."

용화노가 참지 못하고 탁자에서 단도를 집어 던졌다.

단도는 내 옆으로 날아가 그의 집 벽에 틀어박혔다.

"피하지도 않는군."

"나한테 안 던졌잖아."

"난 정말 네가 싫다. 알지?"

"근데 난 네가 싫진 않아."

"!"

용화노는 표정이 순간 흔들리더니, 픽 웃으면서 손을 저었다.

"알았다. 말이나 계속해."

"저기, 전에 네가 그랬잖아. 타천천이 사하비단에 선황제의 서신을 숨겨 두고 있다고. 그걸 대체 어디서 찾은 거야?"

"그걸 찾아서 뭐 하려고."

"없앨 거야. 황제한테 위협이 되지 않게."

용화노는 눈썹을 치켜뜨더니 고개를 기웃했다.

"쫓겨났다면서."

"폐하가 날 쫓아낸 게 아니라, 그 몸에서 쫓겨난 거라니까? 몸 주인한 테? 어쨌든 폐하는 내가 사랑하는 사람이니까. 같이 있지 못해도 이런 건 해주고 싶어."

"참 낯설게 구는군."

용화노는 혀를 찼지만 일단 팔짱을 끼고서 생각에 잠기긴 했다. 바로 생각나지는 않는지 머리를 굴려보려는 듯했다.

그가 생각을 마치기를 기다리면서 나는 멍하니 오두막의 나무로 된 벽과 그 사이의 틈에서 새어 들어오는 겨울바람, 그리고 적막한 새소리에 관심을 기울였다.

얼마나 그러고 있었을까.

마침내 용화노가 허공을 짚으며 입을 열었다.

"강시를 만들려면 시체가 필요하고, 시체를 사람들 이목을 끌지 않고 구하려면

특수한 장소가 필요하지. 게다가 약품 같은 것들도. 내가 혼령술에 대한 정보를 찾아낸 건 어느 공동묘지 내부에 있는 관련 건물 안이었다.

……뭐? 이사를 갔다고? 그러면 거기도 옮겼겠지. 사하비단과 관련되거나 가까운 공동묘지 위주로 알아봐."

용화노의 조언에 따라, 나는 사하비단에 돌아온 뒤 이곳 지리를 전체적으로 한 번 훑어보았다. 그 결과 사하비단 안에는 공동묘지가 없단 걸 알게 되었다.

하지만 시신을 아무 곳에나 방치할 수는 없을 터. 분명 사하비단에서 시신이 생기면 묻을 묘지는 정해져 있을 거다.

사하비단 단원 시신으로 강시를 만들 수도 있겠지만, 타천천이 그러진 않을 것 같거든. 그런 걸 보면 사하비단 단원들이 안 좋아할 테니까.

나는 영혼도 있고 이성도 있는 강시 몸이지만, 대부분의 강시는 말 그대로 이지 없이 이용당하는 신세 아닌가.

'누군가 죽는 사람이 생길 때까지 지켜보자.'

그러다가 죽는 사람이 생기면 어디로 이동하는지 따라가보는 거야. 그러면 사하비단과 관련 있는 묘지를 찾을 수 있어.

그러나 죽는 사람이 생기기 전, 다음 날 저녁.

타천천이 나를 먼저 불러 물었다.

"놀러 다니는 건 끝냈어, 녕녕?"

"놀러 다니다니?"

내가 모른 척 묻자 타천천은 별거 아니란 듯이 대답했다.

"아직도 황제한테 미련을 못 버리겠어?"

그는 내가 수도에 다녀왔다는 걸 아는 듯했다.

내가 떨떠름하게 쳐다보자, 타천천은 입꼬리를 올리면서 항복 표시하듯 두 손을 들어 올렸다.

"걱정 마 녕녕. 난 네가 어딜 다니든 막지 않을 테니까. 가고 싶은 곳은 다 다녀봐."

그렇지만 선황제 서신을 숨겨둔 곳을 물어보면 안 가르쳐줄 거잖아. 사자친왕이 뭔가 아는 듯 말했을 뿐인데도 사람을 보내 죽이려 했으면서.

아니, 그걸 내가 뻔히 아는 것도 알면서. 어떻게 저렇게 아무렇지 않은 척 날 대할 수 있는 걸까?

"녕녕."

"왜."

"네가 나한테 그랬잖아. 양심이 있으면 네가 왜 좋아한단 내 말을 안 믿는지 생각해 보라고. 내가 그 이유를 계속 생각해 봤거든?"

갑자기 밥 먹다가 무슨 소리를 하려는 거야?

무슨 개소리를 하려나, 싶은 마음으로 쳐다보았는데.

"아무리 생각해도 모르겠어."

정말로 개소리를 한다.

타천천의 헛소리에 나는 입을 쩍 벌리고 그를 쳐다보았다.

이 자식은 정말…… 미쳤구나. 미치지 않고서야 그 이유를 모를 리가 없을 텐데?

"생각 안 나?"

어깨를 으쓱하는 타천천에게 젓가락을 집어 던지고서 나는 이를 갈며 우리의 과거를 들췄다.

아직 내 독문 무공이 완성형이 아닌 시절에는 정말로 죽을 고비를 지독하게, 셀 수도 없을 만큼 여러 번 넘겼다. 그때는 온몸이 상처투성이였고, 하루하루 살아 있단 데 감사하면서 살아갈 지경이었다.

그날도 그런 여러 나날 중 하나였다. 죽을 고비를 넘긴 건 아니지만, 여기저기서 쫓기고 싸우다 보니 며칠째 음식을 구하지 못한 날이었다.

이럴 때면 산에 들어가면 되지만, 하필 또 한겨울이라 산에도 먹을 게 없었다. 이 와중에 비까지 내리자 나는 반쯤 정신없이 어느 폐가로 몸을 피했다.

그곳은 나무꾼이 사용하다가 버리고 간 집 같았는데, 여기저기에서 빗물이 들어오긴 하고 가구도 하나도 없지만 비를 피할 만은 했다.

거기서 나는 타천천과 처음 만났다.

급하게 문을 닫고서 머리카락에서 물기를 짜고 있자니, 폐가 한가운데 그가 가부좌를 틀고 앉아 있었다.

단도를 꺼내서 그를 향해 내밀고 경계했으나, 타천천은 조금도 미동하지 않고서 감았던 눈만 뜨고 이렇게 말했다.

"들개냐. 눈 마주치자마자 이부터 내밀게."

퉁명스러운 목소리긴 하지만 '이 악적! 죽어라!'라거나 '무슨 사술을 익힌 거냐!'라면서 달려들 기미는 없었다.

나는 그를 노려보면서 주춤 뒤로 물러선 다음 구석에 가 앉았다. 바로 옆에 창문이 있어서 여차할 시 나갈 수도 있는 그런 자리에.

그래도 여전히 낯선 이를 경계하고 있자니, 그가 다시 말했다.

"너 그거 같네. 버려진 개."

그 말을 하자마자 그는 뭐가 그리 재미있는지 혼자 웃었다. 그러고서 미소 짓는데, 심상치 않은 기미가 느껴져서 나는 그에게 들고 있던 단도를 던졌다.

타천천은 고개를 옆으로 기울여 피하고는 코웃음을 치면서 다시 눈을 감았다.

'공격…… 안 하나?'

아까 순간적으로 날 공격할 것 같았는데. 착각인가. 내가 이런 착각은 잘 안 하는데?

의심스럽지만 기운이 없긴 한지라, 나는 그를 노려보며 내가 던진 단도를 다시 회수해 온 다음 구석에 앉았다.

거기에서 그를 계속 노려보면서 비가 그치기를 기다렸다. 하지만 비는 점점 더 거세게 왔고 앞으로도 한참은 더 퍼부을 것 같았다.

낯선 사람은 운기조식하는 걸 보니 날 습격하지 않을 거 같았다. 운기조식 중엔 자기가 더 조심해야 하니까.

아니, 그런데 저 자식은 제정신인가. 방금 막 단도를 던진 모르는 사람을 앞에 두고 어떻게 운기조식을 하는 거야? 내가 건드리면 죽을 텐데?

"……."

그를 노려보다가 나도 조금 경계를 풀고서 구석에 웅크리고 누웠다. 물론 만약을 대비해 몸은 그쪽을 향한 채로 말이다.

얼마나 그러고 있었을까. 굶주림과 피로함에 잠시 잠이 들었다가 내 배에서 나는 천둥소리에 놀라서 깼다.

장이 뒤틀리는 느낌이 나면서 잠시 잊었던 허기가 파도처럼 밀려들었다. 나는 손으로 배를 움켜잡고서 허기가 가시기를 기다렸다.

그때. 멀지 않은 곳에서 툭 떨어지는 소리가 났다. 여전히 배를 잡은 채 눈을 떠 보니, 멀지 않은 곳에 하얗고 보송해 보이는 뭔가가 있었다.

'먹을 건가?'

슬그머니 상체만 일으키고서 고개를 쭉 빼서 보니, 밥을 동그랗게 뭉쳐 커다란 나뭇잎으로 싼 음식이었다.

저걸 왜 여기 던지지? 의심스러워서 쳐다보자, 낯선 남자는 내 쪽을 쳐다보지도 않고 말했다.

"난 배가 불러서."

난 내가 고프니까 슬그머니 가져다가 먹었다. 처음에는 꼭꼭 씹어 먹다가 나중에는 급하게 먹고 있으려니 빤한 시선이 느껴졌다.

고개를 들자 낯선 남자가 가부좌를 푼 채 턱을 괴고서 나를 쳐다보고 있었다. 눈이 마주치자 그가 인상을 찌푸리며 물었다.

"독 들어 있으면 어쩌려고 그걸 그대로 먹지?"

어쩌긴.

"배부르게 죽겠지."

대답을 하고서 다시 먹는 동안 그는 말을 걸지 않았다.

하지만 다음날이 되어도 비가 그치지 않아서 결국 하루 더 거기서 머물게 되었다.

그래도 잘 먹고 푹 자서일까. 멍하게 빗소리를 듣다가 나는 어제는 비 냄새와 허기 때문에 알아차리지 못한 걸 이제야 인지했다.

"다쳤어?"

낯선 남자에게서 피 냄새가 나고 있었다. 말라붙은 피 냄새가 아닌 걸 보니 자기 피다. 계속 흘러내리는 피.

낯선 남자는 대답 대신 힐긋 나를 보다가 다시 문으로 시선을 돌렸다.

"도와줄까?"

슬쩍 물어보자 대답을 하긴 했다.

"필요 없어."

하지만 먹을 것도 얻어먹었으니 나도 도와주는 게 도리상 맞겠지! 나는 그때도 대인이었기 때문에, 얼른 그쪽으로 다가갔다.

"어디 다쳤어?"

곁에 쪼그리고 앉아 물어보자, 말과 달리 그는 순순히 웃옷을 벗었다.

"여기."

의외로 옷 안쪽에는 상처가 많았다. 그리고 그 옆에 놓인 짐덩어리에는 어제 내가 본 그 나뭇잎에 싼 주먹밥이 두 개 더 있고, 붕대 같은 것도 있었다.

"붕대 감아 줄게."

밥을 보자 다시 배가 고파왔지만 모른 척 붕대만 집었다. 그러고서 다친 상처 여기저기를 붕대로 열심히 감싸고 있으려니, 조금 뭐라고 해야 하나. 가까운 마음? 그런 게 들었다. 동질감 같은 거 말이다.

"너도 적이 많구나."

그래서 나도 모르게 속삭이자, 낯선 남자는 덤덤하게 말했다.

"내가 한 거야."

나는 그의 허리에 붕대를 감다가 너무 놀라서 세게 당기고 말았다.

"윽."

"왜?"

낯선 남자는 짧게 신음하면서, 매끈한 허리 대신 두툼해진 자신의 허리를 보더니 혀를 차며 대답했다.

"강해지려고. 그런데 너 진짜 붕대 못 감는구나."

"너 변태야?"

"네 붕대 감는 실력이 변태다."

"아니, 너 스스로 상처 냈다며. 변태야?"

내 붕대 감는 실력은 나쁘지 않다. 붕대는 두툼하게 감는 거다. 그래야 피가 안 나오니까. 이론을 공부한 적은 없지만 내 생각엔 그렇다.

"변태 아니야. 안전한 곳에선 강해질 수 없어. 그뿐이야."

"너 변태네."

낯선 남자는 인상을 찌푸리고서 날 쳐다보다가, "붕대 다 감았어?" 하고 묻더니 벗어두었던 웃옷을 도로 입었다. 그러고는 물었다.

"너. 이름이 뭐지?"

나는 도로 슬금슬금 내 자리로 돌아가 쪼그리고 앉았다. 어쩐지. 날 대할 때 태도가 평범하더라니. 내가 누군지 몰라서 저랬나 봐.

이름은 알려주지 않았다. 하지만 낯선 남자는 내가 붕대를 감아주어서 우리 사이가 퍽 가까워졌다고 생각했나. 또 이름을 물었다.

"네 이름은 뭐지? 이름이 개똥이여도 안 웃을 테니 말해봐."

"넌 이름이 뭔데?"

"타천천."

모르는 이름이다. 나는 괜히 발치에 굴러다니는 작은 돌 부스러기만 발로 툭툭 쳐댔다.

내 이름을 알려주면 어떤 반응이 나올지 뻔히 아는데. 굳이 알려주고 싶지 않았다. 어차피 비가 그치면 헤어질걸.

하지만 마음과 달리, 그와 눈이 마주치자 저절로 이름이 나왔다.

"천년비."

의외로 타천천은 '너 그 악적!'이라고 외치지 않았다.

"아아."

아는 이름이라는 듯 중얼거릴 뿐.

"네가 소문 속 개구나. 희한한 사술을 쓴다는."

"사술 아닌데."

"소문이 그렇단 거야. 사술이어도 상관없어. 그것도 네 실력이니까."

"사술 아닌데."

"알았어. 사술 안 쓰는 천년비."

그의 목소리는 여전히 무뚝뚝했지만, 말하는 걸 듣고 있으려니 저절로 웃음이 나온다. 타천천은 그 소리에 힐긋 나를 보더니 잠시 생각하다가 물었다.

"넌 강하지?"

왜 묻는 건진 모르겠지만, 하여튼 내 이름 듣고서 저런 걸 묻는 사람은 처음이기에 나는 기세등등해서 대답했다.

"그럼!"

내 대답을 듣자 타천천은 심각하게 생각하는 듯하더니 뜻밖에 이상한 말을 했다.

"네가 강한 건 혼자이기 때문이야."

"뭐래."

"혼자 위험을 겪으며 다니니까, 살아남을 때마다 더 강해지는 거라고."

"말도 안 돼."

타천천은 더 말하는 대신 가방에서 아까 본 그 주먹밥을 꺼내더니 다시 내 쪽으로 던졌다.

"보답."

얼른 나뭇잎을 벗기려다가, 아까 가방 안에 들어 있던 밥이 얼마 안 남았던 게 떠올라서, 혼자 다 먹고 싶은 충동을 누르고 물었다.

"같이 먹을까? 반씩?"

하지만 타천천은 고개를 젓고서 가방 안에서 수통만 들어 보였다.

"이거면 돼."

288

더 권할까, 하다가 가방에 하나가 더 남아 있단 게 떠올랐다. 게다가 그
는 다치긴 했어도 행색이 좋았다.

잘 사는 집 애 같으니까, 쟤는 산에서 내려가면 다시 잘 먹겠지 뭐. 나
는 혼자서 주먹밥을 또 먹었다.

그리고 저녁이 되었을 즈음. 나뭇잎에 붙은 밥 냄새를 맡으며 굴러다니
다가, 문득 떠오르는 게 있어서 나는 조금 타천천 쪽으로 굴러가 물었다.

"저기. 뭐 하나 물어봐도 돼?"

타천천은 가부좌를 틀려다가 내 쪽을 돌아보았다. 대답하진 않았지만
될 거다. 그래도 이틀 내내 같이 있어서인가. 어렴풋이 그의 행동이 어떤
식인지 알 것 같았다.

"저기, 내가 그렇게 괴물처럼 생겼어?"

타천천은 냉담하게 날 내려다보다가 눈썹을 찌푸렸다.

"괴물? 웬 괴물?"

"사람들이 날 많이 싫어하잖아. 이유를 모르겠어. 그래서."

타천천은 그 말에 대답이라도 하려는 듯 내 얼굴을 유심히 쳐다보았
다. 좀 부담스러울 만큼.

그 시선이 너무 강해서 결국 그에게 눈을 깔라고 말할까 말까 고민하
기를 잠시. 드디어 타천천이 대답했다.

"뭐, 적이 많으면 무섭게 생긴 편이 좋은 거 아닌가."

뭐지? 무슨 뜻이지? 내가 진짜 괴물처럼 생겼단 거야 아니야? 왜 대답
이 저리 아리송해?

"그럼 넌 약해 빠지게 생겨서 적이 없어?"

하지만 자기가 먼저 나한테 무섭게 생기면 좋으니 어쩌니 해놓고. 내가
되묻자마자 타천천은 인상을 찡그렸다.

내 말이 별로 마음에 들지 않는 얼굴……

그러다가 타천천이 물었다.

"혹시 그 입 때문에 적이 생겼단 생각은 안 해 봤나?"

"아니."

단호하게 말하자, 타천천은 코웃음을 쳤다.

"왜 그런 생각을 해야 해? 내 입엔 아무 문제 없는데."

"그렇군. 그럼 이제부터 한 번 고려해봐. 괴물같이 생겨서 그런 건 절대 아닐 테니까."

"그래?"

"그래. 넌 내가 태어나서 본 모든 생명 중 가장 빛나게 생겼어."

"!"

뭐지. 저 소리는 내가 아주 매력적이며 아름답고 빼어나며 눈부시게 생겼단 소리인가?

사실 가끔 거울을 보게 될 때마다 그런 생각을 하긴 했지만, 사람들이 다 날 피하기에 내 눈에만 잘나 보이나 했는데. 역시 그건 아니었어.

그 말에 나는 놀라서 쳐다보았으나, 타천천은 그새 다시 가부좌를 틀고 눈을 감고 있었다.

하지만 아직 운기조식을 하진 않는 것 같아서, 나는 다급히 그쪽을 향해 단호하게 말했다.

"그렇게 말해도 난 안 믿어."

사실은 믿지만 그래도 혹시 몰라서 한 번 떠보는 거였다.

타천천 역시 가부좌는 시늉만 내고 있었는지 바로 대답했다.

"그럼 내 눈에 콩깍지가 낀 거겠지."

"콩깍지? 왜?"

"모르지. 반하기라도 한 거 아냐?"

그걸 나한테 물어보면 어쩐단 말인가. 남 일도 아니고. 하지만 그는 분명 그렇게 말을 했고, 나는 그걸 들었다.

내가 잘못 들은 게 아닌가 싶어 그를 보았지만, 타천천은 눈을 감고 있어서 진위를 알 수 없었다.

하지만 단 하나. 눈에 띄는 게 있다. 그의 귀였다. 머리카락 사이로 드러난 그의 양 귀가 좀 불그스름했다.

대체 이 비는 언제까지 내릴 건가. 멍하게 창문 밖을 바라보며, 까만 구름 사이로 손톱만큼만 제 존재를 드러낸 겨울 달에 홀려 있을 때였다.

머릿속으로는 오늘 타천천과 나눈 대화를 하나하나 다 짚으며 분석하고 있었다. 이렇게 오랜 시간 동안 싸우지 않고 누군가와 대화한 건 처음이어서 기뻤다.

거봐. 내가 악적이라던가, 사술을 사용할 거라던가, 그런 편견에서만 벗어난다면 나도 잘 대화할 수 있다고. 게다가 내 얼굴엔 빛이 난다잖아. 빛나는 얼굴!

"히히."

혼자 얼굴을 만지면서 웃다가, 너무 채신머리없어 보일까 봐 나는 손을 내리고 정색하면서 타천천에게 말했다.

"안 웃었어."

그러나 대답이 없었다. 자나? 나는 창밖에서 시선을 떼고 타천천이 가부좌를 튼 채 있던 곳을 보았다.

"타천천!"

그곳엔 타천천이 옆으로 쓰러져 있었다. 황급히 그쪽으로 가서 똑바로 눕히는데, 살이 닿은 곳이 뜨거웠다. 열이 나고 있었다.

열나는 사람은 어떻게 해야 하지? 따뜻하게 해줘야 하나, 아니면 열이 빠지도록 해줘야 하나? 나는 당황해서 허둥대다가, 그가 수통 얘기한 게 떠올라서 일단 수통을 꺼냈다. 그걸 타천천의 이마에 대줄 생각이었다.

'없어!'

하지만 수통에는 물이 전혀 들어 있지 않았다.

타천천은 이렇게 추운데도 이마에서 식은땀을 흘리고 있었다.

"타천천. 타천천! 정신 차려 봐! 타천천!"

외쳐보지만 타천천은 아예 의식이 없었다. 온 이마와 눈을 구긴 채 끙끙거릴 뿐. 나는 수통을 든 채 이러지도 저러지도 못했다.

난 의술에 대해 아는 게 전무했다. 다치면 그냥 몸으로 이겨냈고, 어떻게든 알아서 살아낼 뿐이었다.

"젠장!"

일단 물을 좀 받아오자 싶어서 나는 수통만 들고 밖으로 나갔다. 오는 길에 멀지 않은 곳에서 작은 호수를 본 걸 떠올리고 그곳으로 달려갔다.

호숫가에 쪼그리고 앉아 물을 받아 오두막으로 돌아온 다음 그걸 타천천의 입에 조금씩 조금씩 주었다. 수통의 열이 그의 열기를 식히도록 이마에는 수통을 가져다 대었다. 그래도 효과는 없었다.

"어쩌지? 어쩌지?"

혹시 약이 있나 싶어 그의 가방을 뒤져 보았으나 약도 없었다. 그러다가 변화를 느끼고 귀를 기울여보니, 아까 그렇게 퍼붓던 비가 그사이에 그쳐 있었다.

며칠 내내 내리던 비가 이제야 멈춘 것이다. 나는 타천천과 가방, 창밖을 번갈아 보다가, 가방을 싼 뒤 어깨에 걸고 타천천을 안아 들었다.

타천천은 의식이 가물가물한지 내게 안기면서도 아무 말을 하지 않았다. 그를 안은 채 오두막 밖으로 나가서 산 아래로 뛰어 내려갔다.

'의원! 의원한테 가야 해!'

산길은 며칠 간의 비로 미끄러웠고, 나보다 키가 크고 무거운 남자를 안아 들고 그런 산을 내려가는 건 정말로 쉽지 않은 일이었다.

몇 번이나 엉덩방아를 찧었는지 모른다. 그래도 무슨 정신인지, 가까스로 산 아래까지 내려왔다.

밤이라 작은 마을 거리에는 돌아다니는 사람들이 없었다. 그래도 의원 집은 따로 지붕에 표시를 해두기에, 나는 표식만 보고 무작정 뛰어갔다.

초록색 등불을 걸어둔 집 앞에 가서 "의원! 의원!" 하고 외치자, 방 안쪽에서 소리가 나더니 곧 누군가 문을 열고 나왔다.

"뉘시오?"

의원은 내가 안은 타천천을 보자 대번에 상태를 눈치채고서 외쳤다.

"이리로 오시오!"

의원이 안내한 방 안에 타천천을 뉘자 그가 맥을 짚어 보더니 끙 소리를 내며 타천천의 상의를 벗겼다.

두툼하게 맨 붕대를 본 그는 인상을 찡그리며 명령했다.

"붕대를 풀어 주시오! 얼른!"

붕대를 푸는 사이, 의원은 밖으로 나가 요란한 소리를 내며 돌아다니다가 다시 들어왔다. 다시 들어올 때는 손에 온갖 약들과 깨끗한 새 붕대, 작은 칼, 바늘 같은 게 들려 있었다.

"아니 이게 무슨 일이람!"

의원은 상처투성이인 타천천의 상체를 보고 꽥 소리 질렀다. 날 쳐다보길래 나는 다급히 말했다.

"내가 한 거 아니다! 자기가 혼자 입힌 상처라 그랬어."

의원은 황당하단 투로 말했다.

"낭자를 의심하지 않았소. 하지만 이건 혼자 입은 상처가 아니오. 상처

방향을 보시오."

"상처 방향?"

"혼자 내는 상처와 남이 내는 상처는 방향이 다르오. 얼핏 비슷하게 내더라도 자세히 보면 힘이 들어간 부분이 다르지. 하지만 이 소협 상처는 남이 낸 거요."

"정말이냐?"

"그리고 여럿이 낸 거로군. 혼자서 낸 게 아니야."

나는 당황해서 타천천을 보았다. 그런데 왜 자기가 스스로 낸 거라고 말한 거지?

그러고보니 그래. 타천천은 왜 거기에 계속 있던 걸까? 이런 큰 상처를 입고서?

바보 같다. 왜 이상하단 생각을 하지 못했을까? 이상한 것투성이인데?

의원이 타천천을 능숙한 솜씨로 까맣게 변한 살을 조금 잘라내고 약품을 바르고 붕대를 새로 감는 동안 나는 멍하게 그의 혈색을 쳐다보고 있었다.

"낭자, 낭자."

의원이 치료를 마친 뒤 어지러워진 방을 정리하며 나를 불렀을 때, 나는 돈이 없단 게 뒤늦게 떠올랐다.

이럴 수도 저럴 수도 없어서 주저하다가, 나는 타천천이 입은 옷을 보여준 다음 그가 깨어나면 돈을 낼 거라 말해주기로 했다. 하지만 의원이 꺼낸 건 돈 얘기가 아니었다.

"낭자도 다쳤소."

"어?"

"여기저기 많이 다친 거 같은데."

내가 다친 걸 어떻게 알았지? 의원의 시선이 아주 이상해서 내려다보니, 내 옷이 아주 엉망이었다. 산을 급하게 내려오며 넘어지느라 옷 여기 저기가 찢어지고 그 사이로 상처가 터져 피가 흐르고 있었다.

"상처를 봐주겠소."

의원이 말했으나 나는 고개를 젓고 일어났다.

타천천의 치료비는 타천천이 깨어나면 어찌어찌 낼 거다.

하지만 나는 치료 받을 돈이 없었다. 그렇다고 타천천이 내 치료비를 내게 할 수도 없었다.

"난 안 다쳤는데."

"내 눈은 멀쩡하오."

"나는 괜찮다. 저자나 계속 봐줘. 저자가 깨어나면 치료비를 낼 거다."

나는 다급히 말하고서 일어나 그 자리를 떠났다. 지붕 위로 올라간 다음 납작 엎드려 아래서 들리는 소리를 들어보니, 의원이 타천천을 쫓아낼 분위기는 아니었다.

그 후로부터 며칠 동안 나는 의원의 집 주위를 돌아다니고, 우리가 내려온 산 입구로 가서 망을 보길 반복했다.

여러 명에게 동시에 공격당했다는 걸 보니 타천천도 나와 처지가 비슷한 것 같은데.

혹시라도 타천천의 적들이 그가 약해진 틈을 타 또 쳐들어올까 걱정되어서였다. 그가 멀쩡해지는 걸 보아야 떠날 수 있을 것 같았다.

그러다가 한 번씩 의원의 집 앞에서 의원과 마주칠 때가 있었는데, 그러면 의원은 쯧쯧 혀를 차고서 내게 뭔가 먹을 걸 내밀었다.

주춤거리면서 받아 가면 그는 고개를 설레설레 젓고서 약을 만들어 방 안으로 가져갔다. 좋은 사람이었다.

그러던 어느 날. 염려했던 일이 벌어졌다.

"여기 이 옷! 타천천의 옷입니다!"

산 입구를 어슬렁거리는데 누군가 타천천의 이름을 부르는 소리가 나서 가보니, 한 무리의 무림인들이 서 있었고, 그중 하나가 나뭇가지에 걸린 옷자락을 들며 외치고 있었다.

"이쪽으로 간 게 분명합니다!"

'타천천을 해치러 온 거야.'

생각을 마치자마자 나는 그들 쪽으로 달려들었다.

가장 가까운 사람을 발로 찬 다음, 옆 사람이 빼낸 검을 밟고 나아가 타천천의 옷을 든 이의 멱살을 잡고 무릎으로 가슴을 걷어찼다.

"누구냐!"

"잡아!"

"적인가?"

"반은 저쪽으로 간다!"

하지만 적들은 간교했다. 그들은 미리 반을 뚝 떼어서, 반은 마을로 달려가고 반은 날 가로막고 섰다.

"넌 누구냐."

그들이 날 향해 물었으나, 나는 대답 대신 그들에게 공격을 퍼부었다.

'강하다.'

하나같이 보통 실력자가 아니었다. 그들의 움직임은 빠르고 정교한 데다 잘 훈련된 이들 특유의 기세가 느껴졌다.

나는 방향을 바꾸어 힘보다 속력 쪽에 더 치중해서, 내 길을 막은 그들을 치우는 쪽에 집중했다. 하나하나 꼼꼼하게 없애고 갈 때가 아니었다.

"막아!"

"저쪽을 노린다!"

적들도 그걸 눈치챘는지 최대한 내 발을 잡아 이동하지 못하게 했다.

하지만 나는 결국 그들을 뿌리치고서 의방으로 뛰어가는 데 성공했다.

낮이라 거리에는 지나다니는 사람들이 많았다. 그들은 추격전을 벌이는 나와 무림인들을 이상하게 쳐다보며 옆으로 비켜섰다.

이대로 가면 의원에게 실례겠지. 하지만 타천천을 잡으려는 이들이 앞서 그쪽으로 갔다. 위험한 상황이었다.

그러고 의방에 도착해보니, 어느새 타천천은 문 앞에 나와 서서 인상을 찌푸리고 있고, 그의 적들은 그를 둘러싸고 험악하게 외치고 있었다.

그러다 내가 도착하자 다들 내 쪽을 쳐다보았다. 나는 두말없이 적을 향해 뭉뚝한 단도를 던졌다.

그걸 시작으로 다시 싸움이 시작되었으나, 이번 싸움은 아까보다 힘들었다. 아까는 그들을 막아두기만 하면 됐지만, 이제는 그들이 타천천과 의원을 공격하진 않을까 신경 쓰면서 상대해야 하다 보니 까다로웠다.

"타천천. 도망가!"

그러다가 틈이 났을 때, 나는 타천천에게 외치며 아까 그에게 소리를 질러대던 이를 걷어찼다. 그가 저기 있으니 신경이 쓰여서 제대로 싸울 수가 없었다.

"얼른!"

그러나 타천천은 도망가지 않았다. 가만히 서 있기만 할 뿐.

오히려 멈추어 선 건 다른 쪽이었다. 내 공격을 직접적으로 받은 사람을 제외한 다른 이들이 주춤주춤 무기를 거두었다.

나와 상대하는 이도 점점 무기 휘두르는 힘이 약해지기에, 나도 이상함을 느끼고서 싸우던 걸 멈추었다.

그러고서 돌아보니, 타천천의 적들이 어리둥절한 얼굴로 나와 타천천을 번갈아 보고 있었다. 그건 타천천을 납치하거나 죽이려는 이들이 지을 표정이 아니었다.

그 사이. 내가 얽매어 두었던 아까 무리들이 도착해서 숨을 헐떡였다.

나와 그들의 시선이 얽혔다.

"뭐야. 왜. 이러고. 섰어?"

개중 하나가 숨을 가쁘게 몰아쉬며 묻자, 먼저 의원으로 달려왔던 이 중 하나가 "그러게." 하고 중얼거리더니 타천천에게 물었다.

"저 여자는 누굽니까 도련님?"

도련님? 내가 세상사에 무지하다지만 자기가 죽일 적에게 존댓말을 쓰면서 도련님이라 부르지 않는 건 잘 알았다.

어리둥절해서 타천천을 쳐다보니, 그는 생각에 잠긴 얼굴로 나를, 그리고 산에서 방금 막 뛰어온 무리를, 그리고 먼저 도착한 무리를 번갈아 보고 있었다.

그걸 보자 안심이 되기도 하고 멋쩍기도 해서 물었다.

"타천천. 이 사람들, 네 적이 아니야?"

질문하면서도 답은 나오고 있었다. 이 사람들은 타천천이 대답하기를 멀뚱히 서서 기다려준다. 억지로 끌고 가거나 공격할 태세가 아니었다.

의원이 약을 들고나오다가 이 모습을 보더니 황당하다는 표정을 지었고, 나는 민망해서 웃었다.

그 순간. 타천천이 단호하게 말했다.

"모르는 여자야."

그 말을 하는 그는 나를 똑바로 바라보고 있었다. 나는 그 말을 바로 이해하지 못해서 멀뚱히 타천천을 쳐다보았다.

물론 우리는 모르는 사이가 맞긴 하지. 서로 이름 정도만 아니까. 하지만 이 상황에서는…… 그는 꼭…… 우리가 처음 보는 것처럼 말하네?

타천천을 둘러싼 무림인들은 나를 힐긋거리며 자기들이 더 당황한 듯 물었다.

"도련님. 진짜 모르는 사람 맞습니까?"

"우리를 적으로 알고 막아주려던 거 같았는데……."

"모르는 사람이다."

그러나 타천천은 재차 대답했다.

"처음 보는 사람이야. 왜 저러는지 모르겠군."

타천천에게 우리의 과거에 대해 짧게 들려준 다음, 나는 그의 표정을
뚫어져라 쳐다보며 빈정거렸다.

"이래도 내가 왜 네 고백을 안 믿는지 모르겠어?"

"모르겠어."

"너 진짜 대가리 나쁘구나."

어떻게 그걸 모를 수가 있지? 사람들 앞에서 나를 모르는 사람 취급해
놓고서?

내게 첫눈에 반한 것 같으니 어쩌니 해 놓고서, 고작 하루도 지나지 않
아 모르는 사람이라고 태연히 말해 놓고서?

타천천은 나를 물끄러미 바라보다가 말했다.

"하지만 녕녕. 내가 분명 그랬잖아. 강해지려면 혼자 있어야 한다고."

"그 상황에서 혼자 둔다고 내가 강해져?"

"하지만 녕녕. 생각해 봐. 의방 앞에 오기 전과 의방에 도착한 후의 네
가 얼마나 차이 났는지."

"뭐?"

"의방에 오기 전에, 너는 너보다 훨씬 큰 무림인들을 모두 이기고 따돌
렸어. 하지만 의방에 도착해서는 날 신경 쓰느라 제대로 싸우지도 못했
지. 모르겠어?"

"무슨 개애애애애소리야?"

"난 네가 강하게 있도록 도와준 거야, 넝녕."

"뭐야?"

"내 말이 틀린 거 같아? 그럼 생각해 봐, 넝녕. 그토록 강하던 네가 왜 죽었는지. 개원 그놈한테 마음을 뺏겨서 죽은 거잖아. 혼자 있었다면 네가 그렇게 방심하고 쉽게 죽었을까? 아닐걸?"

"……."

"이렇게 말해주는데도 내 마음을 모르겠어?"

"네 마음도, 머리도 모르겠어. 내가 알 수 있는 건 하나뿐이야."

타천천이 기대에 찬 표정으로 나를 쳐다보았다. 나는 그에게 주먹을 꼭 쥐고 흔들어 보였다.

"만약 네가 나한테 제한을 걸어두지 않았다면, 난 달려가서 네 머리통을 쥐어박았을 거야."

타천천은 실망한 척 한숨을 내쉬었지만 아마 실망하지 않았을 거다. 저 인간이 실망이란 기분을 알기는 알까?

"어쨌든 넝녕. 네가 가장 위험할 때 구해준 것도, 뒤에서 늘 널 도운 것도 나란 걸 잊지 마."

타천천이 여러 번 날 도운 건 맞기에 거기에 대해선 할 말이 없다. 비록 꿍꿍이가 있어서 도왔다고 해도 도운 거니까. 하지만…….

"어쨌든 넌 날 사랑하지 않아."

"넝녕. 넌 네가 아니잖아. 그런데 내 마음을 왜 확신해?"

"내 마음이야. 네가 어떤 마음이든, 그게 내게 사랑이 아니면 그건 사랑이 아닌 거야."

"다른 방식으로 사랑할 뿐이란 생각은 안 해 봤어?"

"그 방식이 내 방식이 아니라니까?"

타천천은 말이 안 통한다 싶은지 한숨을 내쉬면서 식사에 열중했다.

나도 타천천과 전혀 말이 통하지 않는다 싶어 다시 젓가락만 쥐었다.

어쨌든 그와 있던 일은 아주 옛일이고, 이젠 그의 붉어진 귀 따위는 두 번 다시 볼 수 없단 걸 안다.

그건 그냥, 그렇게 쏟아지는 폭우 같은 일이었을 뿐이다. 그와 친해지고 싶었던 마음도. 누군가를 처음으로 멋지다고 생각했던 마음도.

민신은 평소처럼 연못 앞에서 붕어에게 밥을 주고 있었다.

"혹시 천년비 못 봤어?"

그러다가 개운호가 다가오며 묻는 말에 "못 봤어." 하고 대답하고는 미간을 찌푸렸다.

민신은 붕어 밥을 끌어안고서 개운호를 보았다. 개운호는 홀로 밖으로 나가려는 것 같았다.

민신은 그 모습을 계속해서 쳐다보다가, 붕어 밥을 내려놓고 그를 따라가며 물었다.

"천년비 언제까지 여기 둘 거야?"

개운호는 반쯤 열었던 문을 도로 닫고서 되물었다.

"무슨 소리야?"

"천년비. 언제까지 여기에 둘 거냐고. 사람들이 알면 너도 걔랑 한패라고 할 텐데. 빨리 내보내야 하지 않아?"

개운호는 인상을 찡그렸다.

"어차피 최근에 계속 안 보이잖아."

"네가 언제든 와서 지내라 했잖아."

개운호는 민신이 내려놓은 붕어 밥이 옆으로 풀썩 엎어져서, 연못 쪽으로 알갱이들이 굴러가는 걸 쳐다보았다.

"너도 여기에 네 붕어들 데리고 왔잖아."

"내 붕어들이 사람 죽이니? 붕어 기른다고 사람들한테 공적이 돼? 말이 되는 비교를 해."

민신의 날카로운 목소리에 개운호는 한숨을 내쉬었다. 민신이 왜 저러는지는 그도 이해가 안 가는 건 아니었다. 그 역시 한때는 천년비를 정말 싫어했으니까.

"난 천년비한테 빚이 있어, 민신. 그걸 갚고 싶을 뿐이야. 많은 걸 돕는 것도 아니고, 그냥 머물 곳을 주는 것뿐이잖아."

"천년비 때문에 원이는 집에도 못 돌아오고 있는데. 넌 원흉을 보살펴 주고 싶어?"

"형이 집에 못 돌아오는 게 천년비 때문은 아니잖아."

개운호는 퉁명스럽게 말하고서 문을 열고 밖으로 나갔다. 민신은 쫓아나가려다가 화가 나서 그 자리에 멈추어 섰다.

천년비는 정파 무림인들이 모두 다 배척하는 공공연한 악적이었다. 미안하면 멀리서 돕든가 해야지. 그런 악적을 집에 들이다니.

그랬다가는 개씨 집안 전체가 천년비와 한패로 몰릴 수도 있는 일인데.

개운호는 거기까진 생각이 못 미치는 건가?

'생각을 안 하는 건지 못 하는 건지.'

천소여의 몸에 들어간 해운잠은 영빈이 또 '몸이 안 좋다'는 이유로 자신의 방문을 거절하자, 섭섭한 마음으로 가마에 올랐다.

전보다 가까운 곳에서 공오부인의 방해 없이 함께 지내게 되었는데. 오히려 딸은 거리가 가까워진 만큼 마음은 더 멀어진 듯했다.

이 와중에 몸은 또 얼마나 무거운지. 해운잠은 부른 배를 노려보며 의자에 기대어 앉았다.

미래를 위해 이 몸에 들어오긴 했지만 남의 자식을 뼈아프게 낳을 생각을 하니 벌써부터 끔찍했다. 심지어 그 자식은 공오부인의 손주이자 천소여의 자식이 아닌가.

'빨리 우여가 총애를 받아야 할 텐데……'

황제라는 작자는 얼굴은 수려하고 허우대는 멀쩡했지만, 후궁들에게 영 찾아가질 않는다. 그나마 황후와는 식사도 자주 하는 듯했지만 잠은 꼭 혼자 잤다. 후손을 많이 보는 게 황제의 의무 아닌가?

그때. 해운잠의 눈에 낯익은 누군가가 들어왔다.

'저 아이……?'

천씨 집안에서 그녀의 시중을 들었던 시녀였다. 그 시녀가 한 궁녀의 안내를 받아 뒷문으로 오월궁에 들어서고 있었다.

'연비가 내 뒷조사를 하나?'

마음이 서늘해진 해운잠은 가마를 세우게 하고서 그 시녀가 들어간 쪽으로 따라 들어가 보았다. 하지만 그사이에 시녀는 보이지 않았다. 두리번거리던 해운잠은 가까스로 시녀의 옷자락을 발견했다.

그 옷자락은 저 멀리 영빈의 처소 쪽으로 들어가고 있었다.

"!"

영빈이 해운잠의 시녀를 불러들인 일을 알아차린 건 해운잠 본인뿐만

이 아니었다. 그 일은 영빈의 처소에 궁녀 하나를 매수해둔 연비의 귀에
도 바로 들어왔다.

"해운잠의 시녀에게 뭘 물어보았는지는? 못 들었느냐?"

"네. 주위에 사람들을 모두 물려서 듣지 못하였습니다, 마마."

궁녀의 보고를 들으며 연비는 의자 손잡이를 두드렸다.

갑자기 영빈을 가까이하고 연비를 멀리하는 천소여. 어느 날 기억을 잃
어버린 천소여. 황제가 총애하지 않게 된 천소여. 천소여에게 존댓말을
사용한 영빈. 천소여가 깨어나기 직전 죽은 해운잠. 무언가를 연비에게
털어놓으려다 그만둔 영빈. 영빈이 불러온 해운잠의 시녀…….

연비의 고개가 옆으로 기울었다.

"혹시…… 해운잠 귀신이 소여에게 씌였나?"

며칠 간의 기다림 끝에 드디어 죽은 사람이 나타났다.

나는 일부러 시신을 관찰할 만한 거리에 몸을 숨기고 있다가, 장례식이
끝난 후 시신을 운반할 때 몰래 그 뒤를 쫓았다. 시신을 매장하는 공동
묘지가 어디인지 알아내야 했기 때문이었다.

그리고 마침내 알아냈다. 생각보다는 좀 거리가 있는 곳이었다. 위장
때문인지, 아니면 전혀 관련이 없어서인지는 모르겠지만.

어쨌든 위치를 잘 확인해 둔 뒤. 그날 밤, 나는 공동묘지 안으로 홀로
들어가 그곳 건물을 하나씩 뒤지기 시작했다.

그러기를 이틀 만에 나는 어느 건물에 지하실이 있는 걸 알아내고, 그
지하실에까지 들어가게 되었다.

그 지하실 전체에는 수많은 책과 종이가 가득했다. 여기서 서신을 찾

는 데만도 시간이 오래 걸리겠다 싶을 만큼.

하지만 반드시 선황제의 서신을 찾겠다는 각오로 나는 하나하나 서책을 확인하며 서신을 찾았다.

먹는 걸 좋아해서 꼬박꼬박 밥을 먹고는 있지만, 사실 이 몸은 강시의 몸이라 먹고 마시지 않아도 된다. 그 이점을 이용해서 나는 사흘 내내 여기에 틀어박혀 서신을 찾았다.

그리고 드디어 찾아냈다.

'이거다.'

어째서 고귈이 혼령술을 찾다가 선황제 서신까지 같이 발견했는지도 알 수 있었다. 혼령술 서책에 서신이 끼워져 있었다.

별로 궁금한 건 아니지만, 타천천이 혼령술을 아직도 완전히 익히지 못하고 연구를 거듭하는 이유도 알게 되었다.

'전부 고어로 되어 있네.'

혼령술 책 자체가 알아들을 수 없는 문자로 가득해서였다. 타천천이 해석한 부분은 밑에 깨알같이 작게 글씨를 써 두긴 했는데, 글씨가 있는 부분이 없는 부분보다 훨씬 적었다.

'아니, 책 볼 때가 아니지.'

알아들을 수 없는 말과 그림으로 가득한 책을 덮은 뒤. 나는 꽤 양이 많은 선황제 서신을 뭉쳐 잡고서 양손으로 쥐었다. 찢어버릴 셈이었다.

그런데 서신을 찢기 전.

"그건 널 위해 준비한 것들인데, 넝넝."

입구에서 타천천의 목소리가 들려왔다.

놀라서 휙 돌아 보니, 타천천이 지하실 계단에 쪼그리고 앉아 있었다.

"너……?"

인기척이 없었는데? 어떻게 왔지?

놀라서 쳐다보자, 타천천은 짓궂게 웃었다.

"그 몸은 내가 만든 거란 걸 잊었어?"

공격을 못 하게 할 뿐만 아니구나. 타천천이 원하면 이 몸은 그의 기척도 느낄 수 없나 보다.

아니, 이게 중요한 게 아니지. 나는 다시 서신의 양옆을 움켜쥐었다. 그러나 찢기 전. 다시 타천천이 희한한 말을 꺼냈다.

"그 서신이 있으면 너 같은 사람이 나오지 않을 거야, 녕녕. 그래도 찢을 거야?"

그가 무언가 다른 말을 했으면 멈추지 않았겠지만, '너 같은 사람'이란 말에 행동을 멈추게 되었다.

"무슨 소리야?"

내가 쳐다보자, 타천천이 무릎에 팔을 괴고서 웃었다.

"말 그대로. 그건 서신 몇 장일 뿐이지만, 녕녕. 우린 그걸로 세상을 바꿀 수 있어. 그 서신 몇 장에 황족들과 대신들은 많이 휘둘리거든."

"그러니까 그게 '나 같은 사람'이랑 무슨 상관인데?"

"녕녕. 이상하단 생각 해본 적 없어?"

"뭐가."

"왜 관은 무림의 일에 관여하면 안 될까? 왜 관과 무림은 서로를 모른 척해야 할까?"

"관례잖아."

"그 관례가 이상하지 않아?"

타천천의 눈동자가 기이하게 빛났다.

"무림인도 황제의 백성 아닌가? 그런데 다루기 어렵단 이유만으로 손을 떼고 있는 게 맞다고 생각해?"

"무슨 소리야."

"어린 소녀 하나가 지금까지와 궤가 다른 기이한 술법을 쓴단 이유로 온 세상에 쫓기는데. 그들이 무림인들이란 이유만으로 나라는 지켜보기만 해. 이상하지 않아? 정말 이상한 걸 모르겠어?"

"!"

"황제는 왜 무림인들을 무림인들이란 이유로 모른 척하지? 다른 백성들처럼 보호해야 하지 않아? 한 사람이 집중적으로 쫓기고 공격받는데 왜 그걸 모른 척해야 해? 그게 관례라서? 그러면 그 황제는, 그 황제가 통치하는 세상은."

타천천이 천천히 몸을 일으키며 물었다.

"전부 잘못된 거 아닐까?"

타변태는 늘 타변태였지만, 이 말을 하는 타변태는 평소보다 좀 더 정신이 이상해 보였다. 아주 똑똑해 보이기도, 좀 미친 것 같기도, 좀 허망한 것 같기도 했다.

그 모습을 빤히 보고 있자니, 타천천이 다시 물었다.

"녕녕. 그걸 없앨 거야?"

"어."

내가 다시 손에 힘을 주려 하자, 타천천은 미간을 찡그렸다.

"고민하는 시늉이라도 하지 그래?"

그러더니 한걸음에 내 바로 앞으로 날듯이 뛰어와서는, 내가 쥔 서신 한 가운데를 손가락으로 짚으며 말했다.

"그걸 없애면 넌 이지가 사라지면서 평범한 강시로 변해, 녕녕. 그럼 어때? 이번엔 고민해 볼래?"

"잘 있어, 타천천."

더 말을 섞는 대신, 나는 서신을 한 번에 다 뜯어버렸다.

종이 묶음이 워낙 두껍다 보니, 종이를 찢었는데 종이 찢는 소리가 아니라 나무 가죽을 잡아 뜯는 묵직한 소리가 난다.

그래도 끝까지 다 찢은 다음 타천천을 쳐다보았다. 그는 나를 더 말리지도 않고, 그저 두 팔을 내린 채 나를 물끄러미 쳐다보고 있었다.

한 박자 늦게 나는 깨달았다. 나는 여전히 나였다. 이지가 사라지지도 않았고, 이성 없는 강시가 되지도 않았다.

아니, 어쩌면 이성은 있는데 몸을 의지대로 움직일 수 없는 건지도 모른다. 타천천 본인도 '이성 없는 강시'가 되어 본 적이 없으니, 정확히 어떤 상태로 변하는지 모를 거 아냐.

그걸 확인하기 위해 슬그머니 손을 올렸다 내려보았다. 손은 잘 움직였다. 손가락까지 하나하나 움직여보다가, 나는 눈썹을 치켜올렸다.

"멀쩡한데?"

타천천은 심드렁하게 대답했다.

"그렇겠지. 나는 아직 그렇게까지 혼령술을 잘 못 다루니까. 몇 번이나 얘기하지 않았나?"

"어? 그럼 거짓말한 거였어?"

"그래."

차갑게 대답한 타천천은 뒤로 몇 걸음 물러서서, 내가 서신을 계속해서 죽죽 찢는 걸 쳐다보았다.

그 시선은 뭐랄까. 평소와 아주 달랐다. 아니, 아까 전과도 아주 달랐다. 이전에 타천천이 나를 볼 때 보이는 시선이 타변태 같았다면, 지금의 시선은 그냥 타천천 같았다.

내가 빤히 쳐다보자, 타천천이 한쪽 입꼬리를 올리며 말했다.

"실망이군, 천년비. 이제 넌 완벽해졌고 아무 약점도 없어졌는데. 고작 사랑 때문에 죽음을 각오하다니. 정말로 실망이다."

나는 찢은 종이를 등롱 불에 하나하나 태우면서 대답해주었다.

"네가 실망하건 말건 상관없어. 네가 혼자 기대한 거니 실망도 너 혼자 하도록 해. 나랑 무슨 상관이야?"

"그래. 그러지."

타천천은 냉랭하게 말하고서 문 옆으로 비켜서며 지시했다.

"그러니 이제 떠나라."

"떠나?"

"네가 평범한 사람이란 데 실망했다, 천년비. 이제 널 옆에 둘 이유가 없어졌어. 그러니 떠나."

"……."

"널 그냥 보내주는 건, 한때나마 내 환상 속에 있던 네게 바치는 마지막 예우다. 떠나. 그리고 두 번 다시 내 눈앞에 나타나지 마라."

그 말을 하는 타천천은 어느 때보다도 건조한 시선이었다. 일말의 흥미조차 없이 무감동한 눈동자가 있다면 딱 저럴 거다.

"알았어. 이거만 하고."

나는 작업을 마친 다음, 그가 원하는 대로 지하실 계단을 올라가 완전히 그곳을 떠났다.

사하비단에 돌아가지도 않고, 곧장 수도로 올라갔다.

'갈 데가 없네.'

하지만 막상 수도에 도착하고 보니 돌아갈 곳이 없었다.

궁전에는 돌아갈 수 없다. 타천천이 내게 떠나라 했지만, 그가 내게 건 명령…… 월요에게 닿으면 그를 죽이려 드는 명령이 사라졌는지는 알 수 없으니까.

나한테 화가 난 와중에 '떠나서 잘 살아' 하고 그런 명령을 거두어주진 않겠지. 그 타천천이.

사자친왕부로도 갈 수 없어. 그곳 사람들은 내 얼굴을 알잖아. 내가 황

309

제를 습격하고, 그로 인해 난리가 난 것도 알지.

내가 사자친왕부에 돌아가면 권력을 얻고 싶어 하거나 정의감이 강한 누군가가 나를 밀고할 게 뻔하다.

그러면 어쩐다? 개원이와 단둘이 지내던 그 동굴에 돌아가고 싶진 않은데. 그 외에 내가 갈 곳이 있을까?

"……."

고민하고 있자니 개운호가 한 말이 떠올랐다. 독립해서 집을 구한 다음 열쇠를 주고 말했지. 언제든 거기로 오라고.

'거기 갈까.'

"네가 여길 왜 와."

개운호가 독립한 집 안에 들어가자, 연못에서 붕어 밥을 주던 민신이 차갑게 물었다. 날 보는 민신의 눈은 걸어 다니는 사람만 한 지네를 보는 것처럼 삭막하다.

"언제든 오라 해서."

열쇠를 보이며 대답하자, 민신이 인상을 찌푸리며 물었다.

"그 말을 곧이곧대로 들어? 천년비. 네가 여기 오면 개씨 가문에 민폐일 거란 생각은 하지 않아?"

"왜 민폐야?"

"너 염치 없구나. 하긴. 염치가 있으면 개원이를 그렇게 망쳐 놓지도 않았겠지. 천년비. 네 존재 자체가 민폐야. 너 때문에 개씨 가문이 같이 공적 취급을 받을 수도 있단 생각은 하지도 않아?"

"알았어. 내가 붙잡히면 네가 내 인생 최고의 절친한 친구이자 의자매라고 할게, 민 자매. 그럼 개씨 가문에 민폐 아니겠지?"

"야!"

민신이 목에 핏대가 서도록 고함을 질렀지만, 나는 민신과 놀아줄 여력이 없었다. 요 며칠 동안 밥도 먹지 않고 잠도 자지 않고 강시다운 생활을 했더니, 정신이 지쳐 있단 말이다.

아무리 몸이 피로를 못 느끼면 뭐 해. 사람의 삶에 익숙해진 내 정신이 피로를 느끼는데. 내 방에 가서 좀 누워서 쉬어야겠다. 앞으로의 일은 쉰 다음에 생각해 보아야겠어.

"천년비. 내 말 무시해?"

"붕어 밥이나 줘 붕어 대왕."

"야! 거기 서라고!"

영빈은 어렵게 구한 고판본을 만지작거리면서도 그 안에 새겨진 글자는 하나도 읽지 못했다. 정신이 다른 곳에 팔려서 아무리 글자를 보려 해도 집중할 수 없는 탓이었다.

영빈의 머릿속은 며칠 전, 해운잠의 시녀와 나눈 대화를 계속해서 되풀이하고 있었다.

- 어머니가…… 죽기 전날 누구를 만나러 다녀왔다고?

- 네, 마마. 돌아오신 후에는 꼭 죽을 걸 미리 아신 것처럼 뒷정리를 싹 해두셨지요. 그래서 장례식 후에 다들 신기하게 여겼습니다.

- 그 이야기는 들었다.

- 네. 워낙 묘한 일이니까요. 그 외에는 이상한 일이 없었습니다, 마마.

- 어머니가 누구를 만났는지는 모르느냐?

- 네. 도중까지 작은 마님을 모시고 간 건 맞지만, 중간부터는 따라가지 못했거든요. 마님께선 저와 가마꾼은 큰길에서 기다리게 하시고는 따로 어딘가로 가셨어요. 이후 한 시진 정도가 지나서야 돌아오셨고요.

- 돌아오셨을 땐 어땠지?

- 기분이 좋아 보이셨습니다. 무슨 일이냐고 여쭤보았지만 알려주지 않으셨어요.

시녀는 그 이상의 일은 전혀 모르는 눈치였다.
영빈은 나무판을 규칙적으로 두드리며 눈을 가늘게 떴다.
'어머니가 누군가를 일부러 혼자 만났어. 그자가 어머니가 벌인 이번 일과 관련이 있는 건 확실해. 확실한데…… 대체 어떤 식으로? 영혼이라도 바꾸어 주었단 말인가? 사람이 그런 짓을 할 수가 있나?'

영빈은 그 이상 알아내지 못했으나, 해운잠은 영빈이 자신을 뒷조사한단 걸 알아차렸다.

그녀의 시녀가 영빈에게 다녀온 후, 마치 지시라도 받은 것처럼 전에 그녀를 마지막에 데려간 곳에 가서는 그 인근을 싹 돌아다닌 것이다. 그러더니 다시 입궐해서 또 영빈을 만났다.

미리 붙여둔 사람을 통해 이를 전해 들은 해운잠은 허탈해졌다.

'그 아이는 내가 곁에 있는 게 그리 싫은가.'

자신은 우여를 위해 죽음을 무릅쓰고 곁으로 왔는데. 딸이 자신을 쫓아내고 싶어 안달이라니 모든 게 다 허무하게 느껴졌다.

자신이 처음의 목적을 잊고 젊고 아름다운 황제를 노리기라도 하면 모를까, 그것도 아니지 않는가.

황제도 그녀를 멀리했지만 그녀도 황제를 멀리하고 있었다. 일부러 황제의 마음을 살만한 언행도 하지 않았고 늘 데면데면하게 굴었다. 그런데 대체 영빈은 뭐가 그리 마음에 안 드는 걸까.

그러나 이미 그녀의 몸은 죽은 뒤라 뭘 어떻게 돌이킬 수도 없었다.

해운잠 귀신이 동생 몸에 빙의했다면 어떻게 쫓아낼 수 있을까. 도사라도 불러와야 하는 게 아닌가,

근심하던 연비는 영빈이 해운잠의 시녀를 연달아 부르고, 그 시녀를 통해 어느 길을 조사하고, 해운잠이 마지막으로 사용한 가마의 가마꾼을 조사하는 걸 전해 듣고서 점점 더 자신의 짐작에 확신을 가졌다.

진짜인지 아닌지 모르겠으나 천소여는 자신이 해운잠이라 생각하고 있고, 영빈은 그걸 믿고 있다.

하지만 연비도 그 이상은 알아내기 힘들었다. 해운잠이 자신의 시비와 가마꾼을 따돌리고서 어디를 갔다 온 건지. 이게 중간에서 딱 막혀 더

이상 진행되지 않는 탓이었다.

연비는 천비를 직접 불러서 이것저것 물어볼까, 은밀히 떠볼까, 여러 가지로 고심했으나 그러기에는 배 속의 조카가 걸렸다.

추궁당한 해운잠 귀신이 미쳐서 아기에게 해코지라도 하면? 귀신이 무슨 짓을 할지 어찌 안단 말인가.

결국, 고민 끝에 연비는 월요를 찾아갔다.

"오 공공. 폐하께선 계시는가?"

"네, 마마. 안에 계십니다."

"내가 긴히 드릴 말씀이 있다고 여쭙게."

잠시 뒤. 월요의 허락을 받은 오원요가 나와서 연비에게 어실 안으로 들어가도 좋다 일렀고, 연비는 월요의 방 안으로 들어섰다.

월요는 천소여와 멀어진 뒤에도, 낙마 사고로 사자친왕의 저택에서 요양을 하고 온 후에도 평소와 다를 바 없었다.

목에 붕대를 감고 있는 걸 제외하면, 산처럼 쌓인 책상 위 상소문들이라거나 그 중앙에 깔끔하게 고정된 종이라거나, 모든 것들이 그대로였다.

"폐하를 뵙습니다."

인사를 올리는 연비에게 고개를 끄덕이는 모습조차도 평소와 거의 흡사했다. 단 하나, 달라진 게 있다면 아마 방 안의 분위기일 것이다.

안 그래도 우중충하던 황제의 분위기는, 그가 사자친왕의 저택에 요양을 다녀온 이후 더욱 어둡고 무거워져 있었다.

"무슨 일이냐."

"폐하께 긴히 드릴 말씀이 있습니다. 믿기 어려운 이야기지만요."

황제는 그래도 연비에게 물러나라 하진 않았다.

"앉거라."

황제의 지시에 연비는 근처의 의자에 앉아 어디부터 말을 시작할지 잠시 골랐다. 지금부터 할 이야기가 몹시 터무니없다는 걸 알기에 말을 꺼내기가 쉽지 않았다.

귀신이 동생에게 씐 것 같다니. 자칫 잘못 들으면 일부러 멀쩡한 사람을 귀신 들렸다고 몰아가는 것처럼 여겨질 수도 있었다. 이런저런 걸 생각하면서도, 연비는 천천히 입을 열었다.

"폐하. 신첩의 동생이 조금 이상하게 변했다고 생각하지 않으십니까?"

그 말에 안으로 차를 가져다주던 오원요가 멈칫했다. 월요가 팔을 뻗자, 오원요는 그제야 월요와 연비의 앞에 차를 내려놓고 나갔다.

"이상하게 변하다니."

월요도 연비의 예리한 질문에 놀라긴 매한가지였으나, 조금도 그런 내색을 하지 않고 되물었다.

그러나 오원요의 반응만으로도, 연비는 다른 이들 역시 의아한 점을 느꼈단 확신을 가지고서 아까보다 좀 더 자신감 있게 말했다.

"원래도 그 아이는 용고를 먹고 기억을 한 번 잃었지요. 이후 괜찮아지는 것 같더니. 책봉식 이후 짧은 기간에 두 번 쓰러진 뒤로는 또 기억이 엉망이 되었습니다."

"그건 그냥 다쳐서 그러는 게 아닐까. 기억도 한 번 잃어버렸으니, 또 잃어버리기 쉬운 거겠지."

월요가 바로 동의하지 않았으나, 연비는 고개를 저었다.

"최근에 제 두 동생이 모두 이상해졌습니다. 소여는 가깝게 지내던 친구들을 모두 물리고, 저와도 거리를 두지요. 황후 폐하에게 듣던 수업도 그만두었다고 들었습니다."

"몸이 아프니까."

"몸이 아프면 사람들을 전부 물리겠지요. 사람들을 물리면서, 그간 사이가 그리 좋지만은 않던 우여에게는 시도 때도 없이 찾아갑니다."

"친한 사람이 바뀐 거겠지."

"절 잘 따르던 우여도 절 이전만큼 따르지 않게 되었지요."

"뭘 말하는지 모르겠군, 연비. 이렇게 들어서는 그냥 교류하는 사람이 변했을 뿐 아닌가."

오원요는 월요가 딴청 부리는 걸 들으며 혀를 찼다.

월요는 절대로 '천빈'의 영혼이 바뀐 걸 아는 사람처럼 굴지 않았다.

그때. 연비가 고개를 설레설레 젓고서 말했다.

"궁녀들에게 들으니, 내내 소여를 편하게 부르던 우여가 갑자기 존댓말을 사용했다 합니다. 그뿐만 아니라 우여는 갑자기 죽은 해운잠을 뒷조사하기 시작했지요. 해운잠은 소여가 세 번째로 기억을 잃기 바로 전에 죽은 우여의 친모입니다."

겉과 달리 속으로는 연비의 영민함에 감탄하던 월요의 표정이 굳었다.

"방금 뭐라고……?"

"억측일지도 모르지만, 폐하. 제 동생의 몸에 해운잠 귀신이 들린 것 같습니다."

"해운잠?"

월요는 헛웃음을 뱉었다.

천소여 몸에 있는 게 천소여 본인도 아니고…… 다른 사람이라고?

316

35장

떡돌이는 반숙이가 있어야 해

해운잠은 무거운 배에 눌려 있다가 황제의 측근 태감인 오원요의 방문을 받았다.

"천비 마마. 폐하께서 마마를 부르십니다."

황제가 무슨 일로 날 부르는 거지?

해운잠은 의아하지만 일단 알겠다고 대답했다. 그가 무슨 일로 불렀든 황제의 부름을 거부할 수는 없으니까.

"채비해야 하니 먼저 돌아가게, 공공."

"밖에서 기다릴 테니 천천히 준비하시지요, 마마."

하지만 황제에게 갈 준비를 하면서도 해운잠은 여전히 궁금했다. 몸이 바뀐 뒤로 황제는 놀라울 정도로 그녀를 멀리했다. 화를 낸다거나 차갑게 대한다거나 하는 게 아니라, 말 그대로 만나는 일이 적었다.

그나마 복중 태아가 있는지라 몸 상태는 계속 신경 쓰고 있었지만, 이마저 없었다면 다른 후궁들을 대할 때와 다르지도 않았을 것이다.

당연히 황제가 먼저 부르는 일도 없었다. 정 보아야 할 일이 있으면 황제는 지나가는 길에 차라리 직접 들르는 편이었지, 그가 있는 곳으로 자신을 부르지 않았다.

"폐하께서 왜 날 부르는 걸까."

옷을 갈아입으며 해운잠이 묻자, 원웅이 얼른 알려주었다.

"원래 폐하께서는 마마를 자주 부르기도 하시고 자주 찾아오시기도 하시고 그러셨어요."

"내가 기억을 잃은 후론 그러지 않으셨잖니."

"지금은 좀 멀어지셨지만 그래도 추억이 어디 가는 건 아니니까요."

원웅이 싹싹하게 말하고서 채비를 마쳐주었다. 밖으로 나가 가마에 올라탄 해운잠은 의자에 기대어 앉아 걱정했다. 이 소식을 들으면 우여가 더 싫어하는 건 아니려나.

천천히 나아간 가마가 황제의 궁전 앞에 멈추자, 해운잠은 원웅의 부축을 받아 가마에서 내렸다. 그 상태로 해운잠은 어실 안으로 들어갔다.

그런데 어실 안에 들어가 보니 분위기가 좋지 않았다. 해운잠은 방 안을 둘러보았다.

황제는 무표정하게 상소문을 내려다보고 있고, 곁에는 무슨 역할인지 모를 까만 복장의 사내가 서 있는데, 역시 표정이 싸늘했다.

뭐지? 그걸 보자 해운잠은 좀 걱정이 되었다. 하지만 달리 떠올릴 만한 안 좋은 일도 없는지라, 그녀는 배운 대로 황제에게 인사를 올렸다.

"폐하를 뵙습니다."

"천비가 의자에 앉도록 도와라, 원웅."

황제가 지시하자 그의 심복으로 보이는 흑색 의복 사내가 옆으로 물러났고, 원웅은 가까운 의자에 해운잠을 앉혀주었다.

황제가 눈짓하자 흑색 의복 사내가 원웅을 데리고 밖으로 나갔다. 황제와 둘만 남게 되자 해운잠은 괜히 더 불안해졌다. 일이 낯설게 돌아가고 있었다.

해운잠은 황제가 말문을 열기를 꿋꿋하게 기다렸다.

얼마나 그러고 있었을까. 상소문을 덮은 황제가 드디어 시선을 그녀 쪽으로 던지며 물었다.

"어쩌다 보니 자매가 모두 짐의 후궁으로 들어왔군."

그런데 그가 던진 말은 영 뜬금없었다. 해운잠은 어리둥절해 하면서도 정석대로 대답했다.

"폐하를 모실 수 있는 건 천씨 가문의 영광입니다."

"하지만 짐은 모녀를 후궁으로 들일 마음은 없는데."

그러다 월요가 이 말을 하는 순간. 해운잠의 머릿속에 피어난 호기심과 의구심이 순식간에 사라졌다. 그녀는 찬물에 머리를 담근 것처럼 소스라치게 놀라 황제를 쳐다보았다.

"폐하……?"

"무슨 수를 쓴 거냐 해운잠."

그러다 황제가 그녀의 이름을 대놓고 부르자, 해운잠은 기겁해서 벌떡 일어났다.

근처에 존재감 없이 서 있던 오원요가 얼른 그녀를 부축했다. 어쨌든 만삭인 몸이니 조산하지 않게 조심해야 했던 것이다.

해운잠은 입술을 파르르 떨다가 부정해보았다.

"무, 무슨, 말씀이신지……."

"네가 그 몸에 있단 건 원래 그 몸의 주인은 죽었단 거겠군. 황손을 품은 황제의 비를 죽였으나 그 황손을 여전히 태에 품고 있으니, 이 죄는 어떤 죄명을 붙여야 옳을까."

하지만 황제는 그녀를 떠보는 게 아니었다. 확신하고 있었다. 해운잠은 다리에 힘이 풀려서 넘어질 뻔했다. 오원요가 그녀를 부축하고 있지 않았더라면 분명 앞으로 넘어졌을 것이다.

해운잠은 대답도 제대로 할 수 없어서 황제를 쳐다보았다.

"폐하……."

"해운잠. 운이 좋게도 어쨌든 넌 그 몸을 차지했지. 짐의 하나뿐인 황손의 친모이니 해칠 수도 없어. 안심하라. 짐은 네게 벌을 주지 못한다."

이 와중에 안심이 될 수 있을 리가 없다. 벌을 주지 않을 거라는 데도 해운잠은 안도할 수 없었다. 분명 거짓말일 것이다. 아니면 다른 말을 덧붙일 것이다.

"벌을 받는다면 너의 하나뿐인 핏줄이 대신 받겠지."

역시나. 황제가 영빈에 대해 말하자 해운잠은 심장이 뚝 떨어지는 느낌에 저절로 눈물이 나왔다.

"폐하, 안 됩니다, 폐하! 그 아이는 아무것도 모르고 있습니다!"

해운잠이 외쳤으나 황제는 눈도 깜짝하지 않았다. 황제는 해운잠을 건조하게 바라보며 말했다.

"천소여는 뭘 알고 사라졌을까."

"!"

해운잠은 계속해서 고개를 저었다. 너무 갑갑하고 놀라서 말도 제대로 나오지 못했다. 반쯤 정신이 나간 것처럼 보이기도 했다.

해운잠이 그 상태로 계속 그러고 있자, 황제가 새 상소문을 펼치며 지시했다.

"오원요. 천비를 데리고 나가라."

"예, 폐하."

이걸로 끝인가? '네가 해운잠인 걸 알았으니 그 대가는 영빈이 치르게 될 것이다'라는 통보가?

해운잠은 반쯤 정신이 나간 채 오원요를 따라 나가다가, 뒤늦게 제정신을 찾고서 그를 뿌리치고 황제의 앞으로 달려가 무릎을 꿇었다.

"폐하, 모든 걸 말씀드리겠습니다. 폐하, 제가 이 일이 어떻게 된 건지 말씀드리겠습니다. 하지만 영빈은 정말 아무것도 모릅니다. 폐하, 영빈은 폐하가 한때 총애하던 후궁이 아닙니까. 제발, 가엾은 그 애에게 이 잘못을 돌리지 말아 주세요!"

그래도 황제는 그녀를 쳐다보지 않았다.

"가시지요, 마마."

오원요가 모르는 척 해운잠을 마마라 부르며 또 부축하려 하자, 해운잠은 완전히 공포에 질렸다. 그녀가 여길 나가는 순간 영빈이 영문도 모른 채 모든 죄를 뒤집어쓰고 죽어버리는 건 아닐까 겁이 났다.

해운잠은 오원요를 뿌리치고서 외쳤다.

"혜비, 혜비입니다!"

"마마, 가시지요."

"혜비에게서 비원이란 자를 소개받았습니다!"

황제가 손짓하자 오원요가 그제야 해운잠을 부축하려 시도하길 멈추고 옆으로 물러났다.

황제는 상소문을 다시 덮으면서 지시했다.

"원래대로 모든 걸 되돌려라. 네가 할 일은 그것이다."

"전에도 비원이란 이름이 나왔지."

"예, 폐하."

"우 귀인도 혜비에 대해 이야기했다."

"예."

해운잠이 가마를 타고 돌아간 뒤. 황제는 그녀가 외치고 간 말을 되짚으며 미간을 찡그렸다.

그때도 '비원'이 대체 누구인가 찾으려 애썼으나 찾지 못했다. 사람의 이름은 아닌가 하였으나, 이런 일에 본명을 쓸 것 같진 않아 일단 가명으로 해석했다. 우 귀인 역시도 비원은 가명이라 했고.

물론 그러면서도 '비원'이란 이름을 가진 관리 몇 명을 살피긴 하였으나, 일단 의심스러운 구석은 다들 없었다.

그런데 또다시 '비원'이 등장했고 혜비가 등장했다. 전에 우 귀인이 혜비를 언급했을 때 그녀를 조사하였으나. 그녀 쪽으로는 조금의 실마리도 나오지 않았는데도.

월요는 낮은 목소리로 지시했다.

"혜비와 비원이란 자에 대해서 다시 조사해봐라."

"예, 폐하."

"그리고 정보호는? 아직 연락이 없나?"

"예. 천년비가 꼭꼭 숨었는지, 이번엔 잘 보이지 않는다고 보고할 때마다 하소연입니다."

"그래도 찾아내야 한다."

천소여가 천소여 본인의 몸에 있는 거라면 상황이 복잡해지겠지만, 천소여 몸에 있는 게 해운잠이란 생판 남이라면……

일 년 넘게 그 몸을 차지한 천년비가 다시 천소여의 몸으로 돌아올 수 있을까?

그때 고민하던 월요가 갑자기 "오원요." 하고 눈을 반짝이며 불렀다.

"네, 폐하."

월요는 막상 불러 놓고서 바로 대답하지 않았다. 그는 잠시 '이래도 괜찮을까?' 하고 생각하는 얼굴로 주저했다.

오원요는 황제가 다시 지시하길 꼿꼿이 기다렸다. 잠시 뒤. 월요가 예상하지 못한 황명을 내렸다.

"짐이 무림인 천년비에게 과거에 도움을 받은 적이 있다고, 보은하려 찾고 있다고 일러라."

"예?"

오원요는 깜짝 놀라 황제를 보았다. 승언도 놀라 물었다.

"천빈 마마께선 목 조르는 사건이 발생하기 전에도 자기 악명이 폐하께 해가 될까 봐 일부러 곁에 오지 않으셨잖습니까, 폐하. 그런데 폐하께서 마마를 찾으시다니요?"

"천빈이 짐을 위한답시고 짐의 곁에 오지 못하니까 부르려는 거다."

"폐하. 천빈 마마는 폐하의 곁에 머물 수 없다는 것을 아시지 않습니까? 두 분이 함께 있는 건 폐하께 뿐만 아니라 그분께도 위험합니다!"

"붙어 있는 게 위험하다면 최소한 어디 있는지라도 알고 서신이라도 주고받고 싶다. 짐의 온기를 줄 수 없어도, 따뜻한 집은 줄 수 있지 않느냐."

"!"

"짐이 곁에 있어 줄 수 없다면 편안하고 안락하게 살 거처라도 주고 싶다. 궁이 갑갑하면 궁 옆에 있는 집이라도."

"천빈 마마는 악명이 심합니다, 폐하. 궁을 주든 집을 주든 사람들은 폐하까지 이상하게 볼 겁니다."

"어쩔 수 없다."

월요의 입꼬리가 한쪽만 올라갔다.

"반숙이는 떡돌이 없이 뱃놀이하면서 잘 살아도 떡돌이는 반숙이가 없으면 못 사니까."

어떻게 해서든 영빈에게 불똥이 튀기 전에 일을 마무리 지어야 한다!

해운잠은 처소로 돌아가는 내내 정신을 차릴 수가 없었다.

"마마, 괜찮으세요?"

멀쩡히 황제를 보러 간 해운잠이 영 상태가 좋지 않아 나오자, 원웅은 울먹이며 물었다.

그녀가 모시는 마마의 상태가 나빠졌다가 좋아지길 반복한 것만 해도 여러 번이었다. 얼마 전 친구인 부성은 죽었고, 천비는 지금은 회임 중이기까지 하다 보니 원웅은 좀 무서워졌다.

"의원을 불러올까요?"

"아니, 의원을 부를 게 아니라……."

해운잠은 멍하게 중얼거리다가 원웅에게 부탁했다.

"좀 나갔다 오고 싶은데."

"어디로 모셔갈까요? 자주 가시던 청적에 가시겠어요?"

"아니, 아니. 궁궐 밖에."

"네?"

원웅은 깜짝 놀라 눈을 휘둥그렇게 떴다가 빠르게 고개를 저었다.

"절대 안 됩니다, 마마. 예전에 자주 다니신 건 알지만 지금은 만삭이시잖아요. 언제 아기씨가 나올지 모르는데 이럴 때 나가셨다간 정말로 큰일 나요!"

하지만 해운잠은 지금 천소여의 아이가 중요한 게 아니었다. 천소여의 아이를 위해 여기 남아 있다가 그녀의 아이가 죽게 생기지 않았는가.

"그래도 나가야 한다. 잠시. 아주 잠시만 다녀올 데가 있어서 그래."

"마마……!"

원웅은 겁에 질렸으나 해운잠은 물러나지 않았다.

귀자는 이 모습을 보다가 은밀히 밖으로 나가 황제에게 알렸다.

월요는 잠시 생각해 보다 허락했다.

"몸을 바꿀 방법을 다시 찾으려는 건지도 모른다. 빠져나갈 수 있게 네가 해운잠에게 돕겠다고 해라 귀자. 그리고 은밀히 뒤를 쫓아라."

"예, 폐하."

"초한."

"네, 폐하."

"너는 지금부터 비연궁에 머물다가, 해운잠과 귀자가 나갈 때 따라 나가라. 혹시 귀자가 혼자 처리하기 어려운 일을 해야 할 때 돕도록 해라."

"예."

"제가 도와드리겠습니다, 마마."

밖으로 나갈 방법을 찾지 못해 고생하던 해운잠을 돕겠다고 나선 건 태감인 귀자였다.

"네가?"

해운잠이 의심스러워 묻자, 귀자는 두 손을 모으고 섭섭한 척 말했다.

"마마께서 몰래 놀러 다니실 때 늘 데리고 다닌 건 원래 소인입니다. 기억나지 않으시겠지만요."

해운잠은 안도했다. 원래도 천비가 여기저기 잘 놀러 다녔구나. 어쨌든 그 덕에 외출은 그리 큰 의심을 받지 않고 할 수 있을 듯했다.

"그래, 고맙다."

해운잠은 그날 저녁. 귀자의 부축을 받아 궁궐 돌담에 난 작은 옆문을 통해 밖으로 빠져나올 수 있었다. 이후 그녀는 일부러 중간까지만 귀자를 데려간 다음 그에게 지시했다.

"여기부턴 내가 혼자 다녀올 테니 너는 이곳에서 기다리도록 해라."

귀자도 해운잠이 완전히 은밀한 만남에까지 자신을 데려갈 거란 생각은 하지 않고 있었다.

"그러겠습니다, 마마."

귀자는 순순히 대답하고서 물러섰다.

해운잠은 그래도 안심이 안 되어 연거푸 그를 쳐다보다가, 몇 번을 돌아보아도 그가 제자리에 선 걸 확인하고서야 바쁘게 걸어갔다.

가려던 장소 부근에 도착한 그녀는 옷매무새를 정돈하면서 한숨을 들이쉬었다.

'여기 있을까. 있어야 한다. 반드시. 아니면 영빈이 죽게 돼!'

해운잠은 전에 본 그 남자가 이곳에 있길 바라며 가게 안을 한번 둘러보았다. 그러나 그 남자는 없었다. 수많은 사람이 있는데 그 남자만 없었다. 실망해 우두커니 서 있자니 점소이가 와서 싹싹하게 물었다.

"자리를 안내해 드릴까요?"

해운잠은 급히 점소이를 붙들고 물었다.

"내가 며칠 전에도 여기에 온 적이 있는데."

"어…… 죄송합니다, 손님. 너무 많은 분이 다녀가셔서요."

점소이는 해운잠이 자신을 못 알아보냐 물을 거라 여겼는지 질색해서 말했다. 해운잠은 고개를 저었다.

"날 봤는지 묻는 게 아니다. 키가 한 이 정도로 굉장히 크고, 이마랑 콧대가 또렷해서 꼭 깎아둔 조각처럼 생긴 남자에 관해 묻는 거야. 웃는 상이고……."

"죄송합니다, 손님. 모르겠는데요."

"……그래."

해운잠은 한숨을 내쉬고서 알겠다 대답한 뒤, 문이 내려다보이는 2층으로 가 자리를 잡고 앉았다. 거기서 아래를 내려다보며 해운잠은 그 남자가 다시 보이기를 기다렸다.

그로부터 며칠간 해운잠은 계속해서 그곳을 들락날락했으나, 그녀가 천비가 되도록 도와준 그 남자는 만날 수 없었다.

　대신 점소이가 그녀를 알아보고서, 그녀가 나타나면 "오늘도 늘 드시던 거로 드시겠어요?"라고 묻게 되었을 뿐이다.

　해운잠은 그러라 하고서 늘 같은 2층 구석 자리, 가끔 누군가 그 자리에 앉는다면 그 옆자리에 앉아 문을 내려다보기를 반복했다.

　그러나 찾는 남자는 나타나지 않았다.

　연비 역시 기다리는 소식을 못 얻기는 마찬가지였다. 해운잠 귀신이 자기 동생에게 쓰인 것 같다고 말한 지 며칠. 황제가 무언가 행동해줄 거라 여겼으나, 연비는 그에 관한 이야기를 듣지 못했다.

　오히려 연비는 황당하기 짝이 없는 소식을 들었다.

　"그게 무슨 소리냐. 폐하께서 누구를 찾아?"

　동생을 구해달라 했더니. 황제가 다른 여자를 찾고 있다는 것이다.

　"천년비라고, 무림에서 아주 악명 높은 악적이랍니다."

　"무림인? 그 여자를 왜?"

　"예전에 그 여자에게 은혜를 입은 게 있으니 갚겠다 하시는데…… 글쎄요. 폐하께서 무림인 여자에게 직접 나서서 갚아야 할 은혜 입을 일이 있을까요?"

　소식을 전해준 궁녀는 입술을 삐죽였다.

　"제 생각엔 새로운 여인을 만나고 싶어 하시는 거 같습니다. 심지어 그 여자는 폐하께도 피해가 갈 정도로 사고를 치고 다닌 여자라는 걸요."

　연비는 헛웃음을 뱉었다. 그녀는 사랑을 믿지 않았으나, 그래도 황제가 자신의 동생인 천소여만큼은 진심으로 연모한다고 생각했는데…….

"역시 사랑이란 건 쥐의 똥만큼도 쓸모없구나."

"네?"

"고양이나 다시 길러야겠다. 고양이나 하나 얻어오거라."

한숨 섞어 말한 연비는 제 고양이를 황제에게 뺏기고, 심지어 그 뺏긴 고양이가 얼마 지나지 않아 죽은 일을 떠올리고 차갑게 덧붙였다.

"폐하는 모르게 구해와라. 관심도 없겠지만."

"네, 마마."

"폐하가 왜 천년비를 찾는 거야?"

"천년비가 악적이긴 하지만 무림인이잖아. 관과 무림은 서로 관여하지 않는 게 원칙 아닌가?"

"천년비가 그 뭐야, 몇 달 동안 길 부수고 다녀서 그런 거 아닌가?"

"천년비가 혼자 부쉈나. 여럿이 부쉈지. 그 일 때문이면 딱 집어서 천년비만 부르진 않을 거 같은데⋯⋯."

"왜, 진짜로 폐하랑 무슨 연이 있을 수도 있지."

"나 원 참. 무림에서도 있을 곳 없이 떠도는 천년비가 황제 폐하와 무슨 연이 있으려고. 우리 황제 폐하가 뭐 밖에서 떠돈 시간이 몇 달 된다거나 그러면 몰라, 그냥 궁궐에서만 지내신 분 아닌가."

"혹시 함정 아닐까?"

"함정이라니?"

"은혜 갚겠단 건 그냥 하는 말인 거지. 폐하도 천년비가 거슬러서 잡고 싶은 거야. 하지만 무림과 관은 서로를 모른 척해야 한단 원칙이 있으니 대놓고 잡진 못해서 이렇게 둘러 방을 건 게 아닐까, 이 말일세."

"그런가? 그래, 그 말이 제일 그럴듯하구먼!"

웃기지들 않네. 속으로 혀를 차면서 나는 죽립을 눌러쓰고 사람들 사이를 퍽퍽 밀치며 지나갔다.

요 며칠째 거리가 아주 술렁거린다. 이게 다 떡돌이 때문이다. 그가 나한테 은혜 갚을 게 있다며 찾고 있단 방을 붙여서.

내가 자기 옆에 나타나지 않고 천소여와 다시 몸이 바뀔 것 같지도 않으니 이런 수를 쓰나 보다.

하지만 아직 앞으로 어떻게 할지 결론이 난 게 아니기에 나는 떡돌이를 찾아가지 않았다.

떡돌이는 나를 건드리지만 않으면 된다거나, 뭐 그런 식으로 수월하게 생각하는 모양인데. 그거야 타변태가 이 이상 내 몸을 조종하지 않을 때 일이고. 앞으로 타천천 마음이 어떻게 변할지, 그리고 내 몸에 어떤 부작용이 나타날지 모르는데 어떻게 떡돌이 옆에 간단 말인가.

장공주는 의지력이 약해서 소중히 여기던 제 동생을 공격했겠어? 아니지. 장공주도 자기 의지와 상관없이 저지른 일이잖아.

어쨌든 여러 가지 이유로, 나는 외출해서 배를 타고 호수를 돌며 시간을 때운 다음 당과만 여러 개 사 들고 다시 개운호의 집으로 돌아왔다.

내가 자기를 보면 불편해한단 생각을 해서인지, 개운호는 요즘은 먹을 거나 돈을 조금씩 두고 갈 때를 제외하면 집에 잘 오지 않아서 편했다. 민신도 내가 자기 생각처럼 꺼져주지 않자 반쯤 포기했는지, 이제는 그 집에 오지 않고.

그보다 민신 걔는 좋은 무가의 여식이라 들은 거 같은데. 왜 맨날 개운호 옆에 붙어 있는 거 같지? 아직 혼인도 안 하지 않았나? 독립을 개운호 옆으로 했나?

그런데 평소처럼 평상에 당과를 여러 개 펼쳐놓고 먹으려 할 때였다.

사람들이 이쪽으로 우르르 몰리는 게 느껴졌다.

'뭐지?'

설마. 내가 개운호 집에서 머무는 걸 들켰나? 어떻게? 절대로 안 들키게 행동하고 있는데? 이젠 죽립도 밖에선 안 벗는데?

하지만 대놓고 오는 걸 보면 날 죽이려고 접근하는 무림인들은 아닌 거 같기도 하다.

잠시 고민하다가 일단 평상 밑으로 몸을 굴려 들어갔다. 지붕 위로 도망가도 되지만, 그러면 내 위치가 발각되어 다시 쫓기게 될 테니까.

거기서 상황을 지켜보고 있으려니, 문밖에서 "천년비는 나오시오!"라고 외치는 소리가 났다.

어이쿠. 확실하게 무림인들은 아니시군. 하지만 무림인들에게 천년비가 여기에 산다는 걸 대놓고 알려주고 있네.

대체 누구야? 누군데 이런 민폐를……이라고 생각하자마자 관부 사람들일지도 모른단 생각이 드네. 관부 사람들이 떡돌이 방을 보고서 날 잡으러 왔나? 하지만 관부 사람들은 내 위치를 어떻게 알았는데?

"천년비는 나오시오!"

구시렁거리는 와중에도 다시 나를 부르는 소리가 난다. 내가 여기에 있을지도 모른단 생각을 하고 온 게 아니라, 아예 확신을 하고 와 부르는 소리였다.

그렇다면 누군가 내 위치를 이들에게 밀고라도 했단 건가? 인상을 찌푸리는데, 곧 문짝이 억지로 박살 나는 소리가 나면서 한 무리의 관군들이 우르르 집 마당으로 몰려들었다.

"천년비는 나오시오! 폐하께서 찾고 계시오!"

"해치려는 게 아니니 나오시오!"

떡돌이가 날 해치려 들진 않겠지. 내게 피해를 주는 건 당신들 쪽이지.

그쪽들이 내가 여기서 지내고 있단 걸 고래고래 알려줬으니, 앞으론 무림인들이 천년비를 사냥하고 싶거든 바로 여기로 오겠는걸?

속으로 욕을 뱉어보지만, 무림 사정을 모르는 건지 아니면 신경 쓸 필요 없다 여기는 건지, 관부에서 나온 무인들은 계속해서 '천년비' 하고 외쳐대기만 했다.

이대로라면 저들이 돌아간 뒤에도 여기 머물 수 없을 거다.

결국 나는 평상에서 몸을 굴려 반쯤 나온 뒤 물었다.

"누구냐. 날 왜 찾아."

누운 채 묻자 관군들의 표정이 당혹감에 물든다. 그들은 마치 길을 지나가는데, 쓰레기 형태와 비슷한 무언가가 말을 하며 튀어나온 걸 보았단 표정들이었다.

"내가 천년비다."

어쨌든 재차 말해주자, 관군들은 자기들끼리 서로 시선을 주고받다가 말했다.

"실례하겠소."

관군 두 명이 오더니 내 양팔을 잡고서 평상 밑에서 끌어내 주었다. 등이 바닥에 쏠리긴 했지만 옷을 입어서 괜찮았다.

나는 그들이 이끄는 대로 일어나서, 관군 중 가장 높아 보이는 이를 쳐다보았다. 그자는 홀로 두루마리 같은 걸 들고 서 있었다.

그러다가 나와 눈이 마주치자, 관군은 잠시 눈을 질끈 감고 참담한 표정을 띠었다가, 심호흡한 후에야 도로 눈을 뜨고 말했다.

"폐하께서 옛 은인인 그대를 황궁에 데리고 오라 하셨소. 천씨 가문 년비는 폐하의 명을 받들어 당장 떠날 채비를 하시오."

한숨을 내쉬었다. 이들이 일부러 그런 건 분명 아니겠지만, 그래도 결과적으로 저들은 머리를 잘 쓴 게 되었다.

그냥 가자고 했으면 무시하고 달아났을 텐데. 이자들이 내 이름을 고 래고래 외쳐댄 덕에 수도에 그나마 생긴 내 피신처가 사라져버렸거든. 이 들을 따라가지 않더라도 무림인들이 와서 날 마구 쪼아대게 생겼어.

지금 쫓기나, 이들을 따라갔다가 탈출해서 쫓기나 결과는 똑같다. 그 렇다면…… 그래. 이들을 따라가보는 것도 나쁘진 않겠지.

'떡돌이를 멀리서라도 볼 수 있을지도 모르고.'

"알았다."

마지못해 대답하고서 나는 흙 묻은 옷을 내려다보았다.

"가지."

제일 직급 높아 보이는 이가 다시 물었다.

"갈아입을 옷은 없소?"

"있어."

"그럼 좀 갈아입고 오시오."

방 안에 들어가서 나는 흙 묻은 옷을 벗고 깨끗한 흑색 무복을 입고서 나갔다. 하지만 관군들은 내 새 옷을 보고서도 영 인상이 좋지 않았다.

"아까 그 옷 아니오? 흙만 털고 나왔소?"

"갈아입은 거다. 같은 형태 같은 색 옷이 여러 벌인 거야."

그들은 방금 막 낚싯대에서 뗀 해삼을 보듯 날 쳐다보며 말했다.

"알았으니 따라오시오."

따라오라면서 대다수는 내 뒤로 가서 자리를 잡네. 게다가 왜 무기에 손을 올리는지 모르겠어. 은인이 아니라 무슨 위험한 죄수를 끌고 가는 모양새잖아?

하지만 내 악명은 이 관군들도 알 테니 어쩔 수 없지. 나는 순순히 고 개를 끄덕이고서 그들을 따라나섰다.

문밖으로 나가자 관군들을 이곳에 부른 이가 누군지 알 수 있었다.

민신이었다. 그녀는 팔짱을 낀 채 나를 구경하다가, 눈이 마주치자 씩 웃었다.

관군들도 역시 대놓고 그녀가 날 밀고한 이라고 알려주었다.

"천년비 위치를 알려줘서 고맙습니다, 낭자."

"아니요. 당연히 해야 할 일을 했을 뿐인걸요."

민신은 위험한 악당을 신고한 정직한 사람이라도 된 양 웃었고, 관군 몇 명이 그녀에게 깍듯이 인사했다.

나는 그들 사이에서 걸어가며 민신에게 세 번째 손가락을 내밀었다.

타천천은 '천비 마마'가 자신을 만나고 싶어 계속 어느 가게에 드나든단 사실을 알고 있었다. 하지만 그는 알면서도 굳이 해운잠을 만나러 가지 않았다. 이젠 그쪽 일엔 별로 관심을 기울이고 싶지도 않았다.

천년비에게는 '실망했다. 이젠 관심이 사라졌다고 했지만, 사실 그의 심경은 그보다 더 복잡한 탓이었다. 천년비는 사랑으로 시작해 그의 인생에 이정표가 된 사람이었다. '실망했으니 잊겠다'는 한마디로 갑자기 잊고 살아갈 수 있을 리가 없다.

타천천은 멍하게 귤을 까 먹으면서 갑작스레 닥친 이 허무하고 공허한 마음을 몰아내려 노력했다. 일부러 천년비에 대한 소식을 듣지 않으려 했고, 부하들에게도 보고하지 말라고 했다.

그러던 중. 천년비에 대한 소식이 엉뚱한 데서 들려왔다.

"천년비가 붙잡혔다고? 말이 안 되지 않나?"

"무림맹에서 그토록 뒤쫓아도 못 잡던 천년비를 대낮에 '천년비 나와라' 하고 찾아간 관군들이 잡아갔다니. 에이, 난 못 믿겠네."

"자네 둘이 못 믿으면 어쩌라고. 자네 말마따나 대낮에 잡혀갔는데."

"그럼 잡혀간 게 아니라 제 발로 간 거겠지."

"진짜로 황제랑 둘이 뭐 있는 거 아냐?"

"설마."

"왜. 악적인 걸 모르고 보면 황제가 얼굴을 보고 반할 수도 있지. 외모만큼은 대단하지 않은가. 그 외모 때문에 오히려 눈에 띄어서 숨지도 못하지만."

이게 무슨 소리야. 타천천은 천년비가 자주 사 먹던 당과를 습관적으로 사다가 인상을 찌푸리고 떠들어대는 이들을 보았다. 한 무리의 무림인들로, 다들 잘 사는 가문의 자제들인지 옷차림이 번듯했다.

"그런데 천년비가 숨어 있던 곳이 개원 동생 집이라면서. 개원이 천년비를 죽였단 소문이 나더니. 혹시 말만 그렇고 둘이 계속……?"

"민신이 몰래 숨어 사는 걸 보고 신고했으니 그건 아니지 않을까?"

당과의 단맛이 놀랍게도 싹 사라진다.

타천천은 당과 먹기를 그만두고서 투덜거리면서 거기서 멀어졌다.

천년비를 관군이 잡아가? 말도 안 된다. 천년비는 수많은 고수들도 따돌리면서 살아왔다. 지금은 그가 만든 강시의 몸이 있으니 더욱 수월하게 고수들을 따돌릴 수 있을 터.

그런 천년비가 대낮에 사람들이 보도록 순순히 관군들에게 잡혀갔다면, 그냥 자기 의지라고 보아야 했다.

'결국 황제에게 또 가기로 한 건가.'

기분이 더욱 나빠진 타천천은 빠르게 걸어가다가, 몸을 휙 돌려 한 다루 안으로 들어갔다. 해운잠을 만난 그 다루로.

다루 안으로 들어가 2층을 보자 듣던 대로 해운잠이 보였다. 2층 가장 깊숙한 자리에 앉아 아래층을 샅샅이 살피고 있었다. 그러다 눈이 마주치자 해운잠이 벌떡 일어났다. 타천천은 얼굴을 가리고 있었으나, 해운잠은 본능적인 위기의식으로 그를 알아챈 듯했다.

타천천은 먹던 당과를 쓰레기통에 넣고서 계단을 올라갔다. 해운잠의 맞은편 자리에 앉자 그녀가 손을 덜덜 떠는 게 보였다.

"날 찾았다 들었습니다."

타천천은 말을 하면서도 왜 자신이 여기에 온 건지 이유를 찾지 못했다. 어떤 행동은 스스로도 이유를 찾지 못하고 이루어지고 마는데, 지금이 딱 그런 순간이었다.

해운잠의 눈에 순식간에 눈물이 차오르자 타천천은 곤란해졌다. 그는 주위를 둘러보다가 한숨을 내쉬고서 일어섰다.

"사람이 없는 곳으로 가 얘기하지요."

타천천은 해운잠을 방 안으로 데려갔다. 예전에 타천천이 해운잠과 만났을 때 사용한 곳도 방이었다. 대화를 아무나 듣게 할 순 없으니까.

해운잠은 타천천이 방문 닫는 걸 지켜보다가, 그가 맞은편에 앉기도 전에 애원했다.

"내 딸을 살려줘요!"

타천천이 해운잠의 만삭인 배를 바라보자 그녀는 고개를 가로저었다.

"이 아이가 아니라, '내' 딸을 살려달란 거예요."

"난 의원이 아닙니다, 낭자."

"황제가, 황제가 제가 누구인지 알아차렸어요. 정확하게요. 의심하는 수준이 아니라, 그야말로 정확하게 알고 있어요. 다시 원래대로 되돌리라고 그래요. 되돌리지 않으면 이 일에 대한 죄를 영빈이 받게 할 거라 그래요. 이 몸은 건드릴 수 없으니까 내 딸에게 벌을 내린대요!"

타천천은 미간을 찡그렸다. '천비'가 천년비가 아닌 건 황제도 당연히 알았겠지만. 해운잠이 천비가 됐단 건 대체 어떻게 알았을까?

하여튼 이래저래 마음에 들지 않는 상대다. 한때 천년비였던 천비를 데리고 있으면서 진짜 천년비까지 데려갔고. 정말 마음에 들지 않는다.

타천천이 아무 대답도 하지 않자 해운잠이 품 안에서 작은 주머니를 꺼내 뒤집었다. 안에서 작고 영롱한 보석들이 쏟아졌다.

"더 줄게요. 훨씬 많아요. 내 딸을 도와주면 전부 줄게요!"

타천천은 개중 금빛이 나는 손톱만 한 보석을 손바닥에 올려놓고 살피며 물었다.

"어떤 식으로 도와달란 건지 모르겠군요."

"원래대로 돌려줘요. 나를 내 몸으로."

"그 몸은 이미 죽었잖아요?"

"괜찮아요. 이 몸에서 나가게만 해줘요. 그러면 폐하도 영빈에게 더 해코지하진 못할 테니까!"

"사실 죽은 몸도 살린 순 있습니다."

이게 장난하나…… 해운잠이 울먹이다가 타천천을 노려보았다.

타천천은 빙그레 웃고서 보석을 전부 옆으로 치워놓았다.

"하지만 죽은 몸을 살리는 건 부작용이 있습니다."

"부작용이라니요?"

"사람 몸은 아니지요."

"!"

"그 몸에 어떤 일이 벌어질지 모릅니다. 미칠 수도 있고, 몸이 부서질 수도 있고, 갑자기 이성이 사라질 수도 있고."

"괜찮아요!"

해운잠이 그래도 망설이지 않고 대답하자, 타천천은 혀를 찼다.

사실 해운잠의 '죽은 지 얼마 안 된 몸'에 그녀를 도로 넣는 건 타천천에게도 나쁜 일은 아니었다. 혼령술은 아직 실험이 부족하니까.

하지만…….

'그러면 저 몸에 영혼이 사라지겠지. 천소여 몸에 영혼이 사라지고 빠르게 죽어갈 거다. 천년비가 자기 아이라고 우겨대는 저 애도 죽겠지.'

타천천은 천소여의 빈 몸에 천년비의 영혼을 넣어줄 수 있었다. 천년비 몸에 아유정을 넣었던 것처럼, 천년비가 그 과정에서 천소여 옆에 있으면 가능했다.

하지만 회임한 천비는 의식이 없어도 궁중 깊은 곳에 숨겨질 터. 그 일을 치르려면 그가 궁궐까지 가야 한다.

타천천은 천년비에게 실망했다. 그가 그런 모험을 해서까지 천년비를 위해 주어야 할까?

천년비는 그가 십 년 넘게 준비한 것들을 망치고 가버렸는데, 그는 천년비를 위해서 목숨을 걸어야 하나?

타천천은 웃으면서 일어났다.

"천비가 되살아날지는 모르지만, 그쪽은 원래 몸에 넣어줄 수 있습니다. 낭자의 원래 몸 시신을 구해서 태안루 창고로 가져와요. 창고지기에게 '시신을 주기로 했다'고 하면 알아서 받아줄 겁니다."

"그 외에는……."

"그냥 기다리면 됩니다."

밖으로 나간 타천천은 저물어가는 저녁노을을 바라보며 얼굴을 구겼다. 잠시 그 상태로 멍하게 있으려니, 은밀하게 그를 따라다니던 부하가 슬며시 다가와 물었다.

"단주님? 괜찮으십니까?"

"그냥 무시하려니 마음이 불편하다. 짜증나지만 마음이 불편해."

"예?"

"내기를 한번 해볼까."

"예?"

난데없는 이야기에 부하가 어리둥절해 되묻자, 타천천이 지시했다.

"붓이랑 종이."

부하가 작은 필첩을 내밀자 타천천은 세필을 알아서 꺼내더니, 종이에 무어라 쓴 다음 부하에게 건넸다.

"이걸 비원에게 전해라."

떡돌이를 다시 만날 수 있다는, 정확히는 떡돌이와 편지라도 주고받을 수 있을 거라는 기대를 품고 궁전에 왔는데.

사람들이 신기한 구경거리를 보듯 지켜보는 가운데 관군들에게 둘러싸여 궁전 안에 들어왔는데.

막상 안에 들어오고 나니 떡돌이가 없단다. 아니, 이게 말이 돼? 어디 갔냐고 관군 하나를 붙들고 끈질기게 물어보며 놓아주지 않자, 관군은 기절하려 들며 대답했다.

"선황제 폐하의 무덤에 문제가 있어 급히 그쪽으로 가셨소! 제발 좀 놓으시오!"

관군은 내 손에 닿으면 자기 팔이 부서지기라도 할 것처럼 굴었다. 어쩌면 떡돌이가 나한테 관심을 보이니 내가 후궁이 될지도 모른다 여겨서 저러는지도 모른다.

아니, 그런데 정말로 떡돌이가 나한테 후궁이 되어 달라 그러면 어쩌지? 설마. 그러진 않을 거야.

이 몸, 언제 부작용이 올지 모르는 이 몸으로는 후궁이 될 수 없다. 후궁이 되면 지켜야 할 여러 가지 행사나 규칙들이 있는데. 이 몸으론 절대 그럴 수 없지.

우리가 그나마 잘 지낼 수 있다면 그냥…… 승언이를 통해서 서신이나 주고받는 정도가 아닐까.

그런데 얼마나 멍하게 있었을까. 하늘에서 완전히 햇빛이 사라지고 어둑어둑한 까만 밤이 되었을 무렵.

창문 틈으로 접은 종이가 밀려들어 왔다.

'뭐야?'

나는 종이를 꺼내 펼쳤다. 뜻밖에도 비원이 쓴 편지였다.

결국 원래 모습으로는 한 번도 대화를 나눠보지 못하는군요.
궁금했는데. 하지만 단주님께서는 환상을 지키려면 안 보는 게
낫다고 합니다. 단주님하고 싸웠습니까?

놀라서 창문을 열었으나 밖에는 비원이 없었다.

옆에 선 관군만이 내게 멀뚱히 묻는다.

"왜 그럽니까?"

"방금 귀신이 지나갔는데."

"무슨 그런 소리를! 무서우니 하지 마십쇼!"

관군이 바락 외친다.

나는 창문을 닫았다. 그러고서 비원이 쓴 편지 안에 들어 있던 또 다른 편지, 그보다 훨씬 작은 편지를 펼쳤다.

내기하자 녕녕.
해운잠은 내일 자신의 몸으로 돌아갈 거고,
천소여의 몸은 빌 거다.

그런데 안쪽에 더부살이처럼 끼어 있던 편지 내용이 생각보다 더 엄청났다. 게다가 말하는 걸 보니 타천천이 쓴 거다.

'심지어 뭐? 지금 천소여 몸에 있는 게 해운잠이라고? 해운잠은 영빈 엄마 아냐? 아니 이게 무슨 일이야? 해운잠 이름이 왜 여기서 등장해?'

모레 축시 초. '천소여의 몸'을 가지고 동쪽 보서고로 와라.
거기서 딱 일각 기다리겠어.

서신은 이게 끝이었다.

나는 서신을 내리고서 방 안을 초조하게 맴돌았다.

저절로 욕이 나왔다. 타천천…… 이 새끼는 늘 이래. 날 도와주는 건지 엿 먹이는 건지 모르겠어! 대체 이게 뭐야? 해운잠이 내일 자기 몸으로 돌아가는 건 정해진 거야?

그러면 계란이는? 천소여 몸이 비면 계란이는? 내가 동쪽 보서고에 천소여 몸을 가지고 오지 못하면 계란이는 죽는 건가?

해운잠이 빠져나가면 천소여의 몸은 빈 몸이 되고, 겉으로 보기엔 또 의식불명 상태겠지. 사람들은 난리가 날 거다. 천소여의 몸은 비연궁에 꽁꽁 감추어져서 어의와 궁인들에게 둘러싸이게 될 텐데. 그 몸을 가지고 동쪽 보서고로 오라니.

심지어 거기서 딱 일각 기다린대. 그러다 조금만 잘못되어도 나는 후궁과 황손을 동시에 해치려 한 몹쓸 사람이 되는 거잖아?

타천천 이 미친놈. 이 계획은 본인 역시 위험하긴 마찬가지다. 궁 밖의 사람이 궁 안, 물론 보서고는 외진 곳에 있긴 하지만, 하여튼 궁 안에 침입하려는 것도 위험한데.

심지어 자기가 있는 쪽으로 쓰러진 후궁을 데리고 오라고? 자칫 잘못

342

하면 나나 타천천이나 둘 다 엄청난 죄명을 뒤집어쓸 수도 있었다.

운반 도중 계란이가 잘못될 일은 없어. 계란이는 내가 무슨 수를 써서라도 잘 운반할 거니까.

하지만 내가 시간 내에 천소여 몸을 운반하지 못하거나 타천천이 잡히거나 해서 시간 내에 천소여 몸에 들어가지 못하면 계란이 역시 위험해진다. 아무것도 하지 않아도 죽긴 마찬가지다.

'타천천, 진짜…… 애매하게만 돕는 새끼!'

차라리 떡돌이가 여기 있었더라면 천소여 몸을 자연스럽게 보서고로 운반해줄 수 있었을 텐데.

"젠장. 어쩌지."

초조하게 생각하기를 한참. 내가 천소여 몸을 무작정 들고 뛰는 것보다 그나마 아주 조금 안정적인 방법이 떠올랐다.

문을 열고 나가자 창가에 서 있던 관군이 인상을 구기고 나를 쳐다보았다. '진짜 왜 이래?' 하는 표정이었다.

"왜요. 또 귀신이라도 지나갔습니까?"

"아니. 생각해보니 내가 여기에 갇혀 있을 필요는 없는 거 같아서."

관군이 뭐라고 반응하기 전에 내가 먼저 다시 물었다.

"폐하가 날 데려오거든 방에 붙잡아두고 절대로 근처도 돌아다니지 말라 지시했나?"

"그건 아니지만……."

"그런데 왜 내가 창문도 못 열게 하고 밖에도 못 나오게 해?"

"그야, 그쪽은 악명 높지 않습니까."

"그럼 폐하께서 돌아오시면 그대로 전해도 되겠지?"

"전하다니?"

"지금 상황 전부. 데려와서 창문도 못 열게 하고 밖에도 못 나오게 하고, 항의했더니 나를 탓했다고."

"!"

관군은 반박하고 싶은 얼굴로 우물거렸으나 결국 한 발짝 물러나기로 한 듯 뚱한 목소리로 당부했다.

"알았습니다. 돌아다녀요. 하지만 절대로 멀리 가면 안 됩니다. 이 근처에서만 있도록 해요."

관군이 한 발짝 물러나 주자마자, 나는 고맙다 인사하고서 비원의 흔적을 찾아 밖으로 나갔다.

'비원이 내게 서신을 전달한 지 얼마 되지 않으니 분명 이 근처에 있을 거야.'

예상대로 그리 오래지 않아 후원에서 비원을 찾아낼 수 있었다.

비원은 내가 밖으로 나오자, 다급히 돌아와서 물었다.

"여기 이렇게 나와도 되는 겁니까?"

"멀리만 안 가면 된대. 그래서 말인데 비원. 전에 내가 도와준 은혜를 지금 좀 갚아줘."

비원은 걱정하는 얼굴로 날 바라보다가 인상을 구기고 항의했다.

"그래서 영약 줬잖아요? 아주 귀한 영약으로?"

"그건 고마웠어. 은혜는 이걸로 갚아."

비원이 썩은 사과 같은 표정으로 입을 벌렸다.

"두 번 갚으라고요?"

"싫어?"

"보통은 다 싫어합니다."

"알았어. 그럼 도와주는 거로 해. 나도 나중에 도와줄게."

비원은 고민하는 눈치였으나 결국 내 제안을 받아들이기로 했다.

"알았습니다. 뭘 하면 될까요?"

다행이었다. 이번 내 계획에서는 비원의 역할이 상당히 중요하니까. 물론 다른 계획들도 모두 중요하지만.

나는 품 안에서 서신을 꺼내 그에게 내밀었다.

"이걸 폐하께 전해줘."

영 미심쩍은 표정으로 비원은 서신을 이리저리 흔들어 보다가 물었다.

"이것만 전하면 됩니까?"

"맞아. 무슨 핑계를 대고 들어가도 좋으니 이것만 전해줘. 그러면 돼."

"정말 그게 끝인 거죠?"

"그렇다니까?"

비원이 떠난 뒤. 그다음으로 내가 간 곳은 그리운 비연궁이었다.

어렵진 않은 일이었다. 천소여 몸으로도 몰래몰래 잘 다니던 비연궁을 내 원래 몸, 심지어 타천천이 훨씬 강하게 만들어 놓은 원래 몸으로 못 들어갈 수가 없지.

그리고 비연궁으로 가서 가장 먼저 만난 건 원웅과 귀자였다.

"원웅. 귀자. 잠시만 이리로 와 봐."

마침 둘이 같이 있기에 숨어서 부르자, 원웅과 귀자는 영 어리둥절해서 서로를 쳐다보았다. 헛것을 들은 게 아닌가 고민하는 듯했다.

한밤중이니 그러겠지.

"원웅. 귀자." 하고 다시 부르자, 그제야 그들은 소리가 나는 쪽을 돌아보다가 나를 발견하고 퍼뜩 놀랐다,

"뉘시오?"

"누구세요?"

당연하겠지만 둘은 나를 알아보지 못했다.

"혹시 그쪽이 폐하께서 마음에 들어 새로 데려왔단 후궁이요?"

심지어 나를 이렇게 의심하기까지 했다. 떡돌이가 무림 악적으로 유명한 나를 다른 이유로 데려왔단 소문이 여기까지 번졌나 보다.

하긴. 궁궐 안에서 소문 퍼지는 속도는 장난이 아니지.

"내가 아마 맞을걸."이라고 하자 둘의 표정이 좋지 않게 변했다. 특히 원웅은 나를 정말 싫다는 듯 쳐다보기까지 했다. 여러 가지로 악명이 많이 쌓여 있다 보니 그 이상 더 말을 하지는 않지만.

"여긴 왜 온 거죠? 뭐 염탐이라도 하러 왔나요?"

내가 말을 꺼내기도 전에 원웅은 퉁명스럽게 물었다.

여기서 차분하게 이야기를 할까 아니면 우리만 아는 이야기를 할까 하다가, 나는 내 방식대로 원웅을 설득하기로 하고 두 팔을 벌리고서 한 발을 올리고 덩실덩실 춤을 추기 시작했다.

원웅은 멀뚱하게 날 보다가 놀라서 두 손으로 입을 막았다.

"그건…… 천비 마마의 홍학 춤……!"

이어서 내가 최근 연습했던 왜가리 춤을 보여주자, 원웅은 혼란스러운 표정으로 나를 멍하게 바라보았다.

나는 춤 추던 걸 멈추고서 원웅에게 차갑게 말했다.

"본궁은 양파 깔 때만 울어."

그러고서 허공에 주먹질하는 시늉을 해 보이자, 원웅은 더욱 뜨악한 표정이 되어 날 바라보다가 갑자기 두 팔을 번쩍 올리고 물었다.

"이게 뭔지 알겠어요?"

당연하지.

"이제 마마가 된다고 넷이서 좋아서 만세를 불렀잖아."

내 말을 듣자 원웅은 두 손으로 다시 입을 막았고, 귀자 역시 눈썹을 치켜올렸다. 귀자에게도 질문한 게 있지.

"귀자. 우리가 같이 배 탄 거 기억해?"

"저는 탔다고 말하기엔 좀 무리가 있지 않을까요."

"어쨌든 타긴 탔잖아. 내가 널 의원에 데려다줬고, 너는 나한테 충성을 맹세했어."

귀자는 내가 천년비라는 건 알았지만, 지금 내 모습을 한 가짜 천년비가 따로 있고, 진짜 천년비는 천소여가 무림에서 쓰던 가명이라 생각하고 있었지. 이 탓에 오히려 더 머릿속이 뒤죽박죽되어서 제대로 뭘 반응하지를 못했다.

반면 원웅은 믿을 수 없는 눈으로 나를 멍하게 바라보다가 물었다.

"천비 마마……?"

"사실 난 천빈에서 멈췄어. 책봉식을 하다가 쓰러져서 이후론 내가 아니거든."

귀자와 원웅이 더욱 눈을 커다랗게 떴다.

"이게, 이게 가능한 건가요? 세상에……."

원웅의 그 커다래진 눈에서는 곧 눈물이 뚝뚝 떨어지기 시작했다.

"이상하단 생각을 하고는 있었어요. 천비 마마가 영 이상해서요. 전 부성이 죽어서 마마가 상심해서 그런 줄 알았어요. 기억은 하도 자주 잃으시니까 그러려니 했고요. 그런데 마마가 마마가 아니었다니……!"

"지금 몸 안에 있는 건 해운잠이야."

해운잠 이야기를 듣자 원웅은 더욱 기겁했다. 사가에서부터 따라왔다는 원웅은 해운잠에 대해 잘 알 테니까.

"세상에. 어떻게 이런 일이……."

"문제는 해운잠이 곧 사라질 거란 거야. 해운잠이 사라지면 그 몸은 곧 죽게 돼."

이번에는 귀자도 자기 얼굴을 두 손으로 감쌌다. 원웅이 목소리를 한 껏 낮추어 물었다.

"그럼 어떻게 해요?"

"해운잠이 빠져나가면 몸이 쓰러질 거야. 무슨 핑계를 대서든 몸을 동 쪽 보서고에서 가장 가까운 방으로 옮겨와 줘."

"동쪽 보서고요?"

창고인 보서고는 동서남북에 있으니 동쪽 보서고는 동쪽에 있다. 그리 고 후궁들의 구역 역시 동쪽에 있다.

즉, 원웅과 귀자가 천소여의 몸을 동쪽 보서고에 가장 가까운 곳으로 옮겨주기만 해도 일은 좀 수월해진다. 비연궁은 보서고에서 그리 가깝지 않으니까.

"할 수 있겠어?"

내 질문에 원웅은 일단 "네! 그럼요!" 하고 대답했다가 뒤늦게 겁이 나 물었다.

"할 수 있을까요?"

"못 하겠으면 미리 말해줘 원웅. 다른 방법을 빨리 찾아봐야 하거든."

원웅은 입술을 씹으면서 고민했다.

귀자 역시도 심각하게 고민했으나, 결국 두 사람은 고개를 끄덕였다.

"꼭 그렇게 할게요, 마마."

원웅은 이렇게 말하면서 내 손을 꼭 잡았고, 귀자도 한마디 했다.

"믿으세요. 뭔 일인지는 아직 잘 모르겠지만 일단 눈앞에 계신 분이 제 가 아는 그분이란 건 확실히 알겠습니다."

"믿을게. 둘 다. 그리고 하나만 더. 축시 전에는 그 안에 사람이 아무도 없게 해줘. 되도록이면 자시 말부터."

"네!"

이후 나는 몇 가지를 더 당부했고, 귀자와 원웅은 완벽히 이해했다.

좋아. 그러면 천소여를 동쪽 보서고에서 가장 가까운 곳으로 운반하는 건 해결됐다. 일단 이것만으로도 난도는 확 낮아지겠지.

그러면 다음에는…….

'타천천을 찾아볼까?'

타천천이 밤에 돌아다니진 않을 게 뻔했고, 내가 얌전히 황제를 기다리고 있단 것도 한번 보여줄 필요가 있었다.

나는 임시 거처로 돌아가 아침이 되기를 기다렸다가 관군들이 가져다준 아침 밥상까지 제대로 먹은 후, 빈 그릇을 돌려준 다음 나가보았다.

하지만 예상한 것처럼 거리를 아무리 돌아다녀도 타천천은 찾을 수 없었다. 머리카락 하나 보이지 않는다.

'그럴 만도. 타천천 성격이라면 내가 자기를 시간 전에 찾아볼 거란 생각을 할 수 있을 거야.'

뭐. 어쨌든 나도 타천천은 못 볼 가능성까지 생각해 두었으니까. 그러면…… '그 사람'에게 가봐야지.

시간 안에 비원이 떡돌이에게 무사히 도착해야 할 텐데.

원웅과 귀자는 잠을 자지 못하고, 둘이서 만식인 해운잠을 대체 어떻게 해야 동쪽 보서고에서 가장 가까운 방으로 옮길 수 있을지 토론했다.

"동쪽 보서고에서 가장 가까운 궁은 화한궁입니다. 마침 아무도 사용하지 않지요."

"하지만 귀자, 그 궁전은 선황제 폐하 때부터 안 쓰고 있잖아. 보서고에 도둑이 들었을 당시 그 궁전에 있던 후궁이 유산해서, 아무도 거기 가고 싶지 않아 해. 몇십 년이나 안 써서 안도 엉망일 텐데. 해운잠이 거기 가려고 할까?"

"아무 말이나 지어내야지요. 어쨌든 천비 마마가 쓰러진 후에는 절대로 옮길 수 없으니, 쓰러지기 전에 제 발로 가게 유도해야 합니다."

머리를 맞대고 신중하게 생각하기엔 시간이 많지 않았다.

'천빈 마마는 오늘 해운잠이 그 몸에서 나갈 거고, 쓰러질 거라 했다. 언제 몸에서 나가는지 시간도 알려주지 않았다. 그러니 최대한 빨리 화한궁에 데려가는 수밖에.

두 사람은 조금 더 의논하며 대략적인 큰 줄기만 잡은 후. 해운잠이 쉬고 있을 때 그녀에게 찾아갔다.

원래도 두 사람이 늘 주위를 맴돌며 이것저것 챙겨주기에, 해운잠은 이상한 점을 느끼지 못하고 차만 마시며 쳐다보지도 않았다.

원웅은 눈치껏 그녀를 보다가, 해운잠이 팔이 아픈 듯 두드릴 때 다가가 자연스럽게 팔을 주물러주면서 말을 걸었다.

"마마. 화한궁에는 언제 가실 건가요?"

해운잠은 팔을 뻗은 채 하품하다가 되물었다.

"화한궁?"

"네."

원웅은 능청스럽게 말했다.

"반년 전에 폐하와 약조하셨잖아요. 이 날 화한궁에서 만나기로요."

"그래?"

참 별 약속을 다 했네. 해운잠은 속으로 생각했다.

물론 그런 약속은 없었다. 하지만 해운잠이 그런 약조가 있는지 없는지 알 길이 없으니 원웅이 사기를 치는 거였다.

"얼른 채비하고 가야 하지 않을까요?"

그러나 해운잠은 쉽게 넘어오지 않았다.

"약조했다 해도 지금 폐하는 황궁에 안 계시잖니. 가봤자 안 오셨을 텐데 가서 뭐 하겠어."

귀자는 뒤에서 자기 이마에 손을 대고 소리 없이 신음했다.

원웅은 의외로 해운잠이 쉽게 넘어오지 않자 갑갑했으나, 그래도 재차 권했다.

"혹시 모르잖아요. 예전에도 폐하께서 안 오실 거라 생각하고 약속 장소에 안 가셨는데, 폐하가 오시는 바람에 일이 생기기도 했고요. 또 그런 일이 생기면 안 되니 함께 가봐요, 마마."

참 별스럽게도 연애하는군. 해운잠은 속으로 투덜거렸다.

하지만 몸을 일으키려던 그녀는 배가 너무 무겁고 좀 상태가 좋지 않게 여겨지자 다시 앉으며 고개를 저었다.

"배가 무겁고 움직이기 어려워서 안 되겠다. 폐하께서도 그 정도는 이해해 주시겠지."

설령 이해를 못 하고 화를 낸다 해도 그때 이미 그녀는 이 몸 밖으로 나간 상태일 터이니 상관없었다.

그래. 언제 이 몸 밖으로 나가게 될 줄 알고 화한궁까지 간다는 말인가. 그러다 아기가 잘못되기라도 하면 황제가 영빈에게 화풀이를 할지도 모르는데?

"나는 여기 있을 테니, 너희 중 하나가 가 있다가 폐하께 말씀드리면 되겠구나."

원웅과 귀자가 서로를 쳐다보았다. 어쩌지?

그러다 원웅이 재차 시도해보려 하는 그때. 내내 지켜보기만 하던 귀자가 앞으로 나서며 말했다.

"마마가 마마가 아닌 걸 알고 있습니다."

평소와 다를 바 없는 목소리에, 해운잠은 의자 등받이에 몸을 기대다가 놀라서 도로 상체를 세웠다.

해운잠은 눈을 커다랗게 뜨고 귀자를 쳐다보았다.

"너……!"

해운잠은 깜짝 놀라서 눈꺼풀도 움직이지 않고 귀자를 노려보았다. 귀자는 이전처럼 공손하게 서 있어서 보는 사람을 헷갈리게 했다.

내가 잘못 들은 건가, 생각한 해운잠은 원웅이 눈을 부릅뜨고 귀자를 쳐다보는 걸 보자 제대로 들은 게 맞단 걸 인지했다.

해운잠은 머리가 얼얼해서 관자놀이를 짚었다. 어떻게 안 거지? 황제가 알아차린 것도 당황스러웠는데, 이제는 태감과 궁녀까지!

하지만 그냥 놀라고 있을 때가 아니었다. 해운잠은 머리를 굴렸으나 곧 픽 웃고서 의자 등받이에 다시 몸을 기대며 말했다.

"무슨 헛소리인지 모르겠구나. 아무도 그런 말을 믿어주진 않을 거다."

저 두 사람은 두렵지 않았다. 황제라면 영빈을 괴롭힐 수 있지만 저 두 사람은 아니니까.

게다가 그 황제조차도 이젠 자신이 천소여의 몸을 차지했단 이유로 영빈을 괴롭히진 못할 것이다. 자신은 오늘 이 몸을 떠날 테니까.

"오늘 그 몸에서 떠날 거라 태연하신 모양이군요."

하지만 귀자가 이 말까지 할 때는 해운잠도 놀란 기색을 지우지 못했다. 저 태감. 대체 어디부터 어디까지 아는 거지?

영혼이 다른 거야 뭐 눈치껏 알아낸다고 쳐도, 오늘 떠날 계획이란 걸 아는 사람은 얼마 없지 않은가. 그건 심지어 황제도 모르는 이야기였다.

그걸 아는 사람은 해운잠에게 이야기를 듣고서 해운잠의 시신을 약속 장소로 무사히 운반해주기로 한 영빈과 이 일을 진행해 줄 타천천, 그리고 자신. 이렇게 세 사람 정도였다.

그러면 영빈과 타천천 둘 중 누군가에게서 말이 새어 나갔나? 대체 누구지? 영빈은 아닐 텐데. 그러면 타천천인가?

해운잠은 귀자를 경계하며 노려보았다. 귀자는 여전히 표정 변화 없이 말을 이었다.

"마마는 오늘 그 몸을 떠나니 무서운 게 없으시겠지요. 그래서 이리 태연하신가 봅니다. 하지만 남겨질 식구들 생각도 하셔야 하지 않을까요?"

귀자의 질문에 해운잠은 소리 높여 웃었다. 그녀는 상대가 자신에 대해 잘 아는 듯하자, 더 빼는 대신 빈정거렸다.

"참으로 머리 좋은 태감이구나. 감히 협박까지. 하지만 머리 좋은 태감이라 해도 고작 태감이지. 태감 따위가 영빈을 어떻게 할 수 있을 거라 생각하느냐."

해운잠이 코웃음을 치자 원웅은 눈을 질끈 감았다 떴다.

'천빈 마마'가 자신의 특징 같은 춤과 남들은 모르는 사적인 이야기를 들려주는 걸 듣고 '이분이 우리 천빈 마마다!'라고 믿긴 했다. 그래도 마음 한구석에서는 '혹시? 혹시? 설마?' 하고 안 미더운 부분이 있긴 했다.

한데 해운잠이 이렇게 나오는 걸 보자 정말로 저 몸에 해운잠 귀신이 씐 게 확실하게 믿어졌다. 어쨌든 해운잠이 저렇게 태연히 나오면 곤란하다. 화한궁까지 옮기기 힘들어진다.

일단 억지로 끌어낼 수는 없었다. 그녀가 무조건 자기 의지로 가게 해야 하는데……!

그때. 뜻밖에도 귀자가 음산하게 주문 같은 걸 외기 시작했다.

"5천도 당서촌의 해후영, 장여강, 해만기, 해월임, 8천도 영루촌의 호곽곽, 해민민, 해서역, 해궐, 해춘보, 나홍의 양주토……."

그것들은 마을과 사람의 이름들이었다. 이름이 이어질수록 낯빛이 창백해지던 해운잠은 자신의 형부 이름까지 나오자 참지 못하고 외쳤다.

"그만!"

그녀는 공포에 질린 눈으로 귀자를 쳐다보았다.

"네가, 네가 어떻게 내 친정 식구들 이름을 아는 거냐."

원웅도 이건 예상치 못한 일이라 깜짝 놀랐다. 입궁 전부터 천씨 가문에 있던 원웅이지만 해운잠은 해운잠이지 그녀의 친정 식구들에 관해서는 궁금해한 적도 없었던 것이다.

"제가 아는 게 그것뿐일까요, 마마?"

귀자가 웃으면서 묻자, 해운잠은 입술을 깨물고 귀자를 노려보다가 결국 "알았다! 가면 될 거 아냐!" 하고 외쳤다.

"화한궁으로 가겠다!"

해운잠이 외치자 궁인들은 의아해하면서도 나갈 채비를 도왔다.

원웅은 해운잠이 외출복으로 갈아입게 도운 다음, 그녀가 가마에 오르자 귀자에게 살짝 물었다.

"귀자, 넌 그런 걸 어떻게 안 거야?"

귀자는 대답 대신 "다, 수가 있답니다." 하고만 대답했다.

자신이 그림자 출신이라 이런 데 도가 텄고, 천빈의 그림자가 되기 전 자연히 그 주위 인물들을 싹 다 조사했단 건 그 조사 대상 중 하나인 원웅에겐 말할 내용이 아니었다.

"마마는 왜 갑자기 화한궁에 가시는 거야?"

"모르겠어. 하지만 원래도 제멋대로 하시는 분 아닌가."

궁인들이 수군거리는 소리를 뒤로하고, 해운잠은 마지못해 화한궁으로 이동했다.

천비가 완전히 만삭이기에 혹시 몰라 뒤에는 다른 궁인들도 여럿 따라 붙었다. 하지만 도착한 그녀는 이대로 넘어가자니 너무 화가 나서, 일부러 모두가 들으라는 듯 말했다.

"여기서 황제 폐하와 약속을 잡았다고 귀자와 원웅, 너희 둘이 전해 주었지. 난 너희 말을 믿겠다!"

해운잠은 원웅이 부축하려는 것도 뿌리치고 다른 궁녀의 부축을 받아 가마에서 내렸다.

그 사이, 태감들과 궁녀들은 화한궁 안에서 그나마 가장 깨끗한 방을 골라 최대한 빠르게 정리했다.

해운잠은 다시 가마에 앉아 방이 정리돼 안에 들어가길 기다렸다. 배가 너무 무겁다 보니 서서 기다리긴 힘든 탓이었다. 그러다 마침내 안쪽이 정리되고 해운잠이 안으로 들어가려 할 때였다.

"!"

해운잠은 누군가 자신을 강하게 끌어당기는 감각을 느꼈고, 세상이 휘청 기울었다. 해운잠이 천비의 몸에 머문 건 그게 마지막 순간이었다.

"마마!"

"세상에, 마마를 어서 안으로!"

"어의를!"

그러나 천비가 쓰러진 후부터 궁인들의 악몽은 시작되었다. 그들은 다급히 비명을 지르며 쓰러진 천비를 막 정리한 방 안으로 옮겼다.

태감 하나가 어의를 부르기 위해 미친 듯이 뛰어나갔다. 하필 가장 동쪽 끝에 있는 방이다 보니, 어의를 불러오려면 시간이 또 걸렸다.

원웅과 귀자는 아슬아슬한 시기에 가까스로 안도했다. 해운잠을 조금이라도 늦게 설득했다면 그녀는 비연궁 안에서 쓰러졌을 테고, 화한궁에 오지 못했을 것이다.

화한궁으로 오는 길에 쓰러져도 근처의 다른 궁으로 가야 했을 터이니 역시 화한궁에 오지 못했을 거다. 정말 조마조마한 순간이었다.

"이제 우리가 할 수 있는 건 다 했어. 나머지는 마마가 해주실 거야."

원웅은 초조하게 귀자에게 중얼거렸다.

"잘하시겠지?"

"그러길 바라야지요."

귀자는 어딘가 어설픈 천빈을 떠올리며 덩달아 걱정스레 중얼거렸다.

얼마 뒤, 어의가 숨을 헐떡이며 달려왔다.

"마마께서 또 쓰러지셨다고요?"

어의는 진료 가방을 조수에게서 뺏듯이 들고서 안으로 들어갔고, 기절한 천비를 보자마자 울면서 가방 문을 열었다.

천비가 걱정되어서 운다기보다는 만삭 상태인 천비가 이렇게 되어 버리자, 일이 잘못되어 자기까지 휩쓸릴까 겁이 나는 듯했다.

어의는 훌쩍거리면서 진맥을 한 후 손목에서 흰 천을 치우며 원웅에게 말했다.

"정말 어쩐 일인지 모르겠습니다. 또 그 상태입니다, 또. 자꾸 이렇게 기절하시고 쓰러지시고 그러면 마마뿐만 아니라 복중 아기씨까지도 위험합니다."

다른 궁녀가 덜덜 떨며 물었다.

"곧 해산할 시기이신데. 괜찮으실까요?"

"모르겠습니다. 일단 전에 효험을 본 약을 처방해 드리지요."

탕 궁의는 자신이 직접 약을 짓겠다며 밖으로 나갔다.

그 사이 궁녀들은 천비의 몸에서 무겁거나 거추장스러운 장신구를 빼고, 옷의 끈도 여기저기 풀어 주었다.

그걸 보다가, 원웅은 '천빈 마마'가 사람들이 근처에 없도록 물려달라 한 걸 떠올리고서 말했다.

"너무 주위가 어지러우면 마마께 좋지 않을 거야. 우리는 나가 있자."

그러나 평소라면 원웅의 말을 들었을 궁인들은 오늘은 나가지 않았다. 대신 그중 하나가 원웅에게 물었다.

"원웅 소저. 아까 마마께서 그러셨잖아. 여기서 폐하와 약속이 있단 말을 네가 전했다고. 폐하는 언제 오셔?"

원웅은 난처해서 귀자를 힐긋 보았다. 귀자 역시도 이건 생각하지 못한 일이어서 바로 대답하지 못했다.

"그게 중요합니까? 일단 마마가 안정을 취하셔야지요."

그래도 얼른 상황을 무마해보려 했으나, 천비가 만삭의 몸으로 쓰러지자 궁인들은 날카로워져 있었다.

"이상하니까 그러지. 너랑 원웅 소저가 마마를 둘이서 뵙고 난 뒤에 갑자기 마마가 화한궁으로 가겠다 하셨어. 마마는 너랑 원웅 소저가 폐하와의 약속을 이야기해서 가는 거라 하셨고."

옆에서 다른 궁녀도 외쳤다.

"맞아. 그러다 쓰러지셨잖아. 그런데 폐하와 약속이 있지도 않다면 이건 너희 둘 탓인데, 확실히 해두어야지!"

상황이 아슬아슬하니 어떻게 해서든 책임질 사람을 만들어 두려는 것 같았다.

원웅과 귀자는 다시 서로를 쳐다보았다.

'천빈'이 무사히 몸에 들어온다면 그들을 구명해 주겠지만, 만약 천빈은 오지 않고 아기씨만 잘못된다면…… 황제는 자신은 그런 약속을 한 적이 없다고 말할 것이고, 둘은⋯⋯.

"뭣들 하는 거냐."

그런데 뜻밖에도 정말로 황제가 나타났다.

"주인이 몸져누워 있는데 앞에서 네 책임 내 책임 나누고 있느냐!"

황제의 호통에 궁인들이 다급히 무릎을 꿇었다.

"천비는 안정을 취해야 하니 다들 나가라."

황제가 차갑게 말하자, 궁인들은 겁먹고서 서둘러 나갔다.

원웅은 얼결에 따라 나가긴 했으나, 해운잠을 유인하기 위해 한 거짓말대로 정말 황제가 나타나자 오히려 더 얼떨떨했다.

그러다 원웅은 귀자가 따라 나오지 않은 걸 알아차리고 뒤돌아보았으나, 다시 들어갈 수는 없었다.

'폐하한테 붙들렸나?'

원웅은 걱정스러워 발을 굴렀다.

하지만 귀자는 황제에게 붙들린 게 아니었다.

그는 일부러 궁인들을 따라 나가지 않은 거였다.

귀자는 사람들이 모두 나가기를 기다렸다가 황제가 '왜 너는 안 나가지?' 하는 눈으로 쳐다보자 꾸벅 인사하고서 말했다.

"도와주셔서 감사합니다, 연금 대인."

황제는 귀자를 빤히 내려다보다가 고개를 끄덕였다.

귀자의 추측처럼, 딱 맞는 시기에 나타난 건 연금이었다.

귀자는 쓰러진 천비의 옆모습을 한 번 보고서 다시 연금에게 물었다.

"천빈 마마께서 도움을 청하신 겁니까?"

"맞습니다. 잘 아시는군요."

귀자는 걱정스레 말했다.

"도움을 주신 건 고맙지만⋯⋯ 이렇게 나섰다가 폐하께 진노를 살 수도 있습니다. 폐하의 허락을 받고 대역으로 있는 것과 허락 없이 대역으로 행세하는 건 전혀 다른 일입니다, 대인."

"마찬가지 아닙니까. 폐하 이름을 마음대로 사용했던데요."

"!"

연금의 눈매가 살짝 휘었다.

"제가 여기 나선 건 일전에 '천빈 마마'의 도움을 받아 일을 잘 마무리지을 수 있었기 때문입니다. 그걸 갚으려는 거지요. 그리고 폐하 문제라면 걱정하지 않으셔도 됩니다."

"걱정하지 않아도 된다니요?"

"무슨 수를 써서든 도우라는 폐하의 허락을 받았습니다."

귀자는 눈을 동그랗게 떴다가 안도해서 고개를 끄덕였다.

"우리가 할 수 있는 일은 이제 정말 다 한 거군요. 남은 건……."

그는 죽은 듯 누운 천비를 바라보았다.

"늦지 않게 일이 해결돼야 할 텐데요."

약속 시각을 딱 맞추어 가기에 일각은 놓치기 쉬울 만큼 짧다. 정확히 타천천이 언제 올지 모르기에, 나는 자시부터 타천천이 오기를 기다렸다.

놀랍게도 타천천은 축시를 알리는 나무패 소리가 들리자마자 바로 나타났다. 젠장. 왜 여기서 계속 기다렸는지 모르겠네!

"미리 말하지만 녕녕. 아직 난 화가 풀리지 않았어."

어쨌든 타천천은 못 보던 새 화가 풀렸는지 오자마자 이렇게 말했다.

나는 얼른 다가가 그를 안아 들려 했다. 하지만 그가 내게 내린 명령 탓에 그를 들어 올릴 수가 없었다.

"뭐 하는 거야 녕녕?"

"천소여 몸은 저기 옆에 화한궁에 가져다 뒀어. 얼른 거기로 가자."

결국 말로 하자, 타천천은 황당하단 표정으로 나를 쳐다보다 말했다.

"녕녕. 나는 여기 온 것만으로도 큰 모험을 한 거야. 우리가 만나기로 한 약속 장소는 여기라고."

"그래서 여기서 만났잖아. 이제 이동을 하자니까?"

"난 분명 천소여의 '몸'을 여기로 가져오라고 했어."

"저 옆에는 가져다 뒀어."

너무 초조해서 나는 담벼락을 부쉈다.

"젠장, 빨리 가야 해. 안 가면 우리 계란이가 죽는단 말이야!"

그래도 타천천은 내가 부순 벽 옆에 기대고 서서 태연하게 팔짱을 끼고 웃었다.

"난 이미 너한테 큰 실망을 했어, 녕녕. 그런데 왜 내가 네 부탁을 들어주어야 하지?"

"일각 기다려준다며! 일각 안에 다른 데로 옮겨도 상관없잖아?"

내가 논리적으로 설득하려 했으나 타천천은 넘어가지 않았다.

"그걸 왜 네가 멋대로 해석하는 건지 모르겠군."

나는 옆의 담벼락도 부쉈다. 사실 생각 같아선 타천천의 저 조동아리를 꼬집고 싶었다. 하지만 그럴 수가 없으니까.

하지만 나는 내가 원하는 말을 하는 건 몰라도, 말로 누군가를 설득하는 건 그리 자신 없었다. 결국 내 상처일 뿐이라 되도록 덮어 두었던 일을 다시 끄집어냈다.

"너도 나한테 큰 실망을 줬잖아. 나는 널 지키려고 했는데 너는 날 모른 척했잖아. 그때 네가 나한테 준 실망감이 내가 네 서신을 찢은 거보다 못할 게 뭔데?"

"들인 시간?"

"그건 그래! 젠장!"

십 년 넘게 모은 거라 했지. 이를 아득바득 갈고 있자니, 타천천은 픽 웃는 소리를 내고서 담벼락에서 몸을 떼며 말했다.

"알았어. 그렇게까지 말하니 한 번 가볼게."

"정말이야?"

"그래. 하지만 명심해. 일각 지나면 바로 돌아갈 거야."

그가 신신당부했다.

"그럼 얼른 뛰어와!"

하지만 나는 속이 타 죽겠는데, 타천천은 고의인지 느긋하게 굴었다.

"이 모습으로 갈 수는 없잖아."

"몰래 숨어들어 가면 돼."

"사방이 눈이야. 숨어 들어갔다가 못 빠져나오면?"

성질을 더 내려는데, 뜻밖에도 타천천이 나무 위에서 보따리를 꺼냈다. 웬 보따리?

너무 생뚱맞은 물건인지라 황당해 보고 있자니, 타천천이 보따리에서 옷을 한 벌 꺼냈다.

"어의 복장?"

어의들이 입고 다니는 옷이었다. 저건 언제 준비한 거야?

입을 벌리는 사이, 타천천은 겉옷을 벗은 다음 어의들이 입는 옷을 위에 걸쳤다. 겉옷은 아까 그 보따리에 넣어 도로 나무 위로 올렸다.

"그건 언제 준비했어?"

"혹시 몰라서."

타천천의 준비성이 철저하다는 걸 좋아해야 하는 걸까, 그가 내 계획을 읽어 기분이 상해야 하는 걸까?

아니다. 나와 타천천의 생각이 같다는 건 나도 타천천만큼 머리가 비상하단 증거다. 그럼 기분 상할 필요는 없겠어.

"좋아. 얼른 이리로 와."

나는 그를 재촉했고, 타천천은 그제야 빠르게 화한궁으로 뛰었다.

"폐하께서 부르셔서 왔소."

의원 복장을 한 타천천이 문 앞으로 가자 다들 그러려니 하고 두고 보았다. 어쨌든 그가 시선을 끌어준 덕에 내가 창문으로 침실에 들어가긴 쉬웠다.

방 안에는 내가 원웅과 귀자에게 부탁한 대로 아무도 없었다. 침상에 죽은 듯 미동도 하지 않고 누운 천소여의 몸 외에는.

그 몸을 빤히 바라보다가 다가가서 배를 문질렀다. 배에 귀를 대어 보는데, 이상하게 아무 소리도 들리지 않는 듯해 겁이 났다.

"빨리. 빨리."

의연하게 굴려 했는데. 더 견디기 힘들어서 나는 타천천을 재촉했다.

"얼른!"

"좀 침착하게 굴어."

"네가 일각 지나면 가버린단 말 안 했으면 침착하게 굴었어!"

"알았어. 일각 반 정도는 있을게."

"그래도 빨리해! 계란이가 위험하잖아!"

"네가 허둥대는 건 나랑 관련 없는 거 같은데, 녕녕."

말다툼할 때가 아니었다. 빨리하라고 손을 마구 젓자, 타천천은 주머니에서 작은 상자를 꺼내 내밀었다.

"그게 뭐?"

"열어봐."

다급히 상자를 꺼내 열자 안에 들어 있는 건…… 뭐야. 이거 전에도 본

적 있는데.

"이거 용고 조각 아냐?"

"바로 알아보네. 꽤 인상 깊었나 봐, 녕녕."

"이걸 나한테 왜 줘?"

내가 용고 조각을 들고 쳐다보자, 타천천이 동그란 의자를 가져다 걸터 앉으며 아까보다 진지한 목소리로 물었다.

"녕녕. 너 정말 다시 천소여 몸에 들어갈 거야?"

이번에는 일부러 시간을 끈다거나 놀리는 기색이 없었다. 오히려 정말 신중하게 물어보는 분위기였다.

덩달아 진지한 표정으로 고개를 끄덕이자, 타천천이 다시 말을 이었다.

"녕녕. 네 몸에 먼저 들어갔던 아유정 영혼은 내가 뺀 게 아냐. 아유정이 네 몸으로 너를 부르는 주술을 쓰고 그 부작용으로 몸에서 나올 수 있던 거야."

"그게 지금 무슨 상관이야?"

"하지만 너는 지금 네 몸 안에 있는 거라 그런 식으로 밖으로 나갈 수는 없어."

"잘 못 알아듣겠어."

"내가 네 '빈 몸'에 아유정 영혼을 넣을 수 있었던 건, 아유정의 영혼이 바로 옆에 있기 때문이었지. 내가 천소여 몸에 널 넣으려면 네 영혼이 필요해. 하지만 네 영혼은 지금 네 몸에서 보호받고 있어."

나는 멀뚱멀뚱 그를 쳐다보았다.

타천천이 좀 더 쉽게 얘기해줬으면 좋겠는데.

"그 이론을 꼭 들어야 해? 반은 이해 안 가는데."

"네가 사람이라면, 네 영혼을 빼내기 위해 네 몸을 죽였을 거야. 하지만 네 몸은 강시 몸이라 쉽게 죽지도 않아. 이게 문제지. 알겠어?"

그의 말은 이해가 가면서도 가지 않았다. 내가 멍하게 쳐다보자, 타천천은 손으로 자기가 내게 준 그 용고 조각 상자를 가리켰다.

"이걸 먹으면 강시가 된 몸이 무너져. 네 영혼은 밖으로 나올 거고, 나는 천소여 몸에 널 넣어줄 수 있어."

"진작 그렇게 얘기하지 그랬어. 이제 이해가 가."

"잘 들어, 천년비. 중요한 건 이제 말하는 거니까."

"?"

"네 몸이 사라지면 이젠 네 영혼을 불러올 방법은 없어."

"!"

"몇 번이나 난 너를 살리려 애썼지. 하지만 이젠 이게 끝이야. 천소여 몸이 죽으면 너도 죽는 거야."

타천천은 내 어깨에 손을 올리고서, 마치 우리가 처음 만난 날. 그 비 오는 날 밤 오두막에서 보여준 그런 표정을 지었다.

"그리고 전에도 말했다시피, 내 혼령술은 불안정해. 그러니까, 어느 날 천소여의 몸에 갑자기 부작용이 일어나서…… 그냥 그대로 이 몸이 죽을 수도 있어. 그래도 넌 돌아오지 못해. 네 몸을 없애 버리는 거니까."

"……."

타천천이 물었다.

"그래도 괜찮다면……"

하지만 너무 말이 길어서, 나는 그냥 용고를 먹어버렸다. 대답은 용고 조각을 씹으면서 했다.

"응, 괜찮아."

그러고서 꿀꺽 삼켰다. 타천천은 멍하게 나를 바라보다가 두 손으로 이마를 감싸며 신음했다.

"정말…… 행동하기 전에 최소한 고민이란 걸 하라니까. 끝까지 넌."

뭐라고 말하려던 천년비는 몸을 옆으로 기우뚱하더니, 그대로 쓰러졌다. 타천천은 완전히 몸이 엎어지기 전 손을 뻗어서 천년비의 몸을 받아들었다.

그는 그 상태로 한동안 가만히 앉아 천년비의 얼굴을, 그가 아무리 말해도 마음을 알아주지 않던 사랑해 마지않는 얼굴을 바라보았다.

"나는 네가 천년비란 이름을 떨치며 새로운 세상의 돌풍이 되어 주길 바랐는데, 녕녕."

그는 손을 들어 천년비의 뺨을 쓸었다.

"너는 미풍이었나 보다. 사람 사이를 맴돌고 싶어 하던 바람이었나 봐."

타천천은 천년비의 이마에 자신의 이마를 대고 비볐다.

눈에서 눈물이 고이다 천년비의 창백한 얼굴 위로 떨어져 구르자, 마치 천년비가 우는 것처럼 보였다.

하지만 천년비가 우는 건 아닐 것이다.

그녀는 언제나 자신은 양파를 깔 때만 운다고 주장했으니까.

타천천은 그 모습 그대로 조용히 흐느꼈다.

"내가 그날, 널 모른 척하지 않았더라면 우리 사이는 달라졌을까."

하지만 대답해 줄 수 있는 사람은 아마 깨어나서도 대답을 거부할 것이다. 그가 천년비에게 받아본 따스한 눈동자는 그날이 처음이자 마지막이었고, 그후 천년비는 그에게 절대로 좋은 대답을 해주지 않았으니까.

천년비가 그가 모은 자료들을 찢어버렸을 때 실망감이 커서 이젠 마음이 다 떠난 줄 알았는데. 그러지도 않나 보다.

타천천은 천천히 흙으로 변해가는 천년비의 몸을 바라보다가, 그녀의 이마 위에 입을 대고 속삭였다.

"잘 가, 녕녕."

그는 천년비의 몸이 완전히 사라진 뒤 남은 영혼을 천소여의 죽어가는 몸 안으로 넣었다.

영혼이 들어가자 천소여의 숨은 좀 더 고르게 변하기 시작했다.

타천천은 몸을 돌렸다. 이젠 정말 이별이었다.

설령 깨어난 천년비와 다시 만날 수 있다 해도, 그 사람은 그가 원하던 천년비는 아니었다.

"마마께서 수상한 남자가 들어와도 들여보내 주라 하셔서 들여보내 주긴 했는데……."

귀자와 원웅은 마당에서 초조하게 서로를 쳐다보면서 수군거렸다.

일이 축시에 벌어지리란 말은 들었으나, 축시 말이 되어가도록 들어간 어의는 나오지 않고 안에서는 아무 소리도 나지 않자 걱정되었다.

"아까 그 사람, 어의 맞아?"

의아하기는 다른 궁녀들도 마찬가지인지, 다른 당직 궁녀 하나가 걱정스레 물었다.

귀자는 얼른 나섰다.

"내가 한번 들어가 보겠습니다."

그러고서 건물 안으로 들어가려 할 때였다. 안에서 갑자기 비명이 들려왔다.

"마마?"

"마마!"

놀란 궁인들은 다급히 문을 열고 안으로 들어갔다. 뜻밖에도 그곳에는 천비가 깨어난 채 배를 잡고 일어서 있었다.

"마마? 왜 일어나세요!"

"마마, 혼절하셨다 깨자마자 일어나시다니요!"

놀란 궁녀들은 천비를 눕히려 했으나, 원웅과 귀자는 일이 잘 풀린 건지, 들어온 게 해운잠인지 아닌지 알 수 없어 긴장했다. 그런 그들의 귀에 천비의 익숙한 말투가 들려왔다.

"계란이가! 계란이가 아픈가 봐!"

일단 말투에서부터 '천빈 마마'가 돌아온 티가 났으나, 기뻐할 새도 없이 귀자는 어의를 부르러 뛰어야 했다.

"아까 그 어의는 어디 갔어?"

"몰라."

"여기 귀신 나온단 소문이 있던데 혹시……."

"그런 말 하지 마!"

원웅은 궁녀들이 소곤대는 데 웃지 않으려 애쓰며, '천빈 마마'에게 침상에 도로 누우라고 부축했다.

"마마, 일단 누우세요. 어쩌면 해산할 때가 된 건지도 몰라요."

"벌써?"

그때. 어디선가 "황제 폐하 납시오!" 하는 소리가 들려왔다.

전에 목 다친 것 때문에 경공으로 뛰어올 수도 말을 타고 올 수도 없어서, 일단 '무슨 짓을 해서든 천년비를 도와라'라는 명령만 보내두고 뒤늦게 따라온 월요였다.

천비는 얼굴이 환해져서 문 쪽을 보았으나, 위풍당당하게 나타난 월요는 어의들에게 가로막혀 들어오지 못했다.

"들어오시면 안 됩니다, 폐하. 진통이 시작된 것 같습니다. 들어오지 마십시오!"

"하지만 짐의 반숙이가……."

"방 안은 최대한 깨끗해야 합니다. 왕릉에서 이제 막 오지 않으셨습니까! 절대로 곁에 오시면 안 됩니다!"

내가 몸에 들어오자마자 가장 먼저 느낀 건 계란이의 항의였다.

왜 이제 왔냐고 애가 고래고래 고함을 지르면서 내 배를 마구 때리는 느낌이었다.

물론 아닐 거다. 내 계란이는 그렇게 성질머리가 더럽지 않다.

하지만 아무리 생각해도 배 안에 든 건 계란이뿐인데. 내 애라 성질머리가 더러운 건가.

어쨌든 계란이는 계속해서 항의해 댔고, 나는 아파서 죽는 줄 알았다.

약 올리는 것도 아니고 이 와중에 문밖에서 깔짝깔짝 들려오는 떡돌이의 목소리는 나를 더 미치게 만들었다.

아니, 내가 이렇게 아픈데 왜 떡돌이를 들여보내 주지 않는 거야? 옆에서 손이라도 잡아주면 안 되는 거야?

이 와중에 아프기는 얼마나 아픈지. 원래도 여기저기 잘 다치고 많이 다치고 늘 다치면서 살았으니 나는 출산을 해도 고통을 잘 참을 거라 여겼는데.

이게, 밖에서 오는 고통과 안에서 오는 고통은 아예 느낌이 달라 생소하다 보니 쉽게 건디기 어려웠다.

그렇게 얼마나 시달렸을까. 정신없이 휩쓸려 다니다 보니 아기 우는 소리가 들려왔다. 멍하게 눈만 끔뻑거리는 내게 원웅이 울면서, 으앙으앙 목이 찢어져라 외쳐대는 포대기를 건네주었다.

"마마, 건강하신 황자님이세요!"

그 말을 듣고서야 정신을 차리고서 상체를 가까스로 일으켰다. 원웅에게서 포대기를 받아들고 보니, 그 안쪽에 조그만 생명체가 끼어 있었다.

빨갛게 생긴 데다 온몸이 쭈글쭈글한…… 처음 보는 생명체였다.

아니, 아기라는 건 아는데. 아기가 원래 이렇게 생겼나?

이 나이대 아기를 보는 건 처음이다. 멍하게 아기를 안고서 보고 있자니, 아기가 자기를 고생시킨 걸 항의하듯 마구 팔을 허우적거렸다.

아니, 이 애. 사람이 맞나? 손가락이 너무 작은데?

"마마?"

내가 아기를 보기만 하고 가만히 있자 원웅이 옆에서 물었다.

"괜찮으세요?"

고개를 돌려 보니 원웅은 좀 긴장한 표정이었다.

"마마, 혹시 상태가……."

혹시 해운잠이 나가고 내가 몸으로 돌아오는 과정에서 뭔가 잘못됐을지도 모른다고 생각하나 보다. 나는 고개를 저었다.

"난 괜찮아. 아기가, 계란이가……."

계란이가 듣고 서운해할까 봐 나는 원웅의 귀에 대고 말해주었다.

"너무 희한하게 생겨서 놀랐어."

"마, 마마!"

"하지만 이거 봐. 손이 내 손가락 한두 마디도 안 돼 보여. 게다가 발 봐봐. 이게 사람 발이야? 인형보다 더 작고 귀엽잖아. 그런데 쪼그만 애가 코만 오뚝해."

코는 떡돌이를 닮은 거 같다. 그래. 자세히 보니 코가 떡돌이를 닮았어. 눈은 안 떠서 모르겠다. 다른 부분은 다 쪼글쪼글해서 모르겠는데 코만 눈에 띄었다.

보고 있자니 그 쪼글쪼글한 모습이 귀엽게 여겨져서 나는 계란이를 끌어안고 헤죽헤죽 웃었다.

"드디어 생겼다. 내 유일한 식구."

그 말을 하는 순간.

"대체 짐은 그 식구에 언제 끼워주는 거냐."

드디어 어의에게서 벗어나 방으로 들어온 떡돌이가 들어오자마자 항의했다.

나는 아기를 안은 채 고개를 들었다. 떡돌이가 말은 퉁명스럽게 하면서도 눈가에는 눈물이 그렁그렁해서 빠른 걸음으로 오고 있었다.

그걸 보는데 나도 갑자기 눈물이 나오려고 했다. 하지만 애 아빠도 울고 애도 우는 상황에서 나까지 울 수는 없었다. 나는 양파 깔 때만 우는 사람이니까.

나는 우는 대신 입술을 깨물고 눈물을 참았다. 의연하게 아기만 달래면서 그러고 있었다.

지금은 기쁜 순간이니까 우는 게 아니라 웃고 싶었다. 이젠 떡돌이 목을 안 조르고 그를 안을 수 있게 됐고, 계란이도 무사히 태어났는걸!

그러나 떡돌이가 와서 나를 부둥켜안는 순간.

"떡돌아, 계란이가 태어났어!"

기뻐서 외쳤으나, 덩달아 눈물이 튀어나오고 말았다.

'잘 살겠네.'

멀리 떨어져 있어 소리가 아주 희미하게 들릴 뿐인데도, 화한궁에서 들려오는 기쁜 소란이 여기까지 전해지는 것 같다.

천년비도 무사히 깨어났고 아기까지 태어난 모양이다. 설마 아기가 지금 바로 태어날 줄은 몰랐지만.

'열 달이 안 된 걸로 아는데. 조산인가. 하긴. 계속 몸이 쓰러지길 반복했으니.'

축하해야 하는데 씁쓸한 기분이 드는 건 왜일까.

타천천은 고개를 가로젓고서 돌아가기 위해 나무에서 내려왔다.

그러고서 담벼락을 내려갔는데, 뜻밖에도 그 아래에 황제 뒤를 자주 따라다니던 남자가 서 있었다.

'황제의 그림자라 했던가.'

대번에 정체를 눈치챈 타천천은 그 남자에게 물었다.

"체포라도 하러 왔나요?"

"아닙니다."

그러나 남자는 덤덤하게 대답하더니, 마음에 들지 않는 듯 눈살을 구기며 말했다.

"천빈 마마를 통해 전해 들었습니다. 관과 무림이 서로를 무시해야 하는 관례가 싫어서 일을 꾸몄다고요."

"……."

"폐하께서, 그 관례를 없애고 싶은 마음은 매한가지라 하셨습니다."

"!"

"반역을 일으키지 않고 일을 진행 시킬 마음이 있다면 찾아오라 하셨습니다. 이야기를 들어 주시겠다고요."

대체 그 이야기는 언제 전한 거지? 가까이 가지도 못했을 텐데? 타천천은 그렇게 생각하면서 천년비가 있을 화한궁과 남자를 번갈아 보았다.

그 상태로 잠시 생각에 잠겨 있다가 타천천은 돌아서며 대답했다.

"나중에 정식으로 찾아뵙지요."

그 말을 끝으로 타천천은 빠르게 사라졌다.

타천천이 어둠 속으로 사라지자, 그에게 말을 전한 남자 승언은 괜히 퉁명스럽게 자기 목덜미를 문질렀다.

폐하는 정말 저자 말을 들어봐 주시려는 건가? 어쨌든 후궁 몸에 영혼을 뺐다 넣었다 멋대로 장난친 인간인데?

게다가 실행하진 않았으나 선황제의 시신을 노리기도 했다. 승언은 과연 타천천을 믿어도 좋을지 의심스러웠다.

그러면서도 한편으로는, 저런 실력을 지닌 자는 어차피 나라의 골칫거리가 될 게 뻔하니 회유책을 쓰는 게 나을 것 같기도 했다.

'알아서 하시겠지.'

고개를 저은 승언은 다급히 화한궁 쪽으로 갔다. 화한궁 밖은 궁녀와 태감들이 사방팔방으로 뛰어다니며 몹시 바빠 보였다.

승언은 기회를 봐서 오원요와 함께 잠깐 안으로 들어가 보았다. 천비가 침상에 기대어 앉아 아기를 안고 있고, 황제가 천비를 감싼 채 아기를 같이 보고 있었다.

하지만 눈은 아기에게 있어도 말은 서로에게 걸고 있다. 주위에 사람이 있는 것도 개의치 않고서, 보고 싶었다, 그리웠다, 옆에 있으니 좋다, 온갖 말을 나누고 있었다.

승언은 안심해 웃고서 밖으로 나갔다. 늦게 뜨는 겨울해가 서서히 모습을 드러내며 하늘이 붉게 변하고 있었다.

다시 마마가 된 지 보름이 지났고, 그 사이 몇 가지 사건들이 있었다.

우선, 혜비는 비원과 한 패였다는 게 걸려서 품계가 귀인으로 순식간에 내려갔고, 석 달 동안 자기 궁에서 나오면 안 되는 벌을 받았다.

황후는 나갈 준비를 하기 위해 슬슬 꾀병을 시작했고, 나가기 전까지 다시 내 수업을 해주기로 했다.

타천천이 되살린 해운잠은 심경에 변화가 크게 생겼는지, 천씨 가문에 돌아가는 대신 영빈이 마련해 준 집에 나와서 산다고 들었다.

비원 역시 관직에서 물러나면서 몰래 인사하러 왔다. 마지막에 나와 황제 사이에서 서신을 들고 하루 종일 뛰어다닌 덕에 목숨은 건졌지만, 사하비단 출신이란 게 걸려서 쫓겨났다고.

하지만 가장 놀라운 건 우리 계란이에게 일어난 변화였다. 쪼글쪼글하고 작던 아기는 여전히 작았지만, 놀라울 정도로 떡돌이와 흡사해졌다.

눈썹이 조금 내려간 걸 제외하면 떡돌이가 분열한 수준이었다.

낳은 건 나고 품고 있던 것도 나인데 왜 떡돌이를 닮은 거지?

내가 낳은 거라 떡돌이를 닮았나?

안 닮으면 떡돌이가 아빠라는 게 티가 안 나니까?

하여튼 그 닮은 정도는 어마어마해서, 보름이 지난 뒤 아기를 구경하겠다고 신이 나 달려온 태후 마마가 아기를 보고 놀라 눈을 비빌 정도였다.

"아니, 우리 월요가 도로 아기가 됐나?"

"자세히 보세요 태후 마마. 여기 눈썹 끝이 내려갔잖아요."

"그래. 자세히 보니 눈썹 끝이 좀 다르긴 하구나."

태후 마마는 나를 묘한 눈으로 물끄러미 바라보았다. '그 고생을 해서 낳았는데 물려준 게 눈썹 끝뿐이라니'라고 가엾게 여기시는 얼굴이었다.

하지만 나는 아가가 떡돌이를 닮아도 괜찮았다. 떡돌이는 잘생겼으니까. 떡돌이를 사랑하기 전에도 나는 그의 외모는 이미 좋아하고 있었는걸. 그리고……

"염려 마세요, 태후 마마. 외모는 폐하를 닮았지만 내면은 절 닮았을 거예요. 겉과 속이 다르다고들 하잖아요."

하나는 떡돌이를 닮았으니, 다른 하나는 날 닮았겠지!

내 말에 태후 마마는 환한 얼굴로 "그런가?" 하고 물으시더니 웃으면서
말을 받으셨다.

"그래. 우리 천비를 닮으면 아주 착하고…… 착한 아이겠지."

말하다 보니 어째 표정이 점점 어두워지셨지만.

"칭찬 종목이 한 가지뿐인가요, 태후 마마?"

"그럴 리가 있겠니. 그만큼 착하다고 강조한 거란다. 우리 천비는 착하
고…… 순하고…… 맑으니까."

그래도 다 같은 칭찬 같은데. 그리고 표정이 왜 점점 더 그늘지시지?

그뿐만 아니라, 원웅은 태후 마마의 칭찬을 듣더니 겁먹은 눈으로 아
이를 내려다보았다. 왜 저렇게 겁내는진 모르겠지만.

그 이유는 나중에 들었는데, 몹시 기분 좋지 않으면서도 부정할 수가
없었다.

"마마. 마마. 아기씨가 마마처럼 공부를 싫어하시면 어쩌지요?"

"!"

아기는 유모가 데려갔고, 나는 할 일이 갑자기 사라져서 홀로 멍하게
밤하늘을 보고 있을 때였다.

일부러 혼자 있고 싶어서 주위를 물렸는데. 누군가 다가오는 소리가 나
더니 어깨 위에 도톰한 피풍의를 얹어 주었다.

"감기 걸리겠다."

떡돌이었다. 고개를 돌리자, 떡돌이는 내 허리를 감싸고서 옆에 나란히

앉으며 물었다.

"무슨 생각을 하느냐?"

나는 말 없이 떡돌이의 목에 손을 대보았다.

"!"

그걸 본 승언이 나무 위에서 가지를 흔들어서, 안 그래도 몇 가닥 남아 있지도 않은 잎을 다 떨구었다.

내가 강시 몸일 때 떡돌이의 목을 부러뜨리려 한 일을 떠올리는 것 같다. 하지만 이 몸은 강시 몸이 아니니 떡돌이 목이 부러질 일도 없는걸.

그렇지, 떡돌아? ……라고 하기엔 떡돌이도 거북이 목이 되어 있네.

"다시 네 옆에 돌아온 게 신기해서. 아직 실감이 안 나서 그냥 있었어."

"실감이 안 나다니?"

"타천천 때는, 타천천은 사랑이라고 할 수도 없었지만, 하여튼 타천천 때는 꼴도 보기 싫어서 피해 다녔어."

"?"

"개원이 때는 복수할 생각에 이를 갈았어. 그런데 이상하지? 널 떠났을 때는 네 옆에 돌아오고 싶었어. 아주 많이."

말하다 보니 감정이 북받쳐와서 나는 아마 별 같이 예쁠 게 틀림없는 눈으로 떡돌이를 바라보았다.

하지만 떡돌이는 떨떠름한 표정이었다.

"뭐야 그 표정은."

내가 별 같은 눈으로 바라봐주면 당장 입을 맞추면서 감동 받아야지!

성질이 나서 옆구리를 간지럽히자, 떡돌이는 몸을 비틀며 말했다.

"하지만 짐을 떠나서도 너는 배 타고 놀러 다니지 않았느냐. 당과 가게에도 아주 단골이 됐던데. 거기 주인이 너 요즘 안 온다고 슬퍼하더라."

"놀아도 슬프고 놀지 않아도 슬프다면 놀면서 슬픈 게 낫잖아. 맛난 걸 먹어도 마음이 아프고 먹지 않아도 아프다면 먹으면서 아픈 게 낫지."

"……."

떡돌이는 동의할 수 없단 표정이다. 하긴. 전에 내시 차림으로 돌아왔
을 때 보니 떡돌이는 눈 밑이 아주 퀭하게 변해 있었지.

"떡돌이는 고통에 심취하는 성격이구나."

승언이가 또 멋대로 나무를 흔들어대다가, 나뭇가지가 부러지면서 뚝
아래로 떨어졌다.

나는 떡돌이의 허리에 손을 감싸고 그의 어깨에 머리를 기댔다.

"어쨌든 그런 일을 겪고 나서…… 나 감동했어, 떡돌아."

"어떤 점에 감동했느냐?"

"나는 정말 대단한 사람 같아, 떡돌아. 온갖 일이 다 있었는데. 결국 네
옆으로 왔잖아."

말하다 보니 더욱 신이 나서 떡돌이를 보며 환하게 웃자, 떡돌이는 눈
을 가늘게 뜬 토끼 같은 표정으로 나를 쳐다보고 있다.

"왜?"

의아해서 묻자, 떡돌이는 한숨을 내쉬고 중얼거렸다.

"짐에게 감동한 줄 알았다."

"난 폐하를 사랑해."

"하지만 감동은 스스로에게 하는 거냐."

고개를 끄덕이자, 떡돌이는 잠시 입을 삐죽거리는가 싶더니 곧 크게 웃
음을 터트리면서 나를 끌어안았다.

포옹으로 동의를 대체하는 건가 싶어 의심했으나, 떡돌이는 내 등을
두드리면서 열심히 동조해주었다.

"맞아. 네 말이 맞다. 너는 정말 대단한 사람이다. 생각해보면 너는 늘
짐에게 돌아와 주었지. 몇 번이나. 몇 번이나."

"암! 그럼!"

"짐은 네 덕에 고양이도 사랑해보고, 거북이도 사랑해보고, 눈썹 처진 후궁도 사랑해보고, 강시도 사랑해보고, 악적도 사랑해보고, 내시도 사랑해봤다."

"!"

"짐은 네가 어떤 모습이어도 우리 반숙이를 사랑할 수밖에 없더라."

귀에 대고 속삭인 떡돌이 내 귓바퀴를 몇 번 아프지 않게 씹더니, 이번에는 볼에 입을 연거푸 맞추었다.

왜 갑자기 이렇게 예쁜 짓을 하는 거지?

수상쩍지만, 차가운 겨울 공기 속에서 그와 딱 붙어 따뜻한 이 상황이 좋기에 나는 가만히 그의 애정을 받아들였다.

사람들은 내가 말을 하면 쉽게 화를 내곤 하는데. 생각해보면 떡돌이는 처음부터 내가 하는 말에 늘 웃어댔다.

그는 내가 아무 말이나 내뱉어대도 화내지 않는다. 나를 이상하게 여기지도 않는다. 삐지긴 하지만 먼저 풀리니 그건 괜찮다.

생각하다 보니 그가 더욱 사랑스러워서, 나는 두 팔을 벌려 떡돌이의 입에 내 입을 맞추고 얼굴을 마구 비볐다.

"네가 좋아. 처음 봤을 때부터 네가 좋았어 떡돌아. 네가 만약 황제가 아니라 내시였어도 나는 널 사랑했을 거야."

내가 무슨 말을 해도 맞다 해주고, 내가 뭐라고 자랑해도 내 말이 옳다 해주고, 내가 조금 멍청한 말을 해도 같이 웃어주는 이 남자가 좋아.

"널 연모한다, 떡돌아."

그의 귀에 대고 속삭이는데 또다시 눈물이 나려 했다.

내 눈물은 양파 깔 때만 나는 줄 알았는데. 아닌가 봐.

내 눈물은 행복할 때만 나는 건가 보다.

전에 돌아와서도 그를 보고 울었는데, 왜 또다시 눈물이 나려 할까.

그래도 역시 우는 건 익숙하지 않아서 억지로 참고 참고 참았는데.

"반숙아. 짐의 천년비. 짐이 없어도 씩씩하게 살지만 그래도 매번 짐에게 돌아와 주는 내 반쪽아. 짐의 황후가 되어 주겠느냐."

결국, 그가 손에 깍지를 끼며 하는 말에 참지 못하고 울고 말았다.

"할게. 황후 할게. 사실 나도 계속 황후 하고 싶었어."

- ≪고수, 후궁으로 깨어나다≫ 完

외전 1장

모월 모일 모시

모월 모일 묘시말(욕이 아니다).

나는 황후다.

지금은 황후가 아니지만 조만간 황후가 될 예정인

대단하신 몸이다.

그런 이 몸이 어째서 일기를 적고 있느냐.

계란이에게 내 옛날이야기를 해주려다가, 예전에 숨겨 놓고

까먹어버린 옛 일기장을 발견해서다.

'어떻게 이걸 까먹었지?' 생각하면서 일기장을 펼쳤다가

나는 기가 막혀서 죽는 줄 알았다.

세상에. 내가 어떻게 이 거친 삼을 헤쳐나갔을까!

삼...... 삼이라 쓰는 거 맞나? 삶이었던가?

아. 귀자에게 일기장을 감추고서 "삼을 뭐라고 써?"라고 하자

"삼은 삼이죠?"라고 대답한다. 삼이 맞나 보다.

어쨌든 그 거친 일기장을 보고 나서 결심했다.

예전의 내 일기장에는 슬픈 이야기가 대다수였지.

하지만 나는 이제 양파 까는 천년비가 아니라 행복한 천년비다.

그래서 이젠 행복한 일들로 가득한 일기를 새로 적기로 했다.

그래서 나중에 우리 계란이가 크면 '엄마는 이렇게 힘든 삼을
삶았지만 나중에는 행복한 삼이 됐어.'라고 말해줄 거다.

같은 날 진시 말.
떡돌이가 내가 열심히 일기 쓰는 걸 보더니,
한번 읽어보고 싶다고 했다.
그래서 일기장을 보여줬더니,
무척이나 가엾어하는 표정으로 이렇게 말했다.
"우리 반숙이는 행복한 삼이구나."
웃으면서 '다 네 덕'이라 말했더니,
떡돌이는 감동 받아서 흐느끼다 돌아갔다.
사랑스러운 떡돌이.......

같은 날.
사랑스럽다는 거 취소다.
떡돌이 이 못된 새끼.
승언이 '삼이 아니라 삶'이라고 알려줬다.
이 내시보다 못한 황제 새끼.

같은 날 밤.
떡돌이는 내시보다 잘난 최고의 황제입니다.
나는 떡돌이가 참으로 용맹하고 위엄 넘치는
잘난 황제라고 생각합니다.
반숙이는 떡돌이만 사랑합니다.

모월 모일 묘시말(욕이 아니다).

내가 어제 떡돌이 칭찬을 한 건 내 자의가 아니었다.

내가 목욕하는 틈에 내 일기장을 본 떡돌이가 삐져서는

"짐이 내시보다 뭐가 못하단 말이냐" 이렇게 징징대서

마지못해 쓴 글이다. 일종의 방성문이라고 해야 할까.

같은 날 오시 초.

방성문이나 반성문이나 그게 그거지!

앞으로 일기장을 잘 숨겨 놔야겠다.

떡돌이가 자꾸 내 일기장을 훔쳐보고

틀린 글시를 찾을 때마다 놀려댄다.

일기 쓰면서 이렇게 피로하면 큰일이다.

내가 원하는 건 성장한 계란이에게

'엄마는 이렇게 행복했어'라고 알려주는 거란 말이다.

'엄마가 글자를 잘못 쓰면 아빠가 시비를 걸어댔어'라고

알려주는 게 아니다.

모월 모일.

떡돌이가 계란이 이름으로 짓고 싶은 게 있냐고 물었다.

사실 있었다. 아니, 아주 많았다.

우리 계란이가 얼굴이 아주 훤칠하니 이뻐서 그렇다.

계란이 얼굴을 보면 온갖 좋은 이름이 다 떠올라서.

그래서 이름을 커다란 종이 한 장 가득 쓴 다음

떡돌이에게 보여줬는데,

빌어먹을 떡돌이가 안타까워하며 말했다.

"이를 어쩌지. 적자 이름은 이미 정해져 있는데."

그게 무슨 소리냐고 묻자, 떡돌이는 "정해진 이름이 몇 개 있고,
적자들은 그 이름을 돌아가면서 쓴다"고 했다.

그럼 나한테 왜 물었냐고 물었더니,

그냥 물어본 건데 대답할 줄 몰랐단다.

나쁜 떡 같으니라고.

모월 모일.

계란이가 월겸이란 이름을 받았다.

생각보다는 괜찮은 것 같다.

"일기는 다 쓰셨어요, 마마?"

내가 붓을 내려놓자마자 원웅이 익숙하게 물었다.

"응."

나는 턱을 들며 대답한 다음 일기장을 덮고서, 원웅을 재촉했다.

"이제 우리 계란이 보자."

얼마 지나지 않아 유모가 포대기로 싼 계란이를 들고 안으로 들어왔
다. 어휴 내 새끼 꼬물거리는 거 좀 봐!

"우리 예쁜 계란이. 엄마한테 오거라."

"이름이 생겼는데도 계란이라고 부르시네요?"

"애칭이 있으면 좋잖아."

계란이를 안아 들고서 찐빵 같은 뺨과 떡돌이를 쏙 닮은 코며 입을 보
고 있자니, 원웅이 놀리듯 물었다.

"그러다 둘째가 생기면 어떻게 하시려고요? 계란 아기씨가 두 분이면 안 되잖아요."

"둘째는 메추리라 부르면 되지."

"네? 그럼 계란이랑 공통점이 없잖아요?"

"메추리알이라 하고 싶은데 길어서 알을 뺀 거야."

"알이 중요한 거 아닌가요……?"

그런데 원웅, 귀자와 둘째가 생길 경우를 대비해 적당한 애칭을 만들고 있을 때였다.

"연비 마마께서 오셨습니다."

밖에서 태감이 외치는 소리가 들리더니, 곧 연비가 안으로 들어왔다.

"겸이구나. 이모한테 와보렴."

들어온 연비는 늘 그렇듯 들어오자마자 나는 아는 척도 하지 않고, 계란이만 받아 들고서 귀엽다고 얼렀다.

"겸이는 참 순하구나. 우는 걸 거의 못 본 거 같다."

"날 닮아서 그런가 봐."

동의하기 싫은가 봐. 대답을 안 하네.

"예쁜 우리 조카. 아이 착하지?"

잠시 뒤. 연비는 묘한 표정으로 웃으며 계란이를 유모에게 넘기고는 내 맞은편에 앉으며 그제야 내게도 아는 척 말을 걸었다.

"너는 그 고생을 하고 와서도 여전하구나."

그런데 말 거는 내용이 좀 이상해. 무슨 말인가 싶어서 멀뚱히 쳐다보자, 연비가 한숨을 내쉬며 물었다.

"돌아가는 정세에도 관심을 가지란 말이란다. 지금 조례에서 무슨 이야기가 나오는지 모르니?"

"무슨 이야기?"

혹시 나를 황귀비로 올리자는 이야기가 나오나?

"폐하께서 월겸이를 황태자로 삼겠다 하셔서 난리가 났다더라."

연비는 내가 스스로 추측하긴 힘들 거라 여겼는지 결국 직접 알려줬다.

나는 놀라서 연비를 쳐다보았다.

"언니는 그걸 어떻게 알아?"

"조금만 귀가 밝아도 알 수 있지. 기밀이라면 알 수 없겠지만. 이런 이야기는 어차피 모두가 알게 될 이야기잖니."

그런데 왜 나는 몰랐지?

귀자와 원웅을 쳐다보자 둘 다 시선을 다른 방향으로 돌렸다.

둘 다 몰랐나 보다. 하긴. 둘 다 나랑 내내 여기서 놀고 있었으니 알 리가 있나.

"언니가 똑똑하니 됐지."

어쨌든 이제라도 알게 되었으니 다행이다. 다행인가? 아니, 다행이고 뭐고 할 문제가 아니지 않나?

"그런데 이걸 꼭 미리 알아야 해? 나중에 기쁘고 지금 기쁘고 할 얘기 아니야?"

연비의 표정이 미묘하게 구겨지는 걸 보니 아닌가 보다.

눈치껏 입을 다물고 답을 기다리자, 연비가 한숨을 내쉬고서 말했다.

"다들 찬성하면 언제 기쁘든 기뻐하기만 하면 될 일이겠지."

"다들 찬성을 안 해? 왜? 폐하 자식은 계란이뿐이잖아?"

"폐하의 보령이 많지 않으니까. 앞으로도 계속 황손이 줄줄이 태어날 거라 생각하는 거겠지."

"이런. 대신들은 바보네. 폐하 나이가 젊다고 안심하면 안 되지. 가는 데는 순서가 없는데."

"!"

무슨 말을 했다고, 원웅과 귀자와 연비가 동시에 내 입을 틀어막는다.

눈썹을 최대한 위로 올리고 항의하자 손들을 치우긴 하지만 다들 표정이 불안 불안했다.

"내가 무슨 말을 했다고 그래?"

차갑게 항의하자, 연비는 한숨을 내쉬고서 당부했다.

"그런 말은 하지 마라. 특히 남들 앞에선."

"알았으니까 내 입 좀 틀어막지들 마."

구시렁거리고 있자니 연비가 다시 말을 이었다.

"폐하의 보령도 보령이지만, 월겸이가 너무 어린 점도 반대 이유란다."

"대신들은 나이를 엄청 신경 쓰네?"

"월겸이가 너무 어리니 아직 자질을 알 수 없어서 그렇대."

"왜?"

"나중에라도 자질이 더 뛰어난 아이가 태어나면 곤란해지잖니."

어쨌든 대신들은 떡돌이가 둘째 볼 걸 확신하고 있는 건가? 나는 아직 메추리를 낳을지 말지도 결정하지 않았는데? 설마…… 떡돌이가 다른 후궁과의 사이에서 아이를 낳을 거라 기대하나?

그 생각을 하자 좀 기분이 상해서, 나는 일기 적기도 관두고 우리 계란이를 온종일 쳐다보기만 했다. 계란이에게서 비상한 자질과 두뇌를 미리 끄집어내기 위해서였다.

계란이가 똑똑한 게 만천하에 드러나면, 대신들도 다른 후궁에게서 둘째가 태어나길 기다리지 않을 테니까.

하지만 계란이는 연비 말처럼 날 보며 순하게 웃기만 할 뿐 그리 똑똑해 보이진 않았다.

"날 닮았나……."

아닌데. 나도 똑똑한데. 난 그저 배울 기회가 없었을 뿐인데. 하지만 계란이는 배울 기회가 많은데도 왜 이렇지? 그럼 대체 누굴 닮은 거지?

그 생각을 하고 있자니, 마침 떡돌이가 저녁을 함께 들자며 찾아왔다.

떡돌이는 궁녀들이 음식을 나를 동안 계란이를 안고서 좋아했다.

"우리 계란이는 날이 가면 갈수록 사랑스러워지는구나. 빨리 컸으면 좋겠는데. 하지만 빨리 크면 이 모습을 더 못 보니 아쉽겠지?"

그 모습을 지켜보다가 나는 아까 내내 궁금해하던 질문을 했다.

"폐하. 질문 하나만 해도 돼?"

월요는 내 질문에 잠시 흠칫하더니 쓸쓸하게 웃고서 말했다.

"그래. 해도 좋다. 짐은 이미 오는 길에 각오하고 있었다."

"벌써? 내가 무슨 질문을 할 줄 알고?"

의외라 쳐다보자, 월요는 픽 웃으며 말했다.

"짐은 너에 대해 모르는 게 없단다, 반숙아."

"그렇구나. 그럼 물어볼게. 혹시 태후 마마도 공부 못했어?"

내 질문이 끝나자마자 음식을 날라주던 궁녀가 다리를 삐끗해서 넘어질 뻔했다.

월요도 수묵화처럼 그윽하게 웃고 있다가 눈을 삐죽 뜨고서 나를 쳐다보았다.

"그게 무슨 소리냐?"

"이미 짐작하던 질문 아니야?"

"설마. 짐은 네가 조례 때 황태자 건을 물어볼 줄 알았다."

"맞아. 내가 물어본 게 바로 그거야."

떡돌이는 영 이해가 가지 않는 얼굴이었다. 얘가 암기만 잘하고 응용은 못 하는구나.

나는 떡돌이도 이해할 수 있도록 수준을 맞추어 설명해주었다.

"대신들은 계란이가 자질이 뛰어나지 않을 수도 있다고 생각하잖아. 하지만 떡돌이 너는 머리가 좋고, 나도 머리가 좋으니 우리를 닮았다면 계란이는 머리가 나쁠 수가 없어."

"……너도 포함인가?"

허벅지를 찰싹 치자 떡돌이가 미안하다면서 입에 볶은 고기를 물려주었다. 고기를 씹어 삼키고서 나는 말을 다시 이었다.

"그런데 가만히 들여다보니까 계란이가 좀 너무 순한 거 같은 거야. 순하게 웃기만 하고 별로 호기심도 없고. 그래서 계란이가 공부를 못한다면 누굴 닮은 걸까 고민하다가……."

"모후를 의심한 거구나."

떡돌이가 한숨을 내쉬었다.

승언은 입을 열고 싶어서 연신 입술을 달싹였다.

내 말이 혹시 기분 나빴을까 싶어서 나는 얼른 떡돌이를 위로했다.

"괜찮아. 태후 마마는 좋은 분이시잖아. 그리고 겉으로 볼 때는 아주 영민해 보이서."

떡돌이는 몹시 할 말이 많은 얼굴로 나를 쳐다보다가 반박했다.

"모후께서는 부황이 황태자이던 시절부터 같이 학문을 논하셨고, 부황은 어려운 일이 생기면 모후에게 의견을 자주 묻곤 했다. 모후는 당대의 대학자들 여럿과도 교류하셨지."

"그게 무슨 소리야?"

원웅이 옆에서 작게 알려주었다.

"태후 마마께서는 아주 많이 무척 머리가 좋단 뜻이에요, 마마."

아아. 그렇구나. 어쩐지. 후보가 없어서 의심하긴 했지만, 딱 보기에도 태후 마마는 영민해 보이긴 했다.

"그럼 계란이가 누굴 닮은 거지? 선황제 폐하도 아닐 거잖아. 그래도 일국을 다스린 분이신데."

"……"

나는 주저하다가 떡돌이의 귀에 대고서 물었다.

"혹시 내 친부모일까?"

그런데 뜻밖에 떡돌이가 "확인해보면 되지."라고 대답하는 게 아닌가.

무슨 소리인가 싶어서 멀뚱멀뚱 쳐다보고 있자니, 떡돌이가 사람들을 모두 물리고서 말했다.

"실은, 네가 자꾸 너랑 계란이 둘만 가족이라며 짐을 빼놓기에 네 친부모가 누구일까 찾아보았단다."

"!"

외전 2장

내 가족은……

내가 멍하게 처다보자 황제는 그 모습이 좀 걱정되는지 내 앞에 대고 손을 흔들며 물었다.

"괜찮으냐?"

괜찮냐고? 그야 괜찮지. 안 괜찮을 게 있나.

"그냥 생각도 못 해봐서. 진짜 찾은 거야?"

떨떠름하게 묻자, 떡돌이는 좀 더 자세하게 설명해주었다.

"후보를 넷 찾았지. 그중 어느 쪽이 진짜인지는 모르겠다. 어쩌면 넷 다 아닐 수도 있지. 하지만 현재로서는 가장 가능성이 큰 이들이란다."

나는 다시 멍하게 떡돌이를 처다보기만 했다. 머리가 텅 빈 느낌이었다. 뭐라고 말해야 할지, 어떻게 반응해야 할지 감도 잡히지 않았다.

"말해줄까?"

떡돌이가 재차 물을 때에는 나도 모르게 귀를 틀어막아 버렸다.

"반숙아?"

"안 들을래."

이후 나는 그 자리를 박차고 뛰어나갔다.

뒤에서 '반숙아!' 하고 외치는 소리가 들렸지만 계속 달려갔다. 그렇게 한참을 뛴 후에야 나는 커다란 나무둥치를 끌어안고 멈춰 섰다.

심장이 두근두근했다.

친부모가 궁금한 적이 있긴 해. 그건 맞아. 하지만 이렇게 뜬금없이 찾았다고 나와줄 줄은 몰랐다. 어떻게 가능하지?

아니…… 떡돌이는 황제잖아. 이것저것 남들보다 조사하기 쉬울 거야.

그래도 여전히 마음이 이상해 멍하게 나무를 끌어안은 채 있자니, 떡돌이가 어느새 따라와서 툴툴거렸다.

"안으려면 짐을 안지. 나무는 뭐 그리 어여쁘게 끌어안느냐?"

내가 돌아보자, 떡돌이는 나무를 끌어안은 나를 뒤에서 같이 끌어안으면서 물었다.

"가족을 찾는 게 싫으냐?"

"싫고 좋고를 떠나서. 너무 놀라서."

갓난아기인 계란이가 갑자기 두 발로 일어나 뛰어다니는 걸 보면 딱 이렇게 놀랄 거 같아.

"누구, 누군데?"

그래도 떡돌이랑 꼭 붙어 있으려니 한결 마음이 가라앉아서 질문은 할 수 있었다.

"부부 두 쌍에 미혼모로 추정되는 여자 하나, 미혼부로 추정되는 남자 하나지."

"누가 제일 가능성 높아?"

"비슷했다. 그런데 부부 중 한 쌍은 이미 사망했다."

나는 몸을 숙여서 떡돌이와 나무 사이에서 쏙 빠져나온 다음, 나무 앞에 쪼그리고 앉았다. 떡돌이는 나란히 앉으면서 물었다.

"세 후보가 수도로 오도록 유인해 줄 테니 몰래 가서 보고 오겠느냐?"

모르겠다고 말하려는데 그 전에 먼저 고개부터 저어졌다.

음. 행동이 먼저 나가는 걸 보니 아무래도 이게 내 솔직한 마음인가 봐. 만나기 싫은 거.

"안 만나겠다고?"

"어차피 '천년비'는 이미 죽었잖아. 그 이름으로 살길 포기했는데 만나서 뭐 하겠어. 누가 친부모이든 만나고 싶지 않아."

"후보 중 한쪽은 자식을 일부러 버린 게 아니었는데. 그쪽이 진짜일 수도 있지 않느냐. 그쪽이 진짜라면⋯⋯."

"그래도 안 만날 거야."

단호하게 말한 다음 떡돌이의 무릎을 찰싹찰싹 두드리자, 떡돌이가 다리를 펼쳐준다.

내가 허벅지에 머리를 기대고 눕자, 이제는 익숙하게 내 머리카락을 매만져주기까지 했다.

그 손길에 잠시 잠이 쏟아지려 했지만, 나는 눈을 부릅떠 정신을 차리고서 말을 이었다.

"어차피 그 사람들 중 누가 진짜인지도 확인할 수 없는 건데. 뭐 하러 확인하겠어."

그런데 왜 말을 하면서도 내 목소리가 이리 시무룩한지 모르겠다. 나는 위풍당당한 모습이 제일 매력적인데.

"반숙아."

"지금은 좀 깐숙이 상태야."

"무슨 뜻이냐?"

"뜻은 없지만 어감으로 느껴봐."

"⋯⋯깐숙아. 널 버린 이들에게, 네가 이렇게 잘 큰 모습을 보여줘서 복수하고 싶진 않느냐?"

황제의 부름을 받고 어실로 찾아간 흑합은, 황제가 아기를 포대기에 싸 안고서 노래 부르는 걸 보고 순간 당황해 생각했다.

도로 나가야 하나?

황제가 처음 얻은 아이에게 푹 빠져 있단 이야기는 들었지만, 설마 여기서 노래를 부르고 있을 줄은 몰랐던 것이다.

하지만 황제가 그를 쳐다보는 바람에, 흑합은 나가지 못하고 아무것도 못 본 척 공손히 인사를 올렸다.

"부르셨습니까, 폐하."

하지만 당혹스러워하는 흑합과 달리, 황제는 태연히 아기를 토닥거리면서 지시했다.

"사적인 명령을 하나 해야겠다. 네가 장군들 중 가장 분위기가 있어 보이니까."

"예?"

흑합은 눈을 동그랗게 떴다.

실력이 있단 것도 아니고…… 분위기가 있어 보여서 명령한다고?

당황해서 대처하지 못하는 사이, 황제가 미리 적어 두었던 종이를 그쪽으로 밀었다.

"주소를 두 개 줄 테니, 누가 봐도 부유한 고관대작처럼 차려입고 찾아가도록 해라."

"네?"

평소에는 영민한 흑합이지만 지금은 도저히 상황이 이해가 가지 않아 똑똑하게 대처하기 힘들었다.

멍한 흑합에게 황제가 말을 이었다.

"그리고 이 서신을 전하고, 뭐라 하든 무시하고 일어나서 돌아와라."

흑합은 조심스럽게 쪽지를 받아들었다.

쪽지의 주소는 노출되어 있었으나, 황제가 전하라 한 서신은 단단히 밀봉되어 있어서 안의 내용물을 알기 어려웠다.

그 이상의 지시가 없기에, 흑합은 여전히 영문을 몰라 하면서도 밖으로 나가야 했다.

역시 서신 내용을 궁금해하던 승언은, 흑합이 나가자마자 슬그머니 황자에게 딸랑이를 흔들어주는 척하며 물었다.

"그게 뭐였습니까, 폐하?"

"별건 아니다. 천년비의 친부모에게 보내는 서신이다."

"예? 하지만 천비 마마께서는 연락하지 않으실 거라고……."

"짐은 연락하고 싶다."

"!"

"이렇게 적었다. 그쪽이 버린 자식이 아주 훌륭한 사람이 되어서 훌륭한 남편과 혼인했다. 나는 사위 되는 사람인데, 처가댁이 궁금해서 인사 올린다."

"예?"

사위? 처가댁?

승언이 황당해 쳐다보자, 황제의 입꼬리가 삐뚤게 올라갔다.

"약이 오르겠지. 약 좀 올라야 할 거다."

승언은 속으로 '허!' 탄식했다.

폐하는 일국의 황제시면서 어찌 이리…… 속이 좁으실까!

그러다 아기를 보던 황제가 갑자기 휙 고개를 드는 바람에, 승언은 얼른 눈을 내리깔았다.

"소신은 아무 생각도 하지 않았습니다, 폐하."

"더 화나게 해야겠다."

그러나 황제가 그를 본 건 승언의 속내를 눈치채서가 아니었다. 아까 하던 그 '천년비 친부모'에 대한 이야기였다.

"여기서 더요?"

떨떠름하게 묻는 승언에게, 황제가 서랍을 열더니 종이 몇 장을 꺼내 내밀었다.

"흑합에게 당장 처리할 수 없는 귀한 땅문서 몇 개를 선물이라고 가져 다주고 명의는 나중에 옮겨주겠다 한 다음, 다음날 마음이 바뀌었다고 도로 뺏어오라 해라."

승언은 당황해서 물었다.

"폐하. 너무 놀리는 거 아닙니까? 그래도 괜찮을까요? 혹시 천비 마마 께서 아시면……."

"일부러 천비를 버린 둘에게만 이러는 거다. 피치 못하게 헤어진 쪽엔 천비 뜻대로 연락을 아예 안 하지 않느냐."

"그건 그렇지만……."

"그자들 때문에 천비가 어린 시절부터 고생하고 자란 걸 생각하면 잡 아다 죽여도 시원치 않아."

"!"

"하지만 혹시라도, 나중에라도 그 아이 마음이 바뀔지 모르니까. 그래 서 이 정도로 그치는 거다."

황제는 코웃음을 치고서, 계란이의 처진 눈썹을 문질렀다.

"자기들도 알아야지. 자기들이 버린 아이가 그 땅문서들보다 훨씬 귀한 사람이었단 걸. 배라도 아파 봐야 후회라도 할 게 아니냐."

나는 친부모 이야기를 생각하면서 계란이를 내려다보았다.

떡돌이가 잘 재워서 보낸 계란이는 아직도 새근새근 자고 있다. 자는 모습이 얼마나 귀여운지, 꼭 조그만 병아리 같다.

그러다 다시 친부모 이야기로 생각이 돌아갔다.

사실…… 아예 안 궁금하냐고 하면 그건 아니었다. 안 궁금할 리가. 내 시작인 사람들인데.

하지만 만났을 때 그 사람들을 보고, 날 닮은 모습을 찾고서 혹시라도 용서하고 싶어질까 봐 싫었다.

개원에게 그렇게 이를 갈았는데. 날 죽인 게 개운호라는 걸 알게 되긴 했지만, 어쨌든 그도 처음에는 동생과 짜고서 내게 접근한 것인데.

그걸 알면서도 나는 개원에게 화조차 내지 못하고 끝냈다. 화를 낼 틈도 없었지만.

날 죽인 개운호에게도 결국 도움 몇 번 받고 복수하지 못했지. 복수를 확실하게 돌려주기로 유명하지만, 나는 결국 한동안 같이 살았던 둘에게는 제대로 복수하지 못했다.

내게는 의외로 대인의 면모가 있단 말이다. 이런 마음이니, 친부모란 작자들을 보면 용서하고 싶어질지도 몰라.

그건 싫다. 용서해 놓고서 끙끙 앓으니, 차라리 안 보고 평생 원망하는 게 속 편하지.

"그렇지, 계란아?"

나는 떡돌이와 똑같이 생긴 계란이를 안아 올리고서, 아기의 양 뺨에 쪽쪽쪽 입을 맞추고 속삭였다.

"내 가족은 너랑 떡돌이뿐이다. 알지 아가야?"

아기도 무사히 태어났고, 여러 고초를 겪긴 했으나 다행히 허약한 체질이 아니었다.

천비 역시 자리를 잡아가는 듯하자, 황후는 슬슬 출궁하기 위해 본격적으로 꾀병을 부리기 시작했다.

황후가 자주 아프다고 하자, 사정을 모르는 이들은 '천비가 나으니 이제는 황후가 아프구나!'싶어 겁을 냈다. 굿을 해야 하지 않냐는 말도 돌았고, 궁전 분위기도 어두워졌다.

월요는 상황을 다 알지만, 황후가 아프다는데 혼자 태연히 굴 수는 없기에, 덩달아 어두운 표정을 하고 황후궁을 찾아갔다.

황후가 나간 후의 일도 이야기해야 했고, 혹시라도 급한 일이 생기면 연락을 주고받을 상의도 해야 해서, 요즘 부쩍 황후와 의논할 일이 많았다.

게다가 황후가 떠난 뒤 한동안 어수선할 걸 대비해 미리 내명부 일도 손을 보아야 했다.

그런데 황후궁으로 가고 있자니, 이상한 장면이 보였다. 황후가 앞에서 나비처럼 우아하게 걸어가고 있고, 그 뒤에서 천비가 똑같은 자세로 팔랑팔랑 걷는 모습이었다.

두 사람의 모습은 따로 보면 제각기 백조처럼 우아했으나, 둘이 줄지어 같은 모습으로 걸어가니 좀 우스꽝스러웠다.

천비야 늘 저런다지만 황후는 왜 저러고 있나 싶어서, 월요는 눈을 빠르게 깜빡이다가 물었다.

"저게 무엇이냐."

미리 말을 전하러 왔었던 승언은 어색하게 웃으며 설명했다.

"황후 마마께서 천비 마마께 우아한 자태를 연습시켜주고 계십니다."

"우아……."

월요는 황당해서 말을 반복했다.

"우아하다고?"

"황후 마마의 걸음걸이는 기품 있고 우아하기로 유명하니까요."

월요는 이마를 짚었다. 아무래도 황후는 앞에서 가다 보니 천비와 자신이 줄지어 가면 어떻게 보이는지 모르고 저러는 거 같은데…….

승언이 눈치를 보다 물었다.

"제가 가서 황후 마마께 살짝 알려드릴까요?"

"가까이서 보면 어여쁘고, 멀리서 보면 오리 같다 전해라."

월요는 어색하게 웃었다. 황후가 천비를 교육시키는 게 아니라, 황후가 천비에게 옮아가는 것 같았다.

그날 밤. 업무 때문에 오늘은 들르지 못한다고 했지만, 월요는 천비와 계란이가 눈에 밟혀서 결국 늦은 시간에 비연궁으로 찾아가고 말았다.

"폐하?"

"쉿."

황제의 방문을 알리겠다는 원웅에게 되었다 손을 젓고서, 그는 안으로 들어가 보았다.

천년비가 책상 앞에 엎드려 잠들어 있었다. 손에는 붓을 꼭 쥐고 있다.

귀여워라. 월요는 웃으면서 다가가 붓을 빼내 주려다가, 천년비가 쓰다 만 글귀를 보고는 저도 모르게 웃었다.

'계란이랑 떡돌이랑 같이 있으면 심장에 쌀을 붓는 느낌이 난다. 작디

작은 만족감들이 가득 차서 간지러운 느낌이다.'

월요는 천년비의 머리에 입을 맞춘 다음, 붓을 빼내 들고 그 아래에 자신도 글귀를 적었다.

연모하는 반숙아.
세상에서 가장 영민한 짐의 반려.
짐도…….

그런데 글을 쓰려다 보니 앞에도 얇은 책이 하나 있었다.

이건 뭔가, 싶어서 건성으로 한 장을 넘긴 월요는 몹시 신경 쓰이는 글귀를 발견하고 그대로 굳어버렸다.

모월 모일 모시.
세상에서 가장 잘생긴 남자를 봤다.
사람들에게 쫓기고 있는데, 담벼락 위에서 손을 내밀었다.
과꽃이 그려진 손수건을 주고 갔다.
이상한 사람이야.
왜 날 도와준 거지?
하지만 정말 잘생겼다.
그가 준 손수건마저 잘생겼다.

외전 3장

계속 마음에 두고 있었다

……떡돌이가 내 옛날 일기를 본 거 같다.

아침에 일어나보니 나는 침상에 누워 있었고, 원웅이 말하기를 밤에 떡돌이가 다녀갔다고 했다.

거기까지는 별문제가 없었다. 나는 떡돌이가 늦은 밤에라도 찾아와서 날 보고 갔다는 데 그저 기뻐서 노래를 부르고 춤을 췄다.

계란이에게도 노래를 불러준 다음 여기저기에 뽀뽀를 하고, 내가 이만큼 사랑하고 있으니 그만큼 건강하게 커야 한다고 주문을 걸었다.

그러고서 책상을 봤더니, 내 일기장에 떡돌이가 연모한다고 써둔 게 아닌가. 신이 나서 일기장을 들고 춤을 한바탕 더 춘 다음, 나는 책상 위를 정리하려다가 발견했다.

옛날의 암울한 시절과 비교하기 위해 꺼내둔 내 옛 일기장을. 게다가 그 일기장의 첫 장이 몹시 구겨져 있다. 어제만 해도 멀쩡했는데.

'어쩌지?'

나는 일기장을 들고 초조하게 앞부분을 살폈다.

'젠장! 이를 어째!'

개운호가 이어 적은 부분은 죄다 암울하지만, 내가 적은 부분은 개원이에 대한 추종과 찬사와 행복으로 가득 차 있는데! 안 그래도 쪼잔한 떡돌이가 이걸 보면 마음이 더 쪼그라들 텐데!

"마마?"

일기장 두 개를 겹쳐 들고서 발을 구르고 있자니, 원웅이 의아해서 물었다.

"새로 개발 중인 춤인가요?"

"아니. 저기, 원웅아. 혹시 떠날 때 폐하 표정이 어땠어?"

"그냥. 아무 표정도 없으셨는데요. 왜요?"

"기분 나빠 보이지 않았어?"

"황태자 건으로 오 공공이랑 얘기 나누면서 가셔서요."

기분 나빠 보였단 말이네.

'으. 어쩌지?'

결국 일기장에 대한 걸 떡돌이에게 물어보진 못하고, 황후를 간호한다는 핑계를 대고서 수업을 받고 돌아오는 길이었다.

하늘에서 한 방울 두 방울 빗방울이 떨어지기 시작하더니, 내가 하늘을 올려다보는 순간 갑자기 폭우가 쏟아졌다.

"으악! 마마!"

원웅은 놀라서 내 머리 위에 손을 올려주었고, 우리는 허둥지둥 근처의 아무 궁으로 달려가 처마 밑에 비를 피했다.

"갑자기 비가 내리다니. 놀랐어요."

"그러게."

그러고서 같이 비를 피하고 있는데. 먼발치에서 떡돌이가 이쪽으로 오는 게 아닌가.

"폐하?"

반갑기는 한데, 일기장 일이 생각나 긴장도 된다. 그쪽을 빤히 쳐다보고 있자니, 떡돌이가 오 공공이 들고 있던 우산을 받아 들고서 내 쪽으로 빠른 걸음으로 뛰어왔다. 그러고는 아까 비를 맞아 조금 축축해진 내 머리카락을 매만지며 말했다.

"저리로 가고 있는데 네가 뛰어가는 모습이 보여서 왔다."

그가 손수건을 꺼내서 내 얼굴에 묻은 물기를 닦아주는 동안, 나는 열심히 떡돌이를 살폈다.

일기장을 구겨놓고 간 인간치고는 멀쩡해 보였다. 슬그머니 품에 기대보았지만 역시 평소처럼 받아준다.

'별로 기분 안 나쁜 건가?'

혹시나 싶어 떡돌이의 가슴에 얼굴을 비비고 있자니, 그가 물었다.

"둘이서 산책할까?"

대답을 듣기도 전에 떡돌이는 궁인들에게 물러나라고 지시했고, 궁인들이 물러나자 나는 얼른 우산 아래로 뛰어들었다.

우리 두 사람은 한 우산을 쓰고서 산책로로 걸어갔다. 그러다 힐긋 돌아보니, 원웅과 귀자도 각자 떡돌이의 궁인들에게 우산을 얻어 쓰고서 멀리서 따라오고 있었다.

내가 다시 떡돌이에게 팔을 기대자, 떡돌이가 물었다.

"수업은? 잘 받고 있느냐?"

'일단 일기장 얘긴 안 하려는 거 같지? 나도 모른 척하고 대답하자.'

"그럼. 얼마 전에 책 한 권을 또 뗐다?"

"우리 반숙이는 확실히 머리가 나쁘진 않아."

"암!"

"우리 반숙이는 똑똑하지."

"그럼! 나는 영민해."

"그럼, 우리 반숙이는 영민하지. 한데 걸음걸이는 왜 연습한 게냐?"

"폐하는 내 모든 게 다 궁금한가 봐?"

"당연하지 않으냐. 너는…… 그래, 넌 안 궁금하겠지. 넌 짐과 못 볼 때도 당과 먹고 뱃놀이하며 지냈으니까."

주기적으로 그 얘기 꺼내는 거 보니 떡돌이. 그 부분이 많이 서러웠나 보다. 당과가 뭐라고.

"그래, 그래서. 걸음걸이는 왜 연습한 게냐?"

"책봉식 책봉식."

"아아. 그래. 황후 책봉식 때는 긴 거리를 걸어가야 하지. 연습을 하긴 해야겠구나."

"당당하게 걷는 건 나도 잘하는데. 황후 마마가 별로 황후 같지 않다고 고치라고 해서."

"짐은 네 걷는 방식도 좋은데. 씩씩하고."

그렇게 둘이서 소소한 이야기를 주고받는 도중이었다.

떡돌이가 갑자기 "맞다." 하고 중얼거리지 않는가.

드디어 일기장 얘기를 하려는구나, 싶어서 심장이 쿵쿵 뛰는데.

떡돌이는 뜻밖에도 품에서 웬 서신 한 통을 꺼내 내게 주었다.

"연얼 군주가 네게 편지를 보냈던데."

일기장이 아니었구나! 그렇다면 상관없지! 연얼 군주의 근황이 궁금하기도 하고!

그걸 받아서 내가 얼른 뜯어보자, 떡돌이는 슬그머니 머리를 맞대고 같이 보려 시도했다.

하지만 나는 연얼 군주의 사생활을 존중하기 위해서, 떡돌이를 피해 몸을 돌린 채 서신을 읽었다.

떡돌이가 쏘아보는 게 느껴지지만 어쩔 수 없다. 연얼 군주가 쓴 서신이라면 보나 마나 떡돌이 욕이 많을 테니까.

"이런."

그런데 의외로 떡돌이 욕은 많이 없네. 욕이 있긴 있는데. 죄다 서천 황제 욕이잖아.

연얼 군주…… 거기 생활이 그리 쉽지 않은가 보다.

하긴. 아직 혼인한 지 일 년 정도밖에 안 되었으니 다 적응하지 못했을 지도 모르지만. 아. 일 년도 안 됐나?

"왜 그러느냐? 내 욕 쓰여 있느냐?"

"아니. 서천 황제 욕."

"!"

"서천 황제가 죽은 아내를 정말 많이 사랑한대."

"그래?"

"10년이 지났는데도 아직도 못 잊고 아내 이야기만 나오면 난리래."

"그렇군."

떡돌이는 심드렁하게 대답하고서 우산을 다른 손으로 바꿔 들었다.

자기 욕이 있을 거라 기대했는데, 없는 걸 보니 관심이 떨어지는 모양 이었다.

그래도 나는 서신을 들고서 중요한 내용을 계속 읊어주었다.

"죽은 황태자비 때문에 황제랑 한 번 대판 싸웠대. 지금은 서로 말도 안 한대."

"서천 황제가 마음이 좁군. 그걸로 싸울 수도 있지 뭘. 우리는 자주 싸 워도 더 많이 화해하는데. 그렇지?"

"그게……."

애정 없는 부부 생활일 것이 뻔하지만, 그래도 황후가 되면 권력은 가질 수 있다. 자리를 잡으면 그 권력으로 죽은 오라비의 복수를 할 것이다.

연얼 군주는 마음을 굳게 다잡고 먼 서천으로 떠났다.

하지만 가서도 한 달가량은 준비 절차와 교육만 받을 뿐, 황제를 실제로 볼 수가 없었다.

혼인을 치를 때도 여러 가지 절차가 많고 정신이 없는 데다 신랑과 함께 하는 절차가 적어서, 연얼은 그때도 황제를 제대로 보지 못했다.

그러다가 신랑, 신부가 술을 나누어 마실 때, 연얼은 황제와 처음으로 가까이 서게 되었다. 그때 처음으로 머리에 덮은 얇은 천 너머로 황제의 인영을 보았는데, 그 인영이 연얼과 붙어 선 틈을 타 작게 속삭였다.

"우리는 부부이나 남이오. 기억하시오."

그게 황제가 연얼 군주에게 뱉은 첫말이었다.

그리고 첫날밤.

침상에 앉아 있는 연얼에게 다가온 황제는 머리에 덮어 두었던 붉은 천을 거두어 주었고, 연얼은 그제야 황제 얼굴을 제대로 보았다.

서천 황제는 눈 밑이 거무스름해 좀 퀭한 인상이었지만 자수정처럼 아름다운 사내였다.

연얼은 순간 그 외모에 자기도 모르게 감탄했다.

하지만 황제는 의무적으로 첫날밤을 치르자마자 같이 눕지도 않고 가 버렸고, 연얼은 멍하게 침상에 누운 채 잠시 생각했다.

'내가 옳은 길을 가는 게 맞나?'

시일이 지나면서 연얼은 서천 황제가 저런 외모를 가지고 있는데도 왜 대신들이 딸을 안 보내려 하는지 알게 되었다.

황제는 단순히 죽은 아내를 그리워하는 수준이 아니었다. 그는 정말로 죽은 아내의 망령에라도 사로잡힌 것처럼 살았다.

후계자 생산을 위해 연얼과 의무적으로 동침해야 하는 날 외에는 황태자비가 살던 궁전에서 지냈는데, 그 궁전은 여전히 황태자비가 살던 것처럼 꾸며져 있었다.

실제로 생전 황태자비의 아랫사람들이 모두 그곳에 있었고, 심지어 그들은 황제에게 '내 아내 아직 살아 있다' 병이 옮기라도 한 듯 굴었다.

황태자비궁 궁인들은 연얼을 볼 때마다, 연얼이 자기들 주인의 자리를 강제로 뺏기라도 한 양 적대적이었다.

"내무부 물품 목록을 가져와라."

그러다 황후로서 내무부 관리를 하게 된 연얼은 장부를 보고 기겁하는 줄 알았다.

다른 데는 크게 사치하는 데가 없는데. 황태자비궁에서 쓰는 금액이 일국의 황후가 쓰는 것과 맞먹을 만큼 많았던 것이다.

장부를 잘 살펴보니, 황태자비 궁에서는 계절마다 황태자비의 옷을 새로 지었으며, 신발, 이불 등을 샀다. 심지어 음식 역시 매끼 진수성찬을 먹었다.

"이게…… 폐하도 이걸 알고 계시나."

그걸 본 연얼이 기가 막혀서 내무부 총관에게 묻자, 총관은 시무룩해서 대답했다.

"예. 황태자비께서 쓰고 드시던 걸 유지하란 폐하의 엄명이셨습니다."

"이걸 죽은 황태자비가 먹는 건 확실한가. 음식들을 아래 궁인들이 먹는 게 아니고?"

"물론 그럴 테지요. 하지만 폐하께서 허락하신 일이라……."

연얼은 기가 막혀 당분간 이 미친 짓거리를 그만두게 하려 했으나, 고향에서부터 따라온 궁녀가 재빨리 말렸다.

"마마. 폐하께선 아직 마마께 정이 없어 보이십니다. 좀 더 사이가 좋아진 후에 추진해도 늦지 않아요, 마마."

연얼은 결국 또 참았다.

그러나 황제가 황태자비 기일에 어마어마한 금액의 제사를 지내고, 황태자비 생일에 또 어마어마한 금액의 연회를 열자 그녀는 결국 못 참고 황제에게 따지고 말았다.

"우리가 약속한 게 있으니 되도록 폐하께 관여하지 않으려고 했습니다. 하지만 이건 여쭈어야겠습니다."

"말해보시오."

"황태자비를 산 사람 취급할 거면 산 사람 취급하고, 죽은 사람 취급할 거면 죽은 사람 취급하세요. 기일도 챙기면서 생일도 챙기다니, 산 사람 취급하는 겁니까 죽은 사람 취급하는 겁니까?"

서천 황제가 무섭게 노려보았으나, 연얼 군주는 이미 월요 황제와 자주 말다툼을 한 터라 쉽게 권력자의 시선에 눌리지 않았다.

연얼 군주가 눈길을 피하지 않고 같이 쳐다보자, 서천 황제는 차갑게 웃고서 빈정거렸다.

"그렇군. 이건 우리 약속과 다르지. 황후는 황후로서 대우받을 수만 있다면 충분하다 했소. 그 외에는 서로 의무만 다할 뿐, 아무것도 침범하지 않기로 했지. 특히 짐은 황태자비에 관한 영역은 절대로 건드리지 말라 하였는데."

"이것도 황후의 역할이라 드리는 말씀입니다. 황후로서 궁궐 살림을 살펴야 하니까요."

"황후가 약속을 깨면 나도 약속을 깰 거요. 그걸 안다면 나가시오."

그리고서 서천 황제가 태감들에게 황후를 모시고 다른 곳으로 가라 말하는 순간. 내내 분노를 쌓아온 연얼은 참지 못하고 폭발하고 말았다.

"황태자비 황태자비 황태자비! 그렇게 죽은 황태자비가 그리우시면 그냥 따라 죽으세요! 죽으면 대번에 만나러 가집니다!"

주위 사람들은 다들 놀라서 연얼을 쳐다보았다.

연얼 역시 말하고 나니 뒤늦게 당황했다.

하지만 이미 다 들은 황제는 천천히 연얼 쪽으로 고개를 돌리고 있었다. 아주 무서운 시선으로.

"이러고 있대."

내 이야기가 끝나자, 월요는 '이걸 뭐라고 반응해야 좋으려나' 하는 표정으로 멀뚱히 눈을 끔뻑거렸다.

한참 뒤, 내 비연궁에 도착한 뒤에야 월요가 물었다.

"뭐라고 답서를 보낼 게냐?"

"힘내."

"그거뿐?"

"아니, 이걸 길게 늘여서 보내야지."

우리는 우산을 접고 내 방 안으로 들어갔다.

떡돌이는 옷이 젖지 않았기에 겉옷만 벗고서 계란이를 불러 안았고, 나는 옷을 갈아입으러 옆방으로 갔다.

그러고서 떡돌이에게 다가갔을 때였다. 나도 계란이를 안아 보려고 손을 뻗는데, 떡돌이가 아무렇지 않은 투로 물었다.

"아직도 개원 그자가 세상에서 가장 잘생겼다 생각하느냐?"

"!"

외전 4장

좋은 징조

나는 두근두근해서 떡돌이를 쳐다보았다.

그러나 떡돌이는 의외로 웃음을 터트렸다.

내가 어리둥절해서 보자, 떡돌이는 내 볼을 잡고 흔들었다.

"뭘 긴장하느냐?"

뭐야. 긴장 안 했어. 그냥 좀 찔렸을 뿐이지. 찔릴 일은 아니지만.

"삐져서 그러는 거 아니야?"

"짐이 삐질 게 뭐가 있느냐. 짐이 그자보다 훨씬 잘생긴 걸 아는데."

떡돌이는 자신만만하게 뻐기듯 말하다가, 뒤늦게 인상을 구겼다.

"삐져? 짐더러 삐져?"

그 모습을 보는데 나도 모르게 코웃음이 나왔다.

하하. 자기가 개원이보다 잘생겼대.

"네가 이런 잘못된 생각을 적은 것도 어쩔 수 없지. 넌 그땐 짐을 아예 모르지 않았느냐."

농담으로 저러나 했는데. 떡돌이가 자신만만하게 웃는 걸 보니 진심으로 하는 말인가 보다.

"무슨 소리야 얼굴로 치면 비……."

나는 거기에 대고 '솔직히 비슷비슷'이라고 진실을 들려주려다가, 떡돌이가 안은 계란이를 보고 말을 멈췄다.

'계란이…… 떡돌이랑 똑같이 생겼잖아!'

"비교가 안 되지. 당연히 우리 계란이, 아니, 떡돌이가 제일 잘생겼지!"

내가 큰 말실수를 할 뻔했다.

당연히 계란이 얼굴이 최고지. 좋아. 이러면 우리 계란이가 세상에서 제일 잘난 사람이 되는 거겠지?

그런데 스스로의 똑 부러짐에 흐뭇하게 웃고 있자니, 떡돌이가 내 얼굴을 자기 쪽으로 돌리면서 혀를 찼다.

"속이 훤히 보인다, 냥비. 짐을 보고 말해라."

냥비 하니까 갑자기 생각났다. 연비가 새로 고양이를 데려왔는데, 떡돌이한테 절대 얘기하지 말라고 신신당부했지.

연비는 백몽이 몸에 내가 들어갔던 걸 모르다 보니, 이번에도 떡돌이가 자기 고양이를 보면 또 뺏어갈 거라 여기는 눈치였다.

떡돌이…… 연비한테는 고양이 소유욕 강한 광인이 되어 버렸어.

생각하니 웃겨서 웃다가, 나는 슬그머니 떡돌이의 다리를 찰싹찰싹 두드리며 물었다.

"저기 폐하."

"응?"

"혹시 일기…… 어느 정도 읽었어? 다 읽었어?"

내가 쓴 부분도 개원이에 대한 이야기뿐이라 떡돌이가 볼 내용은 아니지만, 개운호가 이어 적은 부분은 떡돌이가 안 보았길 바라는데…….

"첫 장만 읽었다. 그것도 일기인 줄 모르고 펼친 거였지."

"그래?"

다행이다. 떡돌이가 뒷부분은 안 보았다고 한다. 정말 다행이었다. 그걸 보고 떡돌이가 마음 아픈 건 원하지 않아.

"어쩌다가 첫 장만 읽었대?"

"뒤에도 다 이런 내용이면 짐만 화날 게 아니냐. 그래서 그 부분만 구기고 그만 보았지."

구긴 건 고의였구나. 그럴 거 같았지만. 내가 고개를 끄덕이고 있자니 이번엔 떡돌이가 눈치를 보며 물었다.

"구겨서 화났느냐?"

"아니야. 잘했어."

황후가 병사로 위장해 나가는 날. 사람들은 모두 하얀 옷을 입고 슬픔에 잠겼다. 나 역시 오늘은 원웅이 준비해 준 백색 의상을 입고 장신구역시 달지 않았다.

"이렇게 갑자기 가버리니 슬프네요."

예전 장공주 사건 때 일로 황후를 좋아하지 않던 원웅이지만 오늘은 슬픈 듯 계속 훌쩍였다.

"그렇게 젊고 건강하시던 분이 갑자기 돌아가시다니요. 아. 건강한 건아니었나. 원래도 자주 편찮으셨지요."

훌쩍이는 사람들 속에서 나는 멀어지는 하얀 가마를 보며 기분이 이상해졌다.

처음 황후를 만난 날, 이후 사이 안 좋던 시절이 떠올랐다. 표정 변화가 거의 없어서 진짜 이상한 사람이라 생각했지.

나중에 모두에게, 심지어 연금에게도 표정 변화가 거의 없는 걸 보고더 신기한 사람이라 생각했지만.

예전에는 빈말로라도 친한 사이는 아니었다. 하지만 연금과 오해가 풀린 뒤에는 황후는 내게 좋은 조력자가 되어 주었다. 수업해주면서 가까워졌고…… 지금은 좀 정이 쌓인 것도 같다.

내가 이 애길 하면 황후는 질색했지만, 내 생각엔 분명 그랬다.

'산 채로 작별하는 거. 기분이 싱숭생숭해.'

연얼 군주 때도 그랬지만 이별이라는 게 그리 좋지만은 않구나.

그렇게 한참 동안 나는 사람들 사이에서 함께 있다가, 나중에 틈을 보아서 살짝 나갔다.

그러고서 황후가 빠져나가기로 되어 있는 길에 서서 기다리자, 잠시 뒤. 황후 복장을 벗은 황후가 고관대작 여식 같은 모습으로 황제의 그림자와 같이 걸어오다가 나를 발견하고 멈칫해 물었다.

"천비? 여긴 어떻게 왔느냐?"

"작별 인사하고 싶어서요."

예상하지 못했던지 황후가 한쪽 눈썹을 올렸다.

"그래도 스승님이잖아요."

스승 소리를 들었을 땐 다른 쪽 눈썹도 올라갔다.

하지만 기분 나쁘진 않은지, 황후는 희미하게 웃고서 중얼거렸다.

"착한 제자네."

나는 다가가서 황후를 꽉 끌어안고 인사했다.

"잘 가요."

그러고서 보니, 황후는 평소에는 잘 짓지 않는 커다란 미소를 지었다.

왜 저러나 싶어 보고 있자니 황후가 급히 웃음을 거두면서 말했다.

"폐하께서 왜 천비를 흠모하시는지 알겠어. 자네는 참 솔직해."

놀랍게도 황후는 손을 뻗어 헝클어진 내 머리카락을 뒤로 넘겨주고, 빤히 내 얼굴을 바라보기까지 했다. 정말 아름다운 분이야.

같이 얼굴을 보고 있자니, 황후는 이번엔 옅게 웃으며 말했다.

"천비. 그대는 머리 좋고 빼어난 황후감은 아니지. 하지만 다른 후궁들보다 유리한 게 하나 있다."

"주먹인가요?"

황후 표정이 바로 썩어가는 걸 보니 아닌가 보다.

"주먹은…… 방어하는 데만 사용하도록 하게."

"지금도 그래요."

"내가 칭찬하려는 건 자네의 솔직함과 용기야."

"?"

"부끄러워서, 자존심 상해서, 남 조언을 못 구하는 사람들이 많아. 하지만 그댄 누군가에게 조언을 받는 데 거리낌이 없지. 상대가 누구든."

"암요, 암요."

"모르면 물어보면 그뿐이지. 그러니 여기저기 조언을 구하고……."

"그럼 자주 놀러 가도 돼요?"

"그러진 말고."

미소 짓던 황후는 내 어깨를 두드리고서는 그림자와 다시 이동하기 시작했다.

나는 고개를 돌려 황후가 가는 쪽을 보았다.

그 길의 끝에 연금으로 추정되는 이가 서서 서성이고 있었다.

그러다 황후를 본 연금은 다급히 뛰어왔고, 두 사람은 손을 꼭 잡고 걸어가기 시작했다.

그 모습을 바라보는데 심장이 이상하게 두근거려서, 나는 얼른 담벼락을 넘어 돌아갔다.

나도 떡돌이가 보고 싶어졌다. 갑자기.

사람들의 슬픔이 잦아들 무렵. 대신들은 늘 그렇듯 다시 전투 상태로 들어갔고, 몇 번의 국무 회의 후에는 새 황후를 두는 일로 본격적으로 싸우기 시작했다.

반은 있는 후궁 중에 골라야 한다 했고, 반은 새 황후를 아예 뽑아야 한다고 했다.

오늘도 국무 회의에 들어가자마자 대신들은 바로 그 이야기부터 했다.

"폐하. 황후 마마 일로 심려가 크신 걸 알지만 국모 자리를 오래 비워 둘 수는 없습니다."

"맞습니다, 폐하. 황후는 내명부의 수장이자 궁의 중심입니다. 황후가 있지 않으면 내명부에 질서가 잡히지 않습니다."

"후궁 중 자질이 높은 이를 뽑아 올려야 합니다."

"자질이 높은 이를 뽑다니요? 당연히 비 중에서 뽑아야지요."

"후궁이 황후 역할을 어찌 감당합니까? 새로 황후를 뽑아야 합니다."

대신들은 다 저마다의 계산을 끝내고, 자기에게 최대한 이득이 되는 쪽으로 주장하고 있었다.

월요는 어느 편도 들지 않고 그 모습을 바라보다가, 대신들이 황제의 침묵을 눈치채고서 쳐다보자 그제야 입을 열었다.

"짐은 이렇게 의견이 나누어지는 이유를 모르겠군. 황후 자리에 누군가 올라가야 한다면, 당연히 유일하게 황손을 둔 이가 황후로 올라가야 하지 않나."

바로 반대가 쏟아졌다.

"천비 마마께서는 좋은 분이시지만 국모에 어울리는 분은 아니십니다."

"폐하. 신중하게 살피시옵소서."

대신들은 천비에 대한 평가를 떠올리며 하나둘 반대 의견을 뱉었다. 반대 의견이 하나둘이 아니다 보니 말하는 데 거리낌이 없는 듯했다.

하지만 월요는 이미 약속을 한 터라 물릴 마음이 없었다. 그러나 바로 밀어붙이는 대신, 월요는 일단 대신들이 진정하기를 기다렸다.

대신들은 자기들끼리 마구 말해대다가, 또 황제가 한마디도 하지 않고 있단 걸 깨닫고 조용해졌다.

그제야 월요는 차분하게 다시 입을 열었다.

"황자를 위해서도 천비가 황후 자리에 오르는 게 맞다. 그래야 혹시 모를 복잡한 사태를 미연에 방지할 수 있지."

"복잡한 상태라니요……?"

"장자와 적장자가 달라 벌어지는 여러 가지 일들. 짐이 그랬지."

"!"

황제가 본인의 일을 꺼내자 대신들이 순식간에 조용해졌다.

장자와 적장자 둘 중 하나가 재능이 없으면 상관없으나, 둘 다 뛰어난 왕재이기라도 하면 여러 가지로 분위기가 이상해지는 건 사실이었다.

월요 때는 사자친왕의 친모가 야심이 없는 사람이고 사자친왕도 조용한 편이라 그의 재능이 왕위 다툼으로 비화하진 않았다.

하지만 월요가 누이의 죽음으로 크게 흔들릴 때, 뒤늦게 몇몇 대신들은 의연한 사자친왕 쪽을 밀어야 하는 게 아닌가 수군거렸다. 그땐 이미 어린 나이가 아니었던 월요가 그 분위기를 모를 리가 없었다.

대신들은 입을 꾹 다물었다. 다들 '역시 천비는 황후감이 아닌데'라고 생각했으나, 황제가 자기 과거와 황자를 들이미니 반대하기 어려웠다.

"그래도 천비 마마는 황후감은 아니십니다, 폐하. 차라리 황귀비로 삼으시는 게 낫지 않을까요?"

그래도 용감한 누군가가 힘내어 말해보았으나 월요는 단호했다.

"연비는 영민하고 비상하며 아는 것도 많지. 천비와 자매이고. 연비를 황귀비로 올려 천비를 돕게 하겠다."

결국 천비를 황후로 올리기로 한 회의는 끝났고, 대신들은 터덜터덜 밖
으로 나갔다.

천씨 가문을 지지하던 이들은 그래도 잘된 일이라 생각했고, 반대파들
은 '황후와 황귀비가 다 천씨 가문에서 나온다니?' 하고 걱정했다.

어느 쪽이든 공통적인 건 모두가 천혜음을 주목하기 시작했단 점이었
다. 누군가는 천혜음 쪽에 붙어야 한다 생각했고, 누군가는 천혜음을 더
욱 경계했다.

하지만 그중에서 가장 심란한 건 천혜음 본인이었다.

"축하드립니다, 천 대인."

"경하드립니다, 천 대인."

천혜음은 쏟아지는 축하 인사를 받으며 떨떠름하게 눈을 끔뻑였다.

딸들이 황후와 황귀비가 되는 건 좋지만, 아무래도 천비가 황후감이
아닌 걸 누구보다 잘 알기에 좀 불안했던 것이다.

그때.

"천 대인. 폐하께서 잠시 보자 하십니다."

오원요가 다가와 그를 불렀고, 천혜음은 더욱 긴장해서 다시 어실로
들어갔다. 들어가 보니 황제는 여전히 옥좌에 앉아 있었다.

"부르셨습니까, 폐하."

천혜음은 황제 앞으로 가 인사하고 긴장해서 고개를 들었다.

그런데 오자마자 돌아온 말은 냉대였다.

"짐은 그대가 마음에 들지 않는다."

갑자기 불러 놓고 왜? 천혜음은 눈을 휘둥그레 떴다.

황제는 몸을 옥좌 한쪽에 편히 기댄 채 심드렁하게 말했다.

"한 집안에 황후와 황귀비, 빈이 모두 다 나왔으니 네 꼬투리를 잡으려는 이들이 많아지겠지. 짐 역시 마찬가지다."

"!"

"조심하고 또 조심해야 할 것이다."

직접적인 경고에 천혜음은 떨리는 목소리로 대답했다.

"예, 폐하."

황제는 그제야 냉랭한 표정을 풀고 말을 이었다.

"영빈 역시 영민하고 재능 있는 여인이지. 하나, 안타까워도 세 명 모두를 비 이상으로 올릴 순 없다."

"예……."

"네가 은퇴한다면 영빈도 비의 자리에 올리도록 하지."

황제가 나가라 손짓하자, 천혜음은 인사를 올리고 천천히 어실에서 빠져나왔다.

하지만 긴장되었다. 대여와 우여는 알아서 잘할 것 같지만…… 소여가 걱정이었다.

황후 자리에 오르면 남들 눈에 더 잘 드러나게 될 텐데. 혹시 실수 하나라도 했다가는 집안이 휘청이게 생기지 않았는가.

'전심전력으로 도와야 한다.'

천혜음은 벌써부터 머리가 아파왔다.

떡돌이가 날 황후로 삼겠다고 선언하고서도 몇 가지 우여곡절이 있었지만, 그래도 마침내 책봉식 날이 다가왔다.

"제가…… 제가 진짜 우리 아가씨가 황후 마마 되는 모습을 보게 될 줄은 몰랐어요."

원웅은 준비하는 내내 훌쩍였다.

내가 황후 책봉식에 입는 붉은색과 금색이 섞인 화려한 의상을 다 입은 후에는 아예 눈물을 뚝뚝 떨어뜨리기 시작했고, 귀자도 어째서인지 같이 훌쩍였다.

유모는 금색 아가 옷을 입힌 계란이를 안고서 기쁜 목소리로 말했다.

"황자님께서 조금 더 커서 이 모습을 보실 수 있다면 좋았을 텐데요."

내가 손을 뻗자 유모가 계란이를 건네주어서, 나는 품 안에 계란이를 안고 내려다보았다.

계란이는 나를 보자 조그만 손을 뻗으면서 까르르 웃었다. 얘가 이렇다. 날 보면 늘 웃는다.

황자를 유모에게 맡겨야 한다고 들었을 때는, 그러다가 아기가 날 못 알아보면 어쩌나 고민했는데.

다행히 계란이는 그러지 않았다. 복중에 있을 때 그 고생을 했는데도 씩씩하고.

그걸 보자 마음이 찡해져서, 나는 계란이에게 작게 속삭여주었다.

"계란아. 내가, 엄마가…… 엄마가 어릴 때 가지지 못한 것들…… 우리 계란이는 다 누리게 해줄게."

원웅과 귀자는 눈물을 찔끔씩 닦았으나, 계란이는 그저 신이 나서 까르르 또 웃었다.

"황후 마마! 이제 가셔야 합니다!"

밖에서 태감이 이제 가서야 한다고 외쳤기에, 나는 아쉽지만 유모에게 계란이를 건네고서 밖으로 나갔다.

원웅이 옆에서 부축해주었다. 원웅도 이제 황후의 상궁이라 평소보다 화려한 차림이었다.

나가 보니, 화려하게 장식한 가마 주위에 태감들이 기다리고 있었다.

내가 가마에 오르자 태감들은 서서히 앞으로 나아갔는데, 그 속도가 느릿해서 충분히 경치를 구경할 수 있는 정도였다.

나는 가마에 편안하게 기대어 앉아 천천히 주위를 둘러보았다.

저 멀리 떡돌이와 내가 애정을 키워간 청적이 보였고, 이런저런 일로 열심히 뛰어다니던 골목길도 보였다.

바쁘게 넘어 다니던 담벼락도 보이고…… 친구들과 놀던 호수도 보였다. 마상 격구를 하기 위해 갔던 연무장도 보인다.

내시 모습으로 이곳에 온 날, 고양이 모습으로 바쁘게 뛰어다니던 날. 눈길 닿는 곳마다 수많은 추억이 떠올랐다.

한 장소에 이렇게 오래 추억이 묻힌 건 처음이었다.

나는 이 모든 광경을 뿌듯하게 마음에 담으며 점점 행복한 천년비가 되어갔다.

그러는 사이에도 가마는 동쪽 구역에서 시작해 남쪽 구역으로 갔다가 심궁으로 이동했고, 심궁에 도착하자 그제야 멈추었다.

태감들이 가마를 내려놓자 원웅이 내릴 수 있도록 도와주었다.

혼자 잘 내릴 수 있지만 그래도 원웅의 손을 잡고 내리며 보니, 황궁의 중심에 있는 심궁에 떡돌이가 서 있는 게 보였다.

그곳으로 가는 길 양옆으로는 대신들이 서 있었다.

한쪽에는 문신들이, 한쪽에는 무신들이.

원웅을 보자, 원웅이 웃고서 고개를 끄덕였다.

이제 가면 된다는 거다.

나는 다시 길을 보았다.

여길 걸어가면…… 이제 진짜 황후가 되는 거다.

벅찬 마음을 애써 누르고, 나는 황후에게 배운 것처럼 우아하게 한 걸음 한 걸음을 내디뎠다.

이렇게 걸어야 한단 법은 없지만 그래도 배워두었지.

하지만 이렇게 걷고 있으려니, 떡돌이가 너무 느리게 가까워졌다.

가을바람은 시원하게 부는데, 나는 혼자 느릿했다.

결국 나는 그냥 황후를 따라 하길 관두고, 평소처럼 씩씩하고 위풍당당하게 그쪽으로 걸어가기 시작했다.

그제야 떡돌이가 성큼성큼 빠르게 내게 가까워졌다.

떡돌이는 잠시 놀라는 표정을 지었으나, 곧 얼른 오라는 듯 웃으면서 손을 내밀었다.

그걸 보는 순간, 나는 더 참지 못하고 떡돌이를 향해 뛰기 시작했다.

주위에서 웅성거리는 소리가 났지만 신경 쓰이지 않았다.

몇 번이나 알아봤는데, 여길 걸어가야 한단 법은 없었거든!

옷이 무거워서 다들 느리게 간다곤 들었지만.

하지만 고작 이 정도 무게는 무게도 아니지!

뛸 때마다 머리 위에서 들려 오는 진주 구슬이 부딪치는 소리가 즐겁기만 했다.

나는 저절로 새어 나오는 웃음을 숨기는 대신, 떡돌이를 향해 계속해 뛰어갔다.

'이제 내가 황후다!'

사관은 느릿하게 기록하다가, 황후가 긴 치마를 직접 들어 올리더니 어마어마하게 무거운 장신구가 느껴지지도 않을 만큼 가볍게 뛰어가는 모습을 보며 입을 쩍 벌렸다.

저렇게 가면 안 된단 법은 없긴 하지만…… 안 무거운가?

하지만 황후가 활짝 웃으며 곧장 황제에게 달려가는 모습에, 사관은 저도 모르게 따라 웃고 말았다.

사관은 고개를 젓고서 마지막 기록을 적었다.

황후께선 웃는 얼굴로 황제께 뛰어가셨다.

책봉식에서 저리 환하게 웃는 황후에 대한 기록은

이제껏 본 적이 없다.

좋은 징조다.

- ≪고수, 후궁으로 깨어나다≫ 외전 完

고수, 후궁으로 깨어나다 6

초판 1쇄 인쇄 2023년 10월 16일
초판 1쇄 발행 2023년 11월 1일

지은이 코양희
펴낸이 김선식

경영총괄 김은영
제품개발 신효정, 윤세미
웹소설1팀 최수아, 김현미, 심미리, 여인우, 장기호
웹소설2팀 윤보라, 이연수, 주소영, 주은영
웹툰팀 이주연, 김호애, 변지호, 안은주, 임지은, 채수아
IP제품팀 윤세미, 신효정, 정예현, 정지혜
디지털마케팅팀 김국현, 김희정, 신혜인, 이소영
디자인팀 김선민, 김그린
해외사업파트 최하은
저작권팀 한승빈, 윤제희, 이슬
재무관리팀 하미선, 김재경, 윤이경, 이보람, 임혜정
제작관리팀 이소현, 김소영, 김진경, 박예찬, 이지우, 최완규
인사총무팀 강미숙, 김혜진, 지석배, 황종원
물류관리팀 김형기, 김선진, 양문현, 이민운, 전태연, 전태환, 최창우, 한유현
외부스태프 gnoey(디자인)

펴낸곳 다산북스 **출판등록** 2005년 12월 23일 제313-2005-00277호
주소 경기도 파주시 회동길 490
전화 02-704-1724 **팩스** 02-703-2219 **이메일** dasanbooks@dasanbooks.com
홈페이지 www.dasan.group **블로그** blog.naver.com/dasan_books
종이 아이피피 **출력·인쇄** 한영문화사 **코팅 및 후가공** 평창피앤지 **제본** 한영문화사

ISBN 979-11-306-4588-9(04810)
ISBN 979-11-306-4582-7(SET)